献给南京师范大学与南京医科大学的建设者们！

南京师范大

随园到五台

高校四十年的心路历程

陈国钧 著

南京师范大学出版社

图书在版编目（CIP）数据

随园到五台：高校四十年的心路历程 / 陈国钧著
. -- 南京：南京师范大学出版社，2022.8
ISBN 978-7-5651-5316-7

Ⅰ. ①随… Ⅱ. ①陈… Ⅲ. ①散文集 - 中国 - 当代
Ⅳ. ① I267

中国版本图书馆 CIP 数据核字（2022）第 088975 号

书　　名　随园到五台：高校四十年的心路历程
作　　者　陈国钧
责任编辑　杨佳宜　尹　引
出版发行　南京师范大学出版社
地　　址　江苏省南京市玄武区后宰门西村 9 号（邮编：210016）
电　　话　（025）83598919（总编办）　83598412（营销部）　83373872（邮购部）
网　　址　http://press.njnu.edu.cn
电子信箱　nspzbb@njnu.edu.cn
印　　刷　南京迅驰彩色印刷有限公司
照　　排　观止堂
开　　本　787 毫米 ×960 毫米　1/16
印　　张　33.5
字　　数　418 千字
版　　次　2022 年 8 月第 1 版　2022 年 8 月第 1 次印刷
书　　号　ISBN 978-7-5651-5316-7
定　　价　78.00 元

出 版 人　张志刚

目　录

前言

我的《图河岁月》出版后，没想到在上山下乡的知青中引起了共鸣，特别是在当年生产建设兵团的老知青中，居然会出现超乎我想象的争相传阅，为此，该书还加印了两次。

学校里的很多老师、同事和朋友们读后，认为那本书对后人了解知青上山下乡那段生活和那段历史很有价值。接着他们就追问我了，你为什么不继续写一本高校的四十年呢？这可把我问倒了，因为我压根儿没想过。

从 1973 年 9 月我进入南京师范学院（南京师范大学的前身）读书算起，毕业后留校做青年教师、年级辅导员、系团总支书记、系党总支副书记、系党总支书记，一直做到学校常务副校长，后离开师大，前后正好三十年。2002 年 1 月组织上调我到南京医科大学任党委书记，九年后于 2010 年退居二线，又被省委组织部调用，去任高校领导班子换届干部考察组组长，各次学习运动的督导组、巡视组组长。到 2013 年正式退休，前后又是几年，加起来在高校正好四十年。

我知道，我在高校所经历的这四十年，正是中国历史上社会变革变迁最大的四十年，可以用波澜壮阔、翻天覆地来形容；这四十年也是中国高校变化发展最快的四十年，可以用气象万千、日新月异来比喻。

在这社会沧桑巨变的变革变迁中，我们这代人身临其境，所见所闻中确实有许多东西值得书写。通过文字记录的形式告诉后人，中国社会原来是什么模样，中国的复兴和崛起是怎样走过来的！我没有这个能力从宏观的角度来勾勒中华民族在这场社会变革和变迁中崛起的全貌，但作为生活在高校的经历者，作为改革开放的参与者，作为曾经的高校管理者，再现高校在历史变迁中的故事，把记忆的焦点聚集在具体的记事上，聚集在许多平凡的师生员工身上，通过这个窗口，将历史画卷中概念性的社会变革变迁变得具体起来、生动起来、清晰起来，帮助后人了解这几十年的历史变迁，这也确实是有价值的。

但当我满怀激情欲动笔时，在思索细想后很快就又放弃了。因为在这四十年里，于高校遇见的那些人，发生的那些事，有些是非曲直很难评说。从各种不同的立场、不同的角度来看这些历史变化，也许会得出完全不同的结论。而不擅长文科思维的我，能力和水平又不足以驾驭这段高校日新月异变化的正确描述，所以迟迟没有动笔。

几年后同事和朋友们又鼓励我，何不依然如《图河岁月》那样用“白描”的手法，如实记录在高校四十年里，你所经历的那些人和事，给后人留一份了解和研究那段中国高校发展变迁史时的参考，不同样很有意义？

在同事和朋友们的一再鼓励下，我缺乏自信地开始收集资料，探索着写一些回忆文章。但中途又停顿了好几次，总觉得文不如意，难以把握，写写停停，停停又写写。直到现在，虽然初稿写出来了，我却依然在怀疑自己这样写到底合适不合适，能不能真实形象地反映那段有价值的高校发展变迁史！

随园，如今是南京师范大学的老校区所在地，现称为随园校区。它的前身是民国时期的金陵女子大学，再往前推，是清代著名文人袁枚的私家花园。这里地处清凉山东麓，环境秀美，绿树环绕，空谷鸟语，风水俱佳。据历史记载，这里曾经林木深深，曲径通幽，林石间流水潺潺，是读书隐居的好去处。袁枚在这里写下了《随园诗话》，自称是“随园老人”。

随园现存的十几栋中国古典园林风格的大屋顶建筑，是由中国建筑师吕彦直和他美国的老师亨利·墨菲一起规划设计的。此洋人大概对中国文化情有独钟，二十世纪初他们先在北平规划设计了燕京大学，也就是今天的北大，后到南京规划设计了同样风格的金陵女子大学。因为这里是女校，所以，所有的建筑体量都比燕京大学的楼宇体量小一号，但比燕京大学的建筑更秀气更精美。

新中国成立后全国院系大调整，在这金陵女子大学校址上，与中央大学、金陵大学，还有其他大学的部分院系合并组建了南京师范学院。

为适应新中国师范教育发展的需要，政府又在这建筑群的西面，西山的山脚下，续建了同样大屋顶风格的南大楼和北大楼，1958 年在山坡上又建了中大楼。二十世纪八十年代在学校正大门进来的中轴线两边，又分别对称建造了大屋顶风格的幼教楼、计算机楼、音乐楼和外语楼。至今共存有大屋顶建筑 16 栋，南师大随园校区被誉为“东方最美丽的校园”。

随园，不仅仅是建筑中西合璧，飞檐斗拱，连廊幽深，池水清清，环境优美，还因为中国现代史上有很多大事都曾发生在这里，现在成了国务院挂牌的全国重点文物保护单位。

南京师范学院的办学历史一直可以追溯到1902年，与南京大学、东南大学同宗——三江师范学堂。由于办学历史悠久，底蕴深厚，教师队伍兵强马壮，因此，无论是教学质量，人才培养，还是学术水平，在全国省属高校中一直名列前茅。

“文革”结束后，学校踏上改革开放的春潮，更名为南京师范大学。二十世纪九十年代，学校借国家“面向二十一世纪重点建设100所大学”的东风，在省委省政府支持下，凭办学实力进入了国家“211工程”的建设行列。

在这之前，由于“文革”的影响，国家艰难，特别是作为省属高校，学校经济状况一直很窘迫，除了“吃饭财政”，没有什么额外的资金能用来建设和发展。现在回过来想想，南师大几代人咬紧牙关，埋头苦干，能实现跨越式发展，甚至赶超部分同类型的部属高校，多少带有点倔强悲壮的色彩。

南师大今天所在的随园校区只有396亩地，空间狭小。大屋顶的建筑群又是国务院颁发的重点文物保护单位，不准盖高层建筑，这就严重制约了改革开放中南师大的发展。江苏省委省政府根据江苏经济社会发展的需要，提出江苏要在全国“率先实现高等教育大众化”的奋斗目标，于是抓住全国高等教育“211工程”建设的机遇，决定南师大在南京近郊建设新校区。

1997年底，学校党委分工由作为常务副校长的我，主持和带队建设二千多亩地的仙林新校区。1998年3月仙林校区的建设正式开工，一年多后，1999年9月第一批四千多名新生入学，从此南师大踏上了学科发展、规模拓展和办学水平提高的新平台。

2000年南师大在建设仙林新校区的同时，又与南京动力高等专科学校合并，在原址上筹建了南师大紫金校区，弥补了学校学科结构上的部分缺陷，南师大才真正开始了保持师范特色的综合性发展之路。

2002 年 1 月省委调我去南京医科大学任党委书记。对我来说，那是一片完全陌生的新天地。

南京医科大学的前身是1934年成立于镇江的国立江苏医政学院，据说是中国历史上第一所由国民政府创办的医学院校。抗日战争爆发后，学校随民国政府内迁至重庆北碚继续办学，培养了一大批抗日战争期间急需的医学人才。十四年抗战胜利后，学校又回迁至镇江北固山，改名为江苏医学院。新中国成立后江苏省人民政府由镇江迁至南京，于是 1956 年江苏医学院也随之迁到南京，在南京的五台山南麓建设新校园（现称五台校区），学校也由此更名为南京医学院。

南医大与南师大一样都是我国第一批博士培养授权单位，但没想到的是南医大校园比南师大随园校区的面积还狭小，即使将牌楼巷马路对面一片非标的西苑运动场算在一起，也才 120 多亩地，还比不上苏南一所像样的高级中学。每年只招七八百名新生，这与江苏快速发展的社会经济需求，早已格格不入了，与省委省政府的要求比也相差甚远。

我上任第一天，省国土资源厅一位厅长朋友打电话给我，说根据省委省政府提出江苏要在全国“率先实现高等教育大众化”的目标，江苏省属本科院校的新校区建设，基本都已征地启动建设了。“你南医大这么一点大的校园，还想不想建新校区？”我说当然想啰！他告诉我，由于全国各地高校建新校区“征地”已成了“风”，国务院可能很快会下文暂停审批土地指标。电话结束时，对方告诫我：“要建新校区，你要赶快行动，否则可能就来不及了！”

其实，我耳朵旁也早已听到这样的风声，经他这么一讲，倒提醒了我，南医大建新校区也许已是江苏高校的最后一班车了。于是我到南医大主持召开的第一次党委常委会，就做出“筹建南京医科大学新校区”的决定。

由于时间紧任务重,班子里又没有搞过大型基本建设的合适人选，分析比较下来只有我自己最合适。从道理上来说，这是行政工作的范畴，不该由书记亲自来抓。但在当时形势与机会紧迫的情况下，我也顾不得那些条条框框了，毕竟我已建过一所大学的新校区，对基本建设中的流程和管理环节已烂熟于心，对我来说就像重做一次作业，多参加一次考试，无非是“吃二遍苦，受二茬罪”。于是会议最后决定由徐副校长协助我，我自己亲自任新校区建设领导小组组长，让校长集中精力去抓学校的教学科研和学科建设。

在中国高等教育跨越式发展的大潮中，我感谢时代提供了这样的机会，让我成了幸运的“弄潮儿”。在大学的大发展大变革中，虽然有很多有所作为的机会，但很少有人能主持和亲自参加两所大学新校区的建设。而时代却把这样的机会赋予了我，你说，这样的人生多有意义啊!

大学新校区建设不仅仅是修路盖房子，还连接着大学的发展目标和发展思路，链接着重点学科建设、重点实验室建设，链接着人才培养、科学研究、社会服务三大功能的实现，等等。

在新校区建设的过程中，虽然常常伴有痛苦和煎熬，但也有快乐和喜悦，有酸甜苦辣，也有成就感和幸福感，有让人茫然时，但也常常让人神往。特别是今天能看到南医大跨进全国“双一流”高校建设的行列，实现了南医大几代人的梦想与追求，我感到格外欣慰，其快乐难以言表。

俗话说“多经事方能成大事，犯其难方能图其远”。丰富的经历是一个人成长的摇篮，它会催人成熟和进步，对问题的看法会有新的见解，对遭遇的窘境会有新的体验。

今天我把高校四十年里，所遇见过、经历过的那些人和事如实记录下来，丝毫没有对是非曲直做评价的意思，也不为曾经的成功与错失、自豪与懊恼做什么表白。只是想告诉后人，今天的中国高等教育大众化是怎样实现的，欣欣向荣的高等教育又是怎么从艰难困苦中走过来的！

作为有幸参与其间的我，当然也想借这次回顾总结高校四十年工作学习的机会，对自己的人生做一个交代。对曾经与我一起艰苦奋斗，辛勤工作过的同事和朋友们做一个告慰！大家辛辛苦苦半辈子，留给后生万古青，这是值得的！

仅此而已。

陈国钧

2022 年 6 月 22 日

73—11—24日.

阴转晴. 支农劳动. "二个五加五、二条路线"

今天我们被分配到猪棚劳动.

"劳动的任务是打扫猪圈" 我一听这任务,心里就马上有了些看法. 怎么猪圈还要我们打扫. 我们并不是怕脏、而是我想,我们好歹是学生, 难道我们还打扫吗? 但是想一想[illegible]主席的教导,大猪、猪棚的人今天干别的活去了. 所以我们顶上. 我[illegible]我们跟着去。

说到那儿一看"乖乖" 所有的猪栏里都有厚厚的一层猪粪、还有一大堆. 真的是个圈. 下面都是一律的水泥地. 这些是不知道有多少猪粪的. 每天都要打扫干净. 这样才能保持那么"清洁". 以人都不开眼睛. 再一打听. 猪棚的二个工人为什么没有上那儿去. 看来他们这儿摸摸、那儿就不知干些什么活。(其中有个人去了二至三次[illegible]. 今天)

当时我就想到了许多问题: 这儿农场的条件那么好. 八幢猪舍都是砖墙. 平顶. 水泥地. 水、电都通到有暗道通到猪食槽边上. 饲料全是有山芋、菜叶、米糠、草粉、是饲料. 还不仅有电、而且装的是日光灯. 简直比人的宿舍都舒适. 一律是[illegible]新式猪舍. 但是为什么搞了那么"肮脏"呢? 厚厚的一层的猪粪. 上面是蜘蛛网满天. 墙上也不知多少年没打扫了. 黑成的一层灰.

[illegible]

茫然的『上管改』

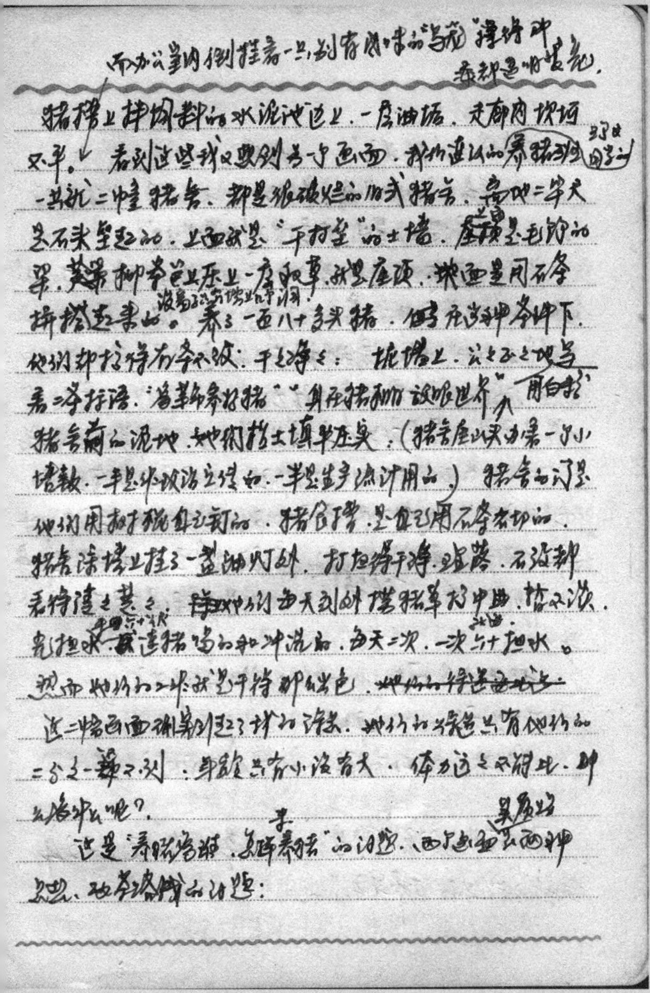

“上大学”本来与上中小学就不一样，如果说我们从上小学一直到上高中，多少还能对未来“上大学”想象一番，那么“管大学、改造大学”不仅没有经历过，连想象都想象不出来，内心一片茫然。

1973年9月3日，我去南京师范学院报到，一路上不像众多的新学员那样兴奋和意满。你说我一点都不激动？当然也不是，毕竟这是我人生中一次来之不易能接受高等教育的机会。

在这机会面前，眼前打开了一片新的天地，呈现了可以汲取无穷知识的一个新世界，这不就是我所期盼的吗？心怀着憧憬和希望，怎能不心动呢？但由于曲折的上学经历、味同嚼蜡的专业和毕业后“哪里来哪里去”的归宿，我又是带着犹豫和忧虑走进学校大门的。

生产建设兵团的团部领导一定要我毕业后回农场，所以特地安排我上一所、读一个“哪里来哪里去”的学校和专业。说起来这还不是团部领导的本意，如果没有谷营长的“论理”吵架，没有指导员的全力帮助，没有那位至今不知道姓名而有背景的师部女科长的发话，农场根本不可能让我出来上大学。我不知道大学毕业后回农场继续当我的连长，还是专业对口到农场中学去当教师？内心十分恍惚。

这次上学，我曾经梦想的航空专业见不到不说，连囿于填报范围的建筑专业都被换成了汉语言文学专业。毫无兴趣的文科让我觉得“食之无味”，却迫于“服从需要”无可选择，还要硬着头皮学下去。这一连串的组织“安排”，不能不让我对眼前的现状感到失望，对未来感到忧虑。

到学校报到的那天，天气晴朗，走进南师校门，首先映入眼帘的是富有民族特色的大屋顶建筑群，飞檐斗拱，连廊蜿蜒，古树参天，曲径通幽，在蓝天白云的衬托下显得特别漂亮。我内心总算得到了一点安慰。

后来知道，南师大校园的前身是新中国成立前的金陵女子大学，在二十世纪初与当时的燕京大学即今天的北京大学，是同一个建筑设计师设计建造的。

那天，校园里到处是彩旗和欢迎新学员的标语，显得一片喜气洋洋。在学校中轴线大草坪后面的100号楼上，面对学校大门的屋檐下挂着一条硕大的横幅标语，上面写着：“热烈欢迎工农兵学员上大学、管大学、改造大学！”

“工农兵学员”是那个特殊年代中的特殊现象，也是中国高等教育史上的奇特现象。

工农兵学员从1970年到1976年前后共有七届，据说全国共招收了94万人。在废除了高考制度几年后，在当时的环境里，应该说能来上大学的，绝大部分都是在农村改天换地接受贫下中农再教育表现比较突出的知识青年，通过层层筛选后，直接保送上大学的。

在这七届学生中唯有1973年这一届，遇上小平同志出来帮助病中的周总理工作，坚持增加了文化考试这个环节。但在当时的政治气氛下，那次文化考试又并不如人们想象的那么正规和严格。后来才知道那是“四人帮”抓住“白卷英雄”张铁生这个典型，用来攻击和打压小平同志的，将文化考试说成了否定“文化大革命”的“右倾翻案风”。

在那个年代，“中央文革领导小组”成了演绎最高指示的唯一权威机构，何为正确，何为错误，似乎都是他们说了算。但老百姓都认为，既然是上大学，应该有文化考试。所以，那一年虽然已经“考”

了一下，但又属于“右倾翻案风”，那怎么办呢？于是，考试成绩不作为录取的唯一标准，只能作为推荐上学的一个参考条件。具体执行由各地按照自己的理解实施。

右图是我当年进校时的南京师范学院大门；下图是如今改造过的南京师范大学的随园校区主校门，采用古色古香、与校园内大屋顶建筑一致的风格。

工农兵学员进校后的学制各不相同，根据“学制要缩短，教育要革命”的最高指示，工农兵学员的学制有两年的，有两年半的，也有三年和三年半的；有的是不同的专业学制不一样，也有的即使是同一个专业，学制也会不一样。像南师的汉语言文学专业，我读了两年半，而上一个年级和下一个年级都读两年就毕业了，名曰“教育革命探索”。

记得那天是报到的最后一天，下午三点多钟我到中文系办好入校手续后，由上一届的学长帮我提了行李，翻过学校的西山，一直送我到宿舍区四舍。根据报到处给的宿舍号码，我走进宿舍时发现同舍的同学都已到齐了，我已是最后的晚到者了。

根据床号我爬上高铺正在整理床铺时，隔壁宿舍有一位同学（后来知道叫俞光明）来找我，说下午班主任张老师已经来过了，因我还没来报到，要他通知我，我是班上的临时召集人。明天早晨八点，全班同学都带好宿舍的凳子，到中大楼北坡的台阶下集中，然后排队前往学生大饭厅参加全校新生的开学典礼。

开始我有些纳闷，我是最后来报到的，老师还不认识我，怎么就叫我当临时召集人呢？当不当临时召集人我倒无所谓，要紧的是我还想换专业呢，想换到原先填报的理科专业去。这样一来，岂不难度更大了吗？

那天夜里因为有这件烦恼的心事，一向睡眠很好的我躺在床上辗转反侧难以入睡。其他人也许白天路途奔波都已进入梦乡了，我却无法入睡，心里一直盘算着我怎样才能换成专业。

第二天早饭后，全校新生都集中到学生大饭厅参加学校的开学典礼。

南师的学生大饭厅据说在新中国成立初期还是个草棚子，到五十

上山下乡，我在生产建设兵团的广阔天地里干了五年，那年我来南师上大学时已 24 周岁了。

年代末才建造了现在的这个学生大饭厅。由于当年正遇三年困难时期，所以除了有一个屋壳子可避风雨，里面有一些旧方桌，其他就“家徒四壁”了。凳子碗橱什么都没有，一切都很简陋。不知是本来就如此，还是“文革”运动才造成了如此模样。

经历了“文化大革命”的大揭发大批判，学生大饭厅的梁柱和周围的墙角边上，从上到下还都留有一些没有撕干净的大字报纸屑。可以想象隐藏在纸屑中的，当年大鸣大放贴大字报的声势，居然都有人搭了架子，将大字报贴到了梁顶上。

大饭厅顶上的气窗上都有一层厚厚的黑乎乎的灰尘，也不知有多少年没打扫了，大风一吹还会剥落下来。有的气窗玻璃都破了，也没来得及修理。

当时工农兵学员实行的是包伙制，国家给大学生的定粮标准每人每月 32 斤，拨款的伙食标准是每月 13.6 元。学校规定 8 个人一桌，早上是一桶稀饭和 8 个馒头，还有些小菜。中午、晚上一桶饭四个菜，一周有两天的中午带点荤腥。大家都是围了桌子站着用餐，虽说条件也比较艰苦，但与农场比我已经非常满足了。

地上的水泥地已破损得没有了原来的模样，坑坑洼洼、高高低低，饭桌都摆不平。经常要来回移动甚至转动饭桌才能找到四脚的平衡，否则高低差大了，一摇晃桌上的菜汤都会晃出来。水泥地呢，显然是当年为了省钱，用的混凝土强度不够，或者是施工队偷工减料的结果，用脚搓搓，沙子和水泥灰都会出来。

那天的开学典礼，由学校革委会一位负责同志主持，穿军装的革委会副主任讲话。过后才知道，学校当时主政的是进驻大学的军宣队和工宣队，学校革委会主任是时任原南京军区装甲兵副司令员马兆文，当天有事没到场。那天革委会副主任讲了些什么，我已印象不深了，反正是长篇大论地讲“千万不要忘记阶级斗争”“资产阶级代理人就在身边”“要打倒党内走资本主义道路的当权派”“要坚持无产阶级专政条件下继续革命”等等。但有一点我记得很清楚，讲工农兵学员上大学是“文革”中的新生事物，是大学的主人，不仅要上大学，还要管大学，改造大学。不要迷信资产阶级学术权威，不要崇拜古人和洋人，要敢于革命，敢于打破旧的教育体制的束缚，勇于走教育革命新路，等等。

当时听了报告以后，我们的感受很复杂，把工农兵学员捧到这样高的地位，作为工农兵学员的每个人，自然都有一种自豪感和荣耀感。但在如此重任面前又很茫然，“上大学”本来与上中小学就不一样，如果说我们从上小学一直到上高中，多少还能对未来“上大学”想象一番，那么“管大学、改造大学”不仅没有经历过，连想象都想象不出来，内心一片茫然。

当然，不排除当时新生中也有少数人，经历了“文化大革命”“造反有理”的“历练”和“怀疑一切”理论的“熏陶”，听了报告后热血沸腾，踌躇满志，跃跃欲试。

开学典礼后没几天，没想到班主任张海保老师就宣布我担任班长兼临时党支部书记。这下我意识到，转专业的事“彻底泡汤了”——“才选你担任班长兼党支部书记，怎么可能还会同意你转专业呢？”

但在烦恼中我还是不死心，趁开学上课不久，还想提出来试试。有一天全班会议后，我找张老师提出了我想转物理系的请求，并具体说明了转专业的理由。张老师的答复如我所料，委婉地拒绝了。他对我说：“兴趣是在学习中培养的，慢慢学下去，你就会喜欢上它！”还向我介绍了南师中文系历史悠久，名师荟萃。这里有全国最大的中文系资料室，在全省乃至全国的学术地位和影响力都在前列，物理系的地位和学术影响力哪能与中文系相比呢，等等。

张老师说的一番话，我知道都出自真心，讲的也都是事实。但人贵有自知之明，我知道自己的长处是理科的抽象思维。中学时数理化都学得不错，特别是物理每次考试我都是满分，所以学理科的智商还可以。而且我的动手能力也比较强，从幼儿园叠纸飞机，青少年时期在市人民体育场做了四年多的航空模型，到“文革”期间自己摸索着装电子管和晶体管收音机，自认为学理工科我最合适。如果没有“文化大革命”，我肯定报考航空学院。而语言文学更看重形象思维，恰恰是我的短处，这方面的悟性与情商都不够。

记得爱因斯坦说过，“兴趣是最好的老师”，一个人对某事物或某学科感兴趣，他一定能学好，一定会有建树。因为只有兴趣才会让人兴奋，才会把大脑记忆的兴奋点激活，才能使大脑焕发出创造力。

曾有这样一种说法，“兴趣与事业一致，它能使你的潜能最大限度地发挥”。所以人们常说“兴趣是人生事业成功的一半因素”。

选专业的不如意，让我心里很纠结。物理系当时就在中大楼的南坡底下，内心的向往驱使我多次去窥探过物理系的实验室，看得我心里痒痒的。但班主任不同意我转专业，那有什么办法呢？我知道已没必要再去找院系领导了，他们肯定也不会同意。再说了，那时报纸上又开始宣传“党的需要就是我的志愿”，怎么可能会随你的爱好转专业呢？看这种态势我只好作罢，只能硬着头皮往下学了！

后来知道，班主任张海保老师认真阅览了全班每一个学员的档案材料，发现我在生产建设兵团担任过连长职务，于是在大家相互还不熟悉的情况下，先指定由我任班长兼临时党支部书记。哪知道也许就是这“临时担任”，彻底打碎了我一心追求理工科的最后一点企盼，不得不走一条自己并不满意的文科之路了。

开学后不久，我的第一篇日记记载了这样一件事。

那是第一节作文讲评课，我的印象特别深刻。当我拿到自己稿纸上的作文，仔细阅读老师的评语时，有了一个惊人的发现，在稿纸的行与行之间贴着几条窄窄的小纸条，上面密密麻麻地写着清晰的评语。耶！这是怎么回事？老师还要把评语先写在小纸条上，然后贴上

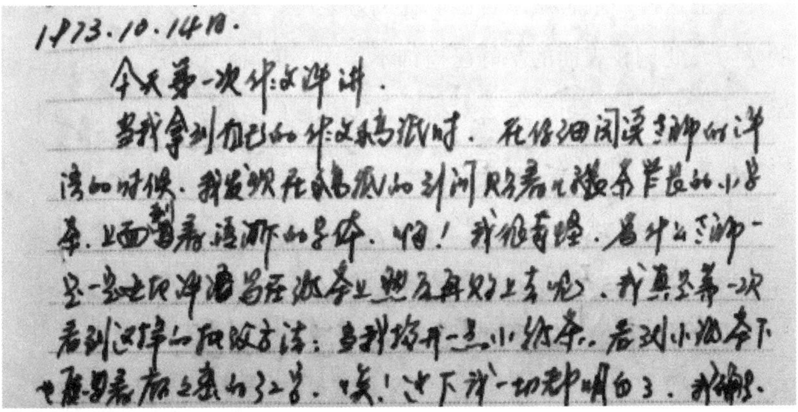

这是我当年的日记，记载了这样一件让我感动而又无法忘怀的事。

去吗？我从小至今还从没见过老师会如此批改作文。

我怀着好奇心，悄悄地揭开了这些遮得不太严的小纸条，当我看到覆盖在下面的也是密密麻麻的评语时，这下我全明白了。

教我们写作课的芮老师是宜兴人，说的普通话里常带有一点吴语口音。他教书认真，为人谦和，“文革”中因家庭出身“不太好”，受到过冲击，进过“牛棚”。这两年高校开始招收工农兵学员，他才从“牛棚”里解放出来。我们进校后，他重新获得了上课的机会，所以十分珍惜来之不易的上讲台讲课的荣耀。可以想象出，他对批改作文的认真和虔诚。一定是写了评语躺下休息时，在床上又觉得评语还写得不够精辟，用词不够精准或者还不够全面，又爬起来重新把评语写在小纸条上，涂上胶水后再覆盖上去的。

耶！还有这样改作业的？从没遇到过这种情况的我坐在课桌椅上惊呆了。我在作文稿纸上凝视了一阵子，眼睛开始有点模糊，在一般人看来，不就是改一篇作文吗？然而，芮老师，已有几十年教龄的他对教学工作竟会如此严谨，如此执着，这份敬业精神和职业操守让我为之一振，叫人无法不感动。

遇上这样一批忠诚于自己职业的好老师，我却不安心于这个专业的学习，此刻我表面的平静已掩饰不了内心的翻江倒海。我想自己如果再不安心好好学习，怎么对得起辛勤耕耘的老师呢？心里感到十分内疚。虽然我的兴趣一时无法改变，现实与理想之间依然有纠结，但老师的精神已深深地打动了我。

从那天起，我的心开始慢慢地平静下来，不再去胡思乱想了，不管有多大的困难，我下定决心强迫自己，努力把自己的专业知识学好！

这件深刻影响我的事虽然过去了，但也引起了我的另一番思考，在下决心学好自己并不倾情的本专业的同时，我内心觉得有些隐隐的酸楚。

工农兵学员不仅要上大学，还要管大学、改造大学，任课老师们在这样的语境中，他们会是怎样的心境呢？作文的评语一定是写了又改，改了又写，结果一定是“四平八稳”的，都是在充分肯定的评语后，再写上几句“如果能……那会更好一些”之类的话。对学生作业中的问题哪敢一针见血地指出来呢？

哎！“文革”中的很多理论很多道理都是颠倒的。老师们教书本来就是给学生“传道”“授业”和“解惑”的，而此时的学生不仅是学生，还成了学校的管理者和改造者。关系颠倒了，老师们怎么敢放手教学、严格要求、带好学生呢？

在当时的政治背景下，老师们还都是“臭老九”，个个谨小慎微，生怕不慎失言，讲错什么，写错什么，招来学生的批判。我们都成了悬在老师们头上的“达摩克利斯剑”，这种“新型”的师生关系，“新”得完全都颠倒了，变得不伦不类，令人无法理解。这样能办好大学吗？我感到很惘然。但在那时的政治环境里谁都不能说，谁也不敢讲。

1974 年春节后，新学期开学不久，团委王书记找我谈话，说根据形势发展的需要，为鼓励工农兵大学生积极参与“上管改”，学校决定成立南京师范学院学生会。考虑到工农兵学员都来自全省各地，在校内又都分散在各系，相互间都不熟悉，交往也很少，学校成立校学生会的舆论准备也不够充分，于是，学校决定先成立校学生会筹委会，由我任筹委会主任。

校学生会筹委会除办公室外，下设了五个工作组——文秘组、大批判组、学习组、文体组和生活组，共由 19 位同学组成。筹委会在学校团委的领导和指导下开展工作，具体工作和日常事务由我主持。

当时是我刚刚读大一的第二学期，筹委会里还有好几位是大二

这是当年学生会筹委会的19位同学，在送七二级委员毕业时大家留下的一张合影。

年级的学生（当时学校只有两届学生），无论资历还是活动能力都比我强。于是我给王书记提出，我一定热心参加筹备工作，但筹委会主任还是请高年级的同学担任。王书记听后给我解释，不是他们不能当，而是大二的同学都即将毕业（当时南师的第一届工农兵学员学制只有两年），考虑到工作的持续性，学校革委会决定就在大一的学生中选拔筹委会主任。既然领导这样决定了，我也无话可说，只能勉为其难了。

校学生会的筹备工作中，现在想起来除了一些日常事务外，真正做的一件实事是在一舍和二舍之间建造了一垛宣传墙——一块黑板报和四个宣传橱窗，有18米长。

当时，我们想既然要参加“上管改”，那总要有一个工农兵学员发声的地方，建一垛有黑板报和宣传橱窗的墙，反映工农兵学员在校时的学习、工作和生活情况，也多少能刊登一些同学们的呼声，反映同学们的愿望和要求。这一建议因符合当时要在工农兵学员中加强宣传教育工作的口径，很快得到了学校革委会的批准。

这垛墙中间是一块 12 米长的黑板报，两头各有两个宣传橱窗，方案是由筹委会中一位美术系的同学设计的。我们全体委员用了几个下午课后的时间，参加义务劳动，清理建宣传墙场地上的杂树和垃圾，从卡车上卸载砌墙的砖块和黄沙水泥。虽然很长时间没有参加体力劳动了，突然干体力活感到比较累，但大家都觉得做了一件有意义的实事，心里还是挺开心的。

1974 年底，学校在小礼堂召开南京师范学院学生代表大会，成立了“文革”中的第一届南师学生会，这是学校小礼堂大会的入口处。

宣传墙建好后，大批判组负责两周出一期黑板报，橱窗则由文秘组每天负责更换《人民日报》《光明日报》《新华日报》和上海的《解放日报》，有时也用来张贴各类通知和告示。

为什么说黑板报“多少能刊登一些同学们的呼声”呢？那时，学校的军宣队和工宣队强调“思想革命化，管理军事化，反对自由化，一切行动听指挥”。所谓“上管改”只是舆论宣传上一时需要而已，橱窗和黑板报哪能真正全部反映学生们的意见和建议呢？

那年底，学校正式召开第一届学代会。我记得自己代表筹委会在校学生代表大会上所做的筹备工作报告,学校革委会要求遵循当时“两报一刊”文章和社论的精神，体现工农兵学员“上管改”的风貌。我的报告不知改了多少遍，作为工农兵学员想说的实话，大部分都删了，改到最后剩下的几乎是“两报一刊”文章的翻版。大段大段的大道理和空话，与高等师范教育，与教育教学过程的改革，与学校学生的实际情况几乎“不怎么沾边”。我在主席台上，怎么也念不出精神来！这就是当时“上管改”的实际情况。

校学生会正式成立了，我被选为“文革”中工农兵学员第一届学生会主席，新当选的学生会委员个个兴高采烈意气风发，都想为全校同学们多做点事。可是，怎样才能组织广大同学开展各项有益的活动呢？这一直是学生会面临的难题。

工农兵学员都在社会上“滚”过几年，有不少人还担任过工厂的车间主任、农村的大队书记、公社副书记等职务，甚至还有任过县革委会委员的。按有些人的说法，“现在桌子板凳一般高，到底谁能领导谁呀！”

在当时的情况下，我想学校学生会的工作不是谁领导谁的问题，而是怎样做好服务，引导大家，发动群众，打开局面。方法上各委员要摆正自己的位置，以身作则，在同学中起示范带头作用，在这基础上勤勉无私推动各项活动的开展。所以，我要求每个委员都要严格要求自己，任何事都从自己做起。

有一次，为布置全校大学生歌咏比赛场地，我们组织召开各系学生会负责人会议。为避开下午省革委会在南京长江路人民大会堂召开的会议，我将各系学生会负责人的会议推到下午五点钟召开。原以为推得那么迟，省里一点半开的会肯定早就结束了，哪知道会议开到四点半还没结束。我要提前离场，会议组织者坚决不允许。人民大会堂的大门紧闭，边门有专人把守，这下可把我急死了。校学生会召开的会议，我作为会议主持者不能带头迟到呀！主持者不到会议怎么开？

人民大会堂的大会拖到四点四十终于结束了，离学生会开会时间还只剩不到二十分钟。坐公交车赶回学校是肯定来不及了，因为没有直达学校的班车，还需换乘。那年代还没有“的士”，自己又没有自行车，那只有“华山一条路”了——拼命跑。

我当机立断，在下班高峰的人群中一路穿行，拼命跑，拼命跑！交叉路口，只要不见车，管不了是红灯还是绿灯闯过去再说。遇到人扎堆的地方，就打招呼：“对不起！让让路！对不起！”一路说“对不起”，一路狂奔，上气不接下气，终于提前一分钟赶到了学校学生会会议室。

那还是春寒料峭的季节，我跑得满头大汗，弯着腰两手撑在会议桌上，大声喘着气，把大家都吓了一跳，还以为出了什么事呢。其实什么事都没出，我只是做到了准时到会！

当时的工农兵学员，政治素质都是很高的，班上有三分之一是共产党员，其他的基本都是共青团员，对党都怀有深厚的感情。他们都是从上山下乡的知青中百里挑一、千里挑一选出来的。

现在人们一讲到工农兵学员推荐上学，多会联想到“走后门”“腐败”，会想到“白卷英雄”张铁生。其实当时推荐上学也有严格的程序，特别是成百上千双知青的眼睛都盯着那几个上学名额，要想“做手脚”或做得不公平也很难。因上不上学涉及人生道路的改变，如果做得不公平，知青们怎会轻易放过呢？也会检举揭发，甚至闹事的，所以总体说选拔过程还是比较公正公平的。

特别像生产建设兵团这样的地方，知青高度集中，都是没有候选人靠无记名投票推选出来的。那么可能有人会问，当时有没有“凭关系”进来的呢？那当然有的，但应该说只是少数或极个别，绝不是主流。

毕业分配的时候，师范院校原则上都是哪里来到哪里去，回到农村去、回到基层去、回到艰苦的地方去。我们全班50名工农兵学员，没有一个不服从分配的。

工农兵学员文化基础参差不齐，这是事实。有高中的，有初中的，也有中专技校的，还有的初中才上了一年，实际只相当于小学毕业的水平。年龄也相差较大，小的有十五六岁的，大的有近三十的，已是两个小孩的爸爸了。不管年龄和文化基础差异有多大，但绝大多数人在学习上都非常刻苦。因为大家都经历过上山下乡的艰辛生活，都经历过前途无望的人生磨难，知道自己上大学已是那个年代里最幸运的极少数了，所以特别珍惜来之不易的学习机会。

工农兵学员最大的特点是吃苦耐劳，不计较个人名利，愿意为社会做奉献。我们班当时有两位同学，每天一大早起来主动打扫公共厕所，不怕脏不怕臭。大家称他们为“扫帚大叔”，一干就是近两年，一直打扫到毕业。一个大学生能坚持这样做，那是很不容易的。对现在的大学生来讲，那简直是天方夜谭。

他们都经历过社会艰苦环境的历练，牢记“人民送我上大学，我上大学为人民”的嘱托，事业心强，不甘落后。不仅生活上特别能忍受，学习上更是如饥似渴，勤奋刻苦。我清楚地记得，每天早晨起身号一吹，我们起来出操、晨读，衬衫纽扣总是一个隔一个扣，上中下只扣三颗，就是为了节省时间。晚上到图书馆自修，都是早早地去抢座位，否则就没有你的份儿了。

我们都知道自己已经耽误了五六年读书学习最好的青春时光，大家都有一个共同的愿望，要把失去的时间抢回来。当时学校规定学生宿舍晚上十点钟熄灯，大家都反映熄灯太早，时间不够用。在同学们的一再要求下，后来学校同意将熄灯时间往后挪半小时。但就是这样，也还是有不少人藏在被窝里用手电看书。

校学生会的办公室不在熄灯线路上，我就近水楼台先得月了。每天晚饭后先到宿舍洗漱，后到学生会处理工作事务，事情处理完后，我就在那里看书做作业，一直可以到深夜 12 点，甚至更迟一些。然后悄悄地摸黑潜回宿舍，不影响同学们睡觉，这样我就可以把因学生会工作耽误的学习时间补回来。

也就是从那个时候起，我慢慢养成了晚睡的习惯，没想到这习惯一发不可收拾，后来我几乎沿袭了一辈子，再也改不过来了。

过去上大学都要读四年甚至五年，而我们只有两年半时间，临近毕业了，我们发现还有很多东西没来得及学，还有很多书没来得及看。今后回到农村基层中学，哪有大学里这么好的图书馆？如果说有些好书可以买了毕业后慢慢读嘛，这不仅仅是经费没有着落的问题，特别是有很多好书即使有钱当时也买不到。

于是，在毕业前夕我们全班成立了一个互助组，大家筹集资金，借来油印机。刻钢板的刻钢板，印刷的印刷，抢在毕业前，把有些不是很厚的好书油印下来，人手一本。至今我还保留着一本当年由我们自己刻钢板油印的王力《诗词格律十讲》。同学们“贪婪”的求学精神可见一斑。

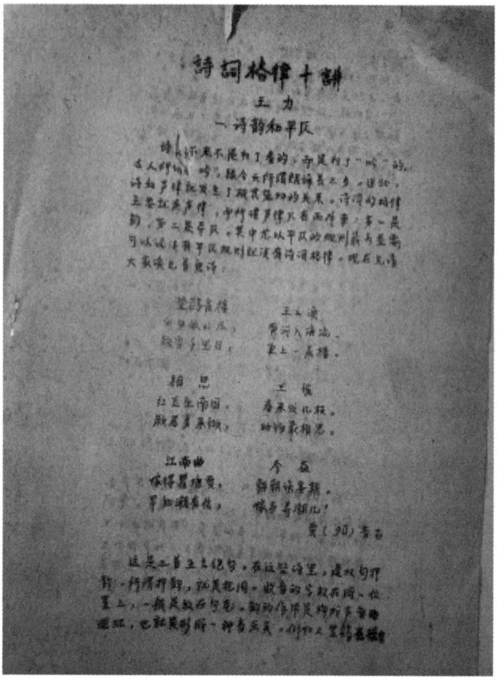
詩詞格律十講
王力
一 诗韵和平仄

这是当年大学毕业前夕，班上同学们成立互助组，自己刻钢板油印的王力《诗词格律十讲》。

我上大学的那几年，虽然还在“文革”期间，社会上人们的思想观念都被搞乱了，对于很多事不知何为正确，何为错误，正如歌词里唱的，只知道“天晴了戴草帽，下雪了穿棉袄”，但中文系的一批好教师，如孙望、唐圭璋、段熙仲、诸祖耿、徐复等泰斗级的大教授，还有一大批优秀的中青年教师，谈凤梁、王臻中、郁炳隆、顾复生、冯云青、唐纪如、贺国璋、吴锦等，他们依然守护着中华民族的优秀传统。他们忠诚于自己的职业操守没有变，严谨治学的传统没有变，传道授业教书育人，使随园文脉能源远流长，后继有人。

现在回忆起来，奠定我这辈子人生底蕴的，一是上山下乡五年艰苦生活的历练，培养了我不怕艰难困苦的意志，在任何困难面前都无所畏惧；二是在南师大中文系接受了老师们忠诚于教育事业、严谨治学、甘愿寂寞、平淡生活、默默耕耘的熏陶，他们一丝不苟的职业操守，深深地影响了我一辈子。

就如中大楼前厅墙上的那两句话，“学高为师，身正为范”成了我一生的座右铭。

2017 年 6 月 22 日 于南京

吐着柳花。但是我们的秧田还没有泡田。干裂的秧田整嘴嘴，朝着天。这种比是满之的种。坝头上的秧的已吐出了白芽。可是水啊水。上游还未下来。盼着干枯的河床，我急得坐立不安。"五农二闸"一天当中过。喝喝：喝水。在这种情况下，上级号召我们，抽水机不够用，就用脸盆去端水。一盆一盆的端起来。我想这是论地啊！这不是流水。……。水！水！全连的同志都吼。不能再等了。要自力更生，向大寨社的学习"千里担一盆苦的精神"。带这块硬骨头。就是这样一盆一盆地去浇开了那干裂的泥土。想到这些，我当些珍惜。

但是半年后，我看到那个学不完的奇了。因为可贵这美质上是甚要变了。

去年以来，多少身上还当有贫下中农的优秀品质，艰苦朴素，勤俭建国。这是贫下中农的多计培育，以革命斗争、六阅大地的实际的结果。但去欢在长期的城市的劳动，脱离工农接合多。

因此，要我为一个工农兵欢迎的合格的大学生，要注意加强世界观的改造，要注意避我改造一步注意人"四炉"，要注意接受永远再教育。

支塘『采风』

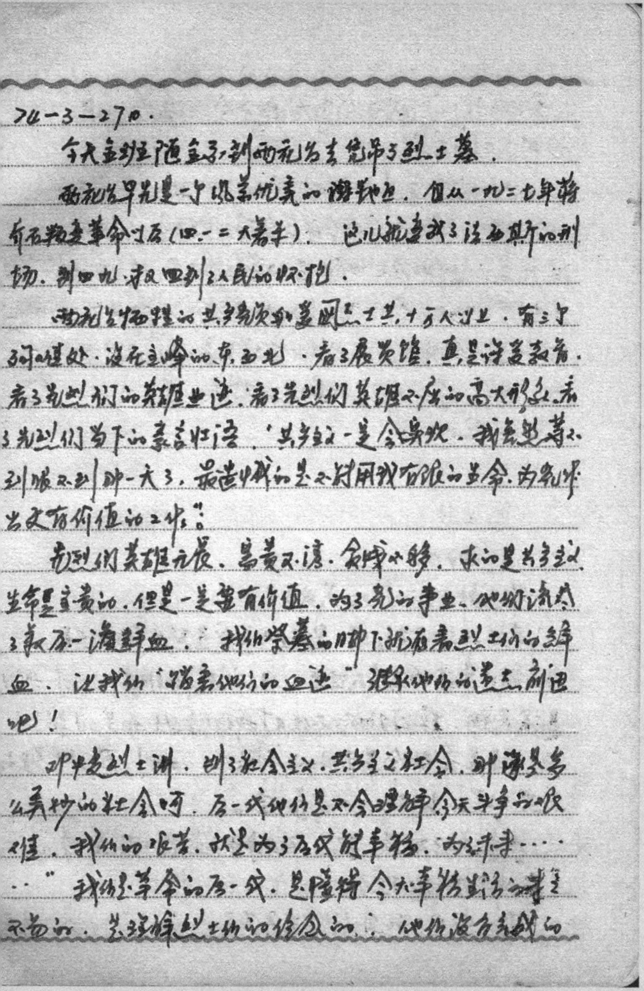
74-3-27日.

今天全班随全系到雨花台去凭吊烈士墓.

雨花台早先是一个风景优美的游览地区. 但从一九二七年蒋介石叛变革命以后(四·一二大屠杀). 这儿就变成了法西斯的刑场. 解放后才回到了人民的怀抱.

雨花台牺牲的共产党员和爱国志士共十万人以上. 有三个集中埋葬处. 设在主峰的东、西、北. 看了展览馆. 真是深受教育. 看了先烈们的英雄业迹. 看了先烈们英雄不屈的高大形象. 看了先烈们留下的豪言壮语. "共产主义一定会实现. 我虽然看不到那一天了, 最遗憾的是不能用我有限的生命. 为党作出更有价值的工作":

先烈们英雄无畏. 富贵不淫. 贫贱不移. 求的是共产主义. 生命是宝贵的. 但是一定要有价值. 为了党的事业. 他们流尽了最后一滴鲜血. 我们祭奠的脚下就有着烈士们的鲜血. 让我们"踏着他们的血迹"继承他们的遗志前进吧!

邓中夏烈士讲. 到了社会主义. 共产主义社会. 那该是多么美妙的社会啊. 后一代他们是不会理解今天斗争的艰难. 我们的艰苦. 就是为了后代的幸福. 为了将来……" 我们是革命的后一代. 是继承今天幸福生活的来之不易的. 是踏着烈士们的血迹的. 他们没有看到的

江南水乡人喝早茶的习惯和对生活的享受，可以说如乡村歌谣中的长调，蜿蜒而悠长，如陈年的米酒，醇厚而绵柔。那份吴韵乡愁，品茗清幽，风格优雅，余味无穷的体验，一直留在我的脑海里。

我进入大学那年，正遇小平同志出来帮助病中的周总理工作。随着小平同志对全国各行各业提出进行全面整顿的要求，教育战线也掀起了一场教育革命的大讨论。南师虽然是一所以师范为特色的多科性大学，但全校以文科和艺术见长。所以，文科该怎样办？师范该怎么办？是那阵子学校里讨论教育革命的热点。

当时中央的宣传口径强调，要以毛主席的最高指示“文科要以社会为课堂”作为文科改革的指导思想。这一指导思想的意思是十分明确的，文科的教学与实践要走进社会。但怎样以社会为课堂？如何反映社会的变革推动社会前进？毛主席没有具体阐述，于是，社会上就众说纷纭了。

那时贯彻最高指示精神，文科教育教学革命最有代表性的举措就是“开门办学”。何为“开门办学”呢？大家的理解就是毛主席提出的“学生不仅要学工，还要学农学军”的最高指示，到工厂、农村、部队去边参加劳动，边组织学习，边进行训练。

南师中文系是当时省里最有影响力的文科系之一，在教育教学革命的大讨论中，系领导在总结上一届工农兵学员“开门办学”的经验基础上，提出了“理论教学与社会实践相结合，以专题组织教学，以任务带动实践”的教改思路。这思路在当时全省高校的教育教学革命中，还是颇有创意的。

我所在的中文系七三（2）班，是当时学校教改的试点班，有六位不同专业的老师从大一开始，全程跟班组织教学改革，直至同学们毕业。当时大学的老师排课，按传统是不跟班的，上完了这个班的课，就转移阵地，到其他班或者其他年级去上课了。在我们班的跟班教学改革试点中，由于他们都是自愿报名的“志愿兵”，所以责任心很强，常常与学生打成一片。外出“开门办学”时，他们都克服了各种家庭和生活上的困难，与我们学生同吃同住同劳动，在文科的教学改革中做了很多探索，让我们深受感动。

比如全社会广泛开展“批林批孔”运动时，老师与我们一起到南京汽车制造厂的铸造车间、十月人民公社的农村地头去宣讲“评法批儒”。大家一边跟班劳动，一边帮助工人农民出墙报、写大批判文章等。

为配合当时五一国际劳动节宣传优秀人物的需要，老师又和我们一起到社会各条战线上去，收集英雄人物的先进事迹。到栖霞山铅锌锰矿采集陈腊贞优秀事迹，到新街口百货商店、南京自来水厂采访优秀群体，将他们的优秀事迹都写成报告文学广为宣传。

大学二年级的第一学期，根据教学改革的计划，我们将进入戏曲专题学习阶段。这一阶段的教学大纲要求，在理论联系实践环节上，

南师大 100 号楼前面的大草坪，从旗杆到学校大门的这条东西向延长线，就是学校的中轴线。

要学习“样板戏”“三突出”的创作原则，创作革命文艺。为实现这个教改目标，这次“开门办学”要深入生活，特别要深入到工农兵火热的革命生产斗争中去寻找创作素材。

根据上一届学员“开门办学”的经验，经过反复研究，系教育教学革命领导小组，设计了我们全班到常熟县（1983 年 3 月撤县建市）农村开展民间“采风”的教学实践活动。

这次下农村“采风”，全班分为四个小组，每个组都有一位老师带队指导。我分在第三小组，具体任务是去支塘人民公社采集民间的口头传说和革命故事。

常熟是江南有名的鱼米之乡，经济上相对比较富裕，社会安定，民风淳朴，崇尚读书，文化底蕴深厚。这里讲比较富裕，也是相对苏南、苏北的许多人民公社只有“几分钱一工”“几毛钱一工”而言，他们常熟的一般都能达到“一块多钱一工”。当然，那时的所谓“富裕”，根本无法与今天人们理解的富裕相比。

因为当地经济上相对比较富裕，所以无论是政府部门还是民间的文化活动都开展得比较活跃，文化文艺活动的水平也比较高。这也印证了马克思关于经济基础决定上层建筑的科学论断。

常熟县各公社的文化文艺活动开展得比较活跃，这正符合我们的教学要求，岂不是“采风”的好去处？一年前，上一届中文系学生“开门办学”，在常熟县白茆人民公社采集山歌，颇有收获。“开门办学”回校后还整理出版了一本《白茆山歌集》，在后来省内的文科教育教学革命成果展上有不小的影响。

我们去常熟“开门办学”，已是深秋季节。常熟的天是蓝晶晶的，湖水是碧绿绿的，只是河滩上的芦苇有些枯萎了，大地有了一分凉意。地里的稻子都已收割完毕，粮食进仓，稻草也都上了垛。

那天下午到常熟，学校与县主管部门事先早已联系好了，所以没费什么周折，县文化局安排我们这一组直接去了支塘人民公社。

支塘人民公社的所在地是个古镇。这个古镇还不算小，房屋临河，错落有致，毗邻而建。河上有座古老的拱形石桥，桥堍下的青石板小街很干净，这在当时也是不多见的，即使在苏南也不多。小街两边有些杂货店铺，还有一些散落的住户。特别让人惊奇的是城里见不到的大茶馆，虽说不是雕梁画栋，但沿街一溜子三四个开间的门面，一大排古朴的门板，足以窥见其规模和当地茶文化的厚重，呈现出江南农村浓郁的吴韵乡风。

那天我们到支塘古镇时已近傍晚，接待我们的是支塘人民公社的文化馆馆长，他自我介绍姓史，我们就叫他史馆长。史馆长亲自带我们到河对岸的住宿地点，那是一个大礼堂，有模有样，规模还不小。一个公社有一座如此气派的礼堂，可以在室内组织文艺演出和放电影，这在当时是不多的，可以说这是一个公社经济富裕的象征。

礼堂怎么住宿呢？我在心里疑问。走进大礼堂，史馆长带我们直接上了舞台。哦！原来都安排睡在舞台上。舞台上有地板，不就像睡在床板上吗？史馆长已是够用心的了。男女同学之间用幕布一拉，相对隔出两个空间，生活起居都很宽敞。

我们搭伙就在只有几十步路的公社食堂。食堂里有一位师傅，平时大概在食堂吃饭的公社干部很少，所以增加我们师生10个人吃饭，一日三餐也没问题，完全可以应付得过来。解决我们的吃饭住宿问题，是“采风”的前提条件，在史馆长的操心下都妥善安排了。

我们从上一届学员那里得知，乡间“采风”从老百姓的口里采集到原始的创作素材是一件很不容易的事。一般对不熟悉的人，老百姓是不会讲的。这倒不是像今天有什么专利不专利，而是苏南乡下人的习惯，面对不熟悉的人一般不会随意搭腔拉家常，就是拉家常不到一定程度，也不会聊起我们所需要的当地传说和民间故事！

所以，我们“采风”的第一关就是要深入当地生活接近老百姓，如何接近老百姓呢？我们有些茫然。深秋初冬季节，虽然秋收秋种农忙已过，但地里还有很多零星农活，社员们各忙各的事，不可能有时间与你闲聊。要接近老百姓，看来只有陪他们一起参加生产劳动，在劳动中拉近距离，感情融洽了聊起家常，东说南山西说海，方有可能从中捕捉到我们所要采集的创作素材。

第二天，史馆长安排我跟男社员一起去挑棉花秆，棉花采尽后竖在地里的棉花秆是当时家家户户大灶最好的烧柴。生产队的“棉头”[1]

当年我们到支塘公社“采风”共九位同学，后排左起第四位戴眼镜的是我们带队的冯云青老师，后排左起第三位即文化馆史馆长，照片的背景就是我们住宿的礼堂。

①“棉头”，俗指种植管理棉花的负责人。

安排劳动力拔起来后，在地里按户一小堆一小堆平均分好，然后由生产队的小伙子们将棉花秆捆成垛，直接挑到各家各户去。

那天，“棉头”借给我一根扁担和两根带钩的绳子。我当年下乡的生产建设兵团，没有这种带钩子的捆扎工具，我就学着生产队的小伙子们那样，借钩子勒紧的巧力，用绳子打个结捆扎棉花秆。周边的小伙子看到我捆扎的棉花秆和他们堆得一样高，就善意地劝我少挑一点，“百步没轻担噢！”意思是别小看这棉花秆，要挑二三里路，感觉会越挑越重！

“没问题，放心！”我回答他们说。

当时我想，凭我在生产建设兵团五年练出来的身板，挑这一点东西还是“小菜一碟”。如果没有这分把握，我还堆了那么高，结果赶不上挑担队伍的脚步，小伙子们还要停下来等我，那不丢死人啦！

我挺直了腰板一起担，就知道这点分量一点没问题。在生产建设兵团时，我扛着装二百斤麦子的麻包还追赶拖拉机呢，这点东西不算什么。

也许是我个子比生产队的小伙子们高，步幅大，而且挑担不用两手抓前后扎绳，只需用一只手搭在扁担上把控就足够了。这种挑担的平衡技术我在生产建设兵团早已烂熟于“肩”了，另一只手与平时大步向前走一样前后大幅甩摆着，显得十分矫健和优雅。任何事只要做到极致就是艺术，我想到这些不免还有点自豪感。

我随小伙子们挑担的队伍，一路快步行走，一口气把棉花秆挑到生产队，按“棉头”的指挥，把棉花秆分别送到各家各户的门口。

在各家各户门口等候接棉花秆的社员，见到我这个陌生人也挑高高的一担棉花秆，都带着惊奇的目光瞧着我，私下在议论：“大学生居然也能挑那么多？”队伍中的一位小伙子扯着嗓子对他们说：“别小看人！人家是从生产建设兵团出来的。”“噢！原来如此，好棒！”一片赞叹声。

在回程的路上，挑担的小伙子们围着我开始问长问短了。大概他们原来以为大学生都是手不提篮肩不挑担的“懦夫”，而我挑担的能力一下子让他们刮目相看了。交谈中我给他们简单介绍了我上山下乡的经历，也讲了这次到常熟来“开门办学”的目的。但在聊天中我却发现，我与年轻社员的话题很难引导到我需要“采风”的素材上来。

上午我和年轻社员们很快就把地里的棉花秆全都挑完了，在干活中与小伙子们的关系也融洽多了。但往后在一起劳动了三天，“采风”的任务却一点进展都没有，我不免有些失望。

那天，回到大礼堂的舞台上，没想到当晚停电。于是，我和另外一位同学打着手电赶到小街上去买蜡烛。结果走了大半条街没有买到，大部分商店都打烊了。问起街上的老百姓才知道，按当地农村的习惯，早晨起得早，晚上睡得也早。为什么呢？“这不可以省灯油吗？”哦！原来如此。

回到礼堂后，我们商量也不要特地为了买蜡烛的事摸黑去找史馆长了，大家就一起躺在舞台的地铺上休息休息聊聊天吧！

聊些什么呢？突然有人提议：“难得有这样的机会，请冯老师给我们讲故事吧。”“那好哇！”“太好了！”大家齐声鼓掌。“讲一个，讲一个！冯老师肚子里肯定有许多故事！”

“故事不好讲啰！”冯老师说，“过去就是讲故事，不少教师挨了批判。”“文革”中确实有因随便讲故事开玩笑，发生老师被学生批斗的事。所以大学恢复招收工农兵学员进校后，老师们个个都变得谨小慎微，甚至人人自危。在这样的语境中老师不愿意讲故事，这也是完全可以理解的了。

“冯老师！我们不会的，你放心大胆讲，肯定没问题！”有人还使激将法，说：“冯老师肯定会讲的，你们放心！”在同学们的一再恳求下，冯老师也觉得不好意思了，于是想了想对我们说：“那我就讲一个吧！”

我至今还清楚地记得，那次冯老师讲的，其实不是有情节有结构的完整故事，而是特定历史时期的一副政治对联。他说：“民国末年，全国解放战争经过了辽沈、淮海、平津三大战役，国民党军的主力基本消灭殆尽。国民党自觉末日不远了，于是，提出与共产党和谈，意图以长江为界，国民党与共产党划江分而治之。这时《民报》上有人出了一副对联的上联，骂国民党和蒋介石，‘民而忧之，国而忧之，民国何分南北’，并在报纸上公开征集下联。过了两天，有人在《民

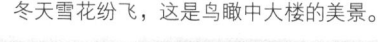

冬天雪花纷飞，这是鸟瞰中大楼的美景。

报》上对了下联，‘总而言之，统而言之，总统不是东西’。”真是对得妙极了，不仅对仗工整，而且一语双关，骂得痛快。我们听后一阵热烈鼓掌，惊呼：“讲得好！讲得好！”“再讲一个！再讲一个！”

由于在“文革”中许多老师都受到冲击，不管现在政治氛围有没有缓和，大家还是心有余悸。虽然我们一再劝慰，一再恳求，冯老师却再也不肯讲其他故事了。

舞台上伸手不见五指，那怎么办呢？文科的老师和学生都是“夜猫子”，习惯深更半夜写东西，夜深人静时写东西最“出活”。于是我抛出一个话题：“冯老师，我们与社员一起劳动好几天了，年轻社员这一小组几乎采访不到任何创作素材，照此下去，我们肯定完不成任务，回去没法交作业啊！”

我的话题立刻引起共鸣，大家你一言我一语地议论开了。这个说“在共同劳动中听不到社员们讲故事，可能他们肚里就没故事”，那个说“也许有故事，但要么太说教，要么太俗气，不能作为创作素材”，也有的同学说“看来必须另想办法喽！”。“嘿，我们是否应该听听史馆长的意见？也许他会有办法。”大家觉得这个建议好。

第二天早上，史馆长主动给我们送来了蜡烛，并告诫我们说，农村经常停电，大家要有这个思想准备，点蜡烛可千万要小心，安全第一噢！我们感谢他的关心，并请他放心，我们一定会小心火烛的。

随后，我们把收集不到创作素材的烦恼给史馆长做了汇报，史馆长想了想说：“还有一个地方你们不妨去试试看——茶馆。”

常熟地区有个风俗习惯，老百姓早睡早起，天不亮就起身了，干什么呢？到茶馆去喝茶！所以当地的茶馆很兴旺，大小错落，新旧兼容。当地人喝茶不是我们想象的那样喝一杯两杯就算完了，而是要喝上两三个小时，甚至三四个小时，这是当地人生活中不可或缺的一份乐趣和享受。如果哪天没喝早茶，总会觉得似乎忘了一件什么大事，喝茶早已成了蕴藏于人们生活习惯中的一种文化。

当地老百姓天不亮起来，早茶喝到早晨五六点钟，这时天方亮，茶客会陆续散去，各自回家出“早工”，茶馆才开始清闲起来。早工干到早晨七点多钟，各自回家吃早饭。当地人就是这样勤勉，日复一日，年复一年，有滋有味地享受着他们心目中的乐趣。

茶馆里的茶客因为天天来，茶馆的老板基本都认识，甚至都可叫出名字。茶客的人数每天也基本是恒定的，甚至坐在哪一桌都是相对固定的，因为老茶客相互间都熟透了，一般不愿意换桌子。相互了解话题也就投机，海阔天空、古今中外、民间传说、坊间新闻、小道消息等等，无话不谈。

茶馆也很有讲究，每天喝茶期间，茶馆会安排一些艺人穿插摆场“说书”，即苏州评弹。评弹曲目很多，多数有“几十回”，就像今天的电视连续剧一样，一说就是十几天，甚至个把月，说完了就再换一拨人来说。

苏州评弹与北方说的“评书”有差别，苏州评弹在形式上有两种，一种是男女两人搭档弹唱合说的。开场时男弹三弦女执琵琶会先唱一段“开篇”，既热闹场地，又可稍等迟来的听众，然后引入正题。说书说到关键情节时，又会再唱上一段。

苏州评弹的另一种形式，是单人“说书”，没有弹唱，类似于用苏州话讲故事，这与北方的“评书”差不多。

讲到情节紧要时，跑堂的会托个锣盘到台下来转一圈讨要捧场钱，不管多少，茶客们多多少少会给一点，觉得唱功好或情节讲得精彩，听得满意的，那就会多给一些，反之就少给一些。

两天后，我们根据史馆长的建议，全组凌晨一点多钟就起身，洗潄结束走出礼堂，冒着初冬的寒冷，踏着霜冻往茶馆走去。

凌晨，室外的气温那时已接近零摄氏度了，皎洁的月光下，寂静的古镇像披上了一层银白色的窗纱，朦朦胧胧。我们脚下踩着青石板路，真分不清脚下踏的是月光还是凝霜。

才从暖暖的被窝里出来的我们，虽然都穿上了棉袄，但遇到寒风还是有些瑟瑟发抖。一路上我们双手插在袖子里，缩着头弓着腰在议论，半夜三更似醒非醒，冒着寒冷饿着肚子赶早去喝茶，这种滋味当地的百姓怎么会把它当作享受和乐趣呢？在我们看来，饥饿寒冷实在与快乐和享受联系不起来呀！

议论之间已到了茶馆门口，那时我看了一下表，还不到凌晨两点。一望茶馆里已是人头攒动，烟雾腾腾，人声鼎沸。哇！门里与门外简直是天上地下两重天。那么早就有那么多茶客来喝早茶，真出乎我们意料，让人吃惊。原以为我们早点到，能先抢个座位体验体验茶客的感受，哪知道我们已是迟来的生面孔了。

走进茶馆一眼扫去，茶馆里是清一色过了不惑之年的男人，我们一行十人进去，立即引来了茶客们奇异的目光，怎会有那么多新来的陌生茶客？本来怯生生的小伙子走进茶馆就够扎眼的了，居然还有大姑娘来喝茶？不能不让茶客们感到惊奇。虽然茶馆没有“女士勿进”这个规定，但女士进茶馆喝早茶，也许是破天荒的事了，这大概也是当地的茶文化。

我们好不容易在靠墙角的几张桌子上挤到了各自的座位，桌子旁的茶客本来还谈得甚欢，一看我们坐下来，茶客们瞧瞧我们也就不多说了，大家都觉到有些尴尬。而我们就是为了听茶客们聊天，希望能从中捕捉到创作素材而来的，一坐下来茶客们反倒不说话了，这岂不事与愿违了吗？

跑堂的小伙子眼快手勤，很快就送来了茶具，每人面前放一个已有茶叶的盖碗茶盅，立马又有跑堂的过来倒水泡茶，茶钱很便宜，每人收一毛钱。这时才稍许改变了一下尴尬的气氛，老茶客又开始他们刚才的话题了，只是说话变得矜持多了，声音也低了好多个分贝。

他们聊了一阵后,有位老茶客开口问我们了,“你们是哪里来的？”我用无锡话对他们说，我们是大学里的学生，这次到常熟来“采风”，今天是来体验生活的——喝早茶。我有经验了，不能说是来听他们讲故事聊传说，收集创作素材的，这样的话他们也许就更不会说了。

在与老茶客们的聊天中，他们没有讲传说和故事，倒是给我们介绍了这一带乡村喝茶的传统和习惯。其实在讲到乡间喝茶习惯的由来时，已包含着祖上传承下来的故事和民间的传说，让我们仔细品味了当地的茶文化。

接近凌晨三点，茶馆的“说书”开始了。据老茶客讲，“说书”最受欢迎的是《三国演义》和《水浒》。但那天说的是《太湖游击队》，我想这也许是迎合当时强调宣传革命文艺，向《芦荡火种》即《沙家浜》看齐吧！

后来我们组又连续去喝了两天早茶，还在原来的桌子，大体还是那些老茶客，他们知道我们是来体验生活的，大家也就不尴尬了，给我们介绍的东西也越来越丰富，茶话也越来越随意了。

那次“开门办学”回校后，我交的作业是一篇散文《支塘行》，记载了当地水乡的茶文化，以及我在乡间喝早茶的体验和感悟。

几十年过去了，江南水乡人喝早茶的习惯和对生活的享受，可以说如乡村歌谣中的长调，蜿蜒而悠长，如陈年的米酒，醇厚而绵柔。那份吴韵乡愁，品茗清幽，风格优雅，余味无穷的体验，一直留在我的脑海里。可惜我当年的这篇散文没有保存下来，不知在什么时候的搬家中丢失了。

几十年过去，现在回头来看当年的“开门办学”，再联系自己走上工作岗位后的人生体会，我觉得毛主席当年提出“文科要以社会为课堂”是有道理的。这对大学生接触社会实际，提高分析问题解决问题的能力是十分有益的。

文学就是人学，而社会是由人组成的。因此接触社会，深入生活，了解百姓的喜怒哀乐，了解社会的变革与变迁，无论对增长社会的见识见解，促进个人思想的成长成熟，还是创作文学作品，都是很有帮助的。

从毕业后实际工作情况来看，同学们不管是从事教书这个职业，还是到机关部门和企事业单位工作，普遍情况是文字能力比较强，工作上手比较快。

不过现在实事求是地回顾总结，当年“开门办学”中也有一些问题，我认为当年的主要问题是如何把握好课堂理论教学与社会实践活动之间的比例。过于强调“开门办学”，课堂的理论教学时间过少，

支塘“采风”在一起的四位同学陈立志、路发今、笪佐领和我，过年后回校在300号楼西边池塘边的合影。

会影响学生扎实的文学功底和未来的发展后劲。毕业生走上工作岗位，固然上手比较快，但实践能力达到一定程度，再上去就困难了，这时与你的理论底蕴与文学功底有关了。就好比自然科学，应用研究容易出成果，但发展到一定程度和水平后，没有基础理论研究的突破，应用研究就上不去了，这是同一个道理。

当然，如一味停留在课堂理论教学，缺少社会实践与锻炼，也同样会影响学生接触社会解决实际问题的能力，影响他们未来的发展。所以，我认为学习社会科学，理论与实践两方面都不能偏颇，这是关键！

2017 年 7 月 2 日 于南京

事。在我们这一代不会由发展而不会倒流，革命中的道路上继续前进。

人们不要忘记事物总是在比较中一比，有比较有鉴别。我们是无产阶级学员，一定要当无产阶级革命接班人的，做革命的人是在这。例如今天哪队去打靶，毛主席，像毛主席像毛泽东思想，路线斗争，要加强太阳。阶级斗争在这路线斗争下进。我是什么样的，我对照很多。在我身上有没有这些呢。我们自己要学习，一定要加强世界观的改造，真正成为一个名符其实的接班人。

70-3-27日。

党支部在今天晚上正式批准了。

党支部的这样决定，实际上也是我多年来争取的过程。我自从被大家选为党员入党后，自己就感到很多。一则，我们是试点班，培养积极分子，不仅对我们一个班，而是对整个学院来有革命群众很大的影响。二则，感到大学的工作都不好做，十分艰难。

但是再仔细想一想，在斗争中更要想一想革命，应该认真地挑起担子。

想一想自己的身份，是无产阶级学员，想一想前辈的……

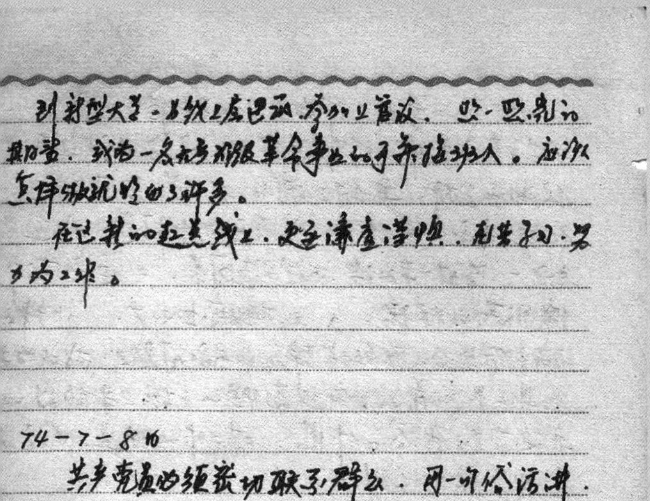

74-7-8日

共产党员必须密切联系群众。用一句俗话讲，"群众基础好"。那么怎么样来确立自己的群众基础呢？

有一种人，工作做了不少，推三推四的，但办自己的一套处世哲学而八面玲珑，没有那一个讲他坏的。有的人坚持原则，坚决工作，勤勤恳恳，踏踏实实，招来了一些群众的意见，

那天，也许已从事教师这神圣职业的我，看到那些纯真稚嫩的小学生每天中午只是在冷饭上浇一勺滚烫的咸菜汤，而且年复一年，日复一日，我突然从灵魂深处涌出了一股莫名的负罪感，他们是祖国的未来呀！感到心里有一种说不出的苦涩和难忍。

我大学毕业留校后接受的第一项任务是带下一届的学生出去毕业实习。初为人师的我，第一次尝到了作为老师的艰辛与不易。

1976年1月16日我毕业留校，才拿到工作证和红校徽，系领导就分配我到现代文学教研室报到。报到后领到的第一项任务是兼任毕业班的辅导员，春节回校后带毕业班学生出去毕业实习。

“文革”中的“教育革命”，强调大学师范专业的毕业生“哪里来到哪里去”。于是，毕业班学生原则上都回到生源所在地毕业实习，理由是这样安排有利于当地教育主管部门对毕业分配学生的了解，有利于恰当安排他们毕业后的工作岗位。

事实上呢，这也是制定政策的人一厢情愿而已。由于“文革”已造成了许多部门和单位的人才断层，根据当时的国家政策，大学毕业后必须回到生源所在地的，也只有农林医师等少数专业。于是师范专业的毕业生常常还没到县教育局，在人事局报到时就已被分流了。特别是像我们汉语言文学专业的学生，很多人根本到不了教学岗位，相当一部分人都是被近水楼台先得月的政府各部门截留去当秘书了。我们班就有三位同学回到同一个县，结果全部分到政府部门去当秘书了，一个都没到中学去任教。

学生都回到生源所在地实习，当时提出了“三个依靠”：要依靠当地教育局，依靠实习学校，依靠带教老师。但高校作为人才培养的基地，学生尚未毕业，毕竟还是你的人，哪能不管呢？于是学校教务部门提出了实习期间各系要派人到全省各地去巡视和看望学生的要求，如发现问题要及时与当地的教育主管部门和实习学校领导协商帮助解决。

那时“文革”已快十年了，高校自己本身那么多年没有补充年轻师资，教师队伍也已呈现出老化现象。“文革”前原有的年轻教师现在也都已上有老下有小，到外地去巡视和看望学生显然难以适应。而刚刚加入高校教师队伍作为新鲜血液的我们，没有任何负担，无疑要承担起这项外出巡视看望的任务。

当时，我虽然还是教师队伍里的初来乍到者，也没有带学生毕业实习的经验，但系里认为工作需要，还让我当了七四级毕业实习领导小组的副组长。

学生要回到各地去实习，中文系那届学生中要数宜兴籍的最多，大概有十几位同学。所以，我就选了跟人数最多的回宜兴县（1988年1月，撤县设县级市）实习的这一组一起走。

新学期开学，实习动员大会后，第二天中午我们提前吃了中饭，

中大楼，是二十世纪五十年代末建造的，当时号称世界上最大的中文系楼——学生人数最多，资料室最大，藏书最多。

就坐学校的大客车出发了。由于那时的交通路况很不好，路上坑坑洼洼，大客车快到傍晚时才赶到宜兴县城。

那天，天气是阴沉沉的，像要下雨的样子，当我们赶到县教育局时天色已暗下来了。我们在县教育局的院子里，才卸下行李，就听一位教育局的干部站在办公楼前的台阶上大声说："你们怎么到现在才到？"似乎有些责备的口气，"也没有一个带队的老师！"

大概在地方干部的想象中，大学老师应该是白发苍苍或者至少是头发花白的长者，没想到学生中居然夹了一个年纪差不多大的带队老师。那时由于"文革"的原因，"老三届"和"新五届"都积压在一起，所以毕业班的学生，大概三分之一比我大，三分之一比我小，还有三分之一与我差不多大，我只是比他们早上一年大学而已。

"我们有带队老师，在这儿！"有位同学指着我说。这时我从后排走到台阶前说："很抱歉！路况不好，车子走得慢了，对不起！"我有礼貌地这么回答。这时他也许反倒觉得不好意思，有些失言了，于是，马上口气缓和下来说："主要是各实习学校接站的老师在这儿等急了！"

当晚，县中和城郊周边的几所实习学校，都有老师来将实习学生接走。我与去丁蜀中学实习的几位同学，因晚上没有公共汽车了，当晚无法赶到学校，只能在县教育局的招待所临时住一个晚上。

第二天一早，我和几位同学一起坐农村长途公共汽车，送他们到丁蜀中学。到了丁蜀中学，我与学校领导做了具体交接，一切安顿好后，下午就立即赶回县城。

回到县城，趁时间早，又去县中和周边一所学校了解实习学生的安排情况。由于宜兴是一个崇尚教育、崇尚读书的地方，县教育局和实习学校对师范生的实习都比较重视，所以学生实习的一切安排都比较顺当。

第二天早上，在离开宜兴坐公共汽车去溧水县（2013年2月，撤县设区）的路上，我想第一次带队出来负责学生毕业实习工作就很顺利，心里还真有些暗暗窃喜。谁知道各县由于思想观念和社会经济条件千差万别，一路上的情况就大不一样了。

才出了宜兴县城，天就开始淅淅沥沥下起雨来了，而且越下越大，越下越大。中午车到溧水县城，我下车后，马上去售票窗口，买了下午去学生实习学校的车票。在那里等候转车时，我找了个面馆随便吃了碗面。下午我又坐公共汽车冒雨赶往一所公社中学的所在地（因当年革命性的公社名称现在又都改回传统名称了，我已回忆不起来叫什么公社了）。

下车后，我冒着依然淅淅沥沥下个没完的小雨，一路走一路想，是否应先找一个住宿的地方。该公社所在地是一个不大的古镇，从头到尾就一条青石板路，青石板都已磨得圆润光滑，可见这个古镇也是有年代的了。石板路两边住户比商店多，加上下雨，所以古镇显得有点萧条。

因那天上午雨大，古镇里很长一段青石板路已经积水了，大约有二三十厘米深。我卷了裤腿在水里走，凭我过去上山下乡的经验，解放鞋没敢脱。因为脚下的路况不熟悉，赤脚蹚水行走，很容易划伤脚。万一脚划破了，那就糟糕了，巡视看望实习学生就无法坚持下去了。

老天还没完没了地下着小雨，我好不容易一路打听一路蹚水，终于找到了公社的招待所。

公社招待所就在这条青石板路的边上，由于招待所里的地面和外面的青石板路地势一样高，所以外面道路积水，房子里面也积水了。

说是公社招待所，一共也就三四个房间，我环视了一下，门口到房间的走道上都是积水。蹚水往里跨了几步，我发现每个房间里都有两张淹在水里的双层铁架子床。由于房间不大，无法再放床，否则肯定放四张铁床。房间里除了孤零零的两张铁架子床外，四周空空如也，既无床头柜，也没有桌子板凳。

看了这情况，我心想：这怎么睡啊？我转过身，发现大门进来右手处，有一个泡在水里的小吧台。这里似乎什么都缺，但有一把算盘的吧台不缺，吧台上还有一盏煤油灯，看来登记收钱是不会少的。

那时，我们知道溧水县是个贫困县，经济不发达，一切条件都很简陋，但简陋到这种程度是我万万没想到的。

我喊了一声："有服务员吗？""哎！来了！"从里面蹚着水出来一位女同志。我打听道："除了这里还有没有其他可住宿的地方？"她脸上毫无表情，呆呆地说："整个小镇上没有了！"我犹豫了一下，既然别无二家，那我也就没有什么可选择的了，只能就在这家淹了水的招待所过夜了。

房间的门锁也不灵，好在我就是一个挎包，背在身上，没有什么其他行李需要存放。

身上的外衣尽管有点湿了，但我也不敢换包里的衣服，这种天气换下来的衣服明天肯定干不了，那明天衣服又湿了咋办呢？只好依然穿着湿衣服。我付了住宿的定金，背上挎包就去公社中学了。

公社中学就在这条青石板路的尽头，因为建在一块坡地上，水淹不到。

同学们的实习情况一切都正常，我听了一节学生的课，同学们反映就是教研组发给他们的粉笔不够用。原来中学为节约开支，每位老师上课的粉笔都是限量的，但我们的同学讲课前必须要反复试讲，反复板书，粉笔自然就不够用了。我将此事与中学领导沟通了一下，希望考虑到实习生的特殊性，能多发一些粉笔。从校领导那儿回来，我对同学们说：“如果学校还解决不了，组长到街上去自己买几盒，开好发票回校后到系里报销。”

那天，我和同学们一起吃了晚饭，趁天还亮就赶紧往招待所赶。

天慢慢暗下来了，雨还在下，当我回到青石板路时，水已淹到膝盖下了，我慢慢地摸着路蹚水前行。不知是不是农村的习惯，那时路上已几乎没有什么行人了，路两边的商店和住户也都已关门。我一个人在清冷的路上蹚着水，谨慎前行。周围一片寂静，除了淅淅沥沥的雨以外，似乎一切都凝固了似的，真有一种说不出来的滋味。我望前望后，看不见一个人影，不知是不是人地生疏的原因，感到有点莫名的恐怖。当我赶到招待所时，已到掌灯时分了。

还好出发时我带了一把手电，照着地上的浑水慢慢摸进了房间，凑着手电的光亮一看，双层铁床的下铺已全泡在水里了，水面上还漂着一些草茎、稻草屑什么的，但上铺已有被褥了。那时洗脸、刷牙、洗脚一切都谈不上了。我不好意思地问服务员：“要方便在哪里？”服务员皱着眉头看了看我，似乎我提了一个不该提的问题，愣愣地说：“啊呀，随便哪里了！”一转身就走了。

我听了这话心里一惊，“随便哪里？”再仔细想想也只能如此了。好在招待所里也就我一个顾客，瞧瞧四处没人，我也就随便找个角落，闭了眼睛撒尿了。也不知道服务员他们自己是怎么解决的。

我关房门时，还将水推起了一层浪。我一步爬上上铺，脱了鞋子，把衣服、挎包和湿鞋子放在边上的另一张铁床上，用毛巾擦擦双脚就躺下了。

那时，我躺在床上什么事都做不起来，看书吧，没有灯！听广播吧，我没带收音机！只能躺在床上胡思乱想了。

中大楼的阶梯教室 109，四个班级在一起上大课时，基本都安排在这里。

想想自己虽然在上山下乡期间，在连队也经历过两次淹大水，但也没有如此孤独和狼狈过。那时毕竟还有一个集体，至少没有孤独和恐惧感。

想到中学教师上课的粉笔都要限量，我感到很震惊，学校的办学经费居然会紧张到如此程度？那课堂教学用的模具，课外的阅读书籍，实验用的试剂也许都无从谈起了。中国的中学教育咋办呢？

又想到身背下一尺多就是浑浊的洪水，生平还没在如此近的水面上睡过觉。这个公社怎么搞的？遇到大雨就要淹水，老百姓的日子怎么过？粮食生产怎么能保证丰收呢？

再想想，明天还要不要去看望那个分在最偏远地方实习的学生？据说那是溧水县西南角最偏僻的一个村庄，与安徽省交界，这次学生毕业实习，县教育局就分去了一个学生。那里只是一所村办小学，仅仅“戴了顶帽子”而已，所以条件很差。出自教师的神圣职责，我想来想去，决定还是要去。越是困难的地方越要去，不管有多大的困难，一定要去看望那位孤苦伶仃的实习生。

翌日一早，我从上铺下来，穿上昨天的湿鞋子，还是蹚着水走，但这时的水位已比昨晚浅了不少。我挎着包空着肚子赶上了路过这个公社去那儿的唯一的一趟班车。

路虽然很不好走，但公共汽车还是在中午前冒雨安全抵达了这所偏远的“戴帽子”小学。实习的学生见到我去看望他，格外高兴，他怎么也想不到，我专门为他一个人赶了这一趟那么远的烂泥路。

这所小学建在一个大村庄上，由于距离中心镇较远，所以县里在这里办了一所有初一年级的小学，俗称为“戴帽子”小学。由于地处偏僻，交通闭塞，路况很差，经济上显得尤其落后。

我到学校时，正遇小学生们下课吃午饭，同学们拿着自己的饭盒蜂拥至食堂。我以为是挤了去买饭买菜的，走近了一看才知道，根本不是我想象的那回事，每个人打开自己装着冷饭的饭盒，手里拿着两张一分钱的纸币，换一勺滚烫的咸菜汤。

我问：“没有菜了吗？”我的学生告诉我，说：“这里的学生基本都是如此，饭是自己家里带来的，中午加一勺滚烫的咸菜汤，冷饭也就泡热了。”我问：“天天如此吗？”“基本天天如此！”学生说。

“哎！是这样的？这些小苗苗正处在长身体长智力的时候，长期这样营养够吗？”“那没办法，几乎家家如此！”听了这话，我好心酸哦！虽然上山下乡期间我也经历过这样艰苦的生活，三个多月只有“飞机包菜”和萝卜头下饭，但毕竟比他们要大得多，能经得起生活的磨难，所以自己并不觉得有什么心酸。

那天，也许已从事教师这神圣职业的我，看到这些纯真稚嫩的小学生每天中午只是在冷饭上浇一勺滚烫的咸菜汤，而且日复一日，年复一年，我突然从灵魂深处涌出了一股莫名的负罪感，他们是祖国的未来呀！我心里有一种说不出的苦涩和难忍。

他们都是祖国的未来尚且如此，其家庭的经济状况就可想而知了。因为中国人的任何一个家庭只要有可能，就绝不会让正在长身体学知识的下一代吃这样的午饭。

二十一世纪的今天，城里的小学生……不！就是农村的小学生，也都无法理解那个年代农村小孩过的生活。他们不懂得什么叫“艰难”，不懂得为什么求学叫“寒窗苦读”。

下午我听了两节学生的试讲课，一边在听，一边还是忍不住在想中午的情景给我心灵的冲击，贫困地区的孩子真可怜哦！让人心痛的是，这些孩子自己还不懂得，孩提时期的身体和学习对人的一生有多么重要！

两节课后，我再想回县城显然已不可能了，早已没有公共汽车了。傍晚，学生告诉我村东头有一个招待所，据说离学校只有百十步路。既然这样，也就不需要他冒雨送我了，我执意自己去。

天还下着小雨，我在村东头转了几圈没找到招待所，我开始怀疑：是否学生讲错了方向？后来问了一位过路的老农民，他指着说：“喏！就是这里吧！”哇！就是养鸭场边上的那一间破房子？我几次走过这里都以为是鸭棚，怎么也想不到会是招待所。鸭棚边上的这间破房子，与“招待所”三个字里的任何一个字都联系不起来啊。

我踩着泥泞的道路，一步一滑地来到破房子前。看了看周围空旷的田野，低头弓腰跨进门。突然，扑鼻而来的是一股难闻的味道，说不清是鸭屎臭还是霉烂味，又或是各种臭味的混合，我本能地捏了一把鼻子。

透过房子里的烟雾，蒙眬中看到有个老头在土灶后面烧火。我定了一下神，“请问，这里是住宿的地方吗？”“你要住宿？”“对啊，想住宿！”

老头脸上的表情看不清楚，他抬起头，用一个指头指指里间说：“喏！就在里面！”这时我才正视了一下这间房子。房子很矮，我一伸手就可摸到房梁，大概有二十几个平方吧，还分为里外两间。外间有一个土灶，中间有一张小方桌，两边有两个不成形的土墩子，墙角里堆着一堆柴火，土灶后面还有一扇通往鸭滩的门。我顺着老头的指向，走过去看了一下，里间有两张铺，床上都挂着黑黢黢的蚊帐，还有一张没有抽屉的二抽桌，其他什么东西都没有了。让人奇怪的是地上一片烂泥，滑腻滑腻的，还有一坨坨的鸭屎，看了让人恶心。

见了这些，我想：这也叫招待所？实在不敢住啊！本来我想今天总不会再睡在洪水上面了吧，倒霉的是这里还不如昨天的环境。但“船到阴沟里了”，没得法子了，要想退还能往哪里去呢？天又下着雨。回去与学生挤一张铺？想想也不好意思，说不定他也是与人挤一张铺，还能再挤个我吗？

那时天快黑了，老头点起了煤油灯。我问：“有什么可吃的吗？”他回答得很干脆，“稀饭！”他连住宿费一共收了我三毛钱，我也不客气坐在那土墩子上，就着咸菜一口气灌了两碗。

在这个环境里，人已没有洗脸刷牙的欲望了，我脱下满是泥巴的鞋子就上床钻进蚊帐里，似乎蚊帐能把不堪入目的肮脏和臭味都挡在外面。

哪知道一躺下来，床上的被子是一股霉味。我打开手电一看，被子也是黑乎乎的，我再也不敢脱衣服裤子了，生怕把内衣都搞脏。在那种环境里还有什么办法呢？只能自欺欺人，“眼不见为净”了。靠外间昏暗的灯光，反正什么都看不清，否则真会脏得躺不下去。

才躺下就听到有蚊子嗡嗡地叫，奇怪了！我想按理这个季节还没有蚊子，是不是这里实在是太脏了，蚊子比其他地方都出生得早，怪不得那么早就挂蚊帐了。

我望着黑咕隆咚的帐顶，回想起这一路上的遭遇。当我有些迷迷糊糊时，突然老头抓来了两只大白鹅，用竹罩子往房间里一罩。这时

这是大屋顶建筑群之间非常有特色的连廊，据说是当年金陵女大为考虑女学生选课换教室可以不淋雨而设计的，别有一番风味。

我才明白，这地上一坨坨的屎是从哪儿来的。这下可好了，屋后面是鸭棚，房子里是鹅罩，一夜时不时地乱折腾，让人无法睡觉。

老头他反正习惯了，照样呼呼大睡。我可受罪死了，一夜难以入睡。熬啊熬！我时不时打开手电在被窝里看看手上的表，秒针一秒一秒地走过，在揪心难熬中我期盼着赶快天明……

第二天，天才蒙蒙亮，我就昏昏沉沉地爬了起来，早饭也不等了，像逃难似的离开了这个所谓的“招待所”。

从溧水县出来，我又到镇江地区的其他几个县去转了一圈，回到学校做了汇报。系领导听了情况汇报后，要我再到苏北地区去看看。那时我还是单身，没有什么牵挂，所以第二天我就又背了挎包出发了。

我一早从南京坐长途车到如东县城掘港镇，已是下午三点多了，我一下车马上到售票口去买票，想当晚能赶到如东农场中学。哪知道到农场去的车当天早已没有了，一问原因才知道，到农场的车一天只发两班，早晨八点一班，中午一点一班。那我傻眼了，怎么办？

我出了车站问当地的老百姓：如东农场离县城有多远？他们说不远，大概二十来里路吧！我问了几个人，他们都是这样说。我想如果真的就二十多里路，这距离确实不算远。我上山下乡时，从连队到团部去有近十里路，那是来回常走的。每年到沂河淌打海堤，扛了锹一天还走七十里路呢！

我想如果今晚到不了农场中学，明天早晨坐车去，明天下午不一定能赶得回来，那就又要耽搁一天时间。如今天下午走过去，晚上能赶到，那明天上午听听学生讲的公开课，下午就肯定能赶回来了。

我身上就带一个挎包，也没其他行李，行动也很利索。按我的个头及当时的年龄体力，一小时走十里路是没问题的。二十多里路不就是走两个多小时吗？权衡利弊之后，我最后还是下定了决心，走！于是我甩开膀子，大步沿着朝农场方向的公路走去。

走了半个多小时，我问问路上的农民："大爷！离如东农场还有多少路？"他说："还有二十来里地吧！"

那天的气温并不高，但是有点儿闷，当时我还穿着一件薄棉袄，走出了一身汗。我解开了纽扣，敞着衣又走了一二十分钟。我又问公路边种地的农民："请问老大爷，离如东农场还有多远？"他回答我说："不多了，还有二十来里路吧！"

走了快一小时了，还有二十来里路？怎么回事呢？就在疑问之时，天公不作美，滴滴答答下起了阵雨。那怎么办？我没带雨伞，看看周边前不着村后不着店，公路上也没有什么行人，路两边除了电线杆，连躲雨的树荫也没有。我想想也只有加快步伐继续往前赶了！

老天爷也怪了，不是雷暴雨，居然也会越下越大，越下越大。其他倒没什么，经历过上山下乡的人，淋一点雨算什么？我舍不得的是身上这件薄棉袄，并不是因为棉袄里面的芯子是丝绵的，而是因为，这是我妈妈逝世前，在弥留之际交代给三哥的遗嘱，要为我做一件丝绵的新棉袄。那时我还在灌云县五图河农场，这是妈妈一直牵挂我，最后留给我的爱。所以，我舍不得这件棉袄淋雨！

我抬头看看天空的样子不像阵雨，短时间里恐怕停不下来。当时我也想，要不要找一个离公路不太远的村庄先躲躲雨，但一眼望去周边没有村庄。前后望望，也没见有过路的车子。如果有车子，说不定侥幸还能搭我一阵子。老天不眷顾我，哪还有什么办法呢？那只有继续往前赶了！

雨在不断地下，偶然遇到对面打伞过来的农民问一下："同志！请问离如东农场还有多远？""快了，还有二十里地吧！"走了一个多小时，只是少了一个"多"字。再往后，我干脆也就不再问了，只是闷头一路往前赶！

那天，到晚上七点多钟，我才赶到农场中学，走了三个多小时。我当时想实际至少应有三十多里路吧！过后我想，"二十来里地"，中国农民讲的都是大概的"约数"，不是精确的测量数，或者是二十来公里，会不会把里和公里搞混了？

不管它了，反正也走完了。

我一脚深一脚浅走进了一个仓库——实习生的宿舍，他们一看我像落汤鸡似的都惊呆了，那么大的雨老师居然会冒雨赶来，他们很受感动，马上问我吃过晚饭没有。我一路看看农场到处都是黑灯瞎火的，哪里还有吃饭的地方呢？我就说路上已吃过了，省得再为难他们了。

学生看我棉衣都湿透了，在仓库中间用木柴点了一盆火，大家围坐在一起。我一边翻着薄棉袄设法烘干它，一边听他们说说在这里实习的情况，也听他们谈谈实习的体会。借着火盆的光亮，我一一检查了他们的备课笔记和教案，也谈了谈我第一次上讲台的体会，师生围坐在一起进行情感与心灵的交流，倒也其乐融融。

在那个夜晚，我虽然忍受着饥肠辘辘的煎熬，但也第一次享受到师生情谊的温馨与纯真。在那个物质十分匮乏的年代，人们的精神还是纯洁的、高尚的。

本来是老天爷跟人作对，一场大雨淋得我狼狈不堪的夜晚，没想到火盆里的火苗闪闪烁烁，火光映在我们的脸上和衣服上，师生们围坐在火盆周围温馨交谈，变成了一个富有诗意，一辈子都忘不了的幸福之夜。

这次巡视和看望学生实习，对我思想冲击最大的是在洪泽县(2016

南师随园校区的100号楼，是最有代表性的建筑。南师前身是金陵女大，被喻为“东方最美丽的校园”，现为全国重点文物保护单位。

年7月，撤县设区）一所学生实习中学，与比我高一届的师兄谈话。

他已工作一年多了，他对我说，毕业实习按教育学上的目的来说，是掌握教学基本技能，稳定专业思想的过程，但实际结果也许不是这样。他说中文专业毕业的新教师，在中学一般都要教两个班的语文，两个星期写一次作文就要改一百多篇。而一般情况下，主课老师还必须当一个班的班主任。“你想，有多辛苦！”

问题是辛苦就罢了，每个月县里不能按时发工资，拖欠工资是普遍现象和经常的事。有时几个月发一次，拖欠的工资还发不到位。到年底说是一次性兑现了，但还要从迟发的工资里扣除扶贫款。“你说，如果实习的同学知道了，还会愿意回到老家来教书吗？”

按这位师兄的说法，当时社会上，教师是最没有社会地位的一个群体了。因为社会物资匮乏买什么东西都要票，买自行车、缝纫机、布都要票就不说了，买肉要肉票，买糖要糖票，买烟要烟票，买粮要粮票，买肥皂要肥皂票，这可是老百姓过日子天天会遇到的。短缺经济造成了商业职工都很牛，因为手中有物权，相比之下教师是最弱势的群体了，他们手里有什么呢？

他还给我讲了一个故事，说毕业后我们师范生到县人事局报到，局长专门做了一个动员报告。报告结束时，他突然站起来，对大家说了一句耐人寻味的话，“你们都要好好地干啊！干好了提拔你当营业员！”“你说，现在还会有人愿意继续安心当教师吗？”

我听了这些话很震惊，真没想到苏北的小学教育与中学教育会是这个样子。联想到报纸上还在宣传“农村民办教师参加生产大队大寨式记工拿工分”的“革命方案”，如果推广这样的方案，连衣食都难有着落了，这支经济上已经捉襟见肘的教师队伍会稳定吗？

在回宁的路上，我一路走一路想，经济基础决定上层建筑，教育作为上层建筑搞成这个样子，根子是社会经济的混乱与生产力的落后，但上层建筑又会无情地反作用于经济基础。“文革”中所谓的“教育革命”连教师的工资都发不出了，教师的地位不如普通的营业员，那么中华民族未来的社会经济状况将会是什么样？国家还会有希望吗？

就在我看望毕业实习学生的五个月后，中华大地一声春雷，党中央一举粉碎了“四人帮”篡党夺权的阴谋，结束了“文化大革命”，拯救了国民经济濒临崩溃的局面。之后，在党的领导下，全国人民为消灭绝对贫困，走上了改革开放的新路。

2016 年 9 月 17 日 于南京

一切为党的事业，作为自己的标准。我作为
名共产党员来讲，对自己工作中的问题，必须以真
仔细的分析，要有正确的决心等，要斗争，
在群众关系的基础上，我存在不少问题，我主
主要一、有时一事不论，不够亲近同志；二、滋长骄
傲自满的情绪；三、性情激动不大方。但我
确实分析自己，在处理群众的关系问题上，我认为
的基本点是正确的，在站党性的立场上来处理的，
并没有什么庸俗的作风。对工作的缺点，必须认
真地克服加以纠正。

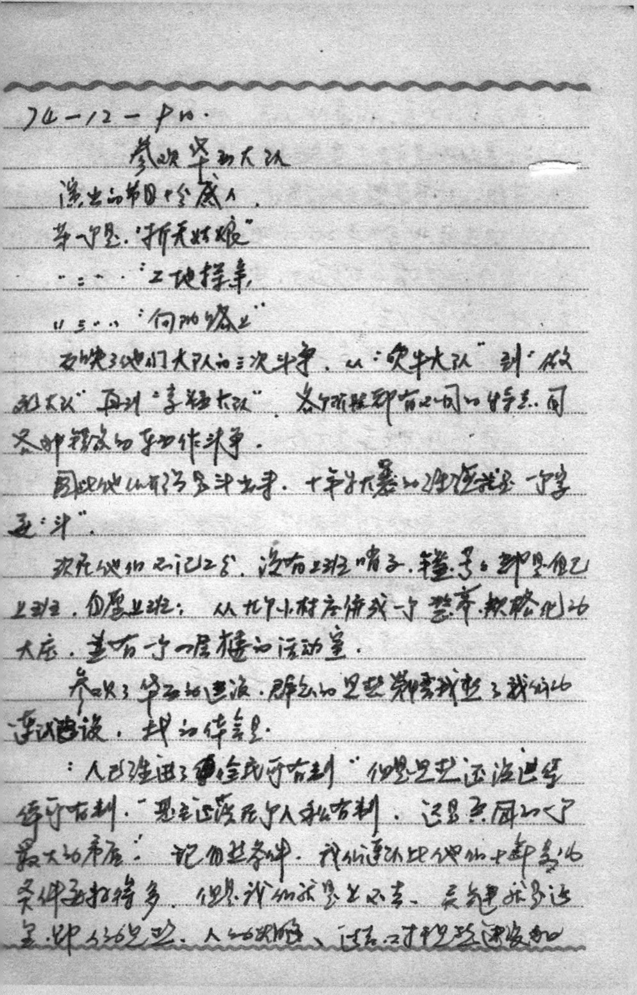
76—12—9日.
参观华西大队
演出的节目十分感人。
第一个是："[illegible]"
第二个："[illegible]"
第三个："[illegible]"
反映了他们大队的三次斗争，从"[illegible]大队"到"[illegible]大队"再到"幸福大队"，[illegible]。
因此他们有许多斗争故事。十年[illegible]就是一个字"斗"。
现在他们不记工分，没有上班哨子、钟子，都是自己上班，自愿上班；从一个小村庄修成一个整齐、新颖的大庄，并有一个四层楼的活动室。
[illegible]
[illegible]

我回想自己一辈子写过的调研报告，应该说数量也不算少，有肯定的，有否定的，也有一分为二的。但真正写的调研报告与调研初衷相悖，甚至结论完全相反，也许也就是这一次！

毕业后的第一个暑假，根据省革命委员会教育系统领导小组给南师下达的一项任务，要求学校组织一个教育革命调研组，利用暑假时间，到我省宿迁县（1987 年，撤县设县级市，1996 年，升为地级市）调研乡村小学民办教师拿工分的可行性。

据说该县在县级财政极其困难的情况下，较好地解决了人民公社乡村小学教育的师资问题，保障了农村贫困地区的基础教育。

参加宿迁县教育革命调研时，我毕业留校时间不长，这是我在南京长江大桥上留下的一张照片。

我们知道，当时宿迁县是省里有名的贫困县，常年靠省政府财政转移支付才能维持得下去。如果果真如传说的那样，靠拿工分能解决乡村小学教育的师资问题，那宿迁县的经验在经济落后财政困难的苏北地区就具有了推广价值。这也是我积极参加这次宿迁县教育革命调研活动的初衷。

这次学校成立的调研组，组长由当时学校地理系总支书记马树兹同志担任。全组有十一个人，既有学校机关部处的干部，也有系科的管理人员和任课教师，还有个别高年级的工农兵学员。其中像马树兹这样年长的老同志只是极个别，多数是像我这样刚刚毕业留校，暂时还没有家庭负担的年轻人。

省革委会教育系统领导小组布置这样一项重要的调研任务，学校居然没有一个校领导带队,只是找了一个老实厚道的处级干部当组长，也没有安排学校得力的有经验的“笔杆子”参与，都是像我这样一些初出茅庐的小青年参加，让人觉得有点奇怪。学校对省里交代的任务一向是很重视的，不折不扣的，这次不知为什么这样草率，我心里感到有点疑惑，但又不便多问。

一放暑假，马书记就把大家集中在一起，简单交代了这次调研的目的、任务和注意事项。调研的时间大概是一周到十天左右，具体的时间长短，要到当地去根据实际情况和调研工作的进度来确定。

第二天，马书记就带领大家出发了。

七月的苏北，骄阳似火。那时学校的大巴车没有空调，大家在车上都热得汗淋淋的。车窗又不敢开大，那时多数都是沙石路，车窗开大了全是灰尘。车子越往北开，周边的泥草房越多，同事们在车上议论纷纷。我因为上山下乡插场，在与宿迁县一样穷的灌云县待过，所以就不觉得奇怪了。

傍晚时分，我们终于赶到了宿迁县城。调研组先到宿迁县教育局，与局领导接上了头。由于路途遥远，天色已晚，县教育局专门派了一位工作人员，安排我们到县招待所吃饭和住宿。

第二天上午，我们在县教育局听局领导介绍全县农村基础教育的基本情况。下午在工作人员的陪同下，我们就到下面几个公社去开展考察调研。

我在大学读书时，就参加过调研活动。一般当地的陪同人员与我们都会有热闹的交谈，如主动介绍当地的经济与社会情况、调研对象的历史和现状，以及当地人的生活习惯、乡间的风土人情等等，我们也会问一些与调研任务相关的基本情况。但这一次却不一样，陪同人员一声不吭，我们也就不好多问。在去公社的路途上，车内气氛比较沉闷，也不知是不是因为这次调研的课题太敏感，不便多议论。

这是随园校区里金陵女子大学的历史纪念碑。

那个季节，苏北的玉米已长得可没过膝盖了，很快就会长成人们俗称的“青纱帐”。人民公社响应国家号召以粮为纲，所以田地里整片整片的都是玉米地，还有一些零星地块的山芋地。那时宿迁、沭阳和灌云这一带除了生产建设兵团外还没有“旱改水”这一说。

我们到下面的基层后，首先在一个公社所在地，召开了周边几个公社的乡村小学校长座谈会。

校长们一开始都沉默不讲话，经一再引导，才勉强开口发言。他们的发言都比较委婉,大概来参加座谈会前已有上级领导打过招呼了，有些话他们不好明说，生怕得罪了领导。于是，说起话来吞吞吐吐，欲言又止，但话音中可以感觉到，他们的倾向性还是明显的。

“啧！……怎么说呢！领导说这是新生事物，新生事物总是有生命力的……开始总是不完善的。我的想法是，能不能再完善一些实行呢？”显然，他们用这种表达方式，反对这个办法。也真是为难他们了，内心反对这样做，但表面上还要说拥护的话，话音之间又要让调研组意会到他们其实是不同意的。

他们认为民办教师与农民一样拿工分，这支队伍就不会稳定，农村的村办小学就会出问题。当时宿迁县的基层生产队中，年终分配好的生产队是几毛钱一工；差的是几分钱一工，年终结算连口粮都买不回来。如果叫民办教师也靠拿工分过日子，他们一家怎么过?

后来，我们又开了民办教师的座谈会，在这个座谈会上，民办教师的态度就非常明朗，涉及自己的切身利益，就顾不得领导态度了，一致反对这个方案。

他们认为现在民办教师由县里一个月发十几块钱，加上“家里那一口”拿点工分，还勉强能养家糊口。如果两口子都拿工分，那日子就没法过了。因为农民白天干活在生产队拿工分，收工后就可以忙自己的“自留地”，来补充全家生活的来源。而民办教师放学后，可没时间去忙“自留地”。白天上课，两个班级学生做的作业本要改吧！学生的作文要看吧！第二天的新课要准备吧！学校还要求放学后趁学生家长收工在家时，到学生家里去家访。哪有时间去忙“自留地”呢？

公社分管文教的副书记和文教干事座谈会上，则又是一种气氛。他们在政治上唱的调子都比较高，认为这是“文化大革命”中的新生事物，要广泛宣传，要大力支持，克服困难嘛，就靠走群众路线，等等。但当我们提到乡村小学民办教师的具体困难时，他们又都承认按这个方案，民办教师的生活是会有些困难的，对稳定这支队伍是不利的。而乡村小学的教学任务，目前主要依靠的还就是这个群体去完成。

在会上我们进一步问了一下：现在乡村小学民办教师每月十几块钱的工资是由哪里发的？他们说是由县财政发下来的。怪不得！县里积极推行民办教师拿工分的改革方案，实质是转嫁财政危机，减轻县级财政负担。公社从利益上讲，他们还是希望县里财政来支出，这样做村办小学比较稳定。如果民办教师改由在生产队拿工分解决，惹出了事，今后还会闹到公社来。所以他们表面上对调研方案很支持，调子也很高，与县革委会保持一致，但心里另有打算。在讲到问题时都讲得很现实，对新的改革方案很担心，明显表现出口是心非。

我们又到其他地方去，召开了几个不同类型的座谈会，听到的发言也都大同小异。不同的人群有不同的想法和意见，但内心真实的意见又都是比较一致的，只是表达方式和强烈的程度不一样而已。

各种座谈会后，我们又深入到生产队去，具体走访了民办教师的家庭，接触了部分生产队队长和大队书记等。他们都从各自切身利益出发，否定这个方案。特别是生产队队长和农民都觉得，生产队在经济上已经很困难了，如果民办教师再来参加抢工分，大家不就更困难了吗？当地的农民尽管文化水平都不高，但这种死账还是算得清清楚楚的。

那次调研给我留下印象最深的是实地去看的几所乡村小学。村上的小学都是泥巴墙草屋顶的土房子，大概都是村上的农民出工出力帮助建的。教室里没有桌子板凳，基本都是用土坯垒一个土台子当桌子，椅子由学生自带。前面也没有一块像样的黑板，要么挂一块小小的漆黑的木板，要么就是一块用墨汁涂黑的水泥墙。

教室的窗户很小，都是用塑料纸糊的一个洞，有的连塑料纸都没有，根本谈不上窗户。室内光线很差，那时根本不可能有电灯。乡村小学都没有大门，也没有围墙，一切简陋得让人震惊，看了让人心酸。

最让我感到奇怪的是看不到操场，青少年正处在长身体的时期，难道都不上体育课？后来经他们一解释才知道，眼前一片玉米地就是学校的操场。

南师大中文系大楼正门前的台阶，绿树成荫，由此拾级而上，可直抵“文学的殿堂”。

既然是玉米地，怎么又是操场呢？经介绍才明白，玉米的早熟品种生长周期只有70天左右，学校就利用暑假这两个月不上课的空当，在操场上种一季玉米。

期末考试前就把操场翻了，播下种子后，假期里精心管理，当然主要是民办教师负责啰！到新学期开学时就可收获了。收获后再用石碾子一压，玉米地又恢复成“晴天一身灰，雨天不能踩”的操场了。噢，原来是这样！

收获的玉米呢？校长给我们介绍，主要分给校内的民办教师，用来弥补他们生活上的拮据。

唉！我想想这些民办教师已经怪可怜的了。如果连县财政的这一点工资都没有了，年底与农民一样光凭工分分红，那他们的日子将怎么过呢？

一个多星期调研下来，宿迁县乡村小学的情况基本摸清楚了。马书记说我是中文系毕业的，就指定由我和另一位青年教师负责整理材料，写调研报告。

我领了这个任务，首先要问：调研报告的基调是什么？这要先讨论明白。到底乡村小学民办教师拿工分可行不可行？如果这个“立论”不定下来，整个调研报告就没法写！

调研结束的前一天，在马书记的主持下，调研组开了一个讨论会，主要分析研究调研期间听到的各种意见和收集到的各种资料，以及我们的基本观点。

县革委会和县教育局的态度是十分明确的，认为这是“文化大革命”中涌现出来的新生事物，创造了新鲜经验，打破了人们的传统观念，必将带来农村教育革命的新面貌。其实我们都知道，县革委会的意见是真实的、坚定的，因为可以给县级财政减轻负担。而县教育局的意见是打折扣的，态度上必须与县革委会保持一致，但一旦乡村小学教育出问题，受责备的挨老百姓骂的又是自己，“猪八戒照镜子——里外不是人”。

公社一级的领导态度有点模棱两可，不置可否。说乡村民办教师拿工分过日子不行，那是政治上不与县革委会保持一致，是犯大忌的事。说也行吧，他们知道会有很多实际问题解决不了，生产队就首先坚决反对，农民也不愿意。县财政是卸了担子了，但民办教师要拿工资或补贴，工资或补贴哪里来呢？公社又负担不起，那就会没有着落。所以公社一直被这两难处境困扰着。

有些学校领导和教师代表不说话，可以看出来，他们是迫于领导的威慑不敢反对而已。大队与生产队，特别是农民和乡村民办教师几乎都是一致反对，在切身利益面前，他们才不管得不得罪领导呢，自己与家庭的生存是第一位的。

我们调研组在最后讨论调研报告立论时，绝大多数的同志通过调研认为该方案不可行。民办教师反对，大队与生产队反对，农民反对，乡村小学的校长也不同意，这事就难以实行。

但在内部讨论中，也有不同声音，而且一度还比较激烈。以某个系的一位青年教师为代表的少数人认为是可行的，认为这是“文化大革命”中的新生事物，是无产阶级革命路线的产物，体现了教育革命的时代性，我们应该要赞扬、培育和支持，否则就和上级的意图相违背，调研就走在错误道路上了！还说这是大是大非的问题，是革命立场的问题。

我认为既然是调研，就有可行与不可行两种结论，如果说调研只能说“可行”，不能说“不可行”，那还要调研干什么？我们的调研不就成了形式主义了吗？虚晃一枪，做给老百姓看看而已！再说了，

当年南师中文系师资队伍兵强马壮，词学大师唐圭璋先生和唐诗大家孙望先生则是杰出代表。多年后，77 级毕业生在中大楼大门前建了他们俩的塑像。

在江苏像这样的乡村民办教师，至少有好几万人，我们应该将社会底层的真实情况写出来，让决策者能越过不说真话的中层一级看到社会真实的一面。

经过激烈的争论，多数人还是坚持实事求是，不能把不同意见归结为政治立场问题，不能把可行与不可行说成是正确路线与错误路线问题。我们不讲高深的大道理，但经过调研应该反映农村乡村小学真实的情况，让上层决策者体察民情，保护好乡村小学离不开而又生活在艰难窘迫中的民办教师。

乡村小学的校长和民办教师发言时一再强调：

第一，民办教师如与农民一样记工分，生活就没了保证，不少生产队年底分红连自己的口粮都买不回来，民办教师的日子怎么过？第二，民办教师与农民不一样，农民下工后可以回家忙自家的“自留地”，改善生活的窘迫，而民办教师一天上课下来，放学回家要赶快批改当天学生的作业，语文老师还要改学生两个星期一篇的日记或小作文，这怎么能安心教书呢？第三，民办教师生活靠记工分过日子，这支队伍就不会稳定，而眼下学校还离不开这支队伍。不仅队伍不稳，长远看影响更不好。培养出来的学生长大了都不会愿意去上师范学校，即使当了教师也会千方百计离开这个岗位，这不就成了中国教育的悲哀吗？

我的观点是，乡村小学民办教师的工作非常辛苦而收入已经很微薄，他们在学校里没有地位，工作薪酬常常不到公办教师的一半，我们应该要为民办教师讲讲真话。既然农村小学目前还主要依靠他们，我们今天为窘迫中的民办教师讲真话，实际就是为农村的基础教育做呼吁。如果我们到基层调研都不说真话，省市领导可能就根本听不到生活在社会底层民办教师真实情况的反映了。

在调研中，我心里始终想不明白，中国传统文化讲究“为官一任，造福一方”，封建社会都褒扬如此，如今乡村小学的上级领导和主管部门，怎么不为自己管辖的各级学校的生存和发展想一想呢？怎么不为已经在学校最底层艰难生活的民办教师想一想呢？怎么不为我所见到的村办小学日复一日、年复一年冷饭上浇一勺咸菜汤的小学生想一想呢？怎么还要以“改革”之名义在民办教师头上再盘剥一层呢？

说真话我当时就是怀着这样的心情，写的调研报告，不管领导会怎么看！

马书记是部队的转业军人，资格比较老，他是这次调研活动的带队负责人。我写与上级领导的意图完全相悖的调研报告，担心他会有很大的压力，回去没法交代。没想到，嘿！他与我料想的情况完全不一样。他很镇静，不多说话，既不说这样写行，也不说这样写不行。听了我们多数人的意见后，他也就默认了。

到这时我才慢慢明白过来，为什么这次调研活动校领导不带队，原来这是一件无法避免得罪上级或得罪下级的难题。说行吧，置民办教师的死活于不顾，党性和良心上都说不过去。说不行吧，与领导的意图又不一致，上级不高兴。所以干脆回避，请一位德高望重，老实厚道，任何人都不好责备批评的老革命马书记出来带队。

回校后，我把这份实事求是的调研报告交上去了。开始我们还担心会不会挨批评，没想到调研报告送上去后，如石沉大海，没有一点音讯。领导拿到以后是怎么看怎么想的，我们全然不知！

后来我想，也许省革委会教育系统领导小组怕给自己分管的农村乡村小学师资队伍惹麻烦，本来也不同意这个方案，只是畏惧于省革委会的意见，他们不敢硬顶而已。而这份来自基层的调研报告，实事求是地否定了这个方案，正好成了他们“软顶”的救命稻草。后来，关于这份与领导意图相悖的调研报告，我们再也没听到任何音讯。

我回想自己一辈子写过的调研报告，应该说数量也不算少，有肯定的，有否定的，也有一分为二的。但真正写的调研报告与调研初衷相悖，甚至结论完全相反，也许也就是这一次！

调研结论与领导决定的调研初衷完全不一样，这算不算是“上管改”呢？我不知道，只能由历史去评说了！

2017 年 6 月 22 日　于南京

与刘伯良、陈闻、南京长城实业公司董事长余斌、谢树新谈投资兴建实验学校之事。

3月2日—3月5日。

到中国矿大学习取经"211工程建设"的经验和做法。

考察校园规划建设的经验、校园网设计的情况、电教室多媒体教学的情况。

3月6日。

下午去仙林，谈拆迁的进度问题、和协议书签字盖章。

王地家的奇地桩全部打完。

关于校友基金的意见，实行董事会，会长没表态。

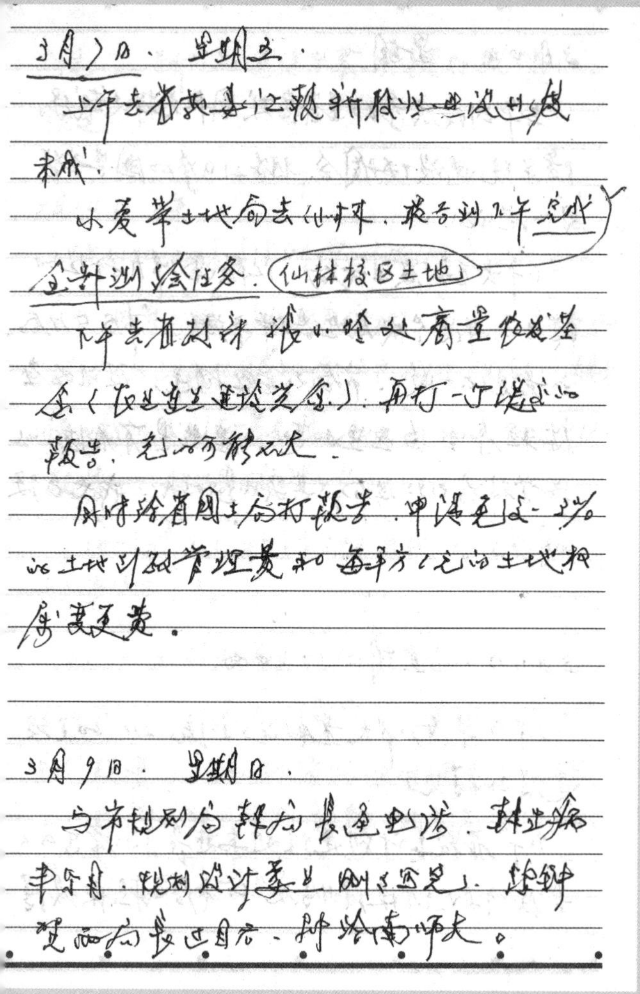

当年的南师不仅专业单一，而且都是传统专业，既没有随时代发展出现的新兴专业，也没有社会急需的交叉性学科。高等师范培养中学教育的师资，从学校的培养目标到课程体系、教学内容来讲，要求学生有扎实的基础理论功底，事实上既不要求学生去做多深的学问，也不要求他们去做艰苦探索的科学研究。那么，这对一所大学的未来来讲，难道不是最致命的缺陷吗？

1976年10月，这是一个不平凡的年月。中国共产党在一场自我净化的惊心动魄的生死搏斗中，体现人民的意愿，彻底粉碎了“四人帮”篡党夺权的阴谋，这在党的历史上具有里程碑意义。消息传来，广大师生员工奔走相告，无不欢欣鼓舞。

“文革”结束了，学校的师生员工对国家未来的前途，尽管还是迷茫的，但一致认为打倒祸国殃民的“四人帮”，祖国的新生让人们看到了未来的希望。党和国家开始拯救濒临崩溃的国民经济，社会各行各业也都出现了恢复正常秩序的萌动。

学校创办非师范的新闻专业，就是在这样的历史背景下发生的。现在回忆起来，中文系创办新闻专业，是开了省属师范院校办非师范专业的先河！

1977年恢复高考制度时，南京师范学院是清一色的师范专业，而且只对江苏省内招生。学校曾经也多次争取过，试图办一些社会急需的非师范专业，但都被上级机关高教局一口否定了。到了1977年恢复高考制度时，依然一点都不能松动。

提起这事，从道理上来讲，当时也是可以理解的。“文革”才结束，过去在极“左”思潮的影响下，认为“知识越多越反动”，把教师都归入“臭老九”的行列。何为“臭老九”，即从“地、富、反、坏、右、特务、叛徒……”往下排，知识分子排在坏人的第九位，所以称“臭老九”。什么“教师是人类灵魂工程师”的提法，早已成为人们快要遗忘的记忆了。

在“文革”的政治氛围里，老师们都成了“臭老九”，因此，许多老师都免不了受到不同程度的冲击。就我所见，我读书的中学大约超过 80% 的老师都挨过“批斗”。加上学校停课，老师们无所事事，整天诚惶诚恐。于是，有一些老师趁早能改行的就默默改行了，能调走的也悄悄调走了，能退休的则都陆续办退休手续了。那些年也没有大学毕业生补充师资队伍，所以，后来说要“复课闹革命”时，中学的教师队伍早已七零八落参差不齐了。

“文革”中，中学教育的课程体系和内容，也都被“教育革命”搞得面目全非了。中学的物理教材是“三机一泵”，几何课成了土地测量，语文课就是学写大批判文章，等等。到 1973 年小平同志复出全面主持政治工作，要增加文化考试，规范中学教育体系，这时才发现真正合格的中学教师已所剩无几了。

在这样的历史背景下，省高教局怎么可能会同意师范院校办非师范专业，招非师范专业的学生呢？当时师范只能办教育类专业似乎已成了无法改变的定律。

那时，虽然全社会都紧缺合格的教师，但政策上又不器重教师这个职业。“文革”虽结束了，但教师“臭老九”的社会地位、经济地位还没有得到应有的改变。我当年毕业留校工作，不管怎么说还算是个大学教师吧，每月实际工资 36.4 元，而与我相同年资的老知青，只要回城后在工厂工作的月薪都比我高。准确地讲大家基本工资都差不多，但在国有工厂、商场工作的职工，当时比教师多一块钱奖金，这是高校所没有的。因此，当时别说教师是值得人们羡慕的职业，就说是一个不错的职业恐怕都算不上。

那么，如果一所大学培养出来的毕业生，都没有相应的社会地位和经济地位，请问会有多少考生热爱教师这个太阳底下最光辉的职业呢？会有多少好学生愿意报考师范院校呢？这类大学怎么能办好呢？

当年的南师不仅专业单一，而且都是传统专业，既没有随时代发展出现的新兴专业，也没有社会急需的交叉性学科。高等师范培养中学教育的师资，从学校的培养目标到课程体系、教学内容来讲，要求学生有扎实的基础理论功底，事实上既不要求学生去做多深的学问，也不要求他们去做艰苦探索的科学研究。那么，这对一所大学的未来来讲，难道不是最致命的缺陷吗？

南师多少年来，一直想突破师范的藩篱，而现实又是社会上师资紧缺，高教局的当政者当然先顾眼前，坚决守住不同意师范学院办非师范专业的“红线”。于是，南师就长期陷在这种矛盾与纠结的困境之中。

在社会不看好，政策不倾斜，师范学院处于困境时，不少教职工自称学校为“稀饭学院”。师范院校招生，都要靠录取其他学校退档“服从调剂”的方能招满。无论是招生还是政府经济拨款，都处在“吃不饱、饿不死、长不大”的状况。学校长期在这种窘迫的境况中挣扎，“稀饭学院”怎么还可能办好办强呢？

没想到在1978年初，即77级新生录取时，学校遇到了一个谁都料想不到的机遇。

小平同志又一次复出工作时，他自己低调地说，他就出来抓抓教育和科技。乍一听似乎不主管国民经济主战场的工业和农业，其实，相信小平同志肯定是深思熟虑过的。因为要开展现代化建设，最缺的是什么？是人才。工农业发展最大的瓶颈是什么？是科学技术上不

中大楼南窗的树荫是学子们难忘的记忆。

去。而科学技术上不去的根本原因是什么？还不是人才？！因此，抓教育抓科技就是当时国家现代化建设最紧迫的问题。

教育要迅速走上正轨，小平同志的第一个抓手，就是全国恢复统一高考，停止推荐工农兵学员。在这样的形势下，教育部开始急急忙忙部署全国的统一高考。

当年，恢复全国统一高考教育部提出的要求是“自愿报名、单位批准、统一考试、择优录取”。小平同志大概觉得思想还不够解放，没必要“单位批准”，于是又改成了三句话，“自愿报名、统一考试、择优录取”。后来，根据小平同志的意见，政府主管部门调整政策，只要凭户口簿就可直接报名参加高考。

教育部根据小平同志的要求部署全国统一高考，因全社会已经停考了十年，恢复起来需要一个过程。1977 年的高考报名和考试的时间势必只好推迟。加上统一高考必须统一命题，统一考试，集中阅卷，我记得那年南师中文系主持全省高考语文阅卷工作时，时间已到年底了。

所以，恢复高考后的第一届新生录取时间，实际上已进入 1978 年了。名义上还是 77 级，而实际的入学时间已是 1978 年的春节后了。

全国恢复统一高考后，江苏“文革”后第一届招生录取工作，当年全部集中在无锡的金城宾馆。春节前，我参加了中文系汉语言文学专业招生的全过程。那时，中文系也就这一个师范专业，共招四个班，每班 40 人共 160 名新生。中文系的招生人数是全校最多的，大约占当时全校新生的四分之一。

那时的新生录取档案还都是纸质的，每人一个档案袋，里面有考生填写的考生登记表，有中学或工作单位的各种档案、评语，还有高考填写的志愿表与所有的试卷等。

那年，在我们录取工作快要结束时，突然来了一位省委宣传部的同志，我当时并不认识他，但一看他的气质就知道是个大干部。我当时猜，这位同志大概有些来头，因为如果没有一点来头，他是进不了招生现场的，因为无锡金城宾馆大门和四周都有解放军站岗。

学校职能部门的一些老同志和系副主任郁炳隆老师等，他们都认识他，而且似乎很熟悉，都热情叫他霞林部长。

热情招呼后，大家坐下来一交谈，我才知道他是省委宣传部的常务副部长王霞林同志。当时学校的行政领导关系在省高教局，但党的关系在省委宣传部(后来才有高教工委)。我也是从那次见面，才认识了王霞林部长。后来在许多涉及学校发展的事情上，他都出了不少力，对南师的发展来讲，他可是一位有功之臣。

当时我想，他来干什么呢？不会是招生录取时来找关系托人情吧！这当然是毫无根据的瞎猜想。交谈后才知道他是为完成一个夙愿来的，想借全国恢复统一高考录取第一届新生的机会，实现他心中的一个愿望！

“文革”十年，江苏的新闻媒体很少或者说基本没有补充到大学毕业的专门人才。当时江苏的电台、报纸和正在兴起的电视台等，都是从通讯员中选拔一些骨干，到省级新闻媒体来当记者和编辑的。这批人很勤奋，很努力，也初见成效。但毕竟没有经过正规高等教育的学习和熏陶，缺乏后劲。所以，作为省委宣传部分管江苏新闻媒体的领导，他已想了多年，要在省内选择一所高校筹建一个新闻专业，能自己培养新闻专业本科的专门人才,以满足江苏经济社会发展的需要。

听他介绍后，我认为真是遇上了一位有远见卓识的好领导。不像一些干部只管眼前，不考虑将来，认为多少年后当能培养出本科新闻人才的时候，早已不是自己任上的事了。王部长不是这样想的，“功成时未必我在，但成功中必定有我”。他有这样的夙愿、这样的理想，要为多少年以后江苏新闻媒体的发展奠定人才队伍基础。这就是一位德高望重老干部的高尚胸怀，让我们后生敬仰。

霞林部长在设立新闻专业选择高校时，他说也是横竖左右反复比较思量过的，最后选中了南师中文系。

主要理由听他讲有三点。一是南师中文系的师资水平在江苏乃至全国都是屈指可数的。当时也确实是南师中文系师资队伍最兵强马壮的时候。他认为无论是当记者、当编辑，还是搞其他形式的媒体，最

我留校参加工作时，我国著名的词学大师唐圭璋先生等一大批专家学者还都健在，学校文化底蕴深厚，人才济济。

重要的还是文学功底，省里的几个大记者、几大好编辑都是学中文出身的。

二是“文革”前，江苏有一所新闻专科学校，“文革”中学校撤销了，所有师资都并入了南师。到现在十多年过去了，虽然教师已失散得差不多了，很多教师也退休了，但毕竟还有一些教师在，还可以再用起来。

三是目前最缺乏的是新闻专业的业务教师，怎么办呢？眼下可以通过同为省属的南师与《新华日报》社联合办班的方式来解决。从《新华日报》社聘请一些资深的记者、编辑来兼任专业课老师，弥补专业教师的缺乏，这样就可以帮助解决短期内专业课教学与实践的燃眉之急。

讲完这些，他还特地强调了一句话，如果学校认为没问题，那咱们就从今年开始，每年增招40名新闻专业的学生。“我正是为了此事，才急急忙忙赶过来的。”

听完他讲准备在中文系筹办新闻专业的打算，我从内心感到欢欣鼓舞，热血沸腾，多美好的前景哦！简直让人神往。学校期盼了那么多年，没有机会实现，如今有这个机遇不是求之不得吗？学校怎会有问题呢？正是踏破铁鞋无觅处，得来全不费工夫。

听了霞林部长的一席话，我十分佩服霞林部长考虑问题的精明、全面和周到，而且还有说干就干的作风！

但这时我脑海里马上又闪出另一个念头，这么好的设想，会不会是霞林部长的一厢情愿？省高教局会同意吗？再说了，招生进度已到这个份上，各校都准备撤场了，现在临时新设置专业，新增招生人数，省高教局会同意吗？增加招生指标和财政拨款计划，还能来得及吗？

我多么期盼霞林部长的设想能顺利实现，但好事来得太突然，太激动人心了，又十分害怕这美好的设想做不成。这时，我似乎宁可把这件内心向往的好事藏在心里，好好地美美地享受一番，也不愿轻易提出脑海里闪出的这些疑问，生怕很快地被否决掉而成黄粱美梦。

但最终我和郁老师还是憋不住心里的话，讲出了大家的忧虑。没想到霞林部长很干脆地说："只要学校没问题，校外的一切问题都由我来解决。"他说得果断利落，而且一口承诺校外的事由他负责全部解决，那真太好了，再一次点燃了我们的希望！

我和郁炳隆老师等一起，只能表示热情期盼，但教室、学生宿舍、师资等具体问题的允诺还要学校表态。在现场负责招生录取工作的带队校领导听说后，答应马上回去给学校领导班子汇报，尽快给霞林部长答复。

后来，我们听说学校领导班子会议上还是有不同意见的。有眼光的校领导说，这是一个非常好的机遇，学校创办新闻专业，就打破了师范学院不能办非师范专业的窠臼，有了这个先例，就意味着开创了一条学校学科建设与专业设置的新路，为学校未来的发展奠定了基础。但也有个别领导认为"师范学院办什么新闻专业，这不是不务正业吗？"，死抱着老规矩不放。多数校领导则认为，既然上级领导有这个要求，那就办吧！我们学校是省属高校，满足省里的人才培养需求，应该是我们的责任。于是，新办新闻专业的意见通过了。

会后，学校马上答复霞林部长，同意在中文系增设一个新闻专业，今年增招40名新生。至于增招的手续和各种批件都依赖他帮助解决。

霞林部长居然说到做到，第二天就把省计划委员会和财政厅都说通了，把省高教局也说服了。这么快的速度就把事情办好，完全出乎我们意料，第二天下午他就通知我们立即在金城宾馆启动增招新闻专业新生的工作。

我想这也许就是"文革"结束后，教育系统人心思定，社会秩序回归的萌动。需求就是命令，时间就是生命，在招生录取工作即将结束前，我们急急忙忙重新打开材料袋，翻找未录取的考生档案。

根据霞林部长的要求，增招新闻专业考生的重点，是看高考的作文成绩，看文字表达能力，不要求面面俱到，年龄大一点也没关系。根据这一要求录取，后来的实践证明，还真的招到了一批好学生。特别是有一些因年龄偏大而原本未被录取的考生，其中有的已经是《新华日报》的通讯员，有的已有七八年中学语文教学的经历，还有的已在不少报纸杂志上发表过文章和文学作品。四年后，毕业的这批人都成了江苏新闻媒体的大牌记者和领衔的大编辑、总编、社长、教授、局长等。

增招的学生是招来了，但当时学校的学生宿舍、教室和师资都很困难。然而，好不容易争取来的好事，总要兑现承诺。特别是要为学校未来增设非师范专业开好头。

于是，学校首先设法把几对新婚的青年教师调剂到其他地方去，腾空了几间学生宿舍。没有教室怎么办呢？霞林部长与我们商量，是否在每个汉语言文学专业的师范班插 10 名新闻专业的学生。霞林部长说，前两年的公共课基础课都是一样的，后两年再回到单独的新闻

中文系新闻专业独立成班后，他们的教室在中大楼丁字型楼宇的北面。

班上专业课。这样教室问题和师资问题也就都一并解决了。系领导一致认为，这个主意好，先把眼前的紧迫问题解决，后面的事可从长计议！

新闻专业新生的录取通知书，赶在农历新年前及时发出，1978年春节后，他们与恢复统一高考后的第一届所有新生一起入学。

多年后，这届新闻专业学生回母校，参加纪念进校四十周年活动。我回忆起新闻专业的创办和首届新生录取的过程，同学们都听得愣愣的，都想不到他们的入学背后，还有这么一个令人难以相信的故事。他们十分感谢母校老师和领导的培养，感谢霞林部长的远见卓识，感谢《新华日报》社的指导老师，更感恩小平同志的决策，感恩祖国改革开放给他们带来的人生机遇。

自创办新闻专业后，南师单一师范专业一统天下的格局就打破了，不让师大办非师范专业的樊笼也就不存在了。时代不断地进步，事业不断地发展，如今综合性大学的毕业生，也可以考教师资格证书，终生从教；师范大学也可以办非师范专业，为社会各行各业培养各种人才。目前南师大非师范专业已实际占到专业总数的三分之二还多了，客观上已形成人才培养的竞争态势，调动了各高校教书育人和提高教学质量的积极性。

我有时想，世上的事各式各样，包罗万象，真不知何以会如此奇妙。有时即使竭尽全身心力，阴差阳错总难成事；有时踏破铁鞋无觅处，得来全不费工夫，让人觉得奇妙玄乎。看来只能这样解释了——世上万事万物，无奇不有，成功与否全在能否抓住偶然、瞬间出现的机遇。

2020年2月26日

仙林校区规划设计任务说明书（征求意见稿）
以前报送.

2月19日.
①上午去市土地局地籍处测绘科讨论征地问题和办理用地权属手续、
②给省政府送达《南京师范大学新校区土地总体规划基本情况报告》.

√2月20日.
校有关领导研究，对以南师大新校区选址的批复文上只有批"1200亩"，与原计划要求的1400亩
有所出入不一致.

2月26日下午 亚东公司.
市土地局周局长主持，市土地局建设用地处、栖
霞建设用地科负责人参加，会议决定.
①.下周南师大必须与仙林有关村协签订协议
②.江苏国土局送交用地材料，申请建设用地批
③.以前市土地局内，已经手续、农民补偿金，土

挫折后的坚守

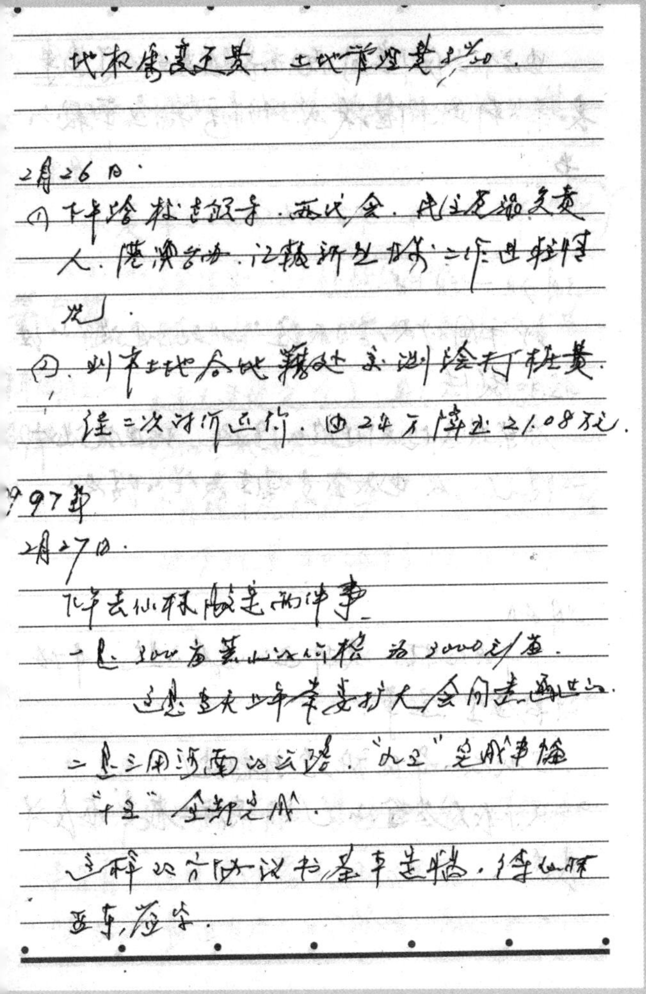
2月26日

1997年

2月27日

下午去仙林做这两件事

二是三角河南的道路，"九五"完成准备，"十五"全部完成。

> 领导看得上我，我会努力把工作做好，瞧不上我，我就做好我自己的事，教好我的书。
>
> 坐了那几年冷板凳，现在回想起来……正是那次的挫折和逆境给了我很多人生的思考，赋予了我成熟，积淀了我人生的底蕴和坚守真理的自信。

有人说我四十岁出头就提了本科大学的副校长，五十岁出头就做了大学的一把手，在仕途上肯定是官运亨通，一帆风顺。其实，并不是人们想象的那样，我在仕途上也遇到过挫折，一度被“打入冷宫”，周围人用异样的眼光看着我。现在回想起来，一个人一生中遇到挫折和逆境也是难免的，问题是遇到挫折后，在逆境中自己怎么对待！

那是二十世纪七十年代末八十年代初的事，我毕业留校后，在南师中文系任团总支书记。那时，国家恢复高考制度后的77、78、79级学生都已进校，校内学生数陡然增加了很多。为管理学生，高校迫切需要培养和建设一支做学生思想政治工作的队伍。

因“文革”的原因，高校不仅业务教师队伍形成了断层，其实，学生思想政治工作队伍也出现了断层。当时省高教局考虑首先要解决教师队伍的断层问题，所以文件里规定，高校选留的优秀毕业生只能充实教师队伍，不准选留政工干部和管理人员。根据该文件精神，对于我们这一批七十年代后期毕业留校的青年教师，当时学校宣布都是教师编制，全部充实到教学工作的第一线。

毕业留校后根据校人事处的意见，我回到中文系报到，被分配到现代文学教研室，我的教学任务是上现代文学作品分析课。我记得进教研室后安排我做的第一件事，是我一人出差到徐州师院去。当时江苏四所师院的中文系联合编写了教材《毛主席诗词阅读与赏析》，我去徐州是帮助协商解决印刷厂印刷和教材运输的有关事宜。

南师校园里的两棵百年银杏树，每年深秋季节，师生们都会在这银杏树下流连忘返。

那时，各系都缺辅导员，学校考虑到“文革”前的青年教师队伍，那时都已是上有老下有小、四十岁左右的人了，总不能还让这些已上了年纪的老同志去担任吧！于是学校要求才毕业留校的年轻教师都要兼任各年级的辅导员或班主任。这意见无疑是通情达理的，兼职学生思想政治工作和管理工作，作为暂无家庭负担的年轻人，我们都很理解。我呢，不仅兼任了年级辅导员，还兼任了系团总支副书记。

哪知道一兼任就脱不了身了。系领导觉得我干得挺好，一学期后，就马上让我任系团总支书记、党总支委员，负责全系八百多人的学生工作。那段时间，我一边上现代文学作品分析课，一边管全系学生工作，人虽辛苦一点，不过心里倒是挺充实的。年轻人嘛，多干一点事也无所谓。

后来学校领导为加强学生思想政治工作，居然干脆规定辅导员一律不得兼任专业课，这下我们都听傻了。在我们看来这是毫无道理的，当初中文系党总支钟书记明确宣布过我们均为教师编制，那就应该让我们一心一意搞自己的专业。因学校一时在学生工作方面人手有困难，让我们都兼任班主任、辅导员，我们也都服从工作需要了，现在怎么“得寸进尺”，干脆不让我们搞自己的专业了呢？

如果说现在需要有人专职来做学生工作，组织上也总要与大家谈谈话，听听意见吧！即便如此，我想辅导员兼任一门专业课也并不会影响学生工作，不一定会弱化对学生的思想政治教育和管理。

白天学生上课，特别是上午学生都有课，辅导员做什么呢？除了一些少量的文字档案工作和开展一些活动的准备工作外，完全可以用来进修业务，准备自己的专业课。大量的学生活动都是在下午课后或晚上进行的，时间上没有多少冲突和矛盾，只是辅导员们辛苦一点而已。

从长远看，学校也要为这批兼职辅导员的未来想一想。不让他们搞一点业务，能适应改革开放后的高等教育吗？能满足未来现代大学发展的需要吗？而学校一些领导根本不考虑将来，只顾眼前，就武断地规定辅导员不让兼专业课。这种做法属于“种了别人的地，荒了自己的田”，反倒会让人不安心于当下的学生工作了。

特别是“文革”中以阶级斗争为纲的专职思想政治工作干部，在社会上“卖嘴皮子夸夸其谈说空话”的形象并不好，老百姓既有敬畏感也有蔑视感。辅导员如能传授一门专业课，可以与学生有更多的共同语言，从而拉近辅导员与学生之间的距离，有利于开展思想政治工作，这难道有什么不好吗？

我就不理解为什么不准辅导员兼任一门专业课呢！再说，这些辅导员送走了两届或三届学生后，年龄大了怎么办？能当书记、院长或部长、处长的毕竟是少数。如果有些人适合上课，能上专业课的，就上专业课，能上公共课的，就上公共课。为什么不能给他们多留一条人生选择之路呢？组织上对他们的安排不也容易些吗？

后来的实践证明，有很多曾经担任过辅导员的年轻教师，转岗后都成了著名大学的学者，甚至成了有一定影响力的教授博导。这些人的数量还不算少，就拿中文系来说，77 级、79 级、80 级留校的辅导员孟建、崔保国、陈昌凤，送走了两届毕业生后转岗，后来都分别成了复旦大学、清华大学、北京大学等新闻传播学院的教授、博导、副院长。这种现象我也常想：咋会呢？会不会是担任辅导员期间，确实锻炼了他们分析问题和解决问题的能力？世上的事虽千姿百态，但其理相通，“他山之石，可以攻玉”不就是这个道理吗？这是另外一个话题了，暂且不说它。

后来在一次全校学生思想政治工作队伍建设的研讨会上，我如实发表了我的看法。我认为在改革开放的新形势下，从事学生思想政治工作的辅导员，兼不兼教学任务可根据个人的具体情况而定。有意愿有条件的兼任一门专业课，不仅有很多好处，而且也有可能。他们与学生的关系在单一的教育与被教育的基础上，增添了传道、授业、解惑的部分，更有利于做好学生思想政治工作。再说一身二任，用人的效率更高，未来发展的前途也更宽了，为什么不能呢？我相信未来的高校干部，特别是随着我国改革开放的深入，即使是高校的党政干部也一定会要求又红又专。我的发言当时引起了在场绝大多数辅导员和团总支书记的共鸣。

然而，没想到我的发言居然触犯了某位校领导的“天威”，在一次全校的中层干部大会上，学校的这位主要领导不点名地激烈地批判了我的发言，说：“有那么一位年轻的学生思想政治工作干部，居然提出可以兼任一门专业课，这还会安心做好学生思想政治工作

二十世纪八十年代初，学校赴大连工学院（现大连理工大学）学习取经的学生工作队伍，在我国自己制造的远洋客轮“长更号”上合影。

吗？”“这种思想是目前不安心学生思想工作的典型！”“这与‘我是一块砖，任党哪里搬’的思想境界相差太远了！”

而在我看来，这两者之间并不存在必然的排他关系，逻辑上不能推导出兼任一门专业课，就肯定不会安心做好学生思想工作的结论。走又红又专的道路，也不能说就是不服从党的安排。

他接着说：“不上课，不懂专业难道就做不好高校管理工作了？”在我看来，也更不能以此推导出兼任业务课和懂业务就搞不好学生工作的结论，这在逻辑上也是说不通的。他讲了半天，给人的印象是，他没上过大学，不懂业务也不上课，现在管这所大学不是照样管得很好吗？

那天在全校中层以上干部大会上，他尽管没点我的名，但大家都知道批的就是我，批的就是我上次在研讨会上的发言，把我树为全校不安心于学生思想工作的典型，要加以批判，“肃清流毒，以正视听”。

我当时听了很吃惊，在这样的大会上，居然可以不讲道理，以势压人。在当时的大会上，我知道那里不是摆事实讲道理的场合，但我坚信我的观点没有错，是实事求是的，是符合党中央精神、符合社会发展潮流的，对我的批判是牵强附会的、缺乏说服力的。

十一届三中全会都已开过快两年了，我们党早已改变了以阶级斗争为纲的思想政治路线，将工作重点转移到以经济建设为中心上来了，那么高校的工作重心是不是也有一个转移问题呢？是否也应该转移到以教学科研为中心上来呢？既然高校党委的工作重心也要转移到以教学科研为中心上来，那么我们培养未来的干部，是不是也需要改变只会抓阶级斗争和空谈政治口号的形象呢？在抓教育抓管理的同时，是不是也要懂教学懂科研，要成为政治家，也要成为教育家呢？

学校现任的一些老领导不懂专业，不搞业务，那是因为战争年代没有条件上大学，没有机会学专业搞业务，但绝不能根据眼前的情况，就得出“不懂专业不懂业务不也管得很好吗”的结论。即使今天的大学管理得还说得过去，但不等于改革开放后的大学，特别是未来的现代大学也一定能管理得好发展得好。

小平同志在 1980 年的“8・18 讲话”中，特别指出：“许多同志除了不注意干部的年轻化外，对干部队伍的知识化、专业化也很不重视。这也是过去在知识分子问题上长期存在的‘左’倾思想的一种恶果。”干部的提拔“各行各业应当有不同的台阶，不同的职务和职称。随着建设事业的发展，还要制定各个行业提升干部和使用人才的新要求、新方法”，只有这样我们的干部才能适应改革开放和现代化事业发展的需要。学了小平同志的讲话，我更坚信中国高等学校的未来一定是讲政治懂教育的专家教授治校。

那次中层干部会议后不久，学校党委把我的副手——系团总支副书记提拔成校团委书记，本来的副手成了我的顶头上司。我心里清楚这是校领导要给我颜色看，是对我触犯了“天威”后的惩罚。我也知道这位主要领导，就是要让我在校内很难看，就是要叫我名誉扫地，以此来杀一儆百，看以后还有谁再敢与他唱不同的调！

学校那一轮的干部人事调整，出乎大家的意料，学校不少人为我鸣不平，觉得学校不讲道理，领导打击不同意见也做得太露骨了。研讨会上有不同声音，这是很正常的现象，既然是研讨，发表不同的观点不仅应该允许，还应该鼓励，怎么能成为打击惩罚的对象呢？况且，不同意见中包含了正确的见解和道理。

那时，我虽然感到校内的政治气氛很压抑，心里话无处诉说，但心里还是坦然的，有志者“言有物而行有恒，独立不惧，君子有终”。《周易》里说，君子要“上交不谄，下交不渎”。只要认定了真理，就要敢于坚守，就要不怕挫折，不要“官云则云”无原则地谄媚。我相信实事求是的真理在我这一边，时间会证明我的意见是正确的。西方不是有一句谚语吗？“只有笑到最后的人，才笑得最好！”

随后，这位学校主要领导不准教务部门再安排我上现代文学作品分析课。当时学校不提拔我，我并不生气，说明我不符合领导的要求，这就罢了，即使提拔了也不好开展工作。但不安排我的专业课，我很不高兴。我本来就是教师编制，我的课学生还是挺欢迎的，为什么不排我的课？但在当时的情况下，胳膊拗不过大腿呀！学校主要领导尽管在这个问题上不讲道理，但他有学校的讲台和只准这样不准那样的权力，你有什么办法呢？

学校 300 号楼后面，小池塘依然那么宁静和美丽，池塘周边绿树环绕，嫩绿的新芽包蕴着生命的力量，四棵参天挺拔的水杉树体现了一种不屈不挠的气质。穿过 300 号楼南北两边连廊，通向南大楼和北大楼的四排龙柏显得很庄重，不爱喧哗而耐得住寂寞。池塘的水面平静如镜，即使阵风吹来，也是波澜不惊。水塘边伸向水中央的榉树，让人感到无拘无束，自由奔放。

那段时间我沉默了许久，沉静是一种态度，也是一种修养，更是人生的一种境界。沉静中我在独立思考自己逆境中的人生路。

我在上学时，记得《淮南子》里有一段训诫——“是故非淡泊无以明志，非宁静无以致远”，后来诸葛亮借用这句话来教育后人。“淡泊明志，宁静致远”的意思是，能坚守正确的志向，就要淡泊名利；能达成高远的目标，就要有宁静平和的心态。当我把这些问题都想明白了，想透了，也就不再急躁，不再气愤了。我并没有因领导的打压而气馁或消沉，一切工作都照旧，甚至比以前做得更好。

我以先人的古训激励自己要做一个有内涵的人，有定力的人。上山下乡的经历也告诉我，无论遇到怎样的责难，无论身处怎样的困境，都要沉得住气，挺得起腰。依然要有在一片喧嚣中品一杯清茶的心境，

池塘中的曲桥连接着无顶水榭，本来曲桥设计是为了与无顶水榭相配，特意只在一边建有石条护栏，给人一种自由开放的韵味。

仍旧能以平和的心态看淡人生的得失。

经过认真思考后，我决定选择一门政治理论课“政治经济学”作为自己的进修目标。我想，作为高校学生思想政治工作的干部，今后给学生讲一门政治理论课，这总不违反“天条”吧！不至于再阻挡我，不让上讲台吧！

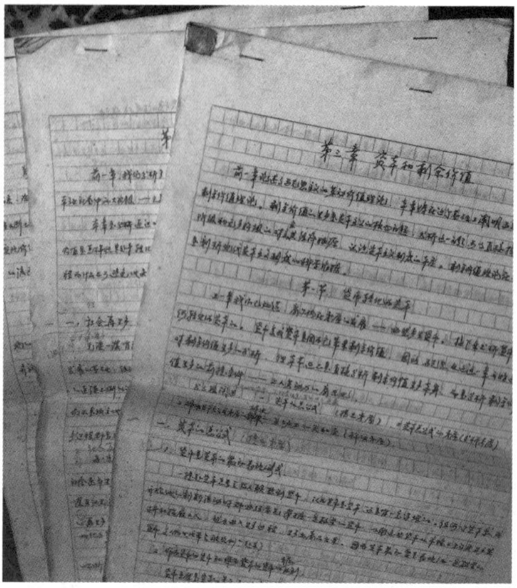

这是我至今还保留着的，当年在中文系讲“政治经济学”的全部备课笔记。

后来我真的一边做学生工作，一边上午到政教系去旁听李政坤的“政治经济学”、顾思明的“《资本论》精讲”，还有宣传部部长刘德华的“经济学讲座”等课程。

没想到两年后，学校马列主义教研室居然给了我一次在中文系试讲“政治经济学”的机会。

说来也巧，二十世纪八十年代初学校正遇到招生人数急剧扩大后，政治理论课教师奇缺的问题。马列室领导听说有人愿意讲政治理论课，那不是无奈中求之不得的好事吗？于是就召见我，让我试讲“政治经济学”。

那天，由马列室王坚毅副主任带队，组织了“政治经济学”教研室的老师来听我试讲。我记得当时试讲的内容是《政治经济学》第三章“资本和剩余价值”，我做了认真准备。听我试讲后，老师们都觉得讲得不错，一致同意我就在中文系讲授“政治经济学”。

作为高校的一名负责学生思想政治工作的干部，给学生讲一门政治理论课，讲到哪里去都不算“违规”吧！后来，学校教务部门根据马列室魏主任的意见，正式给我排了课。那次排课，不知道那位学校主要领导是不知晓呢，还是知道了我讲政治理论课，仔细想想不好干预，也就算了！于是，我就又上了讲台。

后来，不了解情况的很多同志都问过我：“你是汉语言文学专业毕业的，怎么会在中文系讲授‘政治经济学’呢？”我怎么说呢，真是一言难尽！背后的隐情，要从头说起来真是“一把辛酸泪”。

“政治经济学”几年讲下来，课越讲越熟，越讲越精了，有时讲课都无须带备课笔记。后来，居然还有一位不熟悉的同志请我到省公安厅礼堂，为参加全国自学考试的几百个考生，连续讲了七次“政治经济学”的辅导课。

在此后的教学中，我发现中文系学生与我的关系比以前更融洽了。过去有些学生在校园里见了我是敬而远之，现在路上与我主动打招呼的学生多起来了，在学生中开展课外活动我也觉得顺手得多，方便得多了。

那个时期，我在全校首开先河，组织中文系学生会与扬州师院中文系学生会一起共同

系学生会的文学刊物《随园草》创办。系名誉主任、著名的唐诗专家孙望教授为《随园草》写了序，尉天池老师为封面题了字。

这是由南京师范大学出版社正式出版的我的第二本管理学教材，“21 世纪管理科学文库”《管理学》。

举办了“首届两校中文系学生学术论文研讨会”。在校内率先成立了学生话剧团，经过认真排练，演出了《于无声处》和《雷雨》等话剧。由于演出效果好，得到了大家的充分肯定，中文系的学生课外活动，在校内外声名鹊起。

八十年代中期，《人民日报》在第四版上刊登了一篇文章，介绍“泰罗与他的《科学管理原理》”，这标志着我国理论界为“管理科学”正名。管理科学对我们这代人来说是一个完全陌生的天地，而我却对它产生了浓厚的兴趣。经过不断的自学和研究，后来我在江苏高校中率先在南师中文系开设了“现代管理学”选修课。

那时，我在同龄人中较早买了一台海关罚没的 386 计算机，利用它我先后编写出版了两本《管理学》教材，在这个学术领域有了一点发言权。

那一年，因为我一直坚持上课，符合学校申报中级职称的课时数要求，在学报和其他刊物上又发表过好几篇论文，我也就成了当时全校总支副书记中，最早具有讲师职称的年轻干部。

当时我的想法就是，领导看得上我，我会努力把工作做好，瞧不上我，我就做好我自己的事，教好我的书。

坐了那几年冷板凳，现在回想起来，任何事只要想明白了，该干啥就干啥，事情反倒会顺利起来。你认定了真理，能扛得住多少压力，最后你就会得到多少回报，世上万事万物大概也就是这个道理吧！正是那次的挫折和逆境给了我很多人生的思考，赋予了我成熟，积淀了我人生的底蕴和坚守真理的自信。

八十年代初，学校领导班子换届，新上任的校长、书记都是教授，那时整个学校的政治氛围就不一样了。学校党委强调要把工作重心放到教学科研上来，干部队伍要培养又红又专的接班人。经过考察，1986 年学校党委决定送我到省委党校去培训，参加省委组织部举办的第四期青年后备干部培训班学习。

接到参加省委组织部举办的后备干部培训班学习的通知，我自己都感到很惊诧。在学校的学生思想政治工作队伍中，我在原学校领导的视野里，是属于那种有这样那样想法的“不听话”的“异见分子”，表扬评优从来没有我的份，怎会选送我到省委组织部青年后备干部培训班去学习呢？

这一次不知道是不是省委组织部根据小平同志讲的“要制定各个行业提升干部和使用人才的新要求、新方法”的精神，有了明确的职称要求。在副处的年轻干部队伍中选择时，因我有中级职称，加上新班子根据群众推荐情况，权衡利弊最后选择了我。这一次学校领导的决定，又出乎了大家的意料。

1987 年 1 月培训班结业，我回校报到后，党委冯世昌书记找我谈话，说组织上欲调我到学校党委办公室当副主任，让我谈谈自己的想法。

那次谈话，我首先表示感谢学校党委和同志们对我的器重与培养，既然工作需要，即使有点什么想法我也会无条件服从。书记听后，平和地对我说：“没关系的！你可以谈谈自己个人的想法。”

我说：“我不知道书记今天找我谈话是任职谈话，还是征求我个人的意见？如果党委已经决定了，我作为党员二话不说，马上就来报到。如果书记今天是征求我个人的意见，我能否坦率地说说我的想法？”

书记很有亲和力地说：“就是要听听你的真实想法，如实讲，没关系的！”我说如有可能我希望缓一缓再调动，一是我想在基层再“滚”几年，积累一些工作经验，因为我还缺乏在基层主持全面工作的经验；二是等我解决了高级职称再来学校党办工作，因为我相信中国高校的未来一定是讲政治懂教育的专家教授治校。

身为教授的党委冯书记很理解我的人生思考，从我个人和学校的长远考虑，他思考后最后同意我暂不调动。

1989 年学校党委提拔我任中文系党总支书记，我有机会在基层主持学校最大的中文系党支部的工作好几年。现在回想起来，在系科任过一把手，对自己积累高校工作的经验，提高管理能力和水平非常重要。这几年间我也解决了高级职称。

1992 年初，省委任命我为校长助理，年底任南师大副校长，三年后又任常务副校长，2002 年 1 月调我到南京医科大学任党委书记。

我的人生体验是当干部要经得起挫折，不能一遇到挫折就消沉或放弃。在人生路上有挫折和磨难是难免的，也不一定是坏事，只要我们把心境放平，它能让人增长阅历。每一次挫折对自己来讲都是一次成熟，人生就是一泓有波浪起伏的水，把心境放平了，自己就是一朵自在的云。

几十年后，当年让我坐冷板凳的那位学校主要领导，在人生的弥留之际，告诉组织上，希望身后陈国钧能送一个花圈。组织上转达后，我感到很忐忑。自他退休后我们就几乎没有接触过，只有一次，他到中文系资料室查资料，曾见过一面，我主动跟他打过一次招呼，仅此而已。许多年过去了，我也离开南师大了，他怎么会突然想起我？是不是他还一直关注着我，惦记着曾经的事？我不知道！

后来，他对组织上讲的“希望”，我都按他的意愿照办了。但我琢磨了良久，还是不知道他这到底是什么意思。是否在他离世前回顾自己的人生，有了什么不同的感悟？或者对当年用行政手段打击不同意见是不是有了悔意？在离开这个世界时想消散曾经的恩怨，不再把内心的愧疚带到另一个世界去？我实在猜不透！

如果是这样，其实大可不必，人们回顾一生怎会没有不当之处呢？现在回忆起来，当初我做得也不一定都对，也有一些自己的片面之处。那时，自己年轻容易冲动，缺少从全局上思考问题的胸襟。但愿老领导能一路走好！

但有一点是肯定的，做人要正直，要说真话。认准了真理，不要攀炎附势，不要随风东倒西歪，要有自己的人生定力，要坚守自己的信念。成长中的年轻人，要向革命的老一辈学习，即使在困难的情况下，也要有“自信人生二百年，会当水击三千里”的胸怀。

2015 年 8 月 21 日 于南京

(1) 管网图以[illegible]，但排水排污主干出去的，接口、管径、流向

(2) "九五"主要项目各八项。

(3) 精简之下二节约，发动全社会[illegible]各10万。

5月21日：

√省土地局核发经几轮谈后，将有关问题：

① 土地开发费，减12.5324万元，收24万

② 土地用途变更费减半，收34.296

③ 国有土地有偿使用费 收15.3426

④ 收建资金，谈定207.28万元，收100万。

5月22日上午。

到省土地局讨论批文中的问题。

上午10:00 到市土地局谈用地处。

我和我的学生

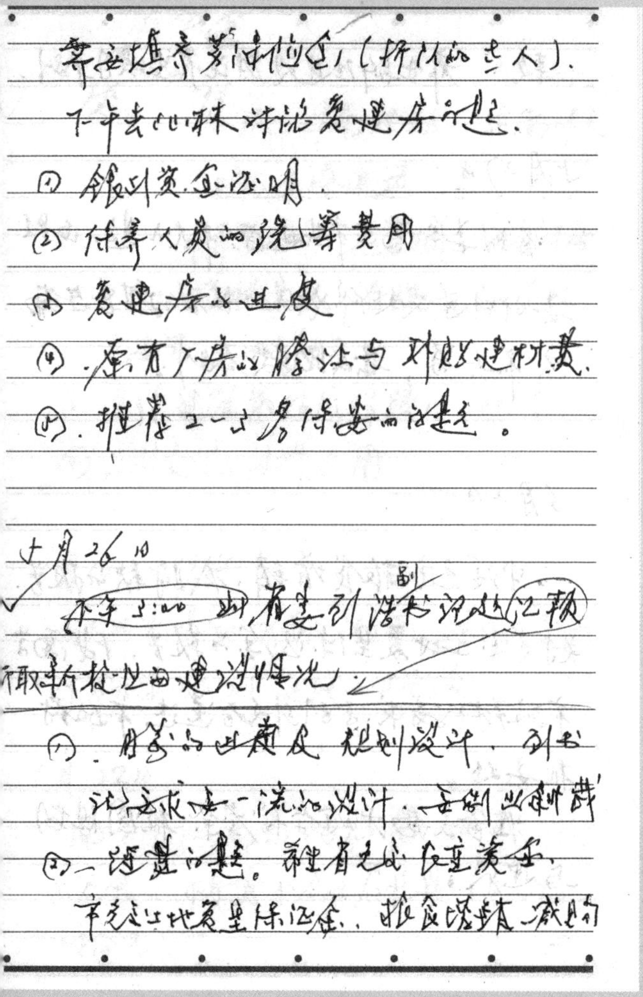
下午去[illegible]林[illegible]讨论危建房问题。
(1) 银行贷款说明。
(2) [illegible]人员的[illegible]费用
(3) 危建房的进度
(4) 原有厂房的[illegible]与[illegible]建材费。
(5) 推荐[illegible]问题。
十月26日
下午3:00 由省委副书记[illegible]汇报
[illegible]新校址的建设情况。
(1) [illegible]规划设计。[illegible]
[illegible]一流的设计。[illegible]
(2) [illegible]问题。[illegible]
[illegible]

> 国际国内发生的一些事，我们还没听说，学生中早已传得沸沸扬扬了。而且，西方媒体对事情的报道和评价总与我国的新闻媒体不一样。表面看只是宣扬了西方媒体的价值观与是非标准，其实呢，这就是意识形态领域潜移默化的“和平”演变，影响了年轻一代。

二十世纪七十年代末到整个八十年代，是中国社会变革转换的关键时期，也是中国社会历史上一段极不平凡的岁月。在这段极不平凡的岁月里，势态变幻风雨莫测，我和我的学生一起度过了那段大学的多事之秋。

在那段岁月里，中国社会结束了“文革”，但“文革”留下的后遗症，给社会带来了严重的创伤。特别是“文革”十年，把新中国成立以来我们一贯宣扬的世界观、价值观、是非观都打碎，甚至颠倒了。

当时的青年学生都很迷茫，甚至可以说社会上很多人都很迷茫。“四人帮”把国家正统的宣传部门给砸碎了，在对外开放“鱼目混珠，泥沙俱下”的社会环境中，青年学生不知道该听谁的，也不知道该信谁的，头脑里是一片混乱。

小平同志站在新的历史起点上，以锐利的目光、伟人特有的魄力力挽狂澜，推动了“实践是检验真理的唯一标准”的大讨论，带领全党全国人民“拨乱反正”，解放思想，做出了《关于建国以来党的若干历史问题的决议》，拨正了中国社会的航向，开始了拯救中国社会的改革开放之路。

“实践是检验真理的唯一标准”的大讨论，把错误的东西再颠倒过来，起到了正本清源的作用。实践已证明，发动“文革”的理论基础——“怀疑一切论”、指导思想——“无产阶级专政条件下继续革命”、提倡的价值观念——“造反有理”，都是错误的。让“四人帮”和投机分子有机可乘，搞乱了社会，可以说这是社会动荡和国民经济接近崩溃的根源。

二十世纪八十年代初，中央提倡的拨乱反正、解放思想，无疑是正确的、必要的、及时的。中国的改革开放如果没有拨乱反正，没有思想解放，就不会有宽容的改革开放的环境，就不会有今天中国的繁荣与崛起。但也要看到，在当年拨乱反正和思想解放运动中，确实也存在“鱼目混珠，泥沙俱下”的现象。

“文革”结束了，国家进入改革开放的新时期，人们意气风发，发愤图强，欲把失去的时间再夺回来。然而，在新的历史条件下，正确的思想理论应该是什么？正确的价值观应该是怎样的？否定了“斗

随园校区大草坪的雪景，常常是历届毕业生无法遗忘的青春记忆。

争哲学”，而团结和谐的社会应该如何建立？

在对外开放中，西方的思想文化价值观念也一起袭来。在引进外资和先进管理思想、管理方法的同时，也夹带进来一些腐朽肮脏的污泥浊水，不仅污染了社会风气，也污染了思想政治理论。

在国家与世界的交往中，有些学生受以“美国之音”为代表的西方媒体的影响比较大。国际国内发生的一些事，我们还没听说，学生中早已传得沸沸扬扬了。而且，西方媒体对事情的报道和评价总与我国的新闻媒体不一样。表面看只是宣扬了西方媒体的价值观与是非标准，其实呢，这就是意识形态领域潜移默化的“和平”演变，影响了年轻一代。他们企图从根本上否定中国共产党，否定中国的社会制度，否定社会主义道路

那时，国内还有一些人与西方媒体遥相呼应。这些人曾经是青年大学生崇拜的偶像、人生的导师，现在却也在散布质疑党的领导，质疑社会主义制度的自由化言论。这些否定社会主义的思想与理论，在意识形态领域起到了推波助澜的作用。

我和我的学生都直面这般严峻复杂的局面，无法避免，也无法逃脱。

社会上的一阵风，必然会在校园里掀起一阵浪。那时中文系的小部分学生，对“文革”后党的领导没有信心，对社会主义的前途感到迷茫。受当时自由化思潮的影响，少数偏激的学生热衷于创办各种墙报，不管是创作的文学作品还是时事评论，不少都带有一些自由化的倾向。

国家恢复高考招生制度以后，第一届即 77 级的大学生，进校以来学习刻苦，读书用功。这批人绝大多数都是当年的“老三届”，即上山下乡在偏僻的乡村待了将近十年的老知青。他们了解中国社会底

层老百姓的生活，自己经历过刻骨铭心的农村艰苦劳动的磨炼，面对过冷锅残灶无奈的生活窘境，品尝过难以言表人生无望的滋味，所以非常珍惜今天来之不易上大学的机会。他们的特点是政治上比较成熟，思考问题比较客观，有自己的主见和定力，不会轻易盲动。人生的特殊经历修炼了他们的人生品格，生活上比较简朴，物质条件上没有什么奢望，个性上比较容易满足，学习和工作特别勤奋。

与 77 级同一年（差半年）进校的 78 级，虽然仅仅迟了半年，却有了一些明显的区别。从学生结构上看，“老三届”的人数减少了，“新五届”和应届的高中毕业生比例明显增加了。这届学生中，有一小部分人思想比较活跃，对政治似乎特别感兴趣，有表达自己不同政见的欲望。不知是否受了那些年自由化思潮的影响，自主意识比较强烈，蠢蠢欲动，不甘寂寞。以后进校的两届学生，结构上的变化更大，这样的倾向也就更加明显了。

我记得当时中文系最突出的是 79 级学生张益铭（化名）主办的墙报《天地间》，贴在中大楼走廊的橱窗里。墙报上创作的文学作品里有不少露骨的情节和隐晦的语言，归结起来说就是要求思想上“自由开放”，体制上宣扬西方的“三权分立”，对党的领导和人民代表大会制度表示怀疑。这些激进言论一度作为思想解放的时髦货，吸引了不少的读者。

张益铭每次写墙报稿，都要在课桌上铺几张好大的《人民日报》，边上摞一大沓书，以引起周围同学们的注意。他挖空心思胡编乱造，以离奇的情节招摇过市，用隐晦的语言去否定党的领导，否定社会主义道路。

其实，小张本身来自苏北农村的普通家庭，进校时还是比较单纯的大学生。那些年受社会上自由化思潮的影响，他的世界观和价值观潜移默化地改变了。一个好端端的农村孩子，没几年变成了歪七斜八的异见人物，可见那段时期社会上的自由化言论对青年学生的思想影响有多大！

正当全国人民拨乱反正，在党的领导下，医治“文革”留下的各种创伤时，社会上有些人常常会攻其一点不及其余，以“文革”的后果，来引证“共产党该下台”。存在这种潜在意识的，当时已不是极个别现象。虽然这样的人数量不算多，但能量不小，已在校园里形成了一股不可忽视的暗流，决不能小觑。

有一次我在系学生干部大会上，针对中文系墙报上反映出来的问题与大家谈心。我引用了他们看好的《世界经济导报》上的一组数据，中国 80% ~ 90% 的优秀分子和科技人才都在共产党内。那么，要医治“文革”留下的创伤，要开辟改革开放的新纪元，要让全国老百姓过上好日子，只有依靠中国共产党的引领。试问还有哪一个党派或哪一股政治力量能代替呢？没有，绝对没有！

我是一个现实主义者，我反问：在现在这个时刻，要共产党下台，中国会有希望吗？中国只会走向全面崩溃与社会分裂，老百姓会有好日子过吗？绝对不会有好日子。眼下只有依靠共产党的力量，团结全国人民，解放思想，改革开放，走向光明的未来。

我主观上希望同学们把目光放长远一些，对未来充满信心，坚定地跟共产党走，走社会主义道路。但那时局部的思想引导，怎么也顶不住来自社会上怀疑党的领导、怀疑社会主义道路的大气候。在对年轻大学生的争夺战中，我感到学校的思想教育势单力薄。

一年后，《天地间》的主编张益铭向往西方，企图叛逃出境，在云南偷越中缅边境时，被边防部队抓获。学校接到南京市公安部门的通知，要求派一名辅导员，协助公安民警去云南接收押送张益铭回宁。

1981 年暑假，学校团委徐书记带领我们去大连理工学院学习大学生思想政治工作的经验，我与两位即将毕业留校任辅导员的学生孟健和康宁在大连的合影。

后来，据说该生以偷越国境的叛国罪被判处了有期徒刑。刑满释放后，情况怎么样，就不得而知了。

其实，我为张益铭感到很惋惜，农村的父母含辛茹苦培养一个大学生不容易啊！一个单纯的大学生，进了大学的门，如今成了自由化思潮的受害者和牺牲品，能不叫人痛心吗?

那些年，社会上自由化思潮泛滥比较严重，高校的学生思想政治工作遇到了前所未有的挑战。社会上有一点风吹草动，校内就会形成一阵波澜，辅导员的思想政治工作非常艰难。只要校外某些自由化的“大人物”用言论一煽动，大学生就会走出校门上街游行，于是，上级领导就要辅导员跟着学生上街去劝阻。在这种舆论环境里，我们都觉得自己已完全被社会舆论牵着鼻子走，工作十分被动。

我们知道真正想上街游行造成影响的人，还是少数，大部分跟风的学生就是凑凑热闹而已。也有些年龄小的学生没有赶上“文化大革命”，没有机会体验上街游行是什么滋味，纯粹是看看热闹，自己经历一下而已。

在这样的氛围里，每年毕业生离校前的一个晚上，都是一个“疯狂之夜”。毕业分配方案一公布，学生都拿到了新单位的报到证，离校前的一晚上，就成了毕业班某些学生肆意发泄的机会。

天一黑，男生宿舍什么东西都往楼下扔，脸盆、墨水瓶、啤酒瓶，甚至板凳、保温瓶等等，只要从楼上摔下去能在混凝土路面上发出撕心裂肺声响的，都往外扔。“乒乒乓乓！”“乒乒乓乓！”……如暴风骤雨，电闪雷鸣，简直让人感到恐怖。

我们知道这是一部分学生的发泄，有的人是发泄对社会的不满，有的人是发泄对学校的不满，有的人是发泄对毕业分配方案的不满，有的人是发泄对自己报到的去向不满，等等。有的自己都说不清有什么不满，莫名其妙地跟着发泄。还有的人似乎对天底下什么都不满，好像全世界都欠了他很多，有说不清的冤和恨！简直莫名其妙！

每到这时，学校党委要求各系总支副书记带领辅导员，到学生宿舍去做工作，确保校园的秩序。我带了中文系的辅导员、班主任到学生宿舍区去做工作，每个宿舍都会说：“本舍无此事，你们听现在不是还有人在砸吗？说明与我们无关！”我们知道即使他们砸了，现在既不可能自己承认，也不可能检举别人。学生也知道这样做是见不得人的，但还是要发泄无名的怨气。我带了辅导员、班主任一离开男生宿舍楼，身后又一阵抛砸开始了，“乒乒乓乓！”“乒乒乓乓！”

在他们看来，毕业报到证到手，就不再是你学校的学生了，学校还有什么办法能管我？什么仁义廉耻，道德修养，为人师表，这时统统一股脑儿都消失得无影无踪了！

这种时候去学生宿舍做工作，还真要有点儿勇气。楼上砸下来的东西可不长眼睛，往下摔东西的人，根本不会看楼下路上有没有人。黑夜里，我们也看不清头上有没有东西飞下来，会不会被砸到，完全凭各人的运气。

曾经就发生过保温瓶从四五层楼高的地方砸下来，把辅导员的脚砸破了，也有酒瓶子砸到混凝土地面上，飞溅的玻璃碴把老师的腿划伤了。这已经是够惊险的了，如果再偏一点点，后果会不堪设想。

没想到，这一天还是来了。政教系的文老师冒着“枪林弹雨”去学生宿舍做工作，在学生宿舍大楼门外不远处，一个啤酒瓶砸中了他的眼睛，鲜血直流。同事们七手八脚，抬着他赶快送医院。好在工人医院（现省人民医院）就在南师大校园的隔壁，抢救及时，没有失明，但还是落下了残疾。这是多么可怕的事噢！

南师大的“疯狂之夜”每次想起来都叫人寒心。从历史上看，与横向专业比起来，师范专业的学生一般来说，都比较循规蹈矩，比较有涵养。因为“为人师表”的职业教育，这是当教师的基本道德修养，“学高为师，身正为范”，怎会如此胡作非为呢？那时，虽然其他高校也有一些如此的现象，但师范院校似乎更甚，这就奇怪了。

现在反思起来，我觉得除了当时极少数偏激分子煽动的原因外，也许与当时师范生毕业分配规定的去向有关。

改革开放初期，苏中、苏北与苏南的经济社会发展的差距越来越大。苏中、苏北包括苏南的部分经济不发达的县，财政状况普遍不好，一年下来都入不敷出。这就带来了中学老师的工资不能按时发放的问题，上半年的工资到六月份才能兑现，这已算是很不错的了。继续拖欠的下半年的工资，都要等到年底靠省财政的转移支付，方能补足全年拖欠的部分薪酬。就是这样，工资拖到年底还拿不全，还要从拖欠的工资里扣除“被捐”的扶贫款。

八十年代中期，南师大 90% 以上的毕业生都是师范生，当时教委的文件规定，师范生只能分配到普通中学为主的各类学校。这就意味着苏中、苏北许多师范生大学毕业走上工作岗位的第一天起，就要面临拖欠工资的问题，必然会担心生活如何有着落，未来家庭开支如何解决。我们将心比心，师范毕业生有一点怨气，是可以理解的。但在那时的政治气候与环境里，自由化思潮中的偏激分子一煽动，不少大学生就跟着在校内砸东西发泄了。

到 1989 年 5 月底，大学生上街游行，我认为就是被一些人煽动起来的。当时国家价格体系的改革，采取“双轨制”逐步过渡的办法，最终达到价格体系调整的目标。这恰恰给“官倒”钻空子提供了可能。当时确实有一些“官二代”利用父母、爷爷奶奶、公公婆婆等手中的权力，寻租到计划内价格的原材料批件，一倒手以计划外的价格卖出。一夜之间无须付出劳动就成了万元户，甚至几十万、几百万元户。

单纯又诚实的大学生，眼睛里是容不下灰尘的，一听说通过权力寻租的事，那还了得！大学生毕业后辛勤工作艰苦操劳一辈子也赚不了那么多钱，那社会公平何在？公理何在？党内的腐败、社会的不公平，大学生是容不得的，这时有人在背后一煽动，大学生就上街了。

所以，1989 年那场风波由来已久，它是一个各种不满不断延续、不断积聚的过程，而不是一个突然偶发的事件。

现在回想起来，那场风波与若干年后西方敌对势力在中东、东欧地区策划的“阿拉伯之春”和“颜色革命”十分相似。西方敌对势力为了颠覆现政权，就是抓住现政权工作中的疏漏和失误，或利用社会存在的客观矛盾，加上编造谎言，鱼目混珠，攻其一点不及其余。再利用金钱诱惑，收买一批代理人，挑拨离间，煽动百姓不满，形成社

二十世纪八十年代初，我与中文系三位辅导员朱建国、孟健、王庆华（前排从左到右）利用暑假到北京团中央去学习取经时留下的合影。

会动乱，最后达到逼迫执政党下台的目的。

参加北京天安门广场静坐绝食的大学生，我相信绝大部分是没组织，没计划的。而西方敌对势力的策划者及其代理人却是有组织、有计划、有步骤的，而且有经费的支持。有人在背后一操纵、一蛊惑，单纯的大学生一冲动就会忘乎所以，不计后果。

否则怎会形势缓和时，所谓的“青年导师”“社会名流”会急急忙忙深入天安门广场慰问大学生呢？怎会静坐学生饥渴难忍时，所谓的“同情者”会及时送面包送水？那些人的险恶用心，就是要大学生继续坚持下去。国家领导人都亲自出面做工作了，大学生又怎么还会不顾一切地坚决不撤场？此乃阴暗处的策划者有计划地在关键时刻继续招摇撞骗，蛊惑者有步骤地煽风点火刺激思想单纯的青年大学生的结果。

也因为如此，6 月 1 日、2 日，我们分别赶到南京高新区、安徽滁州竭尽全力劝大学生回学校上课，结果都无功而返。

6 月 3 日早晨，从广播里可以闻到不同于往常的气氛，给人感觉似乎要出什么事！

那天，南师大党委组织学生工作部门和各系总支副书记辅导员去做学生的劝阻工作。具体分为两路，一路去北京，动员学生尽快离开广场返校；一路去追赶步行学生队伍，劝阻学生北上，回校上课。

我分在去江北劝阻步行大学生的这一组。那天，学校大客车过了滁州市来安县，就开始寻找步行的大学生队伍。

安徽的滁州地区紧邻江苏的江浦县（已撤并）、六合县（现为六合区）、盱眙县，公路两边尽是丘陵山区。那时的滁州地区经济比较落后，尽管国家改革开放已有十多年了，但改革开放的春风似乎还没吹到这片沉睡的大地。周边不少还是荒山，路上偶遇村庄，见到很多草顶泥巴房，门前都是泥巴路。老百姓扛着的还是千年不变的原始劳动工具锹和锄头，人们依然过着日出而作、日落而息的生活。

我坐在车上想，学生队伍已走三天了，在这样的荒山野岭，那么一支几千人的大学生队伍，没有专门的后勤保障，不知道我们的学生吃饭、住宿、洗澡、上厕所是怎么解决的。出于老师的天性，我不禁心疼起自己的学生来了。

接近中午时分，快到明光县城时，我们终于发现 104 国道上有三三两两落伍的大学生。大客车再往前开一点，就见到一群一群的大学生背着背包，打着各自学校的旗子，疲惫不堪地缓慢朝前移动。

明光县（1994 年 5 月，撤县设县级市）离南京市说近不近，说远也不算远，我读大学时曾经外出拉练，这点距离最多两天就能走下来。但现在的大学生没有经过锻炼，沿途又吃不好睡不好，已走了整整三天。看上去多数人已走不动了。

我们很快就找到了行进中筋疲力尽的本校大学生，队伍前前后后大概有一公里多长。下午我们苦口婆心，晓之以理，动之以情，耐心说服，好不容易劝阻了一些学生。这些学生由几位辅导员陪着登上大客车，被送回学校去了。那时，在路上的南师大学生大约还剩六七十人。

太阳下山后，我们随学生队伍进了路边的“明光小学”。不知是小学生都已放学了，还是小学还没复学，校园里空空如也，只在办公室见到少数几位教师和校工，大概是留下来值班的。他们见那么多人扛着旗背着包进入校园，显得神色惊慌，六神无主，束手无策，不知道该怎么办。

进入教室，学生们安顿好自己的东西，大部分人就上街找吃的去了，留守的人凑了些钱，也派人找商店买烧饼面包去了。我们呢，找了一个教室，坐下来等候学校的指令。

天黑前，学校的面包车赶来了，给我们送来了快餐盒饭，同时传达了学校党委的意见。说现在是非常时期，在做好劝阻说服工作的同时，一定要做好学生的看护工作。今晚就不接大家回校了，辛苦大家与大学生在一起，共度时艰。

夜晚，明光小学校园内，大学生这里一簇那里一堆，都在窃窃私语议论着什么。我在校园内寻找中文系的学生，怎么也见不到我熟悉的学生，后来，好不容易在一间教室里找到了他们。

学生平时与我接触比较多，相处比较融洽，很多同学都比较信任我，平时愿意把心里的悄悄话告诉我。所以有些话跟其他人不好说，跟我都可以讲。

我问："同学们，怎么样，还能走得动吗？南京到这里还不到一百公里，你们已走了三天了。南京到北京有一千多公里，你们要猴年马月才能到达北京？"他们听了一个都不吭声。

我继续说："你们估量过没有，吃不好睡不好，这种方式能坚持走到北京吗？这三天走下来，队伍中还有多少人能继续坚持？你们说说看呢。……算了！等天亮了还是跟我回学校吧！"

我没讲大道理，说的都是大实话，我知道讲大道理不是时候，我的目的就是先把学生带回学校。学生们听了相互看看，都没说什么。

夜深了，我们和大学生一样，趴在课桌上打瞌睡，心里在盘算着明天怎么办。

6月4日一大早天刚亮，归鸿校长亲自带队，带了一些学校中层干部和老师赶到明光小学来。我们一边啃着他们带来的馒头，一边听归校长传达今天凌晨省委召开紧急会议的精神，要求各校一定千方百计制止南京北上声援的大学生队伍。

上午快九点时，中文系的几个学生头头来找我，说："能不能对同学们说一说，今天北京是不是真戒严了？是否开始抓人了？是否开枪了？陈老师，我们相信你会对大家说真话的。"原来他们没带收音机，连今天凌晨北京全城戒严都不知道。或者即使个别人从收音机里听到了广播，他们也不相信！

我听后想了想，既然学生信任我，这倒是一个做思想工作的好时机。但在这种场合下，非比寻常的讲话是否应该先向校领导汇报一下呢？按道理应该得到领导的指示，尤其是在这种关键时刻。

然而，眼下一是时间不允许，学生就站在面前，急等着我的态度；二是如果我向校领导先汇报一下再决定，这样学生们就会疑问我讲话的真实性，我也就失去了他们对我的信任和感召力。那怎么办呢？我知道时局已不允许我再犹豫了，只能硬着头皮，以我的人格担保，说服青年学生明事理、顾大局，停止北上声援。

但又转念一想，如果我这个时候答应去讲话，压力会很大。如果讲得好，学生改变了想法，事情往好的方面转化，这不去说它。如果讲得不好，学生依然坚持，我不仅会失去学生对我的信任，组织上也会极不满意，甚至怪罪于我，那就把事情搞砸了，成了猪八戒照镜子——里外不是人。

我犹豫了一阵，最后还是答应去讲话。我想只要我抱着对组织负责，对学校负责，对学生负责的态度，实事求是地谈我个人的看法，不管后果怎样，我都对得起自己的党性和良心。

我鼓起勇气随那几位学生来到明光小学操场的司令台上，往台下一瞧，南师大北上声援的学生似乎都来了，甚至还有一些其他学校的

这是南师大随园校区二十世纪五十年代建造的女生宿舍，现在还在继续使用。虽然陈旧了，但依旧是历届校友难忘的记忆。

学生。这时我才明白，来找我的这几位学生，不仅是中文系学生的头头，还是这次全校步行北上声援的学生头头。

我看着台下的同学们说：“张某某等几位同学要我来说说当前北京的情况，有同学问：今天凌晨天安门广场有没有开始抓人？有没有开枪？说实话我不知道，我也说不清。但北京已经全城戒严，部队已开始在天安门广场清场，这是事实，是肯定的。我作为老师真诚地希望同学们不要再去做声援的傻事。再说了，从这里到徐州的路上，解放军已在前方道路上设置了三道封锁线，你们能过得去吗？今天归校长亲自带来了两辆大客车，接同学们回家。今天一起来的还有很多老师，都是为了能把同学们平安地接回学校！”

我讲话后，学生解散了。又经过归校长和老师们在学生中耐心动情地说服和劝阻，同学们眼看大势已去，疲惫的身体也难以再坚持，大多数人终于同意坐车回学校了。只有少数大概六七个人，反对学校对学生队伍的瓦解，依然坚持继续步行北上声援。

部分干部和老师陪同大部分同学登上了回学校的大客车，下午二点前后离开明光小学启程了。

归校长和我们学工系统、团委系统的七八个干部留下来，继续做少数坚持北上学生的劝阻工作。这时我们基本上可以一对一做工作了。我们哪怕在明光再磨蹭几夜，也坚决不能让少数学生继续往北走。

坚持继续北上的学生态度很坚决，但数量少了，我们就一对一给学生做工作。我们轮番劝阻学生，主观上说要不信谣，客观上他们也已不可能。学生呢，一会儿有点儿动摇，一会儿又很坚决，一会儿又有点儿动摇。可见学生的思想斗争也很激烈。他们出发前开过誓师大会，就这么回去，一点儿没有脸面，怎么交代？继续往北走吧，前面有解放军阻拦，显然过不去。现在前也不是后也不是，进也不是退也不是，那怎么办呢？

我们把道理说清了，现实又摆在那儿。最后，他们终于放弃了继续北上的念头。尽管心里懊恼，但还是要争一口气，决不上学校的车，摆出不服从的姿态。他们卷卷旗子，背上背包，执意自己走回南京。

学生执意要自己走回南京，为了保护他们的安全，我们必须跟着他们走。开始我们坐在考斯特车上，开一阵停一阵，停一阵再开一阵。隔一段时间，我们就下车继续动员学生上车一起回校。学生们死活不允，在他们看来，“我们都不北上了，难道走回南京还不行吗？”

后来我们干脆开着车门与他们并排，随着他们脚步的节奏慢慢地前行。

那时，周边山头的阴影开始落在公路上，太阳快要下山，当地的农民也下工了，扛着锄头横穿公路，已走在回家路上了。我们谁都不知道现在该怎么办，静静地陪着学生走了三四公里。

我坐在车上想，就这么僵持着，一边步行慢慢走，一边考斯特车跟着慢慢开，总不是个办法。就这么走，不是还要走三天吗？这怎么行呢？

于是，我想再下车去单独做工作试试。因为步行的七八个学生中，中文系的学生占了半数，而且是骨干。

因为只是再做工作试试，我一句话都没讲，默默地走到车门口，面朝行车方向一跳，再急跨几步，从车上跳了下来。我与学生肩并肩，一边走一边说着话劝他们。

眼看天慢慢暗下来，归校长看我劝说没见成效，学生还在走，想亲自下来做工作。他站起来也走到车门口，满以为车速仅是慢慢向前的步行速度，根本没当回事。特别是前面见我跳下去很轻松，一点儿不费劲，于是他也从车门口一步跨下来。哪知道左脚才着地，瞬间“啪”

的一声，向左侧跌了一大跤。

我听到身后“啪”的一声，回头一看是归校长跌在地上，我赶快跑回去扶归校长。这时，车子见状也停了下来，车上汪怀宏等几位老师都纷纷下来，一起帮着将归校长扶了起来。

归校长看我跳车很轻松，结果我起了误导作用。他哪里知道，我上山下乡在生产建设兵团时，我们在行进中的拖拉机旁，爬上去跳下来是经常的事，从没跌过跤。要领有两点：一是跳车一定要面朝行车方向，脚着地时要快跑几步，缓冲动能，否则肯定跌跤；二是如从拖拉机拖斗上爬下来，手扒在栏板上，两脚着地时要拼命跑，跑到与拖拉机速度一样时，才能放手。归校长当然不知道咯！

我们把归校长扶上车，问他感觉怎么样。他说还可以，就是着地这一面的股骨这儿有点疼。

这时，汪怀宏他们在车下说：“你们看！就是你们坚持不上车，归校长下来劝说你们，结果跌了一大跤，不知后果会怎样呢！你们还不赶快上车！”

在这样的情况下，学生们都知道自己惹事了，一声没吭，终于一个个都上了车。

车子发动后，我们再问归校长时，他说：“现在疼得厉害了！”车上党办的张培元老师立即告诉驾驶员，赶快直接去鼓楼医院。一路上汽车发了疯似的拼命赶路……

赶到鼓楼医院时，天色已黑，学校机关的两位同志赶紧下去，从医院推来担架床，把归校长直接送进了急诊室。

后来才知道，归校长这一跤把股关节跌断了，在医院当时就动手术嵌了一块钢板，打了好几个钢钉。几个月后即使拆了钢板，他行走时还必须拄拐杖，从此再也没有改变得了。为平息这场风波，保护学生安全，归校长亲自做工作，付出了不小的代价。

从那时起，高校的领导、学生工作队伍和老师们，根据中央的要求，始终把“维稳”当作工作中的头等大事，作为压倒一切的政治任务。大学在“维稳”中，不断探索怎样做好大学生的思想政治工作，可以说整整探索了二十多年。

2020 年 3 月 22 日 于扬中东苑

√3月17日.

向省教委报送了《关于我校进行校址扩建和征了300亩土地征地的情况汇报》。在汇报中作了各个方面的自我批评，据悉，向省教委汇报此事。

3月21日

到基建处，并参加了院长、新校区总体规划设计任务书的讨论。提出了二个问题。(1) 运河线的接口在何处。

(2) 和二、三期之接口如何处。

3月22日.

李场长来电话，农场负责人程鉴在校场后面的平房拆除后要翻建六层住宅楼，目前就动工，上周一就见，联系一天内就能解决

校办产业的烦恼与困惑

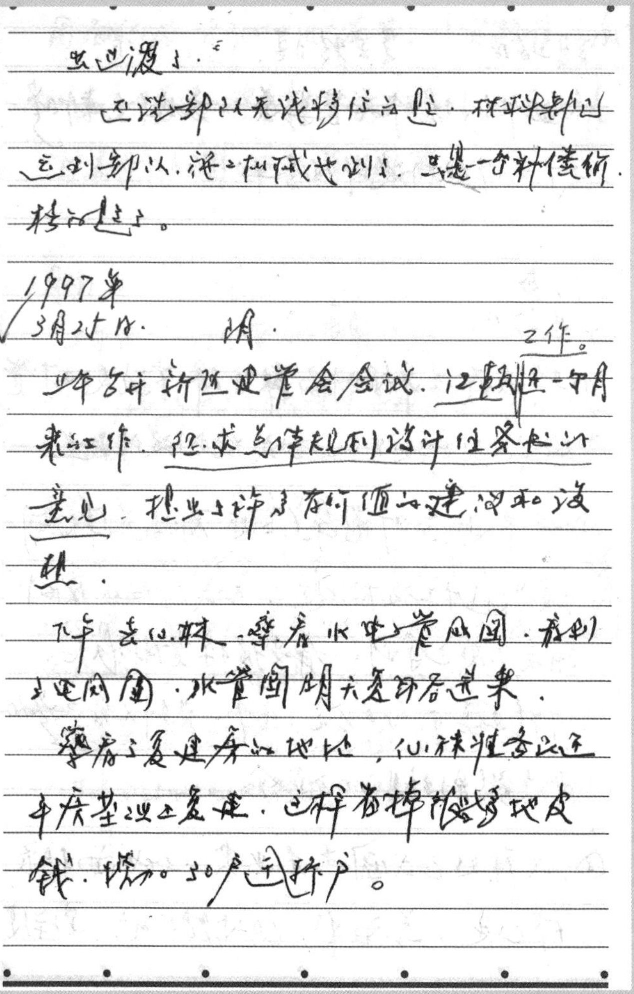
1997年
3月25日 阴

人们都说校办产业的体制与机制决定了企业做不大做不强，我一开始不理解，也不相信，怎么会呢？与社会上的一般企业不是一样吗？而且校办产业有人才优势和技术优势，在同样的产品市场上竞争，怎会竞争不过其他企业呢？

二十世纪九十年代初，小平同志南方谈话后，在全国掀起了对外开放、创办新企业、全民经商的热潮。影响所及，普通高校也刮起一股兴办校办产业的旋风。

我初进领导班子时，党委分工后，由我分管财务、基建、后勤，并协助副书记分管学生工作。到学校也要办产业时，党委认为我在班子里最年轻，容易接受新事物，头脑比较灵活，于是就指定由我去分管。

当时学校办校办产业的目的，党委常委扩大会议专题讨论过，据我的记忆主要有两点。一是加快学校科技成果的转化，把老师们的科研成果尽快转化成现实的社会生产力，这是由高校的社会功能和地位所决定的。二是弥补学校“吃饭财政”办学经费的不足，无论是学科建设、人才培养，还是科学研究、社会服务，不管哪一方面学校最缺的还是经费。有钱不一定能做成事，但是要做成事是万万不能没有钱的。

我接管校办产业时，除了学校有一家依然在艰难维持运转的老印刷厂和装潢公司外，其他新产业“八字没有一撇”。当时的形势是，从中央到地方各级领导，都强调思想要再解放一点，改革的胆子要再大一点，步子要更快一点。但对分管校办产业的我来说，从来没有搞过企业，不知从哪里下手，从哪里做起，该怎么去做，也根本谈不上胆子和步子的问题。

不久，一个偶然的机会，学校领导班子看上了一个产业项目。

原美术系总支的周书记，是一位能闯敢干的部队转业干部，思想比较解放，脑子灵活，也能做事，很想为学校做点事情。八十年代中后期，由于在学校发展思路、校办产业政策及对他的工作安排上，与学校领导班子有分歧，他觉得在南师很难有所作为。他认为自己已五十好几了，再不干点事，也许这辈子就无所作为了。他急于想找一个能让他摆脱束缚，放开手脚干事业的地方，于是一甩手去了浙江杭州的中国美术学院。

当初南师成立校办产业管理办公室时的临时办公地点，就在二舍北面的这栋楼上。

他在那里任了校长助理，主要分管校办产业。在他的主持下，学校三年投资创办了两家服装厂，据说正好赶上了国际市场的好时光，校办企业经营得很兴旺。那时在国内生产一件真丝短袖衬衫的成本才三四十元钱，而出口到国外市场就能卖到人民币一百多元。如果一年能出口十万件真丝短袖衬衫，你一算就知道企业能赚到多少利润了！

中国美院呢，从企业的上缴利润中，获得了不少办学资金。过去都为学生和老师外出“写生”的经费发愁，现在呢，学校领导无须再为经费问题犯难了。这对“久旱”的学校来说，犹如喜逢甘露，禾苗滋润。

我们学校听说后，对投资这样的服装厂很有兴趣。那位已是中国美院校长助理的周书记，对原工作过的学校还是有感情的。他表示如果南师大要办服装厂，他愿意全力支持和帮助。于是学校专门派吕炳寿书记和我，还有两位基层干部和一位职能部门的负责人，到杭州中国美院的服装厂去考察和学习。

我们参观中国美院服装厂的真丝衬衫生产线，从工艺上看并不复杂，染色后的真丝面料进来，经过流水线裁剪、缝纫、钉扣、熨烫和吊牌这几道工序，成品很快就出来了。为防止真丝衬衫打包后有皱褶，熨烫后的真丝衬衫不是折叠后装箱外运，而是套上玻璃纸袋后挂在集装箱内的架子上，直接运到海外的商场上出售。

我们回来汇报后，学校办公会议一致同意立即上马这个项目。厂房就用省教委划拨给学校、暂时空置的后宰门大学生食堂顶上的加层。由一起参加考察的两位基层干部负责筹建企业班子，并负责设备的选样进货、原材料的采购、人员的招聘和培训等等，总投资在110万左右。

经大家同心协力，迎难而上，艰辛筹备了不到三个月时间，“南京尼斯达服装公司（NSD）”很快就正式挂牌开张了，似乎一切都很顺利。

当第一批真丝短袖衬衫出来，我们正准备要为投产成功庆贺时，没想到国际市场上真丝织物的行情，像跳水一样下滑。本来能卖人民币一百多元一件的真丝衬衫，只能卖到三四十元钱了，几乎是原来价格的三分之一。这个价格对我们新办的服装厂来说，已经是跌破成本价了，这下大家都傻眼了。

真丝衬衫价格急转直下的原因是什么呢？我们请教了一些服装厂的老厂长、总经理后得知，由于服装生产的投资门槛比较低，是一二十个人各自带台缝纫机进车间，坐在一起就可以干起来的事。眼看真丝衬衫利润又那么厚，于是，全国各地就一哄而起，无数个大大小小的服装厂在国际市场上自己人与自己人“血拼”，这就必然会导致中国真丝服装价格的“跳水”。

到这个时候，学校新创办的服装厂就成了上不上、下不下的尴尬事了。不生产吧，工人怎么养活？继续生产吧，生产一件就亏一件，长此以往肯定难以为继。

学校办校办产业，大家知道只能赚不能赔，因为亏不起呀！本来办校办产业就是指望赚了钱，弥补学校办学经费的不足，现在不仅赚不到钱，亏本后还要倒贴。对学校来讲，那不成了雪上加霜吗？拖了一段时间后，在万般无奈的情况下，学校只能决定服装厂暂时先停产。

后来一段时间中，尼斯达服装公司也承接过一些委托加工的单子，但由于我们的生产成本高，又缺乏生产管理的经验，即使不提取折旧，养活工人也紧巴巴。而市场上的乡镇企业，经我们考察，由于投入少，工人工资低，成本低，同样的真丝服装，虽然销售价格“跳水”，但他们还有薄利，至少不亏损，还可以继续生存，可以在维持中等待国际市场行情的回暖。

尼斯达服装公司大约维持了大半年，国内市场上的服装行业和国际市场上真丝织物的价格行情都没有回暖的迹象，而且还看不到什么时候是个头。于是学校只能忍痛决定关厂，清产核资后变卖资产。所有的装备和库存布料、辅料，大约卖了五六十万元，盘算下来几乎亏了一半。

与学校联合办学的仪征化纤集团总公司听说学校办厂亏了钱，也帮我们着急。当时学校有一些教师、干部和学生的父母亲都是仪征化纤集团总公司的各级领导和职工，仪化集团总公司为了帮助学校弥补亏损，给学校批了几次当时社会上非常紧俏的化纤边角料，学校尼斯达服装公司经营销售后赚了些钱，又弥补了一部分办厂的亏损。

校办产业出师不利，给学校办企业的积极性带来了很大的打击。我作为分管校办产业的校领导也觉得很懊恼。

从那件事情以后，学校吸取经验教训，改变了校办产业的管理体制，成立了南京师范大学科技实业集团公司，把校办产业投资经营的经济活动与学校办学的教学科研完全分开。意图很清楚，一个是遵循经济规律行事，一个是按照教育规律办事。

后来我和科技实业集团公司的总经理赵兴昌、书记林耀林等，坐下来好好总结经验教训，一致认为凡是劳动密集型的企业，只要乡镇企业能生产加工的项目，学校决不能办。像乡镇企业的服装厂，有的都是农民自己带缝纫机进厂的，企业的投资就大大减少了。那时，社会上用电负荷大，乡镇企业经常拉闸停电，工人都睡在服装车间的地上等候，什么时候来电，什么时候就爬起来干活，我们的校办企业哪能做到呢？

我们还是要发挥大学的长处，抓住科研成果的转化，或利用人才优势开展科技服务活动等。学校的科技实业集团先后创办了几家科技型企业：利用物理系的激光技术生产防伪商标的江苏四达图像公司（简称“四达公司”）；利用生物系的提取技术生产保健品初乳素的江苏大自然生物工程公司（简称“大自然公司”）；利用地理系的人才优势开展土地评估的江苏省金陵土地资产评估高新技术公司（简称“金陵土地评估公司”，1999 年 4 月按国家有关规定与学校脱钩）；利用数学系的人才优势、满足企事业单位管理需要、制作 IC 卡管理系统的江苏清华新技术公司（简称“清华新技术公司”）；等等。

这些公司投资少见效快，很多是拿学校报废的计算机、复印机、不间断电源等作为创办资金注册的，生产装备大部分是利用教学科研实验室的仪器设备起家的，有了一定利润后才逐步添置装备，开始慢慢长大。

因为思想和思路对头，符合社会发展的需求，又是学校自己的技

“四达公司”和“大自然公司”的启动和生产车间，就在学校大操场下面山坳子里的这栋楼，原来是学校的印刷厂所在地。

术，有一定的科技含量，那时的乡镇企业和一般的企业短期内还弄不起来，所以就在市场上形成了技术的垄断局面。产品一度很紧俏，有时订货提货，还需在校办企业门外排队等待。

像“四达公司”利用物理系实验室的激光全息技术，生产防伪商标，那时正符合社会上对假冒产品充斥市场急需鉴别打假的情况，生产防伪商标火爆了一阵子。

由于校办产业刚刚开张，学校缺乏有经验的营销人员。于是，只能借助几个小老板帮助“四达公司”经销防伪标志，结果他们靠这个机遇赚了不少钱，挖到了第一桶金。后来那些小老板的公司逐步做大，二十多年后，听说这些小老板有的已成长为具有几千万，甚至上亿资产的大老板了。

“大自然公司”是利用生物系的技术，从奶牛初乳中提取丰富的免疫球蛋白，做成胶囊进入保健品市场。

可能有人看了会说：牛初乳不就是牛奶吗？是牛奶！但这种牛奶人是不能直接喝的，也许是里面营养太丰富了，人喝了不消化会拉肚子。所以，过去刚生小牛的母牛前几天的奶，养牛场都是挤了当废物倒掉的。后来人们知道了牛初乳中含有丰富的免疫球蛋白，就像人一样，婴儿吃了母乳，六个月之内一般不会生病，原因呢，就是母乳里有丰富的免疫球蛋白。既然知道了这个原理，于是生物系老师开始研究如何从中提取免疫球蛋白。

提取技术的难题，据说不在提取免疫球蛋白本身，而是在提取过程中如何把初乳中包含的激素等过滤掉，否则对儿童和某些人群是不适宜的。我们“大自然公司”的关键技术就是在提取免疫球蛋白时，能把激素等不宜的物质成分过滤掉，让胶囊具有普惠性。

“大自然公司”生产的产品取名为“乃捷尔初乳素胶囊”，一经上市一炮打响，销售现场一度门庭若市，批发的小车在生产车间门口排队等货。

产品进入市场后，公司不久就收到不少市场客户的来信，其中有两封给我留下了深刻的印象。一封来自淮安，这位顾客说："感谢大自然公司，给我提供了一个这么好的产品。我的老胃病折腾了我几十年，弄得我好苦噢！什么药我都吃过，什么偏方都用过，都没有效果。没想到贵公司的'初乳素'把我几十年的胃病给治好了。真的非常感谢你们！"

另一封来自盐城，信上说："没想到你公司生产的'初乳素'对我的口腔溃疡特别有效。口腔溃疡没有特效药，一发起来饭都不能吃，把我害惨了。吃了'初乳素'以后，至今就一直没有发病，太灵了！"

我曾带着这个问题专门请教过省口腔医院的专家：口腔溃疡到底是咋回事？为什么初乳素会特别有效？专家告诉我，口腔溃疡的发病机理，人类还没搞明白，是一个世界级的难题。在医学上还是一个人类认识的"黑洞"，因为机理还没搞清楚，所以还没有针对性的特效药，现在只有一些辅助性的药物和改善性的办法。至于"初乳素"能

这就是南师大"大自然公司"生产的"乃捷尔初乳素胶囊"。

治疗口腔溃疡的问题，是完全有可能的，因为它能提高人的免疫能力。但也是因人而异，并不能说它就是口腔溃疡的特效药。

既然群众来信说“初乳素”能解决口腔溃疡问题，我也不妨试试。我有时也常会得不明原因的口腔溃疡，后来实践证明对我也很有效，一发口腔溃疡，只要早中晚各服两粒胶囊，连续两天就能基本痊愈。

这么好的一个产品，由于公司自身没有专业的营销人员和经销队伍，只能眼看着产品利润落到中间批发商的腰包里。我记得那时“大自然公司”批给中间商的价格，一盒“初乳素”24 粒胶囊只要 6 元钱，而中间商卖给零售商，到市场上的销售价格是一盒 34 元。

由于学校企业生产防伪商标和“初乳素”都不存在专利保护问题，因市场经济的特点，一旦有个新产品市场需求旺盛，很快同样名称不同公司的防伪标识和“××× 初乳素”就出来了。因为激光全息技术和提取过滤技术毕竟不是尖端的高科技，只是我们率先出了这个好点子，又符合市场的需求，所以很快仿制品就出来了。而且仿制的公司往往实力比我们强，规模比我们大，又有一套完整的销售网络和销售队伍。因此“防伪标识”和“初乳素”热闹了五六年，学校的“四达公司”和“大自然公司”的产品，很快就进入了艰辛的市场博弈期。

1996 年学校党委调我去主持新校区的筹建，不再分管校办产业工作，我离开了当年一起创业的朋友们。

后来，学校科技实业集团的经营越来越困难了，因为校办产业的小舢板与腰粗体胖的大船同场博弈，肯定不是人家的对手，除非你技术上又有新的突破，或者又有技术垄断的新产品问世。七八年后，“四达公司”就“熄火”了，“大自然公司”干脆连品牌和产品技术都一起卖给了一家北京生物制品公司，据说学校得了八百多万元。

学校的“清华新技术公司”主要业务是科技服务，为客户定制

IC卡管理系统，如食堂的饭卡、图书馆的借书卡、大楼的门禁卡等等。虽然公司的业务量不是很大，但从筹备成立开始，一路还是走得比较平稳，也很有希望。

做IC卡的关键，除系统要设计好外，还有三点：一是安全性，防护系统要做得好；二是便捷性，要方便使用：三是持久性，不管在什么环境里都要经久耐用。

本来是很稳妥很有希望的科技公司，遗憾的是谁都没想到总经理得了肝癌。真是天有不测风云，人有旦夕祸福。也不知是太辛苦，还是应酬喝酒多的缘故，或者是先天基因有缺陷，得了这样的绝症。我也努力帮他找了一些医院和专家诊疗，但最终还是回天乏术，成了我们校办产业史上永远的伤痛。

总经理一走，学校科技实业集团缺少这样有才能、熟悉业务，又有经营头脑的接班人，“清华新技术公司”从此一蹶不振，在激烈的市场竞争中，很快就退出了市场。

人们都说校办产业的体制与机制决定了企业做不大做不强，我一开始不理解，也不相信，怎么会呢？与社会上的一般企业不是一样吗？而且校办产业有人才优势和技术优势，在同样的产品市场上竞争，怎会竞争不过其他企业呢？

南师大科技实业集团中发展得比较好，或者说经营得比较稳定的是南京随园山庄餐饮酒店管理有限公司（简称“随园山庄”）和“金陵土地评估公司”。当然与经营者聪明能干有关系，但真正接触了企业管理，方才体会到校办产业的体制与机制确实决定了企业难以做大做强。

“金陵土地评估公司”是南师大科技实业集团公司的下属企业，是由王总经理（化名）他们三个人创办起来的小企业。刚开始时根据

原国家土地管理局马克伟副局长亲自来学校，给“金陵土地评估公司”颁发土地评估 A 级资质证书。

省国土部门的规划要求，主要承接省内各县市基准地价的评估项目。那时的评估费是按科技服务收费来计算的，不是按经营成本来计算的，所以评估费比较低，我记得苏北基准地价评估费曾经最少的一个县只有 2 万元。

按当时的行内规矩，当地政府与“金陵土地评估公司”双方签订评估协议后，大家都要坐下来一起吃顿饭，临走时还要拎一份礼品。尽管评估费很低，但礼品还不能不像样。这样一来，几千元钱就没有了。如果不留对方吃饭，不准备礼品可以不可以呢？当然也可以的，但也许人家下次就不一定请你评估了。因为省里评估公司有好多家，不一定非你莫属呀！评估费是按省里文件中科技服务标准确定的，但由哪家评估公司评估，是按市场经济规律，通过竞争来选择的。

到年底，财务处给校务会议汇报财务大检查的情况时说，“金陵土地评估公司”违反财务规定请客吃饭，而且说这方面的错误比较严重。你说财务处汇报得不对吗？显然没有错，国家明文规定，不许请客吃饭，既浪费了国家资金，又败坏了社会风气。

审计处年底汇报审计结果，说得更直接。"'金陵土地评估公司'全年赢利 28 万多，年底给学校上缴利润只有 15 万元，其余的钱到哪里去了呢？查查账一看就知道了，除了留存一部分资金作为发展再生产外，还有被他们请客吃饭吃掉了好几万元。如果这几万元不吃掉，不都是上缴的利润吗？"你说审计处的审计结果不对吗？以审计处的工作职能，他们是尽职的，显然是对的。但如果都按审计处的要求去做，评估公司还能揽到活吗？

后来我在校务会上说了一句大实话，我说作为企业，是需要经营的，如果不吃掉这几万块钱，也许上缴的那 15 万元钱也都没有了。

这就是校办产业的体制，高校的校办产业实际上是"戴了镣铐在跳舞"，学校财务大检查、教育系统财务大检查、财政系统财务大检查、小金库大检查、审计厅抽查等等，一年内光财务大检查都有好几回。在市场经济环境里，没有营销，没有经济手段，可能做大做强吗？

再说了，在机制上也是如此，校办产业经营得好坏与经营者本人的切身利益不挂钩，但风险却要承担，那么，哪个人愿意辛苦干，还要没有好处地承担风险呢？

可能有人会说，共产党员就应该全心全意为人民服务，不计个人的名利和得失。特别在社会主义初级阶段的商品经济条件下，雷锋式的好干部只能是提倡，但不能作为政策如此统一要求经营者。如果把提倡当作政策来执行，那我们就会重犯过去人民公社"一大二公"的错误。

"随园山庄"是学校科技实业集团中唯一做餐饮服务的企业，负责人是傅经理（化名）。餐饮业不容易搞，竞争非常激烈，内部有捣

南山专家楼主要是学校召开学术会议，用来接待校外专家教授和教师的地方。

乱的，外部有捣乱的，与社会上的三教九流都要打交道。

“随园山庄”空间不大，是在原来瓦工房几间破屋的基础上，改造装修后对外营业的。傅经理做事很投入，管理严谨，有板有眼，经营得法，年年有利润上缴。几年下来，看他做得不错，就又让“随园山庄”经营团队承揽了新校区的两个学生大食堂。

几年后，发现他在餐饮上有他独到的经营理念和管理办法。食堂采购员头一天采购 500 个鸡腿，第二天上午加工烹饪，他能做到中午成品排在不锈钢餐盘里，10 个一排，50 排放到窗口上出售时，500 个鸡腿不会少一个。而他的用工都是从社会上招来的农民工，能做到这样是很不容易的。农民工的特点是听话，但散漫、爱贪小利，缺少工人阶级的纪律性。如果没有科学精细又严格的管理，那是绝对管不好的。

我分管过几年学校后勤工作，我知道学生大食堂经营管理的道道，只要没有“漏洞”，就有了办好食堂的基础。如果有“漏洞”，即使厨艺再好，那也肯定经营不好。

学校看到傅经理有这方面的特长，就把他调回老校区，任南山专家楼（即南山宾馆）和仙林新校区国际学术交流中心的总经理。

南山宾馆的经营状况，多少年来学校一直不是很满意。原因当然是多方面的，但关键是有些“老大难”问题解决不了。居然还有每月拿了薪酬，想上班就上班，想不上班就不上班吊儿郎当的“无赖”。

傅总经理到任后，敢作敢为，下决心要治懒，打击这种歪风邪气。在严格考勤的基础上，扣发了“无赖”员工的工资。这个一副流氓相的人来到他的总经理办公室，拍了桌子要打架。傅总经理说：“你要打架吗？可以的，不要在学校里打，这会影响校容。下午五点半下班后，我在出了学校大门的宁海路口等你！”

这个家伙觉得：哟，这个总经理硬气嘛！过后一了解，傅总经理曾获得过江苏省武术大会散打冠军，这下他慌了神。下午五点半傅总经理出了大门，准时来到宁海路口，等了半天见不到他的人影。

又过了个把月，那家伙拿了把菜刀到总经理办公室来，威胁说扣的工资再不发给他，他要当着傅总经理的面砍手指。那家伙认为打架打不过你，在刀子面前傅总经理肯定会妥协。谁晓得傅总经理临危不惧，不管你怎么闹，按规章制度办事不能变。那家伙下不了台，只好举起菜刀真的砍了自己一节手指。傅总经理就叫办公室的人，把砍下来的一节满是鲜血的手指包包好，带他到隔壁省人民医院去接起来。

从那以后，南山宾馆各项管理制度都有板有眼地走上了正轨。

这么一个餐饮经营管理上的能人，按理应该发挥他的长处，再把学校餐饮的经营管理推上一个新平台，甚至在江苏高校后勤管理上起到示范作用。但可惜，他几年后调某某处任处长去了。

调错了吗？没错！因为学校党委组织部门不是按经营管理的要求来选择干部的，而是按党内干部管理的条例来调配干部的。条例规定在人财物重要的管理岗位上时间待长了，一定要轮岗。这做法是按党

此为学校产业集团代表学校出地，中文系校友陆军出钱，在宁海路、汉口路交叉口合作建造的6000多平方米的招商楼。约定前十年的收益双方各得一半，十年后全归母校。

内干部管理的条例要求做的，肯定没错。但事实是，校内很难再物色到像傅总经理这样适合搞餐饮，会经营管理，又敢作敢为的人选了。

这些，都是我在分管校办产业几年里，一直在思考的烦恼与困惑。在高校的土壤里，似乎就不适合长校办产业的“庄稼”，你说在校办产业的创业和经营管理过程中，有哪里不对吗？有谁做错了吗？说起来谁都没错，大家都很努力，但校办产业就是做不大做不强，不知道该怎么办才好！

2002年1月我到南京医科大学报到，任学校主要领导。在大学的三大职能——人才培养、科学研究和社会服务如何实现问题上，我又有了自己的思考和探索。

南医大作为一所医学院校，为社会服务的强项是培养医生护士为主的各种医学人才，为百姓诊疗各种疾病，守护人民的身体健康！学校实现社会服务功能的形式，虽然说有多种多样，但直接办附属医院或合作办医院，办好医院，为老百姓服务，是主要的实现形式，这也是世界各国医学院校为社会服务的通行做法。

根据我在南师大管理校办产业的经验教训，在现行高等教育的管理体制下，应把办学与经营严格分开。经营医院，学校只有坚持只参股，不控股，才有希望。一旦控股，不管是合作制医院，还是股份制医院，都必“死”无疑！一年几次内部财务大检查、财务一支笔的审查、小金库抽查、内部与外部审计等等，都把医院搞得人心惶惶，根本谈不上做强做大。

后来医科大学参股或合作办了四五家医院和医学中心，都发展得很好。医院的具体经营管理因学校不控股，就无须烦心。依法办医，无须应付那么多的内部财务大检查和各项抽查。学校呢，做自己分内的事，集中精力搞自己的教学科研，千方百计提高人才培养质量，收获科研成果。到年底，学校只需按社会审计事务所对医院全年的审计结论，参加医院分红和收取房租。

现在，一年能进账几千万元，这对学校改善办学条件和缓解银行还贷压力，可以说起了不小的作用。

这是那些年，我对高校办校办产业的思考、困惑和所做的一点探索！

2020 年 2 月 18 日

97年

4月1日、(二) 阴雨

上午接袁总从仙林来电话，称仙林先锋村的土地测量，耕地只有400多亩，比原计划多了100亩。真出奇。

下午去仙林与袁总商谈此事。袁总提示东边山南地有一部分耕地，其余的为荒地，测地的误差，只此多出耕地是原因。

4月2日. 中雨

上午陪淮安市政处的水电设计交底

下午去仙林商定1000亩耕地的征地安置事宜问题。

4月3日 小雨

上午召开校产业工作会议。

艰难的选址

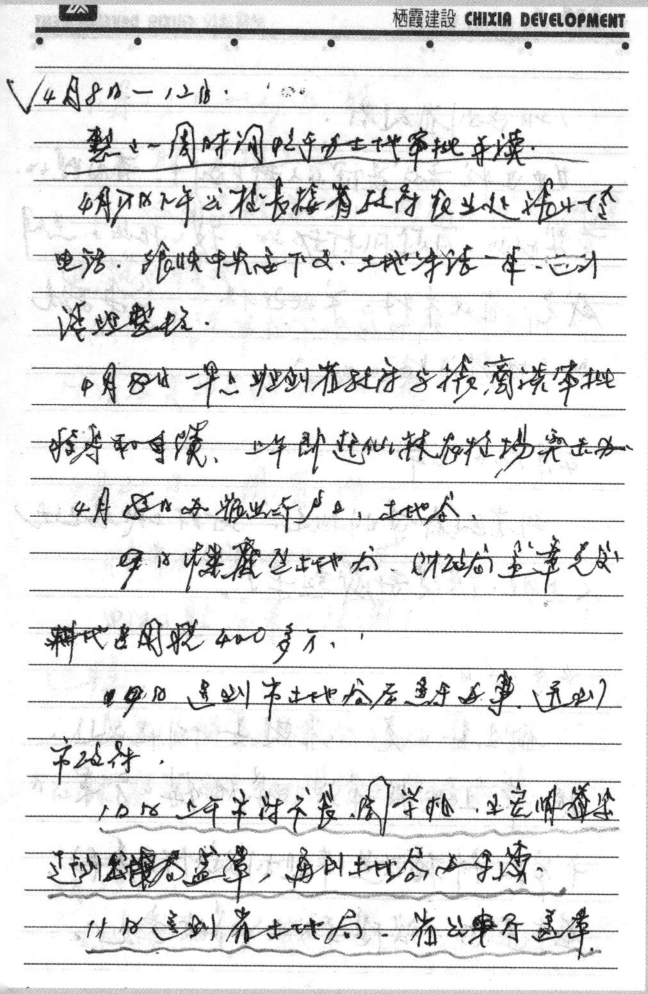

栖霞建設 CHIXIA DEVELOPMENT

4月8日—12日：

整一周时间跑办土地审批手续。

4月7日下午与校长[illegible]财务处[illegible]电话。[illegible]中央下文，土地[illegible]一律[illegible]

[illegible]整校。

4月8日一早赶到省财政厅，商谈审批程序和手续。下午[illegible]

4月8日[illegible]，土地局。

9日[illegible]土地局，财政局[illegible]

[illegible]用地400多亩。

9日送到市土地局签字盖章，送到市政府。

10日上午[illegible]学校[illegible]送到[illegible]盖章，再到土地局办手续。

11日送到省土地局，省政府盖章。

> 在学校新校区的选址问题上，省教委个别领导根本听不进学校绝大多数教职工的意见，武断认为对于南师大新校区的选址，干部群众意见很大。为了对母校未来的第二个百年负责，我们这代人唯有秉持不顾“犯上”的勇气，用民主方式去对付官僚主义，拯救新校区的选址。

二十世纪九十年代中期，当时的国家教委推出了“面向二十一世纪重点建设100所大学”的工程，简称“211工程”。据说能进“211工程”的高校，70所左右是部属院校，包括国家教委直属的高校和其他一些部属的高校。还有30所左右是省（自治区、直辖市）属院校，原则上一个省（自治区、直辖市）能进一所。

全国高等教育方面的这项国家建设工程，给南师大这样的省属高校有眼前一亮的感觉，这可是一次千载难逢的历史性机遇啊！

那时，中国改革开放十多年了，中国社会经济状况已有了明显的改善，但这种改善还没传递到高等教育。高校办学窘迫的状况还没改变，特别是省属高校如南师大这样，学校的财务预算基本还是“吃饭财政”，一年的预算中80%以上是人头经费。剩下的钱还要用于水电费、医药费、维修费、交通费等，有一年预算支出就达到了93%，还有多少剩余财力可以用来改善教学科研条件呢？现实情况是，能避免入不敷出，就算很不错了。

如果学校能进国家“211工程”，每年国家都有专项经费投入，那么学校的日子可能就会好过些。特别是能改善学校的教学科研条件，十年二十年以后，肯定会与原同层次的高校拉开差距。到那时，客观上会由国家重点建设高校变成国家重点高校，学校就能上一个新的平台。所以，这个工程对学校来讲是非常有诱惑力的。

当时省内能与南师大比肩的高校只有苏州大学。对照国家教委提出的申报条件来看，这两所高校的学科建设水平相差不大，因为苏大更名前也是师范院校（江苏师范学院），彼此的专业结构、学科状况都差不多。由于历史的原因，学科沿革，相比之下南师大文科强一些，苏大理科强一点。但从学科建设的硬指标来看，南师大当时有四个博士点，苏大只有两个博士点，南师大要占优一些。所以学校党委决定凝心聚力、举校一致去申报“211 工程”，充满信心拼搏一回。

为此，学校专门召开了申报“211 工程”的全校动员大会，在这次大会上，王臻中书记和谈凤梁校长都分别讲了话，认真分析了眼下高校深化改革加快发展的形势与任务，特别强调了申报“211 工程”是学校发展中不可能再现的历史性机遇。

党委书记王臻中教授在讲话的最后表态：“如果南师大这次进不了国家‘211 工程’的行列，我相信师大的事业还会继续往前发展，但我本人将辞去党委书记的职务。”他摆出了“生死沉浮”背水一战的决心，震撼了全校。教职员工们听说后，也都为之一振，说既然学校领导有这样大的决心，我们大家也一定全力以赴。在这样的氛围中，整个学校的精神面貌焕然一新。

南师大能不能进国家的“211 工程”，省政府的态度也很关键。当时省政府给国家教委推荐进“211 工程”的省属高校是南师大和苏大两家，这样做当然两所高校一个都不得罪。如果两家都能进则更好，作为全国经济比较发达的省，多进一所高校也说得过去，哪怕建设经费由省里自己筹措。省政府在给国家教委的报告里尽管推荐了两家，但报告里的学校排序还是有讲究的，南师大排在前面。

当时的国家教委为积极推进“211 工程”，在委内专门增设了一

随园校区的 300 号楼，是校园里最具有标志性的建筑之一，春天嫩绿色的草坪，更衬托出它大气庄重的古典美。

个“211 工程”申报建设办公室。他们在见到江苏省政府的报告后，特地委派国家教委“211 办公室”的两位处长到南师大来调研。我们意识到这显然是来摸底的，看看条件究竟怎么样，到底够不够文件规定的申报条件？

调研结束后，两位处长在与省政府分管领导交换意见时说，南师大的学科建设水平基本上是够申报资格的，但办学的空间和在校生规模显然不符合国家教委文件上规定的申报条件。还特别强调了，南师大的现有空间已经严重制约学校的发展。

国家教委当时的申报文件规定，学校规模要达到在校生一万人，而当时南师大在校生的规模只有 6000 多人，即使把夜大生、函授生、进修生都折算进去也还差不少。关键的差距还不在这里，根据国家教委刚出台的《高等学校建筑标准的若干规定》，一个在校生占有校园空间的面积要达到 60 平方米，相当于人均一分地。按这个标准来衡量，那就差远了。南师大当时校园总面积（包括西山上的教职工宿舍）只有396亩地，如果说要达到万人规模，至少要1000亩地，拿学校现状与申报条件相比，差距就大着了！

省政府分管领导向省委省政府主要领导汇报后，省委省政府立即决定，给南师大划拨1200亩地建设新校区，即使生均指标眼前达不到申报条件，也要努力创造条件争取进入国家“211工程”的建设行列。

1996年的春天来得特别早，新学期开学后，春风就踏着轻盈的脚步来到了随园，校园里一片生机盎然。迎春花开在通往南山道路旁的斜坡上，耀眼的金黄色花瓣装点着喜事临门的校园，显得格外的漂亮。青年学生早早地脱去了厚厚的冬装，显得青春健美，充满活力。

省委省政府的决定，给南师大人带来了极大的振奋。学校能进国家重点建设的行列，多么激动人心啊，广大师生员工个个摩拳擦掌，人人都奋勇当先。学校党委常委会研究决定立即成立学校“211工程”申报建设办公室，并由身为常务副校长的我兼任“211工程”申报建设办公室主任。

学校申报“211工程”的重要内容有两个方面：一是学校学科建设的思路和建设发展的规划，通过什么途径，采取什么措施，经过一到两个五年计划的建设，学科能分别达到什么样的水平，实现怎样的发展目标，包括学校的办学能力和人才培养质量；二是学校通过新校区的建设，学校的各项基础设施条件，怎样全面达到“211工程”规定的各项指标，包括生均教室面积、实验室面积、图书馆面积、宿舍面积、食堂面积、运动场面积和学生活动室面积等等。当时学校的生均面积，没有一项符合申报条件，而且差距还比较大。很多项生均指标与“211工程”的申报条件比，一半都达不到。如果再考虑到在校生规模几乎还要翻一番，那也就意味着，新校区建设的规模要在现有校园建筑面积的基础上翻两番。

根据这一情况，学校在认真做好学科发展思路和建设规划的同时，建设新校区就成了申报中的关键。因为，建设一个大学的新校区哪有那么容易呢？很多新建大学的校园，都是经过了若干年建设甚至几代人的奋斗才完成的，我们几年内就能做到吗？

既然建设新校区成了申报国家“211 工程”的关键，省委省政府的意见也很明确，即使现实条件不够，也要积极创造条件争取进入国家“211 工程”的建设行列。领导有这样的决心，学校党委立即闻风而动，马上组建新校区建设的领导班子，尽快开展建设新校区的筹备工作。

学校党委常委扩大会议上，讨论由谁来领衔具体负责新校区的筹建。在这个严峻的问题面前，当时谁都不敢轻易表态。因为学校领导班子十一人，没有一个人的专业背景与基本建设可以搭得上边，也没有一个人有曾经从事过基本建设的经历和经验。这么大一个一二十亿元投资的建设项目，一旦出了问题，那可不得了。所以谁都不敢主动提出来承担，谁也不敢轻易推荐由哪位校领导去负责！

会议寂静了片刻，王书记与谈校长两人转过头，悄悄地相互对视交换了一下意见，王书记对大家说：“那就这样，由国钧去抓吧！”听了这话我心头一震，“叫我去干？”说真话，当时我一点思想准备都没有。搞基本建设与理科还有点搭界，我是学汉语言文学的，可以说与基本建设这一行风马牛不相及。用中文系老主任郁炳隆老师的话来说，中文系的人“只识字不识数”。

王书记继续说：“这样决定主要有几点考虑：第一，他在班子里比较年轻，抓这项工作肯定比较辛苦，一定要有个好的身体条件；第二，他兼‘211 工程’申报建设办公室主任，而眼下申报‘211 工程’的关键之一是建设好新校区；第三，他现在分管财务、基建和后勤等

这是南师大仙林新校区南面的一条三用河，也是如今大学不多见的护校河。

工作，尽管时间不长，但多少还了解一些。”

既然领导这样说了，在会上我也不好说什么。尽管我知道做好这件事的难度是很大的，而且还有风险。刚才书记与校长悄悄地“咬”了一下耳朵，他们的意见肯定是一致了。再说了，书记和校长两人都是我的老师，他们说了叫我去干，我还好意思拒绝吗？想到这里，既然已经这样定了，我干脆表个态吧，“我服从组织的决定，但希望新校区筹建中能得到大家的支持！”

领导也知道这项工作的难度，王书记接着说，新校区的筹建班子就叫“新校区建设管理委员会”。为支持我的工作开展，会议上，党委常委会给了我一个权力，建管会的成员可以在全校范围内物色和挑选。

后来，我先后点了几个将，如丁晓昌、冯霁虹、王长恩、吴自斌，又物色和调配了一些工作人员，像郭礼俊、夏宏泉、契伟林、管红星等，财务处派来了一个会计王春华，学校从车队抽了两个驾驶员宋其香和汤德林，一共十多个人。我兼任新校区建管会主任，丁晓昌、冯霁虹、王长恩任副主任。

新校区建管会成立后的第一件事，就是根据省委省政府的意见，到省发改委去申请建设用地计划。省发改委已经拿到了省政府的会议纪要，拿土地指标涉及规划处和社会事业处，由于我夫人在省发改委工作，人头比较熟悉，带着我跑处室，又找到发改委分管主任办公室，所以工作比较顺利，很快就拿到了土地指标的批件。

新校区建设的用地指标是拿到了，问题是：地点到底在哪里呢？

根据土地面积和投资量来看，新校区无疑会成为南师大未来的主校区。所以新校区的建设对学校来讲是百年大计，地址要慎重选择。本来在我想来，选址应该是一件很开心的事，选那么大一块学校的发展之地，梦想着未来新校区的新面貌，该有多高兴啊！没想到选址之事居然成了新校区筹建中最错综复杂、惊心动魄的艰难之事。

开始时我们在南京选了九块备选用地，南京江北高新区有两块，仙林农牧场有两块，江宁开发区有两块，沧波门有一块，此外，江浦县城南京工业大学新校区附近和晓庄中国药科大学新校区附近各选有一块。

在比较中，我们首先把后三块地淘汰了。后三块的共同缺点都是太远，交通不方便。我们都寻访走过了一遍，一路开车都没有像样的道路可直接到达。那时不像现在，有快速通道，有桥梁与隧道连接，都要七拐八弯开一个多小时，坐公交车则时间更长。考虑到今后的新生报到、毕业生离校、教职工上下班都很不方便，水电气和通信的解决也都会比较困难，所以这三块地首先淘汰了。

剩下的六块地，我们再进一步深入调研和比较。接下来淘汰的是江北高新区的两块地，一块在南京大学新校区的西北面，一块在东南大学新校区的西边。按理来说高新区的道路都应修得比较好，三通一平比较容易解决。深入了解后才知道，这两块地都已出了当时高新区的边界，没道路，水电气与通信也都难解决。按高新区管委会人的说法，“高新区的土地怎么可能给你们用来办学呢？”

我们最后放弃的原因，还不是这个，而是这两所高校的教职工都认为他们自己新校区的选址不成功。东大新校区办公室的同志对我们说了这样一番话。“我们当然希望你们也能到这儿来，大家在一起还热闹一些。但如要说心里话，还是劝你们不要来了，这里的交通实在太不方便了（当时长江没有第二通道）。长江大桥天天堵车，有时一堵两三个小时，我们的车堵在大桥上，老教师憋得受不了，小便都尿在裤裆里，你们还想来吗？我们是没办法了！”当时，我真的非常感谢东大的同志们对我们说了真话，让我们少走了弯路，少花了不少冤枉钱！多少年后，即使长江有了第二、第三通道，甚至长江两岸都通了地铁，东南大学和南京大学最后还是先后都回到江南重建了新校区。

东大和南大的江北新校区建设大约比我们要早十年。那时随着南京高新区的建设，为尽快繁荣江北社会经济，省里的某位领导拍板两所大学选址江北高新区。应该说动机是好的，推动江北高新区的建设和繁荣，但人的主观意志不能违背事物发展的客观规律。二十多年后，两所高校最后还是回到江南来重建，从时间和资金来讲都是重大损失。这事也教育了我们，人的意志不能违背客观规律，而只能遵循客观规律。

新校区的选址，基本都在南京的郊外，尽管寻访中大家都很辛苦，交通条件差，有时都吃不上饭，但想到自己正在为母校做一件第二个百年大计的事情，内心还是很快乐的。

江宁的两块地位于江宁县城东山镇（已撤并为江宁区东山街道）的一东一西。西边的这块地在机场高速和牛首山河的夹角里，大约在今天将军路与佛城路的交会处周围，北边一直到现在的文枢苑那里，都属于江宁开发区的范围。这里再往北两三公里是南京航空航天大学的新校区。东边的那块地，在方山的北麓，即今天的大学城这个位置，当时那儿什么都没有，还是一大块荒地。无论是交通，还是周边的开发度都无法与西边开发区的那块地相比。

仙林农牧场的两块地，一块在大浦塘水库的边上。这块地的最大优点是没有拆迁，土地价格肯定便宜，另外，校园选址在这里可借景大浦塘水库，未来新校园的环境会很灵动秀美。最大的问题是地块中央是一座小山，校园布局比较困难，另外马路对面是一片与环境很不协调的华侨公墓，实在有点煞风景。

另一块地在象鼻山的南麓，坐北朝南，这块坡地的最南面是一条

天晴时，从象鼻山半山腰望下去，这是一块长长的向阳坡地，当时上面还有两个场办小工厂和一个半村庄。

三用河，按中国人的传统文化说，前有照，后有靠，风水极好。又紧靠 312 国道，是离城区和老校区距离最近的一块地，也是所有地块中交通最方便的一块地。问题是地块中间要拆迁两个小工厂、一个半村庄，拆迁任务比较重，土地价格也肯定会高一些。另外基础设施配套比较差，水电气都没有现成的接口。

那一年春节前，正值隆冬季节，王臻中书记和谈凤梁校长亲自带领导班子的全体成员，踏着尺把深的积雪，爬上象鼻山察看周边的地形地貌。

仙林农牧场这两块地比较起来，学校常委扩大会上，发言的同志几乎都倾向于后者。说既然选址是百年大计，那就不要在乎现在价格高一点半点。

最后，学校决定新校区就在江宁开发区与仙林农牧场象鼻山南麓这两块土地上选择。下一步就由建管会与两家分别进行竞争性谈判，谈土地价格，谈承诺条件。

经过一段时间的准备，南京郊外的小麦都开始返青了，柳树抽出了绿绿的枝条，油菜也都长出了苔，花蕾已含苞欲放，春天到来了，母校的春天也到来了！

就在我们与江宁开发区与仙林农牧场分别谈判的过程中，意外发生了。

有一天我与吕书记一起到省教委去汇报工作，路过省教委基建处办公室时，因往后打交道不会少，我就进去拐了一下。当时基建处没人，我看到办公桌上有一张江宁开发区的地形图，上面用记号笔画了一块地，中间写着“南京师范大学”的字样。当时我就觉得很奇怪，我们还没汇报，他们怎会知道我们在谈判？是有人已汇报了，还是省教委在“主动”帮学校考虑选址问题？

吕书记也在一位教委副主任的办公桌上，看到了省教委欲行文南师大选址意见的草稿。

我们俩回校后立即给两位一把手汇报了在省教委看到的地形图和行文草稿的事。王书记听后说不管他们，他们不说，我们继续分别谈判，按程序做我们的事。

在后来的谈判中，江宁开发区的同志突然变得傲气十足，一点都不肯让步。土地价格 4 万元一亩，一分钱也不能少，道路规划也不能改动，不可能根据学校校园布局的需要做修改，可以说一点水都泼不进。后来一打听才知道，原来我和学校建管会的同志与江宁开发区一接触，他们就通过关系找了省教委的两位副主任，据说一顿饭就敲定南师大新校区选址就在江宁开发区了。究竟他们是什么关系找到省教委的？有的说是同学关系，有的说是远亲关系，我们不理解就凭这点关系，居然就可以如此草率决定一所大学未来新校区选址的百年大计？

那次与江宁开发区谈判结束时，对方还说："学校新校区的选址问题你们不要管了，省教委已经决定了，还有什么好谈的？"怪不得江宁开发区在谈判中那么强硬，土地价格一分钱都不肯让，道路一点都不能改动。

而我们与仙林农牧场的谈判，土地价格从 4 万一亩，减到 3 万一亩，又让到 2.5 万。最后我说："你们的土地价格超过两万，我们就不要。"农牧场的孟场长说："这样吧，我拿掉一个吉利数 8 块钱，怎么样？"我想了一下，如果我们继续讨价还价，兴许还有压一点的可能，但我知道按这个价格拆迁，他们肯定拆不下来了，从良心上讲已不能再压了。所以我说："那就这样吧！一亩地 19992 元。"

回到学校后，我打电话给省教委分管高校的另一位副主任汇报，关于南师大新校区的选址问题，希望省教委能听听学校的意见，尊重学校的选择。在电话里我还强调了，教委知不知道，江宁开发区要在南师大新校区选址的那地块中修一条将军大道，把这块地一剖两半，而且他们还不肯改道，那校园怎么规划？东南大学老校区的教学区、住宿区分在太平路的两边，学生天天横穿太平路，曾经发生过学生被汽车撞死的悲剧，这样的教训难道还不够吗？如果要选址江宁开发区，除非他们把道路规划改一下。

江宁开发区呢，是行政机关的思维方式，与高校的思维方式不一样。在他们看来，你们的上级领导都已答应了，学校还能怎么样？根本不理会我们的意见。

就这样，在选址问题上，学校与省教委僵持着，时间对省教委来讲无所谓，但学校可等不起啊！

有一天学校的王书记、谈校长约好了省教委领导，带了几位相关的校领导，去省教委汇报学校新校区的筹建情况。我详详细细、一五一十地汇报了学校新校区选址过程，及深入考察和科学分析备选用地的情况。我才汇报完，两位副主任抢先发话，说教委已决定了，选址江宁开发区有多少多少优点，一二三四，学校不用再考虑了！他们根本听不进我们的意见，让我们大吃一惊。

学校王书记最后也代表学校强硬表态："如果教委一定要南师大新校区选址江宁开发区，那么，学校党委不承担历史责任！"

当时参加会议的新教委主任刚刚到任，尽管他是南师大校友，人很正直，也很亲民，但才刚刚到任不了解情况，他也不便马上发表意见。他说："还是多听听意见吧！"就这样选址问题只能继续拖下去了。

在这种情况下，我作为学校"211 工程"申报建设办公室主任，又是负责新校区筹建的主要领导，心里很纠结，怎么办呢？时间一天一天地过去，“211 工程”申报要接受国家教委的预评估。新校区还没开始建设，才刚刚选址就“卡壳”了，工作没法继续进行下去。真没想到新校区选址竟会如此艰难，真把我急死了！

那年七月，有一天南京下了一场特大暴雨，而且持续时间比较长。我灵机一动，马上要了一辆学校的小车，一路冒雨冲到两地去察看水情。因为在选址时我曾无意间听说，位于机场高速与牛首山河夹角中的这块地，地势有点低。

我急急忙忙先赶到江宁开发区，走到那块地面前一看，大约有三分之一淹在水里。因为暴雨下得急，牛首山河水位猛涨，该地块的积水排不出去。我脱了鞋袜往积水里走，走了不多远，水就淹到我的膝盖了。我又爬上牛首山河的河堤，观望牛首山河的浑水，粗略地估测一下，当时河水的水位已明显高于那块备选地的积水，别说积水排不出去，不倒灌就算是好的了。

如果选这块地建新校区，那就意味着首先要在校园四周挖护校河，建一个排灌站。或者要在校园内挖河，用挖出来的土方填高地坪。想到这些，我对自己说：那怎么行呢？

我当时的估计不是没有道理的，多少年后，有一所大学新校区选址在那周围，有一年下大雨，不少区域淹水，新闻媒体报道了该校新校区的沥青道路上可以逮鱼的新闻。

我赶到仙林象鼻山南麓察看的这块地，就不存在这样的问题，它本来地势就高，又有一定的坡度，雨水下来顺势淌入三用河，再流入九乡河，很快洪水就排干净了。

又半个月后，我想选址问题总不能长期这样僵持着。怎么办呢？破官僚主义只有用民主的方法，但用什么民主的方法呢？我反复思考

这是选址时，从象鼻山的后山看垛山的原貌。垛山前的水库当初叫鸭塘水库，现在叫“仙林湖”。

后给学校党委提了一个建议，得到同意后，我和建管会的同志们就开始精心组织实施。

有一天，建管会通知全校中层及以上干部、副教授及以上的教师自愿参加，到备选的两块地去参观考察。没想到那天一下来了三百多人，说明大家对学校新校区选址都非常关心，学校动用了六辆大巴车去两块备选地考察。

为体现公平，我们给两块地的主人都说好不能有任何表示。上午先去参观考察了江宁开发区的地块，快到中午时分，开发区领导一定要留大家吃工作餐。因为那天我在学校开会，不在现场，大家以为还有考察内容跟着往前走，稀里糊涂就走进了他们的食堂。

下午参观考察仙林农牧场的地块时，场领导就很有意见了：“都说好不能表示的，江宁开发区怎么能请客吃饭呢？”于是，临走时也给每人送了一盒自己的产品——牛奶。我考虑事情已经发生，再批评也没用了，双方都违背了承诺，花的钱彼此也差不多，也就只能下不为例了。

三天以后，学校邀请双方领导到学校贻芳报告厅，来给台下三百多位参加考察的干部和老师们介绍自己地块的优势和给予优惠条件的承诺。我们建管会则用摄像机全程录像，录下来作为将来兑现承诺的对照蓝本。

那天江宁开发区来学校做报告和说明情况的是开发区管委会副主任，仙林农牧场来做报告和说明情况的是农牧场党委书记兼亚东建发集团副总裁聂筑梅。由于两个单位的诚意不同，对形势的判断不一样，加上聂筑梅书记清晰真情的表述，两块地一听就有很大的差距。

会议结束后，大家无记名投票选择新校区地块，投票结束统计结果为：赞成去仙林农牧场的占89.7%，赞成去江宁开发区的不到7%，其余为弃权票。连江宁开发区一位主要领导的弟弟，即学校化学系的周书记，也正直地投票选了仙林农牧场。这次类似“全民公决”的结果所体现的民意很明显很强烈了。

学校马上将这次群众投票的结果给省政府分管教育的王副省长做了汇报，同时，也委婉地如实给省教委做了汇报。教委两位副主任听了以后感到恼火，但只能内心窝火，其他也不好说什么。因为在高校重大问题发扬民主精神听取大家的意见，这是很正常的事，做法上也没有错啊！我们呢，对于学校这番发扬民主、冒犯“上级领导”的做法，也估计到他们会是什么态度。

在学校新校区的选址问题上，省教委个别领导根本听不进学校绝大多数教职工的意见，武断认为对于南师大新校区的选址，干部群众意见很大。为了对母校未来的第二个百年负责，我们这代人唯有秉持不顾“犯上”的勇气，用民主方式去对付官僚主义，拯救新校区的选址。

还有更厉害的一招，这是当时我们谁都没想到的。文学院的何教授他们完全自发，联络了全校104名教授、老师集体签名给省委省政府写了一封信，强烈又鲜明地表达了南师大新校区选址仙林农牧场的请求。

历史上贞观之治的魏徵说过："求木之长者，必固其根本；欲流之远者，必浚其泉源。"如果说新校区的地址是未来办好学的"根本"与"泉源"，那么，我们今天冒着"犯上"的风险千辛万苦地选址，千方百计地捍卫，就是"固其根本"，这就是"浚其泉源"，未来的南师大就能"木之长""流之远"。

又过了一段时间，南京市王宏民市长亲自带了市里各局委办负责人到学校来现场办公。当时我们很奇怪：耶？市里怎么会来学校现场办公呢？事前王副省长是否与王市长已打过招呼，我们不清楚。

王宏民市长的开场白说得很聪明："新校区选址在哪里，由学校自己决定，不管在仙林农牧场，还是去江宁开发区，都在南京市的地盘上。我今天到南师大来现场办公，主要是上门服务。"话是说得很公正，很得体，很漂亮，谁都不得罪，但是给我们的暗示显然是支持新校区选址仙林农牧场。因为只有征仙林农牧场的地，才需要市里的局委办帮助办各种手续，如果去江宁开发区，应该带江宁区（当时还享受独立县的权力）的有关部门负责人来现场办公。

再说了，这期间我们很重视与市规划局的交流和沟通，因为他们是全市规划布局的主管审批单位。在讨论南师大新校区选址意见时，何惠仪局长的意见很明确，积极推荐仙林农牧场象鼻山南麓这块地。

到这时，我预感到在学校领导班子全体同仁们的支持下，在全校广大教职员工的共同坚持下，新校区的选址问题应该快尘埃落定了。

果然，不久后王副省长召集省教委领导班子到省政府会议室开会。会上王副省长说："关于南师大新校区的选址问题，应该尊重学校的意见，办学主要靠教师，应该选老师们愿意去的地方，你们又不去！"到这时，南师大新校区的选址问题终于瓜熟蒂落，我们心里的一块石头也终于落地了！

江宁开发区的领导听到这个消息，都一愣一愣的，“怎么会呢？省教委的领导不是说已定了吗？不可能的事啊！绝不可能。”他们哪里想到，高校这个地方最讲科学，最讲民主，不会轻易服从官僚主义、主观主义的“领导”，只服从真理，只服从科学！

我望着象鼻山南麓这块地，从山脚一直延伸到三用河有四五百米距离，朝向正南正北，而且前有照，后有靠，在中国文化里是一块难得的“风水宝地”，我心里感到格外的欣慰与快乐！

新校区选址经历了将近一年的纠结和暗战，1997 年 2 月 5 日，即鼠年的倒数第三天腊月二十八，我从南京市规划局拿到了南京师范大学仙林新校区的征地红线图。

清晨，象鼻山垛山倒映在仙林湖春风的微波里，南师大国际学术交流中心仙林宾馆，就坐落在这美丽的仙林湖畔。

1997 年 5 月 15 日，学校对外召开了南师大仙林新校区规划方案竞赛发布会，设一个一等奖，三个二等奖。我们邀请了东南大学城市规划设计研究院、江苏省城市规划设计研究院、上海建筑设计研究院、上海同济城市规划设计研究院、加拿大 STW 设计公司、法国某建筑和规划设计公司等八个单位参与竞标。

后来，实践也证明我们的选址是选对了。好多高校如南京财经大学、南京邮电大学、南京中医药大学、南京森林警察学院、南京理工大学紫金学院、南京工业职业技术大学、南京信息职业技术学院等十几所高校，包括后来的南京大学，都看上了仙林这块宝地建新校区。

十多年后，仙林地区成了一座名副其实的大学城，南京地铁 2 号线穿城而过，呈现出一片欣欣向荣的景象。王宏民市长在全市干部大会上曾这样赞美过南师大："没有南师大的眼光，就没有今天的仙林大学城！"

当朝霞第一缕阳光洒在象鼻山垛山山脊上时，青翠欲滴的露珠映透了整个山坳，滋润了绿色的原野。那一湖清水，想想真是混沌后的清澈，喧闹后的宁静。每当晚霞的余晖还流连在山头上，倒映在仙林湖中时，让人浮现联翩，无限欣慰，美好的未来，让人神往。

南师大新校区虽然选址的过程很艰难，但结果让人由衷地感到高兴，再苦再累，哪怕是得罪了"上级领导"，也觉得值了！因为我们这代人，为学校进入国家的"211 工程"，为母校的第二个百年发展，奠定了最重要的空间和物质基础！

当年省委副书记顾浩同志代表省委对南师大新校区建设提出"三个一"的高要求："坚持一流标准，建成南京一景，风光一个世纪"。现在二十余年过去了，前"两个一"应该说已在南师大这代人手上实现了，至于后"一个一"，风光一个世纪，与随园校区一样还待历史来检验和评价。

2020 年 2 月 22 日 新冠疫情时

专题：希望新区建设特区管理项目筹划。

5月27日。

省教委与南京市共建南师大八达，由教委计划建设处何处长同我商议，教委与南京市共签，条文比较原则。

6月2日。

申请免征粮食增销、减购款的报告。关于免征土地复垦保证金的报告。请南京市政府任秘书长，分别转交各建设市政府机关处。

准备去南方几所学校考察校园规划与建设。

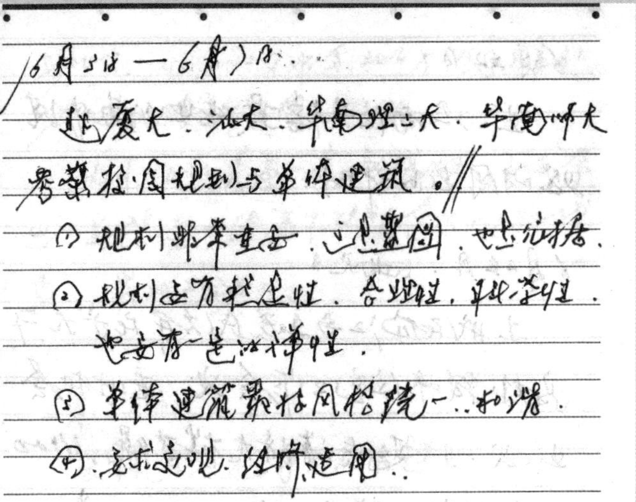
6月3日—6月7日。
赴厦大、汕大、华南理工大、华南师大考察校园规划与单体建筑。
(1)规划必须专业、[illegible]、也要依据。
(2)规划要有前瞻性、合理性、可操作性,也要有一定的[illegible]性。
(3)单体建筑风格统一、和谐。
(4)[illegible]、[illegible]。

6月14—19日
赴北京参加[illegible]、湖南、华南师大等"部属大学进入211"建设的讨论会。

6月22日
南京市[illegible]、[illegible]、[illegible]、[illegible]。

虽然遇到了这样几次劫难，但我还是唯物主义者。命运怎么可能像算命先生那样用手指能算出来呢？说我西北角上有三个“黑洞”，也是随意说说的，每个人也许人生都会有劫难，说有两个三个，到底有几个？谁都说不清。

有一个星期天，我陪同外地来宁的两位同学游览句容、金坛交界处的茅山。从茅山山顶的乾元观下来，路边上一溜子都是摆摊的算命先生，忽悠着行人，“算得不准不要钱！”其中有一位算命的干脆拉住我那两位同学，死皮赖脸要给他们算命。我的同学停住脚步，问算一次要多少钱。算命先生巧舌如簧，“三十五十都可以，随你给！”意思很明白，至少三十，算得满意上不封顶！

我对同学说：“你信这个吗？算命先生给你说好话，你信不信？算得不好，你心里倒埋下一个疑惑！”那同学没有直接回答我。也许他有点信，或者是半信半疑，也可能就是好奇，经历一次玩玩而已。半推半就地，他被算命先生拉扯着坐了下来。

算命先生看了他的手心，问了他的年龄、出生日子（农历）和时辰，煞有介事地掰了手指在算，嘴里还喋喋不休地念着什么。一会儿慢慢地对他说：“你命中有福，会有贵人相助哦！……”我不信人的命运可以算出来，也就不听了。到对面的地摊上看千篇一律的纪念品，一边欣赏一边等候他们。所以，后来算命先生对我同学还说了些什么，我就不知道了。

一会儿两位同学过来拉我去算命，说算得蛮准的，我不肯去，心想那么无聊的事，尽是浪费时间。他们说：“钱都给了，又退不回来，不如听他说说。”就这么半推半就，我也被拉着坐到这个算命先生面前。

根据我的出生时辰和所属生肖，先生看了我手心后，又掰开一个手指一个手指看，然后眯着眼对我说：“你天地不冲，面相有善，仕途通达！……”我心想简直胡说八道。那时我正经历着人生的低谷，因为与学校领导的意见不一致，挨了打击，受了冷落，把我的助手提拔成了我的顶头上司，还说我仕途通达？真是胡吹了！

算命先生还在说:“不过你要防止人生西北角上有三个‘黑洞’。”我问那是什么‘黑洞’呢。他说：“此话不能明说！”我想这显然是老先生搞噱头，卖关子，要你再给钱。我呢本来就不信，根本不可能再花钱买噱头，就此分手！

那次事情过后，虽然我不把算命当回事，但算命先生所说“西北角上有三个黑洞”还是在心里留下了一点阴影，那是指什么呢？现在回想，会不会是后来新校区建设中遇到的几件惊险事呢？

师大新校区征地结束，赶紧要做的第一件事就是圈围墙，为施工安全先把新校区的围墙砌起来，这也是东南大学江北新校区建设中给我们介绍的经验教训之一。否则周边的老百姓又会进来种东西，到你

当时办好征地手续，新校区建管会第一时间竖了块牌子就开始圈围墙。

要清场建楼宇时，又要赔偿青苗费。据东大的老师说，当初就是因为围墙没及时建起来，同一块地上的青苗费不知赔偿过多少次。后来老百姓习惯了赔偿青苗费，尝到了甜头，就干脆不让你建围墙。你白天建，他们夜里就扒，这样青苗费就成了他们源源不断的财源。

我们用经纬仪放围墙的红线，发现在新校区的征地范围之内居然包括了一段马栖公路，也就是说马栖公路从未来新校园的东南角上斜穿而过，切出了一块三角地，成了从主校区划出去的一块飞地，那怎么行呢？马栖公路必须要改道！

根据征地协议，学校征地范围内的道路改道和工厂搬迁都由仙林农牧场负责。于是我找到了农牧场的孟场长，希望赶快着手马栖公路的改道，否则就会严重影响学校新校区的道路和各种管网等基础设施的建设，影响到省政府要求南师大 1999 年 9 月 1 日进第一批新生的目标实现。

孟场长知道南师大新校区建设是省政府都关注的重点项目，所以，在配合学校基本建设上还是很尽力的。尽管复建拆迁户新房的经费很困难，但农场还是坚持首先开工了校园内一段马栖公路的改道。

改道校内的马栖公路，首先要在三用河上建一座新的公路桥，然后沿着新校区的东围墙修一条 14 米宽、150 多米长的简易沥青公路，两头与原马栖公路再连接起来，这样才能完成马栖公路的改道任务。

何谓简易沥青公路？看了他们修路我才明白。先垫一层毛石作为路基，再用碎石找平，经碾压后，喷上一层沥青，沥青从石缝里渗下去，上面再撒上一层瓜子片，几天以后就可走车了。这种工艺大概是沥青公路中最低档的一种，也称油浸式沥青公路。

新校区前面的三用河说起来是条河，其实就是一条宽一点的大水沟，水面也就十几米宽。在三用河上建公路桥，就我们这些外行看来，建起来也很简单。工程队在河的两边挖好桥的基坑，下毛石后用混凝土灌浆作为基础，然后在桥基上用石头加混凝土砂浆垒砌起桥墩。看起来工程并不复杂，但据说还须专业队伍来承建，桥墩垒砌好，把从预制件厂运来的混凝土桥梁架上去，公路桥就基本成型了。

当时挖桥的基坑，挖出来许多土方没地方去呀！简易公路的东边是块水稻田。当时仙林农牧场主要地块长的都是牧草，也没有几片稻田，多余的土方，总不能把仅有的长势喜人的稻子埋压了。于是，土方全被堆在校园的围墙里面，加上校内大楼基坑和人工挖孔桩挖出来的土方都被堆在一起，高度远远超过了后来建起来的临时围墙。哪知道就是这高高的土堆给我们埋下了安全隐患。

那年的九月中旬，有一股十二级的台风路过浙江、上海和江苏沿海，狂风几乎刮了一天一夜，暴雨也几乎下了一天一夜。

第二天一早，我到新校区临时办公室上班后，立刻换上高帮雨靴，打了雨伞到工地去巡视。看看工地上有没有出什么问题，有没有安全隐患。我一步一滑、一步一滑地走在去教学大楼工地的泥巴路上。走出去没多远，建管会办公室的同志赶过来告诉我说："陈校长不好了，新校区的东边一片汪洋！"我听了心里很疑惑，校园是一个坐北朝南的坡地，按道理下来的雨水很快就顺势流进南面的三用河泄走了，怎会一片汪洋淌不下去呢？我进西校门时看三用河的水位也并不算高呀！

我急急忙忙往东走。赶到教学大楼的工地，站在临时的石子堆上往东边看，通过土堆豁口看到，土堆后确实已是汪洋一片了。这是怎么回事呢？我再仔细想了想，估计是昨夜雨水下泄到三用河的沟渠，由于基建工程土方的临时堆放，把原有的水系破坏了，水道阻碍，沟渠堵塞。从象鼻山垛山下来的洪水就像遇到了挡水坝，形成了堰塞湖一样的一片汪洋。

再一想，这也不对啊！南面水路不通，东面不应该不通呀！东面的围墙上，当时考虑到排水，在建临时围墙时，我很明确要求施工队，在围墙根部隔几米距离就要留有一个两块砖大小的泄水孔。虽然高高的土堆挡住了我的视线，看不到围墙的全部，但通过土堆之间的缝隙，还可以看到局部围墙的顶，土堆与围墙之间怎么会是高高的水面呢？

想想不应该如此呀！但远处汪洋一片这又是事实！我尽管穿了高帮雨靴，但也走不过去！要想搞个明白，采取紧急泄洪措施，只有绕到东面围墙去看个究竟。

从教学大楼工地绕到改道的马栖公路，必须回到临时办公室从文苑路绕行（当时主校门前的桥还没建），由于校园南北之间距离短，东西之间距离长，所以绕道走的距离还是蛮远的。但时不待我，必须赶快赶过去看个究竟。

我一步一滑急急忙忙赶回建管会临时办公室，自己赶快开了办公室的一辆桑塔纳小车，冒着不小的雨，从西边跨过三用河，往改道后的马栖公路直奔过去。

我开了小车减速左转弯，才到改道的马栖公路，刚过了三用河新修的公路桥，突然眼前“哐当！”一声巨响，像山洪暴发一下子把我吓蒙了。我毫无意识，完全出于自我保护的本能紧急刹了车，脑袋里却是一片空白！不知道发生了什么。当我回过神来时，眼前的惨象把我惊呆了。

一百五六十米长、两米多高的围墙瞬间连根倾倒，洪水泄下来像山洪暴发，马栖公路两边除了电线杆还站在那里外，其他的所有东西，包括新栽的行道树、路边原有的灌木、工程队留下来尚未拆除的一些临时设施等等，统统荡然无存，都卷进了三用河。右边水田里一腿高的稻子像过刀似的从根部齐刷刷地全部被切倒了。

这时，我的小车离连根倾倒的临时围墙，大概也就五六米距离，如果我再往前开一点，那肯定连人带车一起卷进三用河了，山洪的力量那瞬间不知有多大！

我惊魂未定，出了一身冷汗，呆呆地坐在车里好长时间没有反应过来。过了好一会儿，我才慢慢下车，撑着雨伞，呆呆地看着倾倒的一排长长的临时围墙。这时方才搞明白。由于象鼻山与垛山上下泄的洪水里夹杂着树枝和树叶，加上与土堆经雨水浸泡后塌方的泥土搅在一起，把临时围墙根的泄水孔全都堵塞了，洪水往南淌的路又被阻挡，洪水下泄没有了出路。而雨还是不断地在下，于是水位不断抬高不断抬高，形成了前面我远远所见到的像堰塞湖一样的一片汪洋。当水位继续提高到围墙承载不了时，瞬间一百多米的围墙“哐！”的一声，

这就是马栖公路边的学校东围墙，当年的临时围墙就建在这位置，大约有一百五六十米长，往前就是三用河桥。我的车就停在三用河桥过来一点的地方。

这是6月29日，我工作日记上记载的国家教委“211办公室”范文跃副主任，在参观过我校新校区后的讲话的内容。

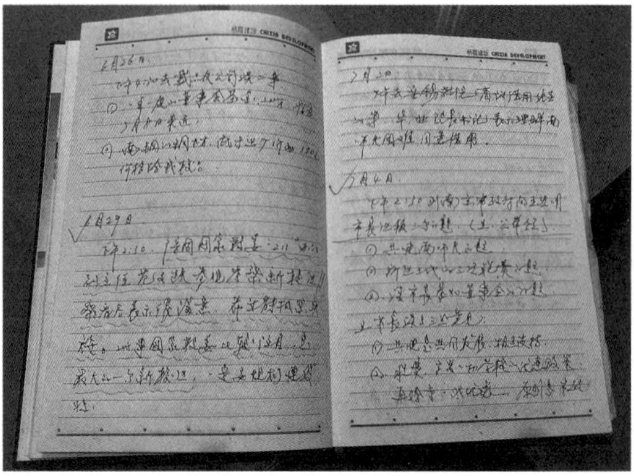

全部倾倒，你可以想象那么高的水头，如水库溃坝，那么大的水量倾泻下来，其力量会有多大！

还算好，不幸中的大幸！那时仙林农牧场还比较荒凉，马栖公路上的车辆也少，那天又是下雨，一百多米长的临时围墙倾倒的一瞬间恰好没有行人和车辆经过，否则就肯定会出人命大事了。

那次惊险虽然过去多少年了，但每次回想起来，还真有点后怕。老天爷眷顾我，让我迟到了一秒钟！否则，可能我早已不在人世间了。

新校区的建设者们在艰难的环境里，吃了不少苦，经历过很多磨难，很多人都遭遇过类似的风险，甚至险恶，我的遭遇仅仅是其中一例而已。

翌年，一个初夏季节，天也下着毛毛细雨。

前几天，国家教委“211办公室”副主任范文跃考察了我们仙林新校区的建设。临走时说了这样一段话：“南师大仙林新校区，是目前全国在建的最大的一个校区，一定要规划建设好，国家教委都比较关注！”

那天下午两点，我在老校区安排了一个专题协调会，主题就是怎么落实好国家教委“211 办公室”范副主任在考察新校区时所提的意见。

我在家吃过午饭，穿了雨披骑着自行车，穿过宁夏路，从宁海路的北头靠着右侧的慢车道往南骑，刚经过了北京西路的十字路口，突然停在前方慢车道上的一辆“别克车”飞快地倒车朝我撞了过来。

由于没有思想准备，怎么也没想到停在前面靠边慢车道上的汽车会突然倒车，而且速度会那样的快！当时我一下子蒙了，不由自主地刹住了自行车，不知道怎么办。面对瞬间的遭遇，人一下子脑袋根本反应不过来。

我还没有反应过来，眼看着车子屁股“嘭！”的一声撞上来。我一下子就失去了知觉，就像打了一针麻醉，我什么都不知道了……那瞬间后，不知过了多少时间，当我有知觉时，迷迷糊糊中的第一感觉似乎有人在拉我。我慢慢清醒起来，才想起来刚才被车子撞了。我晃

上面有红绿灯的地方就是宁海路口，停在慢车道上的汽车突然倒车，瞬间把我撞到了有斑马线的北京西路上。

晃脑袋感觉头还在脖子上！两个人抱着把我扶了起来。过后才知道其中一个就是“别克车”里开车的人，另外一个是谁，我不知道！

被扶起来后，我才发现这一撞把我撞飞出去十几米远，已撞到十字路口的快车道上了。后来想想真后怕，二十世纪九十年代马路上车辆没有现在那么多，午后车辆就更少一些，特别那天在下雨，可能车辆就更少。把我撞到快车道上时，恰好没车辆通过，保住了这条命。如果在今天，或者是当时的上下班时间，那肯定把我撞到车轮底下去了。

他们扶我坐到路边的路牙上，天还下着雨，我也顾不了路牙上有雨水。他们问我感觉怎么样。我自己觉得没什么大碍，我站起来动动腰腿，到处摸摸，好像没什么不适。只是头上多了一个“包”，估计是撞飞出去脑袋着地时跌的。两只手上擦破了一些皮，有点血。

不久学校的保卫处处长来了，原来有位学校的老师认识我，上班途中路过这里看到我被撞了，赶快骑车到学校保卫处报告，卢处长听说后就急急忙忙赶过来了。

一看我的自行车，前轮都成了元宝状，三角支架也变形了，可知那瞬间车子撞我的力量有多大！卢处长说已问学校要了辆车子，马上送我到医院去看一下。我说不用了，我的自我感觉还好，估计没什么大问题。下午我还要主持一个协调会，时间已到了，我就先走吧！

这时学校的小车也正好赶到了，卢处长对我说，下面的事就都由他来处理了，“你放心好了！”我慢慢弯腰，从地上捡起我的公文包，卢处长扶着我上了车，我头上带着一个“包”就开会去了！

后来才听卢处长说，那个开车人不是驾驶员，是附近一个公司的办公室成员。午休时间没什么事，他就私下拿了车钥匙想去学学开车。谁知道车子发动后，挂挡起步时挂错挡位，挂在倒挡上了。刹车一松，车子就往后溜，他心慌了，怎么会往后走呢，赶快刹车。谁知道把油门当刹车踩了，一脚踩下去，车子是3.0排量的进口车，像脱缰的野马，飞似的往后倒，恰好我经过这里，轮到我倒霉了，一下子把我撞出去十几米远！

事后，朋友们都说算我命大，撞出去十几米，还撞到快车道上，居然没出大事！

这件倒霉的事，不知是不是我人生中注定要遭遇的又一个“黑洞”呢？

几年后，又是一个风雨夜，那时我已调到南京医科大学任职了。

天刚有点蒙蒙亮，手机让我心惊肉跳地响了。说真的我最怕的就是天没亮的时候来电话，一般这个时候来电话，肯定是学校出大事了！要么是火警，要么是死人，否则不会在这个时候打电话来的。

我一接电话，果然是学校出事了。新校区建管会主任告诉我，昨夜江宁刮龙卷风，把新校区建管会的临时办公室、宿舍和食堂都卷飞了。

我马上急切地问：“人有没有问题？”他说直至现在还没有接到人员伤亡的报告。昨天是周末，不知谁值班，值班的人到现在没见着，不知道到哪里去了！

外面还在滴滴答答地下着雨，我接到电话后，急急忙忙穿上衣服，打电话叫驾驶员接了我往新校区工地赶。夫人提醒我不要急急忙忙赶路，龙卷风已过了，早一点迟一点赶到都一样，路上要注意安全！

那天是2003年的6月7日，我的工作日记上写着。

南医大新校区是2002年10月18日奠基的，11月18日举行了开工典礼，12月18日教学楼开挖了第一个人工挖孔桩。为什么这么赶工期呢？因为南医大在省属老的本科院校中，已是最后建新校区的学校之一了。其他大学在省委省政府“高等教育大众化”口号的激励下，新校区都已进了两到三届新生了，而我们才刚刚开始一期工程建设。因此，无论如何也要克服困难用十个月的时间完成新校区建设的一期工程，争取2003年9月初能进第一批新生。

一路上我很焦急，一直担心值班人员的下落。怎么会找不到呢？是被龙卷风卷走了，还是只是房顶被卷走，值班人员半夜投宿其他宿舍了？不管是谁，但愿他平安无事！

那天，我赶到新校区工地时，天已经亮了。在工地上的人告诉我，经询问昨晚值班人员回城了，所以房子被卷走时里面没有人。虽然值班人员违反了纪律，但恰恰躲过了这一劫，终于让我放下了心。

尽管我为值班人员庆幸，但在这风雨夜，也为他不遵守纪律感到不安。

我打着雨伞，在工地上首先察看了在建的教学楼、解剖楼、食堂和学生宿舍。我已知道建管会的房子掀掉了，好在没出人命。此时，我最怕的是建筑工地上出大问题，现在还不知道怎么样。特别是教学楼和学生宿舍楼层高体量大，相比建管会的一二层房子更招风。施工队工人又多，我想也许更容易出意想不到的事。

工地上开挖地基和管线沟的土经一夜风雨的浸泡，一脚踩下去提起来就是一脚的烂泥，粘在雨鞋上越走越重，越粘越多。这时我不得不经常找水塘，先洗掉一些雨鞋上的烂泥巴，才能减轻脚步重量前行。

那时，达建、彭刚、乔学斌、林炜、臧延金，还有沈建、卢佳、王爱芳等建管会的同志也都陆续赶来了，这些同志当年都意气风发，甘为新校区建设的铺路石。其中，大部分同志都是自荐到艰苦的新校区建设一线工地来工作的。

我们一步一滑小心翼翼地到两幢教学楼工地察看。嘿！比我料想

这是当年南医大新校区最先动工建设的两幢教学大楼，即今天的博学楼和逸夫楼。

的情况要好得多，钢管的脚手架居然安然无恙。只是挂在脚手架上的安全网被龙卷风刮跑了一部分，剩下的安全网被吹得七零八落，但还连在脚手架上，只要整理一下还能用。龙卷风是夜里刮的，脚手架上不可能有人，所以人员还都是安全的。

解剖楼和食堂都只有两三层，所以也都没有问题。四栋学生宿舍的工地受损情况要稍严重一些，有两栋是用毛竹搭的脚手架，大概牢固度不如钢管，所以，个别地方脚手架被龙卷风刮得坍塌了。但看起来影响不大，要恢复起来，相信不是很难的事。人都没有问题，我总算松了一口气！风灾后的经济损失不算大，这是可以聊以自慰的。

从学生宿舍工地出来，绕过一个水塘，最后走到新校区建管会的临时指挥部时，一看建管会的院子，我惊呆了。

首先映入眼帘的是建管会的院子里乱七八糟，像经历了一场浩劫，地上什么东西都有，桌子、板凳、图纸、窗帘、门板、杂物等。再往上一看，二楼的办公室、值班室几乎都没有了，只剩了几片歪歪斜斜的门窗，墙板屋顶全都卷跑了，可见龙卷风的威力有多大。

当时搭建临时办公用房和值班室使用的都是彩钢板，是用螺丝、三角铁拼接起来的，虽然是临时建筑，但上下水和卫生间洗脸盆都一应俱全。

这时我们才发现，楼上值班室卫生间里的洗衣机居然被龙卷风完整地卷到了楼下，叫人不能相信的是，卷到地上的洗衣机居然保持原状，还好好地站在那儿，既不缺角也不少腿。我围着洗衣机转了一圈看看，里外居然毫发无损。通上了电还能洗衣服，实在叫人无法想象，龙卷风是怎样把它卷起来，又如何平平稳稳地把它轻轻放到地上的？那要多大的力量啊！

我们侥幸昨夜没人在这儿值班，如果那天谁在这儿值班，不知道会有什么后果，学校不知如何收场。

办公室西边的临时小食堂和材料仓库屋顶都被掀掉了，墙是砖砌的还保留着，只是倾倒了一个墙角，其他都还好。里面的东西当然是乱七八糟，一片狼藉。

那么这些墙板和屋顶都卷到哪里去了呢？当时我们搞不清。后来才发现，都卷到校园围墙外二三百多米远的地方去了，即靠近宁杭城际铁路的桥桩施工工地，散落了十几亩地的彩钢瓦、墙板和建筑材料。

当年南医大新校区建管会地点，就在学校后门这个池塘边，也就是今天学生八号宿舍的身底下。

说来也奇怪，龙卷风怎么会把低层的房子刮得那么惨，反而对高层的大体量楼宇破坏力轻呢？这似乎还是一个谜！特别是龙卷风的旋涡从管委会这里经过，卷起了墙板屋顶，而与之仅隔一个池塘的学生宿舍却并无大碍，破坏性风力怎会相差这么大？真像刀切割的一样。怪不得以前有人说，龙卷风的线路像一条线，隔一条田埂破坏性便切分得清清楚楚。

那时雨慢慢地停了，我放下雨伞想到二楼的办公室去看看，尽管房顶没有了，但办公桌上的工作笔记、标书和文件资料不知还在不在。也想上去看个究竟，洗衣机怎么会从楼上的卫生间原封不动地卷到地上来的？我跨过凌乱的场地，走到上二楼的临时钢架楼梯边，正想转身上楼时，“啪！”地仰面摔了一跤，跌得我眼前金星直冒，一瞬间不知道南北，完全失去了知觉。

因为我雨鞋上全是泥，当初建管会临时办公室地面贴地砖时，大概多了一些地砖，不知是谁好心，把这些多余的地砖都贴在钢架楼梯下的地坪上了，这样看起来环境整洁些，也便于打扫。哪知这些地砖贴在室内不要紧，贴在室外一遇到雨水就滑得叫人不敢相信。

我又是一脚的烂泥，烂泥本来就滑，现在就变成了滑的叠加，结果“啪！”的一声，跌得我晕头转向。而且跌的方式是仰面一跤，是后脑勺的侧边先着地，你说有多惊险。达建他们赶快跑过来扶我起来，这时我才有点清醒起来。我捂着头站起来回头一看，我的妈呀！我头着地的地方离钢架楼梯只有十几厘米，如果再歪一点跌倒的话，那头正好跌在钢架楼梯的踏步棱角上，那就肯定没有命了。我看后真的出了一身冷汗！

一会儿我的后脑勺的侧边拱出来一个大包，达建要我马上到医院去检查一下，看看有没有问题。我摇摇脑袋，自觉还能自主，没有什么异样的感觉，估计不会有大问题。但达建一再坚持要到医院去检查一下。

在去一附院的路上，我在车子里觉得有点头晕和恶心，其他都还好。到医院根据医嘱做了一个头颅 CT，医生的诊断意见是，头颅没有发生变形，但有轻度脑震荡！

老天爷又一次眷顾我，让我逃过了这一劫。

虽然遇到了这样几次劫难，但我还是唯物主义者。命运怎么可能像算命先生那样用手指能算出来呢？说我西北角上有三个“黑洞”，也是随意说说的，每个人也许人生都会有劫难，说有两个三个，到底有几个？谁都说不清。如果说我有三个“黑洞”那还不如说符合“费斯汀格法则”。

美国的社会心理学家费斯汀格有一个著名的论断，被人们称之为费斯汀格法则：生活中的 10% 是由发生在你身上的事情组成的，而另外的 90% 则是由你对所发生的事情如何反应所决定的。也就是说，生活中有 10% 的事情是我们自己无法掌握的，是不以人的意志为转移的，而另外的 90% 却是我们自己能把握的，是人的意志可以决定的。这样就组成了人的命运。

就说我最后一跌吧！遇龙卷风是不以人们的意志为转移的，你是无法控制的，但遇龙卷风后的反应，我应对的想法和作为，那完全是自己做主的，是自己决定的。如果那天我不去察看风灾后的现场，或者我察看了教学楼、解剖楼、食堂、学生宿舍楼现场后，不去建管会指挥部，就不会发生这惊险的一跤。或者到了建管会现场，不去爬楼看个究竟，也就不会发生后面这些事情。

我想起在文学作品分析中，老师常常讲到，文学作品中各色人物的命运是由其性格决定的。什么样的性格，就会有什么样的行为举止，就会走什么样的人生道路，所以说“性格决定命运”！

费斯汀格法则不是说事情发生后就不去处理了，不是的！而是告诉我们一个道理，遇突发事件后，自己一定要保持清醒，不要慌张，要冷静，用智慧去观察，有序去应对，这就可以避免大的失误。

我认为这是有道理的。

2017 年 10 月 21 日　于扬中

6月26日。

下午4:30去戴氏公司谈二事。

①．一年一度的董事会基金，200万，准备

7月8日来送。

②．南钢的钢材，低于出厂价的1[illegible]

价格给我校。

6月29日。

下午2:30，陪同国家督导"211"办

副主任范文耀参观本学新校区

督导表示很满意。并说我校是

校。211国家督导比较以来，是

最大的一个新校区，一定要规划建设

好。

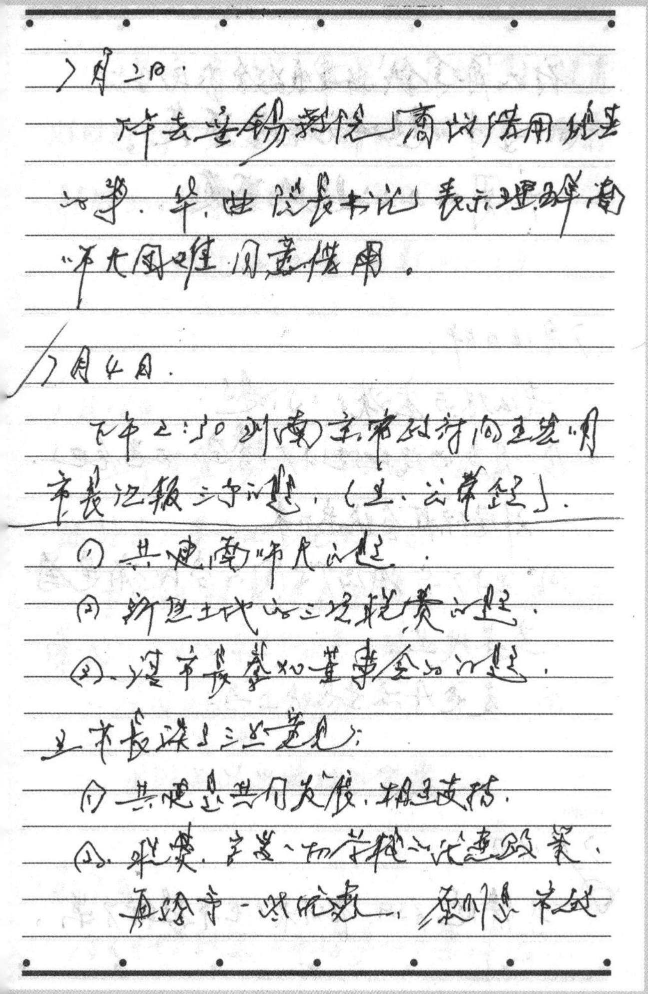
7月2日：

下午去无锡影院，商议借用纪念事。毕：由院长书记表示理解南师大困难，同意借用。

7月4日.

下午2:30到南京市政府讨论向王荣炳市长汇报三个问题。（王、公常纪）.

㈠ 共建南师大问题。

㈡ 新区土地的三项税费问题。

㈢ 王市长参加董事会问题。

王市长谈了三点意见：

㈠ 共建是共同发展，相互支持。

㈡ 税费：宁芝、加学校：之决定政策。

再论来一些优惠，原则是节约

人的一生中难免会遇到很多困难和矛盾，可以说任何人都是免不了的。遇到的很多事可能是自己一点不熟悉的，有的甚至是自己从来没有遇到过的，还有的也许是完全意外的。我的人生感悟是，不管什么事，只要用“心”去做，就没有克服不了的困难。

高校是知识分子比较密集的地方，教职员工对干部的要求比较高。常常是品头论足、说三道四的人多，夸夸其谈、缺少体谅的人多，领导永远在“被告席”上。这也是高校工作难做的原因之一。从积极的方面讲，关注的人多，监督的人多，可以防止领导不负责任、决策草率。

工作难做，就更要求高校干部做事要讲科学、讲民主，在工作中要讲究公平、合理、严谨、勤勉，做的事要经得起推敲，经得起检验。

我多次在学校干部大会上讲过，面对高校内部管理体制改革中复杂繁重的工作任务，各级干部要用“心”去做事。中国人有句俗话，“吃什么饭，要当什么心”，就是这个意思，做一份工作，就要认真地去想那些分内事。当干部的同志，如果不断用“心”去思考自己分管的工作如何做好，如何做得更好，那就一定能做好自己的本职工作。

我们有些干部在工作中懒于动脑，心思不放在工作上，做起事来大而化之，满足于有交代，应付差事。下班后也不再思考白天自己工作中遇到的问题，要应酬就应酬，可娱乐就娱乐，该锻炼就锻炼，想睡觉就睡觉，那就很难把工作做细做好做完美。

事实上很多工作，特别是一些很棘手、很纠结、很难处理的事，最终拿出很多解决问题的办法，其实都是靠反复思考中的顿悟，想出了解决困难的思路和方法。就如俗话讲的“眉头一皱，计上心来”。

爱因斯坦说过：“人的差异产生于业余时间，业余时间能成就一个人，也能毁了一个人。”所以我在会上说过，如果我们的干部晚上躺在床上，思考白天工作中遇到的难题，翻来覆去想得难以入睡，这就是“想”到位了，这就是用“心”在做事了。

当然我不是要大家天天晚上都睡不着觉，那不把身体拖垮了？我只是说要提倡这种精神，“百思求解”，事情再困难总有做好的办法，办法总比困难多，这也是我几十年的人生体验。

学校党委常委会决定由我兼任新校区建设管理委员会主任，负责筹建南师大新校区。我是学文科的，严格来说我的知识结构并不适宜担当此重任，既不懂基建，也没学过工程，更没有这方面的经历和经验。但学校党委既然决定了，我个人要服从组织安排，没有讨价还价的余地。

建一个比老校区大五六倍的新校区，总投资超过新中国成立以来

1998年4月23日上午10:30，南师大仙林新校区一期工程的开工仪式，在校的领导全都到场。新校区建设工程在荒芜的象鼻山脚下冒着淅淅沥沥的细雨开工了。

政府给南师投资的总和还要翻几番，这么一个浩大的工程，当时不仅南师大历史上从未有过，江苏教育史上恐怕也绝无仅有。

南师大新校区是省政府特批的学校进入国家“211 工程”行列的重点建设项目，不仅全校关注，而且全省瞩目。多少年后回过头来看，客观上在全省“高等教育大众化”热潮中，它开了引领全省高校新校区建设的先河。

当时我的想法很简单，既然如此重大的任务交给了我，唯有全身心投入，抓住南师大千载难逢的历史机遇，努力去实现师大几代人追求的梦想。

用“心”去做事，这不是一句空话，而就体现在新校区建设实实在在的点点滴滴之中。

想了个“笨”办法

新校区学生宿舍的建设方案几经修改后，正式公示在学校大门口进来的宣传橱窗里，新校区建管会希望能听到广大师生员工的反响。该方案考虑了江南气候湿润的特点，学生宿舍一改过去筒子楼中间走廊的造型，采用了单边走廊的方案，所有宿舍都朝南，每间宿舍都有朝阳的阳台。

根据国家教委当时公布的学生宿舍建设标准，本科生 4 人一间，人均不能超过 8 平方米，这就给设计带来了很大的约束。宿舍里每个学生都要有自己单独的床、写字台和书架，每间宿舍都要有独立的带淋浴的卫生间，要有盥洗台盆和杂物柜，还要考虑有晾晒衣服的阳台，室内还要预留电视机和挂壁式空调的位置，等等。这些要素集合在一起，如何合理布局？为保证不突破人均 8 平方米，各种尺寸如何控制最合适？其实这是一件很细致很烦心的事。

这么一个与上万学生生活密切相关的宿舍方案，公示了一周居然没听到任何反响，这让我感到很不安。因为一旦方案确定下来，同样的宿舍要建 3000 间（学生规模 12000 人）。如果有缺陷那就是建了 3000 间有缺陷的宿舍，这个数字一听起来就很吓人。我的心怎么能安得下来呢？

为了能集思广益，我深入到师生中去广泛听取意见。很多人说，宿舍方案图看上去是蛮好的，但大家都不懂建筑，所以提不出修改意见来。有的说，就方案本身提不出意见来，但实际造好了不知会怎么样？

“实际造好了不知会怎么样？”师生们的这条意见提醒了我。说真话不搞建筑的人一般都没有尺寸的空间感，就是搞建筑的人也不一定都能把握好空间尺寸，更何况是从事教学与读书的老师与学生呢？

如何将学生宿舍在建设规范之内尽可能建得臻于完美，我一度很纠结。白天想晚上想，想来想去，最后想了一个笨办法。

不是没有空间尺寸感，所以提不出意见吗？于是，我让木工用木工板在南山专家楼前的广场上按方案上的尺寸 1:1 搭了两间“有顶有地”的学生宿舍。并按方案尺寸把床、写字台、书架、盥洗台盆、杂物柜等实物都一一摆放好，卫生间的蹲坑、电热水器、淋浴头一应俱全，朝南的阳台和晾衣架也一并搭建好，邀请全校师生都到里面去参观，体验空间感和生活的方便度。

这下可热闹了，参观的人络绎不绝。这个说，卫生间稍挤了一点；那个说，盥洗台盆边上最好有一小块地方摆漱口杯；又有同志说，杂物柜最好再大一点；等等。后来我们在宿舍方案修改中采纳了很多老师与同学们的意见，我记得最重要的是将卫生间尺寸加宽了十厘米，将阳台相应地缩小了一点，并在盥洗台盆的上方增加了一个朝北的小

这就是新校区的学生宿舍，单边走廊，所有的宿舍都有朝南的阳台。

气窗，这样有利于室内通风。

修改后的学生宿舍方案，在当时的社会背景下，已是一个不突破国家规定生均面积的前提下最好的方案之一了，到今天来看也不算落伍。当然随着中国人生活水平的不断提高，这些学生宿舍的面积又显得有些局促了，但在当时的条件下，该方案体现了那个年代的印记。

让它日晒雨淋

新校区的建筑根据中大建筑工程设计院高民权总设计师的设想，外墙采用弹性涂料，喷涂后再压模，既有利于墙体自洁，在一定程度也可防止出现细微的龟裂，这在当时条件下，还是比较新颖比较流行的工艺。颜色采用白过来的一号灰，即从白到灰共有十几种灰度，选择了比纯白稍稍灰一点的一号灰。我特地邀请美术学院搞色彩学的老师们来看了这种颜色的色卡，他们也认为不错。建成后的新校区是蓝天、白墙、绿地和黑色的沥青路。给人的感觉，用大书法家尉天池教授的话来说是“圣洁、清新、高雅”！

新校区外墙弹性涂料的采购，按规定一律都要公开招投标。校区里建筑多，外墙面积大，考虑到整个校区的整体效果，外墙的弹性涂料不宜采用几家生产的产品，只能认定中标的一家，保证色彩的一致性。因为我们知道，即使同样的品牌，不同的厂家生产，其产品质量也是会有差异的，甚至同一个厂家，不同批次的涂料都可能会有色差。因此一旦定下来中标单位，供应的数量也就很大。

外墙弹性涂料要招标的消息一公示出去，前来报名投标的公司和厂家一下来了一百多家。既有生产的厂家，有代理商，有贸易公司，也有联营挂牌的企业，还有乡镇的生产小作坊，等等。面对那么多的投标单位，真真假假，各色厂家，鱼目混珠，泥沙俱下，我们真有些束手无策。

为选择到好的厂家和产品，先由招标小组进行资格审查，剔除了非生产厂家，去掉了乡镇小作坊式的生产企业，这样就去掉了一大半。然后，对剩下的生产厂家以往的产品业绩进行评估和实地考察，还听了使用单位对售后服务的反映等等。几轮筛选后不断地缩小范围，最后还剩下十二家。这十二家基本上都是规模比较大的生产厂家了。

我们都没有基本建设的经验，要在这最后十二家企业的产品中进行选择，其黏结度、牢固度、褪色度、自洁度等等，显然觉得力不从心了，回避不了盲目性。如果说可听听有经验或比较专业人士的意见，在这么大额度的采购量面前，我也不敢轻易相信谁。因为介绍和推荐投标单位的，本来就有这些有经验和比较专业的人士，他们都说自己推荐的产品如何如何好，价格如何如何优惠。

到这时，我真有些一筹莫展，愁死人了。怎么办呢？好纠结啊！我苦思冥想了好长时间，不断和新校区管委会的同志们一起商量对策，

仙林新校区建筑的主色调是白过来的一号灰，组成了蓝天、白墙、绿地与黑路，构成了清新高雅又圣洁的风格。

也想不出淘汰选择的好办法。而投标商们又天天来催问。

几天后，偶然想起小平同志不是说过“实践是检验真理的唯一标准”吗！反正离用外墙涂料的时间还有将近十个月，何不让实践来检验呢？

嘿，那倒是的呀！这一想法得到大家的一致肯定。于是，我们在当时临时办公楼的一块向阳面的高墙上，画了十二个格子，每个格子有近一平方米，统一编上号码，让最后十二家的厂商都按统一要求，抽签了号码，在每个相对应的格子里，做一块外墙弹性涂料。每个格子里施工的产品包装和说明书都当场封样。

中国人常说“不怕不识货，就怕货比货”，这十二个格子，每个格子有近一个平方，统一的弹性涂料经过近十个月的酷暑寒冬，日晒雨淋，一下就比出了质量的好坏。于是十个月后，我们采用无记名投票的方式，选择了其中产品得分最高，质量最靠得住的三个厂家。

为了确保机会的公平性，三家厂商又进行价格投标，最后招标小组一致选择了性价比最好的“立邦”品牌（苏州）生产厂的产品。

多少年后再来看，“立邦”（苏州）厂的外墙弹性涂料基本经受住了酷暑严寒、岁月风霜的考验，无论黏结度、牢固度、自洁度、褪色度都表现很好。实践证明用“心”想出来的办法，是个好办法。

放个气球看看

从南师大仙林新校区正大门进来，视野开阔，首先映入眼帘的是一幅图书馆的叠景图。

大门的正北方，近处是一个喷水池，后面是一个拾级而上的教学楼广场，再往后是离大门约近500米的学校标志性建筑——图书馆。

图书馆的方案设计很有创意，像一本打开的书，两边翘起的飞檐像打开的两沓书页，中间的缺口是书脊。后面离这缺口几十米的象鼻山上有一个凌空耸起的消防水塔，远看就像是插在书上的一支笔。这样的叠景非常符合师范大学的寓意，在全国高校的建筑中大概也是绝无仅有，美不胜收。

当初在建设山上的消防水塔时遇到了难题，难在建在后面象鼻山上的消防水塔到底多高最适宜。因为，后山上的这个高位消防水塔如果建矮了，大门进来看到的叠景，后山上的那个消防水塔像没有颈的“笔”缩在书脊里，要多难看有多难看。如果建高了呢！远处看又像翘得高高的猴子尾巴，那种难看就更不能提了。后山上消防水塔的高度，不管是高了还是低了，都会破坏设计师当初的设想，就是要恰到好处才有寓意和美感。

有人会问了，设计方案中不是还会有纵向的剖面图吗？是的，是有纵向剖面图，但设计的纵向剖面图是一种理论上的等高差，与实际的感受不完全是一回事。任何的建筑与周边众多建筑和自然环境的关系，在图上是不可能标出身临其境的感受来的。

而这个叠景对整个校区的景观又太重要了，一进大门就看到，所以不能有一点闪失。建筑一旦有失误还无法再改变，就会酿成永远的遗憾，那真是“一失足成千古恨”。我们这些建设者就会被绑在“耻辱柱”上，给师生们骂一辈子！

当时，这件事给我带来了很大的精神压力，怎么办呢？设计院只能画理论上的设计图，而学校要的是师生们美好的实际感受！这可是难为我了。

图书馆当时已接近完工，后面象鼻山上的消防水塔基础已完成混凝土浇筑，急等着设计院的上部施工图。但如果消防水塔的高度不明

这是从南师大仙林新校区正大门看学校图书馆的效果，高处的消防水塔在后山上像一支笔，图书馆如一本打开的书，组成了一个叠景。

确，设计单位咋出得了施工图呢？

我们也想了不少办法，如在象鼻山建消防水塔的位子上，用钢管搭一个架子升到那个高度，看看实际效果如何。但一想搭钢管没有任何依附，要凌空搭几十米高，像一支笔，那也太危险了。

那时，我夜不能寐，食之无味，苦苦思索了好长时间。最后终于想出了一个最土的办法，也是最实用的办法，静风时到象鼻山上去放一个大气球。

那天除了我们新校区建管会的成员之外，我把学校部分领导、中大建筑工程设计院的高民权总设计师和施工队的技术员都请到现场，当气球上升到大家认为的最佳高度时，便在绳子上做个记号。然后收回气球量一下绳子的长度，这就有了设计院设计高位消防水塔的准确依据。

这个土办法还真管用，建好后的消防水塔就像插在书上的一支笔，不长不短正合适。

人的一生中难免会遇到很多困难和矛盾，可以说任何人都是免不了的。遇到的很多事可能是自己一点不熟悉的，有的甚至是自己从来没有遇到过的，还有的也许是完全意外的。我的人生感悟是，不管什么事，只要用“心”去做，就没有克服不了的困难。

道路没有窨井盖

南师大老校区和市政道路一样，路上都有很多的窨井盖。每当汽车经过时，车子都会“咯噔”一下，如果窨井盖不平整，还会“哐啷”一声。你说不安全吧，也不至于，但听了总让人心烦。特别是道路上有连续的窨井盖，那就会连续“咯噔！……咯噔！”“哐啷！……哐啷！”，实在让人感觉不舒服。

在南师大新校区建设时，我先想到的是，改进窨井盖的砌造工艺，保证车辆经过时不颠簸，没有声响。于是我就在南京到处寻找车辆经过时，压在窨井盖上不发生颠簸，没有声响的道路。结果让我很失望，找不到一条车辆经过窨井盖时能不颠簸没有声响的道路。

那一年，我参加省委组织部举办的高校主要负责人学习班，到美国考察时，我特别注意观察纽约曼哈顿地区道路窨井盖的情况。结果同样让我很失望，只是比国内道路上的窨井盖建造得平整一点，但还是有“咯噔”的现象，只是颠簸和声响情况稍好一点而已。

回国后，我又专门请教过大建筑公司的工程师与技术人员，为什么解决不了道路施工中的这个遗憾。他们告诉我，曾经也想过各种办法和施工工艺，但涉及建设的方方面面，包括铺路的材料、土建的流程、窨井盖的材质、施工工艺、平整度等等，就是无法彻底解决这个问题，最多只能有所改善而已。

我突然想起来，高速公路上好像没有“咯噔！”现象，平时没有注意为什么，再到高速公路一看，哦！高速公路上没有窨井盖，因为高速公路下面没有各种管网。

这就提醒我，校园内的道路设计时，道路下面能不能也不安排各种管网呢？我也只是畅想，毕竟不是这方面的专家，不知道可行不可行！

于是，我特地去中大建筑工程设计院，与负责南师大仙林新校区总体规划设计的高民权总设计师商量可行性。高总立即召集基础设施工程设计的技术人员，大家坐到一起，研究我提出来的想法。

我先汇报了我对窨井盖的考察情况，既然现在还没有成熟工艺能解决这个问题，那么，能否改变一下思维方向，在校内道路下面我们能否不建管网呢？

设计师们商量后对我说，一般各种管网的设计都在道路下面。这种方法最大的优点是节省用地，某种程度上讲也都是被迫放在道路下面，因为道路外一般没有那么多空间可以用来设计各种管网。从理论上讲，只要道路外面有足够的土地空间可以安排，道路下面不设计管网，路面上没有窨井盖是可以做到的。但实际使用中会怎样？他们也没有经验，不知道会不会有什么问题。

我想了一下，理论上可行，但没有在实际使用中证明可行，说明还是有点风险的。建新校区是百年大计，一旦各种管网下地，便无法再更改，我不敢贸然实施。但我也想，能否在局部上先做点探索，减少一些路面的窨井盖呢？

最后，我与设计院商量决定，强电弱电都已安排在道路两边的人行道下面了，除排水管与排污管依然安排在道路下面外，其他管道包括给水管和煤气管等都改到道路外面的绿化带下面。如果这样设计，我估计了一下，大概路面上至少可以减少四分之一的窨井盖。

后来，在实际使用中，也没有发生过什么问题，这说明这种想法在校内道路设计中是完全可行的。因为，大学的绿地覆盖率都比较高，这方面教育部有明文规定。所以校内道路两边的绿化带都比较宽，把各种管网都设计在绿化带下面，既可行又方便，何不如此呢？

我调到南京医科大学后，建南医大的新校区时，根据师大新校区建设的经验，我把所有的管网全部要求设计在道路两边的绿化带下面，道路上见不到一个窨井盖。当然车辆过去，也就不会有颠簸，也听不到有“咯噔”的声响，开车人一路舒畅，更有幸福感了！

在什么岗位，就要烦什么“心”。唐代韩愈说过“业精于勤，荒于嬉；行成于思，毁于随”，不管做什么事，都要深思熟虑方能成功，“行成于思”就是这个意思。

我主持南师大新校区建设，前后六年时间，手上签发的资金有十多个亿，有唯一的一封“人民来信”。这封“人民来信”告到省教委的教育工委，说为什么南师大新校区那么多建筑，陈国钧都给一家设计院设计，这里面肯定有不可告人的利益勾当。

这封“人民来信”的由来我心里很清楚。作为校领导要坚持原则，着眼全局，总会得罪人的。所以，我也就不惊诧了。“以小人之心度君子之腹”这也没办法。如果此人来做这事，我相信此人肯定会有不可告人的利益勾当！

在金钱利益面前不动摇，应是共产党员的本色。记得在初中时，读了《可爱的中国》和《清贫》，我在一本红岩日记本的扉页上写下了方志敏的话——“清贫，洁白朴素的生活，正是我们革命者能够战胜许多困难的地方！”作为自己的人生座右铭。上山下乡期间，在

南医大新校区所有的道路上没有一个窨井盖，各种管网全部设计在道路两边的绿化带下面了。

黄海边生产建设兵团的盐碱地上，披星戴月艰苦奋斗，在利益面前我没有动摇过。在新校区建设期间，必须做到“常在河边走，就是不湿鞋！”，这是我时时告诫自己的底线。

其实，关于新校区的单体建筑方案都给一家设计院设计，恰恰是我用“心”反复思考过的。教育工委纪检组的同志来问我为什么时，我说其实道理很简单，就是为了保持新校区整体建筑风格的一致性。南师大老校区——随园校区，十六栋主体建筑都采用了飞檐斗拱统一的大屋顶风格。近百年来，获得了“东方最美丽的校园”的声誉，这就是历史昭告我们后来人的遗训。我们作为南师的后来人，怎么能够放弃这一遗训呢？

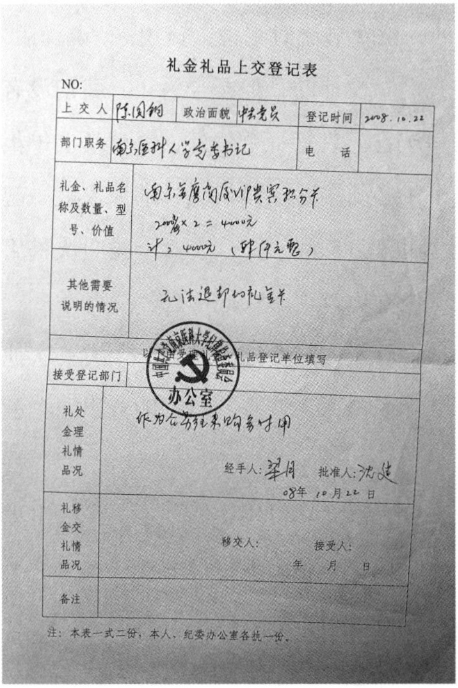

礼金礼品上交登记表

NO:

上交人	陈国钢	政治面貌	中共党员	登记时间	2008.10.22
部门职务	南京医科大学党委书记			电话	
礼金、礼品名称及数量、型号、价值	南京金鹰商厦VIP贵宾积分卡 2000卷×2=4000元 计：4000元（肆仟元整）				
其他需要说明的情况	无法退却的礼金卡				
以下由受理礼金、礼品登记单位填写					
接受登记部门					
礼金礼品处理情况	作为公务往来购物使用　经手人：　批准人：沈建　08年10月22日				
礼金礼品移交情况	移交人：　接受人：　年　月　日				
备注					

注：本表一式二份，本人、纪委办公室各执一份。

撰写此书翻阅自己曾经的工作笔记时，偶然发现夹在工作笔记中一张上交购物卡后，学校纪委开出的收据。

再说，南师大新校区一开始六栋主体建筑的设计方案是作为一组，面对社会公开招标的。经专家教授评审委员会认真评审，江苏中大建筑工程设计院的建筑方案，以大气、简洁、轻盈、清新、实用，在11个建筑设计方案（包括法国和澳大利亚的两个方案）中脱颖而出，得到了绝大多数评委的赞同和选择。为此，我召集新校区建管会讨论研究后，决定新校区的其他建筑一以贯之，都由该建筑工程设计院统一设计。否则，新校区建筑的整体感觉哪会有如今的效果呢？

江苏中大建筑工程设计院，是由东南大学与境外公司合资筹建的建筑设计院。总设计师高民权在美国一家建筑设计院工作了将近二十年，他视野宽、见识广、理念新。他把南师大新校区设计当作自己平生留下的一个艺术品，带领团队兢兢业业，精雕细刻，一丝不苟，在追求完美中一一完成。南师大的新校区由这样一群人去设计，这难道有什么不好吗？

教育工委的纪检组到中大建筑工程设计院上上下下、里里外外进行谈话、调查、审计，也没发现任何与南师大新校区有牵连的问题。临走时，中大建筑工程设计院的一位女书记对纪检人员说："说真话，南师大新校区的建筑基本都是我们院设计的，但至今为止，我们没有宴请过他们一次，也没有聚过一次餐。只有一个例外，那就是上午集体讨论单体建筑方案没有完，下午必须接着继续讨论，那大家就一起到楼下的快餐店吃个快餐，最贵也就 15 元一份。或者干脆叫快餐店把快餐送到楼上会议桌上，大家边吃边讨论。仅此而已！"

那时，丁晓昌经过公推公选，已到省教委任副主任了。有一次他对教育工委纪检组的同志说："你们再深入调查，也许能查出一个廉洁奉公的劳动模范来！"

如今，我从领导岗位退下来后，就无须再用"心"了，生活也无"心"而随意了。眼前也展现出了另外一个天地，过另外一种生活。

常有人问我："退下来后还能适应吗？""呵！"我回答，"特适应！"每天晚上睡觉前我都有幸福感。

因为，睡到床上不再想工作中的难题，怎么解决更好；无须再用"心"去想这想那；无须想还有哪些问题，如何一一去解决；也不用想第二天早上什么时候要起身，八点的会我要去讲什么话，要强调什么问题，分寸如何把握，会议结束后要找什么人谈话，怎么去说服他；等等。

以前，常常苦思冥想，一想就是大半夜，十二点都无法入睡。现在再也不要烦“心”了，一觉可以睡到自然醒，怎么不感到幸福呢？

2015 年 8 月 9 日 于扬中

7月20日开始。

接待来自全国和本省的各位评选专家，共计11人。国家[illegible] 王[illegible]，清华大学 [illegible]，
建设 陈[illegible]，华南理工 周今，
华南理大 李[illegible]，[illegible]，
[illegible] 叶菊华，[illegible]，
河海 周[illegible]，南京理工
大 汪[illegible]。

7月21–23日。

评选方案。结果，一号方案（[illegible]）一等奖，
三号（东南大学） 七号（上海建筑设计院）
八号（中建东南设计院）获二等奖。

7月24日上午。

党委常委扩大会研究决定，选1、7、8
三方案进一步修改，形成报批方案。

心中的跨界朋友

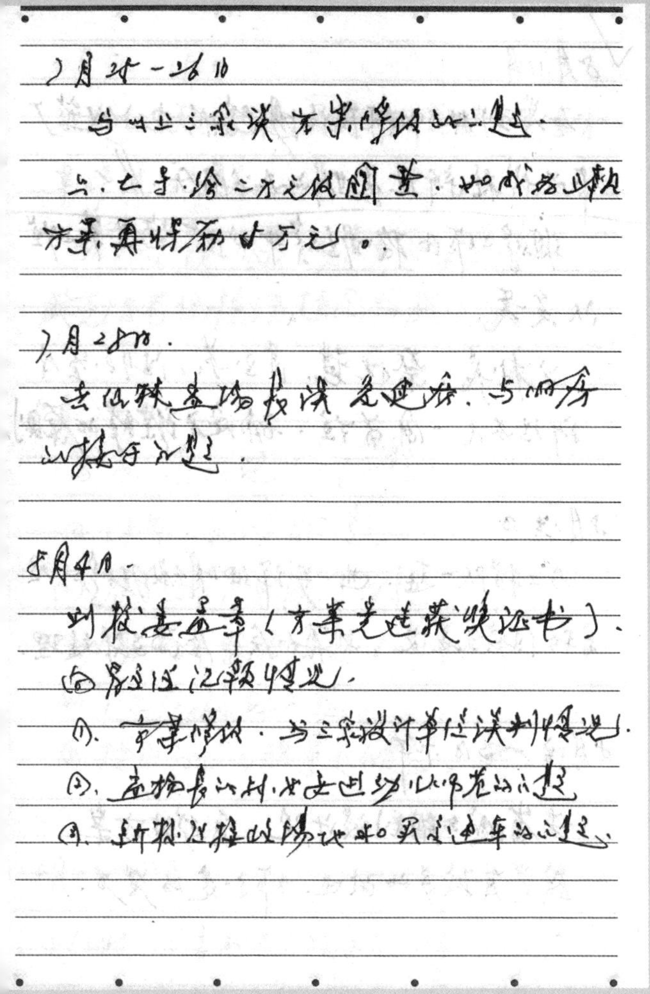

我们在食堂吃完午饭，厅办公室批件也打出来了，并盖好了公章。在回校的路上，洪主任对我说："书记，国土厅的服务态度真好，帮我们及时办完了批件，还请我们吃饭！"我笑了笑，他哪里知道我和他们早已在工作中成了真挚的好朋友！

人们都把高校说成是"高楼深院"，其实高校的楼不一定高，校园也不一定深。所谓高楼深院这是一种比喻，意思是说高校深藏在社会角落里，很少与社会交往。

过去还真是如此，在大学校园里我们很少与社会打交道。我不是南京当地人，就更是如此，校外很少有熟悉的朋友和同学，社会交往也就很少。我记得毕业刚留校那几年，春节买了点年货回老家，想弄一个装年货的马粪纸盒子都一筹莫展。

这么一批生活在几乎"与世隔绝"之地的人群，恰恰撞上了一个历史机遇——南师大要进国家"211 工程"建设行列，要建新校区。

国家教委当时的"211 办公室"认为，南师大作为省属高校进国家"211 工程"重点建设的行列，学科水平基本是够的，但空间不够，达不到国家教委明文规定的本科院校生均的各项指标，而且差距还比较大。特别是校园面积，总共才 396 亩地，却挤进了六七千名学生。于是省委省政府研究决定，支持南师大立刻启动建设新校区。

在学校党委的常委会上，大家一致认为，这是学校千载难逢的发展机遇，一定要紧紧抓住，绝不能错过。

自从学校党委分工我负责学校新校区建设后，我就不得不与外界打交道了。建设工作的需要，强迫我要根本改变自己的行为习惯，改变给人“清高寡言”的印象。要学会与各级机关、各类人群、各种性格的人打交道，从高级干部一直到农民工，从温良恭俭让的，到刁奸伪诈的，社会上三六九等的人都会遇到。

以前都听说与政府部门的领导、干部、工作人员打交道如何如何的困难，需要如何如何去应酬，否则别想办成事；与被征地的小市民和农民打交道，又是如何如何的麻烦，“秀才遇到兵，有理说不清”。我想这下全完了，我既不善饮酒，也不会抽烟，推杯换盏，递烟送茶都不行，那怎么办？开始时我的精神压力确实很大。

由我主持建设一所大学的新校区，这是我人生中怎么都没想到的。更让我想不到的是，在我主持下完成了南师大仙林新校区建设的一、二期工程，开始享受新校区校园环境的优美和快乐时，省委突然调我到南京医科大学任党委书记。我又从选址征地开始建南医大的江宁新校区，“吃二遍苦，受二茬罪”。

现在，我们回过头换一个角度来看，什么事都是有利有弊。人

当年新校区各施工单位挂出的各种标语口号，表示克服困难建设好南师大新校区中标项目的决心。

的一生中能主持建设两个大学的新校区，有机会把自己有限的年华奉献给两所大学，体现自己人生的价值，又是很幸运的。在那个年代，在江苏大概也是绝无仅有的。

现在回忆起来，建新校区并不像人们传说的那样与外界打交道如何如何艰辛，如何如何为难。至少我遇到的政府机关工作人员绝大多数是很好的，老百姓中绝大多数还是讲道理的，不好打交道不讲道理的，或者说虚伪的奸诈的不负责任的，有没有呢？有！但毕竟是少数或是个别的。

在多年对外打交道中，凭南师大“正德厚生”的校训，我还结交了很多朋友。这些朋友几十年后，甚至大家都退休了还不断往来，因为这些都是“真”朋友。他们对我工作的帮助和支持，我永远铭记在心，我把这些非教育界的朋友们称为“跨界朋友”！

申请新校区建设的各种批件的过程中，我最先打交道的是政府国土部门的同志。

1997 年 4 月 3 日学校接到了省委省政府同意南师大建新校区的批文， 4 月 7 日，公校长接到省政府农业处张小铃处长的电话，说中央可能很快要下文冻结土地指标审批。

也就是这一天，下午传来一条让人焦虑的消息。为整顿全国各地乱占地、乱用地的现象，国务院通知，4 月 12 日起全国各地暂停各类用地指标的审批，要进行全面清理和整顿。也就是说到 11 日晚上，省国土厅接受土地指标申请的部门，全部对外关门了。至于什么时候可恢复申请土地指标审批，谁都不知道！

这对学校来讲，真是“祸兮福所倚，福兮祸所伏”。省政府同意南师大建设新校区，力争进入国家“211 工程”的建设行列，这让师大人欢欣鼓舞，兴奋不已。然而，要在不到一周的时间内，办完所有

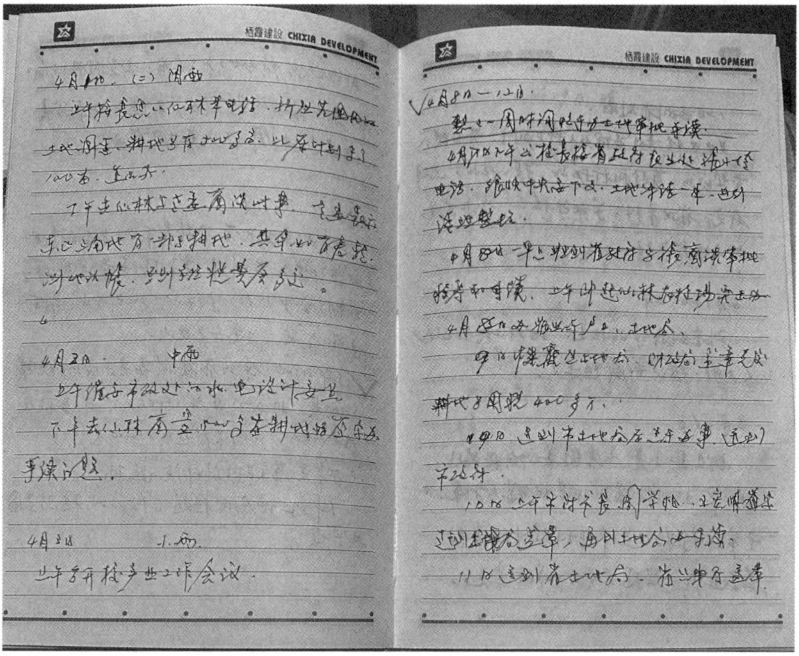

这是当年我工作日记上记载的，4 月 8 日到 12 日突击办理土地审批的工作情况。

批件，几乎是一件不可能做到的事。但国家“211 工程”的申报时间可不等人，如果建新校区的土地问题解决不了，达不到“211 工程”申报的要求，那就只能眼巴巴地看着历史机遇擦肩而过。我们这届领导班子怎么给广大教职工交代？怎么给历史交代？

学校党委清楚地知道在涉及申报国家“211 工程”的问题上没有退路，唯有不失时机迎难而上，哪怕是“上刀山下火海”也要就此一搏。学校党委决定“死马当活马医”，立即启动充满荆棘的审批之路。

当时，为了加快审批进程，学校党委给了我两个临时特权。一来可以在全校范围内，挑选任何单位的任何人到新校区建设管理委员会来帮助工作；二来可以把学校公章带在我的口袋里，根据需要随时随地在现场写的申请报告上盖章。既然要不失时机，就此一搏，那就要特事特办，这两项决定都是学校历史上从来没有过的。

4 月 7 日快傍晚时，我和吕炳寿副书记拿着墨迹未干的省发改委的立项批件，赶到省国土厅。那天王明祥、穆广荣两位副厅长都在，我与两位领导不熟悉，但吕书记与他们俩过去就有交往。

王副厅长见到我们俩走进办公室，立即为我们两人各倒了一杯茶。吕书记说：“现在哪还有时间喝茶？急都急死了。”坐下来后，我们俩说明了来意，又陈述了时间的紧迫性。

王副厅长说：“是有这个文件，你们现在还能来得及吗？”吕书记说：“来不及也得赶，因为这对学校来讲是‘生死攸关’的大事！”

王副厅长与穆副厅长商量一下后，马上就叫用地处的小陆过来，根据省政府的会议纪要和省发改委的立项批件，给他布置了立刻经办用地手续的任务，并且明确今晚加个班，明天一早将批件送到办公室来签字。

第二天，我一早赶到王副厅长的办公室时，小陆同志正在给王副厅长汇报。他说昨晚想了一夜没睡着觉，越想越不对头，“怎么一所大学要征 1200 亩地，在江苏历史上从来没有过，是不是一个大骗局哦！”

王副厅长听了，笑了笑说：“你工作警惕性高是好的，但这要看什么事，南师大要争取进国家‘211 工程’建设的行列，这是省委省政府科教兴省的重大决策，省政府办公会议纪要上写得很明确。你放心办手续就是了，责任我来承担。”

我听了王副厅长这番话，心里才踏实起来，否则这里一打梗，下面的各项批件就都进行不下去了。

从省国土厅拿了批件出来，我和建管会的同志马上赶到市国土局办用地手续。哪想到同样是国土部门，情况就大不一样。我在与各级政府的工作人员打交道过程中，目睹了各色人员的工作态度，可以说也是芸芸众生相。

到市国土局某处室提交了有关申报材料，接收的工作人员用眼睛瞄了一眼材料，说材料不全，就想打发我们走。“对不起！我们缺什么材料呢？”我说。“缺给市国土局的专项报告！”“哦！知道了，谢谢你！”

我和冯霁虹、王长恩拿了申报材料出来，立马在走廊尽头的台阶上，用学校文头纸当场手写了一个给市国土局的专项报告，盖上我随身带的学校公章，马上就补进去。

收材料的工作人员看了看，歪着脑袋皱着眉头看着我们，似乎在怀疑怎么报告一转身就拿来了。他拿着申请报告，侧着光线仔细看了看下面的落款和公章，发现都没错，说：“噢！那就在外面排队等着吧。”

我们几个人站在走廊里等，走廊里没有一张凳子，站累了，又生怕叫到我们的名字，我们就轮流到外面的台阶上席地而坐。等啊等，等啊等！一等就是两个多小时，一点音讯都没有。我心里急了，就生怕赶不上 11 日给省政府送审批件的最后时限。

王长恩再到收件的处室去看看，回来对我说，发现签字的女处长和盖章的秘书两个人都不在了，只有收件的一个工作人员了。这是怎么回事呢？

我正在发愁时，局长办公室的一位秘书出来，对着走廊问：“请问，哪一位是师大的副校长？”我想大概是指我吧，我愣了一下说：“对不起！我是！有什么事吗？”“我们孙局长请你到他办公室去坐坐。”他说。哟！我有点疑惑了，我在市国土局没有认识的局长呀！

后来才知道，不知是谁给孙禧才副局长说起，走廊里有一位师大的副校长在等批件，已等了两个多小时了。孙副局长一听，说："那还不赶快请人家进来坐坐？"

我走进孙副局长的办公室，他一边和我打招呼，"让你在走廊里久等，不好意思！"，一边给我倒了杯茶。我说："孙局长，站着等等这倒无所谓，主要是时间来不及了！"我把事情的来由一五一十地给孙副局长汇报。孙副局长没想到，我作为大学的校长会亲自来跑批件，完全出乎他意料！他说："大学校长亲自出来盯批件，这种精神就很了不起！"

那时已快到 11 点半了，批件还没有说法。这时我让王长恩再去打听一下情况，结果长恩回来讲，刚才那个处的女处长跟一位领导出去了。全然不顾走廊里急等各种批件的一大堆人，说走就走了。

我问："她跟领导到哪里去了呢？"我当时想，只要知道他们的

南师大仙林新校区的体育馆，是江苏高校中体量最大、场馆最全、造型最漂亮、带温水游泳池的训练和比赛场馆。

去处，不行我们就开车追过去。长恩说谁都说不清他们到哪里去了，听处里人议论，说可能到六合县的什么度假村去了，他们中午在那儿有饭局。

这下我傻了！我看了看孙副局长，意思显然是怎么会发生这样的事。“那还有没有其他办法呢？”最后这句问话，我是有意说得带弦外之音的。

孙副局长听了，也尴尬了一阵子，自言自语：“怎么会这样呢？”他想了想说：“我来和翁局长商量，试试看吧！”我当时猜想这个处室大概不是他分管的，他不好直接插手过问，只能看一把手有没有什么办法了。

所以，不了解情况的人都以为大学的校长、书记怎么怎么了不起，其实，我的感受是“大学校长一毛钱可以买十一个，一分钱不值”。就这件事来看，一个小处长就可以让你站着在走廊里等，晾你半天，最后自己还可以逍遥而去，让你等得遥遥无期。

一会儿，孙副局长从一把手局长那儿去了回来，对我说：“翁局长请你到他办公室去一下。”我一听很高兴，心想：兴许有办法了，否则怎会叫我到他办公室去呢？

我到翁局长办公室，把学校争进国家“211 工程”行列，省委省政府特批南师大立项建新校区的来龙去脉汇报了一遍，关键是突出了眼下时间的紧迫性。

接着他叫办公室秘书到那个处室去，把我校的那份申报材料送过来。申报材料送来后，他认真浏览了一遍，立即在市国土局一栏里签上了自己的名字，并请业务处室和局办公室分别都盖上章。

这下真的让我喜出望外，没想到就是孙副局长一句与翁局长商量一下试试看，把本会耽搁的审批时间都抢了回来。翁局长话不多，签完字后说："我是第一次在处长还没有签字盖章的用地批件上先签我的名！"我真的非常感谢他们！

孙副局长在送我出来的路上，对我说："有你们这样执着的精神，一定能建出一所很棒的新校区，师大人应该给你们建一座功德碑啊！"我说："孙局长，谢谢你了！至于功德碑就算了吧！只要不是耻辱柱，我们就心满意足了！"大家一起都笑了起来。

我与厅长和局长就是在这次交往中都认识了，后来居然成了多年的好朋友。我相信是共同的志向，对工作的执着，惺惺相惜，把我们连在了一起。在建设过程中，他们都分头来过师大新校区，来察看土地的使用情况，帮助处理用地过程中的一些矛盾和困难，但从来不肯留下来吃饭。

现在回想起来，我真没请过他们一顿饭，有时是反过来，我到厅里去办事，他们请我在厅里吃午饭。

南师大办建新校区批件的最后一关，是到省公安厅办理仙林农牧场一个半村庄 777 个农转非户口的手续。虽然我们紧赶慢赶，从基层派出所到区公安分局，到市公安局，再到省公安厅已是 4 月 11 日了。

那天是阴天，快下午 5 点了，当我赶到省公安厅时，天色已有点暗了。

我们找到管户籍的处室，进门后该处的处长接待了我们，我们将来意和事情的急迫性做了汇报，特别说明了今天已是省政府接受批件的最后一天了。他看了看材料，什么话都没说，立马转身递给后面办公桌的一位女同志，对她说："抓紧时间把他们的手续办了！"

"现在马上要下班了。"那位女同志说，意思是能否明天来办吧。

"不行，今晚加班你连夜把它办好！"态度似乎十分严厉，我们都愣了一下。我们是快下班时才赶到这里的，确实是有点为难他们了。

没想到这位并不熟悉的处长会如此鼎力相助，我们反而觉得不好意思了！处长回过来对我们说："明天你们一早可以来拿！""那谢谢了！辛苦你们了！"我说。

当我们离开省公安厅时天已经黑了，想起我们与那位处长萍水相逢，居然会这样帮忙，确实让我们受宠若惊。我回头望望那间办公室窗户的灯光，油然而生一种感激和敬意。

当我们办完所有手续赶到省政府办公厅时，已是4月12日早上了。省政府批件的日期，往前早签了一天为4月11日，我们为南师大赶新校区的建设和申报"211工程"赢得了宝贵的时间，心里感到格外的欣慰与快乐！

2002年初省委调我到南京医科大学去任党委书记，在江苏"高等教育大众化"的热潮中，省内老的本科院校建新校区都已如火如荼，而南医大作为全省校园面积最小的本科高校之一还没启动。王副厅长主动打电话提醒我，再不赶上建新校区的末班车，南医大将会成为省属高校中最大的历史遗憾。

因此，我到南京医科大学上任后主持的第一次学校党委常委会，研究的第一件事就是决定征地建设新校区，要千方百计赶上这趟建设新校区的末班车。

"五一"过后，我带了办公室主任洪浩到省国土厅去办征地手续，眼看要到中午了，但批件还没打出来。王明祥副厅长对我说："你们赶回学校食堂吃午饭已迟了，干脆就在我这儿吃吧！吃好了，批件也差不多办好了。"我想也好，省得下午再来跑一趟拿批件了。

我们在食堂吃完午饭，厅办公室的批件也打出来了，并盖好了公章。在回校的路上，洪主任对我说："书记，国土厅的服务态度真好，帮我们及时办完了批件，还请我们吃饭！"我笑了笑，他哪里知道我和他们早已在工作中成了真挚的好朋友！

几十年过去了，现在回想起来，很多领导干部为江苏高等教育的发展给予了大力支持，特别是王副厅长，他在土地审批上为江苏高校的发展顶着压力，以宽阔的胸怀和长远深邃的目光，倾注了他的全部情感，助力江苏高校实现了跨越式发展。

今天江苏高校在全国能有几个第一，如高校数、每年招生数、在校学生数等等，其实，明眼人都知道，江苏这些年大学新校区建设所蕴含的江苏未来发展的潜力，国土厅是立下了汗马功劳的。因此，无论从现在还是将来看，我们永远不能忘记他们。

搞基本建设，人们都说怕与电力部门打交道，但又绕不过这个部门，申请用电变成了一件又爱又恨让人烦恼的事。然而，我们第一次与栖霞供电局打交道，我与周家华局长却是一见如故。

为保证南师大仙林新校区上万名师生的用电，栖霞供电局在师大新校区西大门的马路斜对面，特地建了这样一座变电站。

在南师大仙林新校区建设开工时，周边没有电，塔吊是从一家场办工厂拉了一条临时电线供电。由于容量小，施工的两台塔吊都只能轮流起吊，那总不是办法呀！

我们给栖霞供电局反映了具体困难，周局长亲自带了工程技术人员来工地。首先设法从远处为学校拉了一条施工用电的专用电缆，解决燃眉之急。考虑到未来南师大新校区一万多学生用电负荷，栖霞供电局在新校区西大门的马路对面特地布局了一座变电站，以确保南师大仙林新校区建成后的用电需求。

周局长在师大新校区建设中，不仅目睹了学校建设新校区的不易，他给予了我们很多的帮助，也看到了部分困难学生生活的艰苦，他看在眼里记在心里。

那年年底，他在局里自己带头发动全局职工捐资助学，在南师大新校区设立了一份电力助学金，每年筹集 2 万元资助 10 名特困生。本来用电上的这些事都是我们有求于他们，结果他们反过来无私捐款，恩泽困难学生，这是我们谁都没想到的，实在让我们感动！

从这里开始，我又逐步认识了供电局的其他朋友，周大平、陈立清、陈道彪、蔡荣等等。

两年后，南师大的吕炳寿书记从岗位上退下来，被省教育厅聘去筹建应天学院，忙了一年多，眼看可以赶上第一届新生按时入学。但新生就要进校报到的前两天，学校的中心配电房还没送电，把吕书记急得团团转。

这时吕书记想起我与供电局的关系不错，打电话给我说应天学院的供电问题。原来应天学院的中心配电房建好后，第一次推闸送电时，没想到会短路跳闸，一时搞不清是什么原因，于是就搁在那里了，谁也不敢承担再冒险的责任。

我知道如果上千学生来学校报到，加上家长至少有两三千人，如果没有电那后果是不敢想象的。当时我已调到南京医科大学，我给当时的栖霞供电局陈道彪局长打电话，说明了情况，无论如何请他第二天一定要亲自带队帮助应天学院把电闸推上去。否则，几千新生和新生家长第一天到校来就没有饭吃，那怎么得了？

为了确保第二天能一次性送电成功，我生怕他们之间不熟悉，沟通有障碍，一大早我也赶到了应天学院，帮助做好学校与供电局之间的协调工作。

那天，陈道彪局长亲自带了一帮施工队成员，上上下下，里里外外检查了大半天，终于在一个配电柜的夹缝里发现了一把遗留的活动扳子，查到了引起短路的原因。下午四点多钟，陈道彪局长一声令下，合闸送电成功，大家鼓掌，一片欢呼声，吕书记心里的一块石头也终于落地了。

我到南京医科大学任职后，第二天除了开常委会外，剩下的时间就叫校办主任陪我巡视校园。走到牌楼巷对面非标运动场边上的学校中心配电房，值班人员带着埋怨的口气，给我介绍配电房情况。我听了心惊肉跳。那是怎么回事呢？

前任领导与我交接介绍学校情况时说：“学校的水电问题全都解决了，你尽管放心。”也许是他不熟悉这一行，不知道承担全校六千多名师生员工的工作学习生活用电，如此大的负荷，中心配电房的两台 630 变压器居然还是铝芯，是二十世纪六十年代初三年困难时期的产品，随时都有爆损的危险。

据值班的电工给我介绍，不说变压器的风险，就是进线的接头已经烧过三回了，每烧一回就把进线拉拉长再接上去，如果再烧一回，那就怎么都接不上了。全校一旦断电，别说学生上不了课，实验室做

这就是南医大的老配电房，听了值班电工的介绍，我心惊肉跳，一旦出事其后果不堪设想。

不了实验，标本全部报废，连食堂都开不了饭，那怎么得了！你说，我能不心惊肉跳吗？

我回办公室后，立即给省发改委打了报告，要求更新学校中心配电房的设备。省发改委领导看了报告，也认为情况十分严峻，怎么现在还是铝芯变压器？必须立即着手更新设备。俗话说救急不救穷，于是特批了我校 800 万元世界银行贷款，用于重建学校的中心配电房。

项目立了，经费也有了，但中心配电房建在哪里呢？在原址上新建显然不可能，因为学校不能停电施工，再说空间也不够。而学校地方局促，建筑拥挤，根据电力设计的规范，中心配电房要离开教室多少距离的要求，怎么都选不出可以新建中心配电房的地方。

那时，陈立清正好在城北供电局当局长，我只能把这个难题交给他了。他带了人在南医大校园里里外外转了好几圈，也觉得实在找不到适合建中心配电房的空间。最后我领他到尚未竣工的先知楼地下室去看，他看了以后对我说，按规定中心配电房是不允许建在地下室的，因为地下室容易淹水。但学校实在没有其他空间适合建中心配电房，相比之下也只能建在这里了。

为了确保中心配电房的安全，根据他的要求在地下室砌了一个高台，把电力设备都垛在高台上，以防地下室渗水或大雨时局部灌水，做到全校供电万无一失。原有的老配电房作为分配电房，利用原有的电缆从新配电房反送至老配电房去，也无须破马路再铺新电缆。

没有这些跨界的朋友，学校重建中心配电房的这件事，我真不知道会是怎样的结局呢！后来南京医科大学建江宁新校区的中心配电房时，也是如此，我没费什么心思。

当时，城市电网通到江宁大学城只有一条线路，而为保证高校不间断供电，必须双回路供电，那怎么办呢？周大平他们帮我协调各方，克服重重困难，跨电网从周边乡镇拉了一路农用电，作为临时备用电，这样可确保城市这条线路维修施工停电时，可借农用电作为临时过渡。

我主持两所大学新校区建设，得到了电力部门朋友们巨大的支持和帮助，感激之情无以言表。其实水务部门也是如此。

南师大仙林校区开工时，施工条件是不具备的，周边很荒凉，不仅没有电，也没有水没有路。施工只能用附近一口井里的井水，路是石子临时铺垫的施工道路。那时不管雨天晴天我们都要穿高帮雨靴，因为到处有蛇。

学校给南京市政公用局打了份报告，要求为容纳一万多学生规模的南师大仙林校区供水。市政公用局还真当回事，硬是克服了重重困难从 8 公里外的马群开始， 用 800 毫米粗的球墨铸铁管穿过宁芜铁路和土城头路，一路送到南师大新校区的西门。

为提高供水质量，供水管再往北穿过 312 国道，与燕子矶城北自来水厂的主管道再连接起来，形成南北供水的回路，确保供水质量万无一失。固然，市政公用局有考虑未来几十年仙林地区发展的供水需要，但当年为南师大新校区一个单位建设的需要，不计成本提前重点投资建设如此大容量的水管，还是让我们非常感动的。

自来水是送来了，解决了学校的大问题。但我心里也一直忐忑不安，这么大的投资，不知道市政公用局会收取学校多少增容费？可不能开天价哟！

开学后不久，我请市政公用局的朱局长到学校来验收自来水的供水工程，那天陪他一起来的还有学校董事会的董事、苏宁公司的总经理张桂平。验收工作结束已是中午吃饭的时间了，下面怎么办呢？我很为难。

学校刚刚进了第一批新生，学生大食堂开张的时间也不长，如果要请客吃饭根本不具备条件，实在拿不出手。当时学校周边还很荒凉，根本没有餐饮服务业，但到了中午吃饭时间不说句留人吃饭的话，好像又很不礼貌。

政府机关的领导到高校来帮助办事，他们都知道学校条件差，一般都不会在学校吃饭。我当时想，请不请是我们的心意，留不留下来由他们自己决定，因此，我想客气话还是要说一下的。

我说，中午吃饭时间到了，要不就在学校吃饭吧，看看高校的伙食！没想到他们俩听了，居然都爽快地答应就在大食堂吃饭，让我有点不知所措。

那真是“假客气遇到真老实”，这下轮到我们“出洋相”了，那怎么办呢？我急急忙忙组织大家用屏风在学生食堂隔了一个角落，放了一张圆台，桌上摆的都是从学生窗口打来的大锅菜。

这些尚且不说，那天天气有点闷热，没有一点秋高气爽的影子。学生食堂人又多，又没有空调，在这个环境里，局长和老总吃得满头是汗，衬衫都湿透了，一个劲地擦汗。我见了都很不好意思，让他们一副狼狈相。

张总擦着汗说："我至少有二十多年没在这样的环境里吃饭了！"朱局长也说："差不多，差不多！"说得大家都笑了。

我不好意思地连忙打招呼说："实在对不起了！让你们受罪了，说实话学生食堂还没有安装空调的计划呢！学校就是那么艰苦。"

没想到的是，也许就是那次满头大汗的吃饭经历，让他们体会到学校经费的拮据和工作的不易。后来，市政公用局在研究收取水增容费时，朱局长想了想对我说："就算了吧！收少了没意思，也许买球墨铸铁管的钱都不够，收多了吧，你们又交不起，干脆就不收了，就

当年就是在这个没有空调的学生食堂二楼东南角落里，用学生食堂中午的大锅菜招待朱局长和苏宁张总的。

算我们支持教育事业吧！”

几十年过去了，仔细回想起来，我从头至尾真没有像样地宴请过他们一次，更谈不上送礼。但大家都成了好朋友，直到大家都退休了，我与这些朋友还都往来，最近我们朋友间私人聚会，我才请了他们一次。

你们说，这些同志是不是我心中的跨界朋友？！

2017 年 10 月 2 日　于南京

10月26日

去仙林 (1). 确定二名有关干部的人选。一位是党委、党校，64届学生潘、龙某两人在电子厂干部。

(2). 电子厂评价，开价10万。希望有些不愉快。答应再商量，前后算出结果是10万元。

10月27日。

与仙林正式签定了协议

这次搬迁的全程进度文件是十分的本（小南校址）5月20日前必定全部搬迁结束。。

建博物馆的期盼

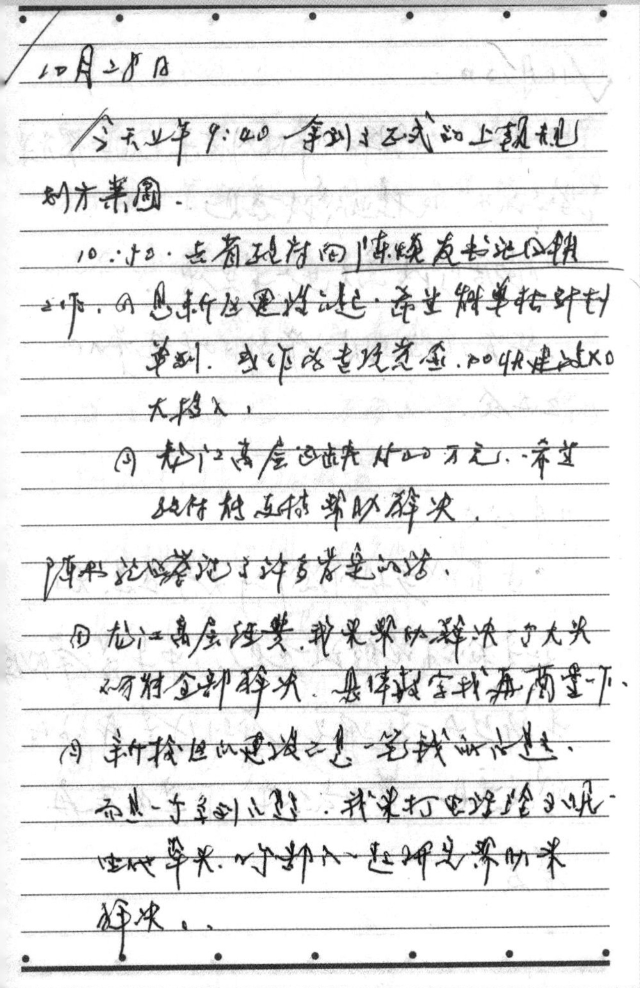
10月28日

今天上午9:00拿到了正式的上报规划方案图。

10:40 去省政府向陈焕友书记汇报工作。①关于新校区建设进展，希望能尽早拿到规划审批。我们准备投资金，2004年建成XXO大楼。

②松江高层的缺口4000万元，希望政府能支持帮助解决。

陈书记当场说了许多肯定的话。

①松江高层经费，我来帮助解决，不大可能全部解决，具体数字我再商量一下。

②新校区的建设还是一笔钱的问题，而且是一个很重要的问题，我来打电话给金……出来，你们那个人一起研究帮助来解决。

一所有一百多年办学历史的大学，而且设有中国古代文献学、古代文学、古代历史、考古学等学科，作为江苏社会科学研究基地，承载着传承文化的社会责任，在文化建设方面学校应该有自己长远的规划和打算。

我在考察美国宾夕法尼亚大学参观其博物馆时所受到的震撼，至今难以忘怀。它的收藏品中不仅有美国的，还有世界各国的珍贵历史文物。其中就有许多我国历史上的名人字画，有不少秦汉以来的历史文献和文物。我还见到了国家散失多年的“山西八骏”（八幅半浮雕骏马），那么大体量的青石半浮雕，它居然保存了三幅。

当然，美国人有许多藏品是不择手段弄来的，是缺德耻辱的。但对一所大学来说这是它的荣耀，也能体现出它对历史文化的重视。

学校建博物馆的期盼，是我在南师大新校区建设中遇到一批古墓后形成的，特别是南京师范大学作为一所综合性大学，有那么多人文社会学科，收藏有那么多历史悠久的文物，有必要建一栋散发历史文化光芒，具有自己特色的历史博物馆，以传承文化昭示后人。

为什么我会产生学校建博物馆的期盼呢？那要从南师大的新校区建设说起。

1999 年 6 月的一天上午，我正在教学楼的建筑工地上检查工程质量。建管会办公室的同志跑来向我报告，正在修建的新校区 5 号路西头（新校区建设时东西向的道路从南到北排序为 1、3、5、7、9、11 号路，南北向的道路从东往西排序分别为 2、4、6、8、10、12 号路），挖土机挖到了几个古墓，看来不是一般的古墓，施工只能暂停了，叫我赶快去看看。

我一听这消息，心想这可要重视啊！如果不是一般的古墓，说不定会爆出一个历史文物发掘的重大新闻，这一定要注意保护好啊。国家文物的发现，特别是重要文物千万不能出差错噢！

我马上急急忙忙赶往现场，到现场一看，挖掘机周围已聚集了不少人，地上散落着一地的墓砖，看样子挖到的还不止一个古墓。在挖掘机边上的一个墓穴露出了一个大窟窿，看得出来那是一个古墓的穹顶，被挖掘机的抓斗掀掉了一块，里面黑咕隆咚的，什么都看不清，有多深多大，一点也判断不出来。

周围的老百姓正在半拿半抢地搬地上的墓砖，我一看这态势，马上要求建管会办公室，立即向市文化局和公安局报告，请他们赶快派人到现场来处理古墓问题，防止事态扩大形成哄抢。另外，通知学校工地的保安立即赶过来，在周边立几根脚手架的钢管，用绳子拉起警戒线保护好现场，等待政府部门派人到现场来处理善后事宜。

这是当时古墓挖掘现场。

老百姓抢拿这些墓砖干什么？我觉得有点不可思议。现场的施工人员告诉我说："他们以为有什么价值，以后可以卖钱。"说着从身后拿起两块墓砖给我看，"陈校长你看！每块墓砖上都有字。"我拿起墓砖看了看，果然在墓砖的侧面都刻有阳文"平原广畅，神灵安居"八个字。看来这个墓还真不一般噢！

这时，我抬起头环视了一下这里周边的地形，古墓正处在象鼻山南麓的向阳坡上，南面不远处是一条仙林农牧场的三用河，这恰恰符合中国古代风水的说法，"前有照，后有靠"。因为地势较高，向南极目望去，一眼可望到远处的麒麟门，紫金山东麓的土城头、桃园、汉唐石尊、大浦塘水库等尽收眼底。前面我们忙于施工建设，一直没留意风水不风水，现在一看，嘿，新校区真是一块风水宝地！今天挖出的古墓说不定还真不能小觑。

下午，市文化局派来了一批南京市博物馆的发掘考古专家，他们首先仔细观察和研究了古墓的形制，提出了他们的处理意见。

本来我们以为很简单，他们来挖掘清理一下，我们可尽快施工修路。哪知道，他们一说意见，我们大吃一惊！他们发掘清理大概要半年时间，至少三个月。那我们怎么来得及迎接新生开学呢？

问题还远不止如此，政府部门要求我们现场派保安24小时值班，保护现场的发掘。还要我们解决发掘考古人员的吃住，提供临时办公室和宿舍，宿舍还要安装空调。来人还说这是《中华人民共和国文物保护法》所规定的，"不信你可看国家文物保护法，谁发现谁保护。"

这下我们都傻了，我们现场施工电力都不够，建管会工作人员都没有空调，怎么可能单独为你们安装呢？说实话，那时候学校条件较差，经费又拮据，只能抱歉了，在这儿发掘，大家一起战高温吧！

接下来的发掘工作真把我们急死了，古墓周边的土慢慢取走，这就不说它了。墓里的土一点点刮，一点点洗，也许这是他们必须遵循的考古程序。十天半个月过去了，什么说法都没有。

发掘的专家告诉我，这里一共有七个古墓，其中五个已被盗过了，只有两个好像没盗过。从墓的形制来看，估计是魏晋南北朝前后的。那个历史时期，由于南方的朝代更迭得快，多数是短命的。于是，后朝人盗前朝人的墓就很盛行，所以那些朝代的墓多数被盗过，这就不奇怪了。

他们认为如果这里有两个墓没有被盗过，那就算是很稀罕的了，也许有希望能发现些什么。

他们继续往下发掘，大约又过了一周的一个下午，现场保安人员急匆匆跑到工地办公室，来向我报告，发掘人员挖到了一块墓碑，要我赶快去看看。

哟！还真有一些重要发现了？

保安带我赶到发掘人员的临时办公室，他们几个发掘人员都围着，正在讨论什么。见我到来，马上让出了一个空隙，让我能站到前面去。我一看，桌子上垫了一块布，上面摆着一块墓志铭，大概有六十厘米高，四十厘米宽，十几厘米厚。也许是刚出土的关系，上面刻的字是朱红色的，像印泥的颜色，还很鲜艳。记得竖写的第一行字是“晋故侍中骑都尉建昌伯广陵高崧”，文物发掘专家估计得果然不错，是东晋时期的墓。

就在我们议论之间，那墓志铭上的字由朱红色慢慢变灰了，说明那朱红色的颜料暴露在空气中，已开始氧化了。但大家束手无策，毫无办法，只能看着它慢慢变灰，慢慢变灰，最后慢慢变成了近褐色。

后来他们回去后，果然在《晋书》上还查到了《高崧传》，他是东晋侍郎。据专家们说，侍郎在封建社会已是一个不小的官了，大概相当于今天的国务院秘书长这个角色。

高崧墓显然没被盗过，在接下去的发掘中，墓里又出土了七件玉器、七件金器。中国古代有男佩玉女戴金之说，因此，可以肯定这是一个高崧夫妻的合葬墓。这七件玉器有玉环、玉扣、玉挂、玉柄（宝剑的柄，剑身由于年代久远，早已腐蚀掉了）等等。发掘专家说玉器从质料来看，还是和田玉，白玉中偶有一点浅浅的蓝色斜纹。但在我看来加工工艺还比较粗糙，玉柄都不太圆。发掘专家说，这说明这玉料硬度很高，当时的加工工艺和加工工具还达不到要求。

那七件金器有金钗、金针、金环，还有金梳等，金器的加工工艺显然比玉器要精细得多，嵌在头饰上的金桃花，花中一根根花蕊都做得栩栩如生。这说明那时对纯金制品的加工工艺已达到了相当高的水平。

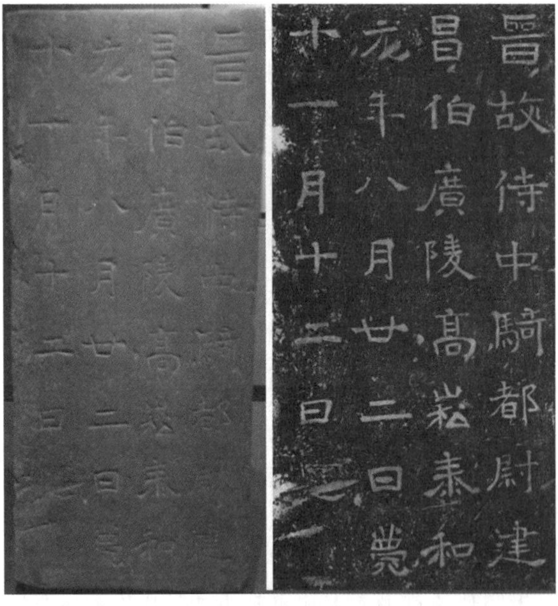

这就是当年出土的一块墓志铭，上面的楷书表明了墓主人的身份。

所有发掘出土的东西，根据规定都不在现场过夜，当晚都带回到市博物院去了。

过些日子，在高崧墓的上方，即山坡再往上高一点的地方，那一个墓里又出土了一模一样的七件玉器和七件金器，就是没有墓志铭。发掘专家们判断，那也许是高崧父母的合葬墓。根据当时封建社会的殡葬规矩，一般情况下辈分高的安葬在高处。

几个月后，建管会的人请教发掘专家：这些出土文物有多少价值？他们告诉大家，其他不说，光一套玉器七件现在在香港国际拍卖行的行情，大概至少值二百万美元以上，那就是人民币一千多万。居然有那么大的价值？这让我们吃了一惊！

高崧墓的发掘，不仅玉器金器值钱，出土文物的文化价值更大。如出土的这块墓志铭，据发掘专家讲，也许就可以终结新中国成立初五十年代高二适与郭沫若同志的笔墨官司。

二十世纪五十年代末高二适认为王羲之的《兰亭序》是真迹。郭沫若认为是假的，是后人的伪作，其中最主要的一条理由是王羲之生活的那个朝代还没有楷书，只有小篆，怎会有楷书的《兰亭序》呢？但这次出土东晋高崧的墓志铭就是楷书，这说明那个朝代已经开始流行楷书了。所以，高崧墓的发掘，被评为 1998 年全国十大考古发现之一。

我就进一步问了，“那你们把这些值钱的东西都拿走了，写出来的论文也可以晋升好几个教授和研究员，而学校花了那么多的人力物力，还牺牲了那么多工期，能得到什么呢？”

他们又搬出文物保护法说：“中国的文物保护法规定，谁发现谁保护，保护完了就完了！”末了还表扬了一句，说：“到底高校的人素质高，一发现古墓马上就报告。那些房地产开发商挖到古墓，都悄悄地挖掉了，文物拾拾就走人。他们才不管保护不保护呢，不知有多少文物都给他们糟蹋掉了。”

事情到这里还没完。又过了个把月，大概看高校人老实好说话，

这是当时古墓挖掘现场，仙林新校区的五号路从东向西延伸，到这里只能走一个“S”形的弯道，为的就是避开古墓群。

市文化局说东晋古墓要就地保护，要在校内划出一百亩地建市文物研究所和研究人员的住宅。还说分管副市长为此，还要来视察圈地范围！

这也太过分了吧！以为高校就是软柿子——好捏。这回我和米如群副书记就不客气了，没给这位副市长好脸色看。当时考虑学生进校后管理任务重，将建管会分为建设委员会和管理委员会，米如群兼任了管委会主任。我们说：“如果你们坚持这样做，在大学新校园里硬要划出一块土地建什么文物研究所，还要建住宅。那么学生教师上街闹事，你们承担一切责任。”

那些年，维稳压倒一切。在政府当官的眼里，学校还能怎么样？他们做就做了。但一听说学生教师会闹事，那他们心里还得认真掂量掂量，搞不好“吃不了”就要“兜着走”！这下真把那位“没有脑子”的副市长唬住了。

右边的山坡上还有古墓群，上面还有六七个古墓没发掘。哪天有条件在这里建博物馆，那么，根据国家文物保护法规定，这里发现的文物，都要送还于此就地保存和展览。

后来在王副省长和王市长的直接干预下，现场拍板，古墓就地覆土回填掩埋，留待后人去研究。同时要求学校 5 号路改道，向南偏移 12 米，走一个“S”形避开古墓群，这件事才算了结。

后来，反思整个过程，我倒有些怀疑了：会不会是欺负我们不懂文物保护法，糊弄我们？于是，我找来了《中华人民共和国文物保护法》仔细研究。文物保护法里有政府收归文物管理的规定，但也让我看到了文物保护法里有“一扇窗户”。文物保护法规定，如果在文物出土的当地筹建博物馆，那么，出土文物必须归还当地的博物馆，就地保存展览。

由此，我产生了筹建南师大博物馆的期盼，这不仅仅是为了归还那些出土文物，还有不少其他的因素。特别是一所有一百多年办学历史的大学，而且设有中国古代文献学、古代文学、古代历史、考古学等学科，作为江苏社会科学研究基地，承载着传承文化的社会责任，在文化建设方面学校应该有自己长远的规划和打算。

在高崧墓往山上走的山坡上，这次前来发掘的考古专家还请人用洛阳铲专门探测过，发现上面还有六到七个古墓。按中国古代的殡葬规矩，他们说埋葬在高处的人物，辈分或官衔一般都要高于低处的人物，这就给我们后人带来了很大的悬念。那应该是比高崧职位更高的大人物的墓，那会是什么人物呢？

我调离南师大时，为了将来有朝一日，南师大自己有考古发掘资质时，能继续发掘坡上的古墓和就地建设博物馆。我特地请南京市博物馆相关人员用经纬仪标出了山坡上古墓的坐标，留给了学校的档案馆。

根据南师大仙林校区的实际建设情况，我们又重新修订了整体规

这些都是在图书馆与其他建筑工地，挖地基时出土的一部分文物，现都在南京市博物馆。

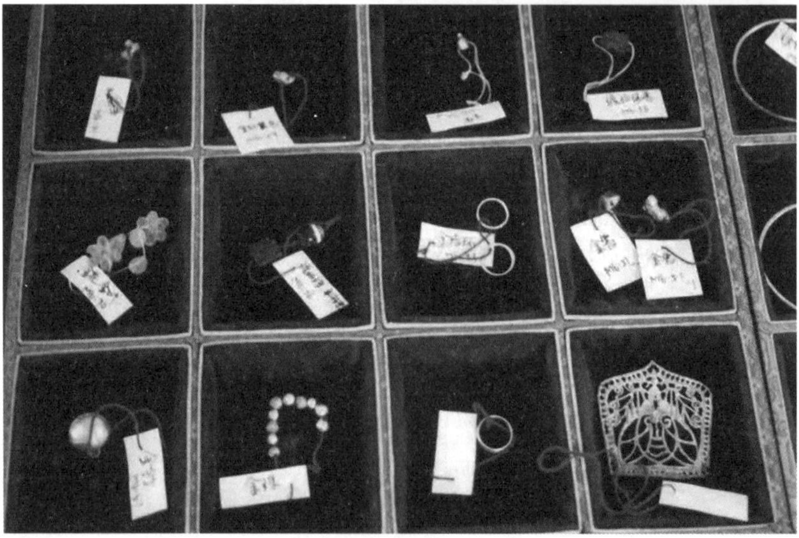

划。在整体规划中，那块依然保存着古墓的地方，作为未来筹建南师大博物馆的预留方案。

对于山坡上面还保存着的几个古墓，大家众说纷纭，包括这次参加发掘考古的专家们也有各种猜测。甚至有人说，在南京这块有文化底蕴的地盘上，朱元璋的墓在明孝陵，孙权的墓在梅花山，这都是明确了的，但周瑜的墓至今还是个谜。历史上传说周瑜棺椁出殡那天，南京十三个城门同时出殡，让人们不知道哪一个是真哪一个是假。一千八百多年过去了，至今没人知道周瑜的墓到底在何处。历史疑问的答案，会不会就藏在这里呢?

后来，在挖掘学校图书馆与其他建筑的地基时，又出土了一批文物，数量可观，因没有什么特别重量级的文物，也就没有引起多大的轰动效应。其实，这些文物同样具有不小的文化价值。

期盼南师大建博物馆，还有一个原因是现有散落在南师大各学院

南师大中文系资深系主任、我国著名的唐诗研究大家孙望先生，二十世纪六十年代初用全国粮票换了四件文物。九十年代，他夫人和儿女又将该文物全部捐赠给了学校。

的文物急需保护。目前有些学院还有不少的珍贵文物，因为没有一个安全的恒温恒湿的地方保存和展览，真是太可惜了！

中文系的资深系主任，我国唐诗研究的泰斗孙望先生，二十世纪六十年代初的三年困难时期，到北京教育部参加教学工作会议。会议间隙晚上无事，孙先生去逛北京琉璃厂，在地摊上见到四件文物，其中三件是经卷。他一看装裱得很讲究，觉得应该是出自皇家，或者是出自寺庙。还有一件是一只青铜鼎，看上去形制很好。这四件东西不知是真还是假，但从工艺上看都很精细，不太像假的。摆地摊的主人不提价格，而要用当时最紧俏的全国粮票换。孙先生正好身上带了近两百斤全国粮票，就不管真假把这四件文物换了下来。

回校后，据说也请过专家鉴定，有过不小的争论。因不知这四件文物到底是真是假，孙先生就用《人民日报》报纸包包好都搁在资料室书橱的顶上，哪想到一放就是几十年。那时中文系资料室的书橱不

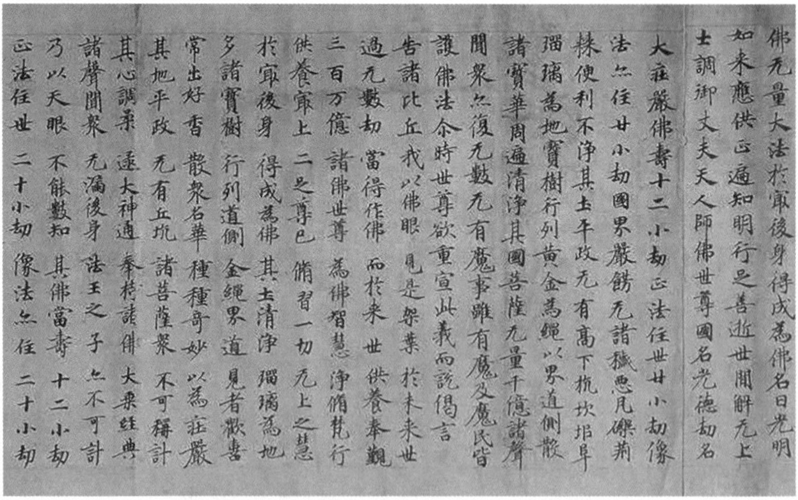
佛无量大法於最後身得成為佛名曰光明
如来應供正遍知明行足善逝世間解无上
士調御丈夫天人師佛世尊國名光德劫名
大莊嚴佛壽十二小劫正法住世廿小劫像
法亦住廿小劫國界嚴飾无諸穢惡瓦礫荊
棘便利不淨其土平政无有高下坑坎堆阜
瑠璃為地寶樹行列黃金為繩以界道側散
諸寶華周遍清淨其國菩薩无量千億諸聲
聞衆亦復无數无有魔事雖有魔及魔民皆
護佛法尒時世尊欲重宣此義而說偈言
告諸比丘我以佛眼見是迦葉於未来世
過无數劫當得作佛而於来世供養奉覲
三百万億諸佛世尊為佛智慧淨脩梵行
供養最上二足尊已脩習一切无上之慧
於最後身得成為佛其土清淨瑠璃為地
多諸寶樹行列道側金繩界道見者歡喜
常出好香散衆名華種種奇妙以為莊嚴
其地平政无有丘坑諸菩薩衆不可稱計
其心調柔逮大神通奉持諸佛大乘經典
諸聲聞衆无漏後身法王之子亦不可計
乃以天眼不能數知其佛當壽十二小劫
正法住世二十小劫像法亦住二十小劫

三卷经卷分别是《妙法莲华经》《六朝人书法华经》《庄严智慧光明经》。这是其中八尺长残卷的部分经文。

够用，有些书和杂物用报纸包包放橱顶上的还不少，平时谁会注意那一包东西呢？孙先生本人呢，过后也没对这几件东西的真假再去做仔细考证。

“文革”中“破四旧”，在那场文物的浩劫中，谁也没留意到那个报纸包包的东西。孙先生本人知道，当时那些东西肯定属于“四旧”，也就没敢再去碰它。“文革”中虽“破四旧”像篦箕木梳一样，篦齿虽密，但难免会有一疏，结果那包东西成了“漏网之鱼”。

一直到二十世纪九十年代，南师大申报国家“211 工程”，要求各系清理登记资料室藏书。中文系在打扫卫生整理登记藏书时，才发现这几件文物。

那时，说来也巧，这几件东西被文学院刚刚从四川大学引进的一位从事敦煌学研究的特聘教授黄征看到了。他一看不得了，这不是敦煌莫高窟散落在民间非常非常珍贵的写经卷吗？

黄征教授见了兴奋异常，他马上赶回宿舍拿来了一本关于“敦煌文物”的彩印精装本。他很快就翻到大英博物馆保存的一幅写经卷残页的照片，他指着照片说，我们这帧八尺的残卷，缺的就是这一页。照片上的经卷残页只有 30 厘米，大家仔细一看，果然这彩印件上残页的毛笔字与眼前长卷上的书法风格、格式大小等所有特征完全吻合，而且上下文完全连贯，文思通顺。可见这两部分残卷与残页，实为同一部经卷。与另外两卷经卷均是我国国宝级的真货，已毋庸置疑，真是沧海遗珠。至今已有 1400 多年，这下可不得了了！

不久又有文学院的老师送来一本中国《文物》杂志，杂志上有一张青铜鼎的照片，下文介绍了这只青铜鼎的来历和文化价值，文中还介绍说，汉字中的“戟”字，最早就是从这只青铜鼎的底部来的。文字最后说可惜在清末和民国初年已失传了，至今不知下落。而孙先生

这就是那只青铜鼎的照片，底部有一个“戟”字，字形像甲骨文。有专家说过这是青铜器中的“簋”。

换来的这只青铜鼎与这本《文物》杂志照片上的鼎一模一样，再看底部真有一个浇筑的方天戟的“戟”字，字形有点像甲骨文。如果《文物》杂志上讲的就是它，那又是一件价值连城的宝贝哦！

我在中文系十多年，也是这次“211 工程”邀请评审专家来校，向他们展示时才看到的。一卷有五尺长，另一卷有八尺多长，八尺长的是一个残卷，还有一卷特别长，有 8.2 米。这三卷经卷和那只青铜鼎不仅价值连城，更重要的是其文化价值，可以说无与伦比，见了让人陶醉。

有了这几件国宝级的文物在，筹建博物馆后的镇馆之宝就有了。全国高校博物馆能拿出如此稀罕的镇馆之宝的，我看是绝无仅有。

再说了，学校美术学院也有不少近现代珍贵的字画，包括徐悲鸿的人体素描、国画《奔马》，傅抱石的山水画，等等。

我临离开南师大时，曾建议将中文系的那三卷敦煌经卷和那只青铜簋，以及其他学院的一些珍贵文物都收入学校金库暂时保管。我还特别讲道：“我们一定要吸取七十年代末八十年代初，学校图书馆一夜之间被盗十几个版本《金瓶梅》的教训。”

这些宝贵的文物待博物馆建成之后，给广大师生们正式展出，向社会开放，将是师大人的一个心愿。

我殷切地期待南师大的博物馆能早日建成！

2016年8月26日

12月11日，

科学中心是，单体设计方案竞赛发标会，请大学建筑一个出的参加的方案竞标，

12月26日：

从市土地局拿到了建设用地许可证，在97年年底前完成了此项工作，土地局沈局长（吉才）帮助很大。

12月28日：

请市政设计院的史总当顾问

与南京城乡院洪济规与初步设计问题

『奸商』的由来

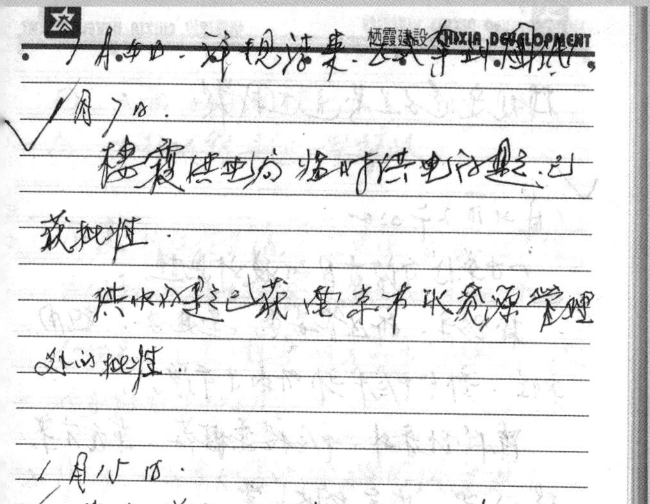
栖霞建設 CHIXIA DEVELOPMENT
1月7日.
栖霞镇规划临时供电计划已获批准.
供水计划已获南京市水资源管理处的批准.
1月15日.
1月20日.
东南大学. 省建筑设计院. 省规划设计院.

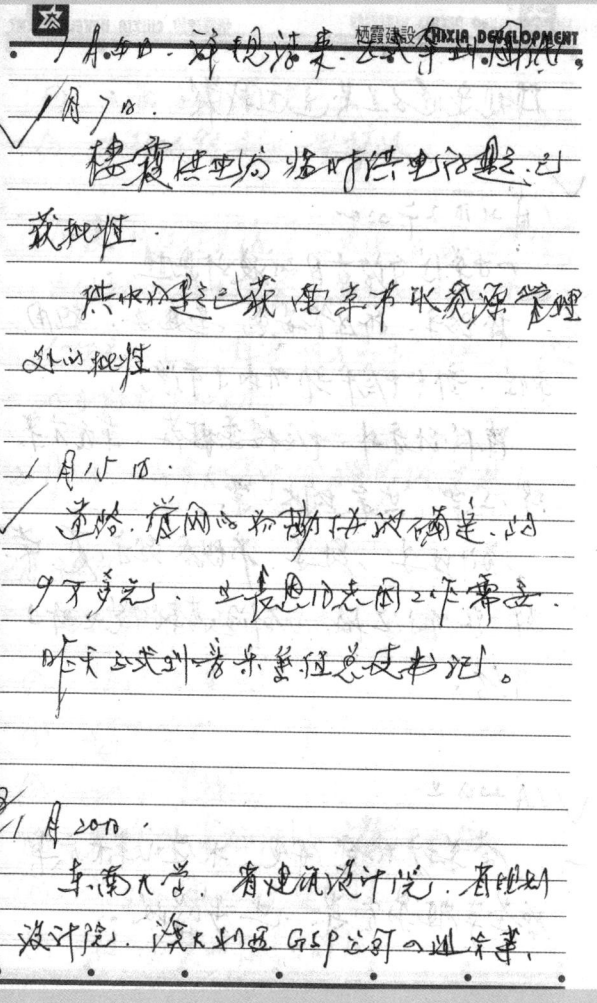

多少年后，我们与孟场长、聂书记一起聚会，说起当年的那些事，孟场长说："在那种情势下，你们是咸鱼，我是鲜鱼，显然只能挨宰割了。陈校长还假装得很坦然很同情，你们说这不是'奸商'，是什么呢？"哈哈！哈！大家一起都笑了。

作为一所大学的常务副校长，怎么会与"奸商"这个绰号挂上钩呢？我也没想到，怎会落下这么个名头？要问这个绰号的起源，这还真是在南师大新校区建设过程中为维护学校的利益而落下的。

有一天，我和丁晓昌与仙林农牧场、亚东建发集团领导一起开协调会。孟场长提出来，南师大新校区建设所圈的土地上，有一个半村庄，两百多户人家，777 名农转非人员，拆迁安置的费用不够，农场领导班子压力太大，要求学校能再给些补偿！

丁晓昌说："这不行吧！当时一亩地 2 万元少 8 块钱拆迁补偿费，是你们一口答应的，并由你们负责包干，地面建筑除保留农场一家电子元件厂作为我们现场临时建设指挥部外，其他的全部拆平。这在双方协议里写得清清楚楚、明明白白的。在竞标会上你们所做出的承诺，录像也都保留着呢！"

老孟想了一下，"话是这样说，双方的征地拆迁协议书里也是这样写的，但现实遇到的困难学校也不能不考虑！"

我说："如果你现在遇到困难就要学校补偿钱，那不就等于风险全是学校的了？你们农场反倒没有风险了！这显然是不公平不合理的。你们拆迁安置费如有剩余，你们也不会退给我们吧！市场经济条件下，风险嘛，大家都要承担一部分，这才是公平的！"

孟场长想想也有道理，一亩土地补偿款 19992 元，协议书里明明白白写着的。但当时是在农牧场情况十分急迫的情况下签的，现在心里想想有点窝囊。孟场长一气之下说：“反正总是说不过你们！”

他接着说：“你们催了好几次关于部队一口深水井要迁出校园的事。我们到部队去做了多次工作，就是做不下来，确实他们也有困难，这口深水井眼下是部队饮用水的唯一水源。在你们篮排球场上可否用铁栅栏围一下，留个门给部队进出检修就行了。”

我想孟场长讲的也是实情，水源是一个单位的命脉，不可能轻易变动的，即使有经费换个井位，能否打出饮用水来也是个未知数。

其实，我心里早已想好了对策。如果实在部队的工作做不下来，那就按孟场长的意见办吧，外观上我们再想办法怎么处理一下，尽量美化得好看一点。

“部队的深水井，那就暂时不动吧！”我说，“但协议书上写的

在仙林新校区的篮排球场的中间保留着部队的一口深水井没有迁走，后来学校把它外表装饰一下，又给运动场上的同学们做了个洗手池。

可是白纸黑字，迁移深水井是你们的责任，那你们总要给学校一点补偿才公平。”

孟场长问：“那怎么补偿呢？这么一小块地方还不到二分地[①]吧！”

我接着说：“我到现场去量了一下，把水井保留下来，周边再种点绿化遮挡起来，大概要1.8亩地。”

学校的南区学生宿舍没有运动场地，我们正在为此事发愁呢！我对孟场长说：“也不要补偿钱了！你们不是现在正缺钱吗？南区学生宿舍的东头，紧靠交通十字路口有一个垃圾堆，你们也用不起来。在那么一点地方再盖任何建筑规划部门也不可能同意，干脆给学校圈进来做学生运动场地。学校不要产权，就给学校无偿使用到南区学生宿舍的土地租用期满，一起还给农场。”

孟场长与聂书记（兼亚东建发集团副总裁）及边上的两个农场领导交头接耳商量了一下，觉得那块垃圾地确实也不可能再盖什么建筑了，最多也就是做成绿地，与其这样，干脆也就算了，同意圈进学生

可以建一片篮球场和一片排球场的“飞地”，就在这南区学生宿舍东边的墙脚下。

①一分地，即十分之一亩地，约66.67平方米。二分地约133.33平方米。

生活区，了结学校因部队深水井迁移不了要补偿的问题。

这块堆垃圾的地方看起来不起眼，其实面积并不小，当时会上协商时他们没思想准备，我可是事前用皮尺丈量过的，可以做一片篮球场和一片排球场，这就解决了学校南区学生宿舍没有运动场地的大问题。

那天协调会结束时，也许孟场长想想又吃亏了，绕了半天又进了我们的“圈套”，突然脱口而出道：“你哪像一个大学校长哦，简直是个‘奸商’！”“奸商”的名头就这么落下的，从此，一传十，十传百，“恶名”在外，只要我到仙林农牧场或亚东建发集团去，人家老远就指着我说“奸商”又来了。

孟场长说我是“奸商”，当然也是半开玩笑说的话，他一边说着还一边笑着。南师大选址落户仙林，应该说农牧场是做出牺牲的，为了腾让土地，就拆迁了一个半村庄和两个小工厂。

但南师大的到来，也拯救了处于绝境的农牧场，挽救了岌岌可危的亚东建发集团。当年作为亚东建发集团副总裁的聂书记曾对我讲过，南师大与仙林农牧场签署土地出让协议书的那一天，亚东建发集团账上只剩几千元钱了，南师大的新校区项目如再不落地，亚东建发集团的命运也许就很难说了。土地出让协议书一签，第二天银行的贷款就到了！别看今天的亚东建发集团很兴旺，让人仰望，那也是一路坎坷，艰苦奋斗，不屈不挠，好不容易走过来的！

孟场长是从部队飞行团团长转业到仙林农牧场来的，个性直率，为人正直，工作负责，而且尽心尽力。可以这样说，当年如果没有孟场长、聂书记那届领导班子，在农牧场面临绝境时力挽狂澜果断决策引进南师大，仙林农牧场的职工就不会有今天这样的殷实生活——全场职工都转成了事业编制，每家都拿了几套新住宅，家家都有稳定工作。

到后来，我们与仙林农牧场你中有我，我中有你，大家成了命运共同体，谁也离不了谁！亚东建发集团建造了连接玄武大道进仙林地区的主干路1号路，仙林农牧场也建造了南师大新校区大门口的一条文苑路。

从年龄上讲孟场长是我们的前辈，我们几个年轻人与老孟可算是“忘年交”，关系都处得很好。不仅是在岗时，在他后来退下来的几十年里，我们与老孟，还有聂书记始终保持着友谊与交往。

当年在谈判桌上，我们理解他们，他们也理解我们。虽然都是共产党的全民所有制单位，但大家各为其主，都要努力维护好本单位的利益，谁都不会轻易让步，都会斤斤计较。但“先小人，后君子”，谁都没伤害过谁，能做到如此，还真不容易，没有彼此间的真诚和信任是做不到的。

孟场长说我是“奸商”，根据我们与孟场长的交往与友谊来看，我理解不是贬义，也许有两成含义，一是说我精明，另一层是说我太精明了。说“奸商”不仅仅是这一次谈判，还有前面几次谈判，大概累积起来给孟场长落下了这个口实。

二十世纪九十年代后期，国家教委实施“211工程”，在江苏省委省政府的支持下，南师大积极创造条件争取进入这100所高校的行列。

国家教委“211办公室”到江苏来考察，觉得南师大其他方面基本具备条件，就是规模空间太小，校园只有不到400亩地，一年只招一千多学生，推动地方社会经济发展的影响力太小。于是省政府按照国家教委生均建筑面积和生均校园面积的标准，按在校10000学生的规模，生均一分地，立即下文划拨1200亩地的用地指标，并答应“九五”

期间给南师大增拨3个亿经费建设新校区。

南师大要征地建设新校区，各区（县）闻讯后，都希望该项目能落地本区（县）。因为中国改革开放近二十年，大学培养人才对本地区经济社会发展的拉动作用，已是人们毫不怀疑的共识，它们都纷纷向学校伸出橄榄枝。

学校党委决定由我常务副校长兼任新校区建设管理委员会主任，具体负责新校区的筹建。接受这任务对我来说压力很大，我没有学过该专业，也没有从事这方面的经历和经验，心里一点没有底。每一步都如履薄冰，生怕出乱子。

在选址这问题上，我只是想要充分利用买方市场的优势，尽可能在各地兜售区位优势和配套条件的竞争中,获得价廉质优的备选用地。我们从南京近郊的九块备选地中反复比较，最后目光都集中到两块地上。一块是江宁开发区机场高速与牛首山河夹角间的一块平地，另一块是仙林农牧场象鼻山南麓的一块坡地。

这两块地作为高校校园选址各有优缺点，前者水电路都已初步具备，交通条件比较好。缺点是规划中的将军路从该地块中间穿过，校园将一分为二；不管是教学区还是宿舍区靠机场高速，噪音的干扰无法避免；再说该地块南面紧靠牛首山河，有三分之一的地势低洼，瞬间大暴雨会淹水。后者正好相反，地处象鼻山南麓，地势优越，坐北朝南，有山有水，环境宁静，是办学的好地方。缺点是虽然离主城区较近，但眼下交通不便，水电气、通信等基础设施条件较差，建设初期困难较多。

这两块地本来是各有千秋，但此时学校的上级主管部门却执意要南师大新校区去江宁开发区,为什么这样？背后的原因我们不得而知。新校区建设全校师生都很关注，老师们听说后议论纷纷，新校区选址是百年大计，我们还没参与意见，怎么上面领导一句话就定了？

就在学校教职工考察两地后的投票之前，我与两块备选地的主管单位，就土地的补偿价格，又谈了一轮。江宁开发区一分钱都不让，我赶到仙林农牧场与孟场长谈最后一轮。我说，超过 2 万元一亩，我就不要了。我利用选址的买方市场的优势压价，他想了想，说："这样吧！ 2 万元再拿掉一个吉利数 8 块钱。"于是又从一亩 2.5 万元降到 1.9992 万元。老孟说我是"奸商"，这是第一个口实。

第二个口实。在南师大新校区与通信部队之间有一个山角，那里因离公路较远，老百姓进去砍树不容易，所以至今还保留着一片珍贵的黑松林。山上靠近公路比较近的树木，早已经被老百姓都砍光了，只剩下光秃秃的荒山了。

这个山角因南师大新校区圈地是沿马路画的红线，实际上此地已变成了一块没有出路的"死地"。老百姓要进去，必须穿过校园或部队营地，而平时学校和部队怎么可能随便给你进进出出呢？要到黑松林去，那就只能从后山翻山过去，没什么紧要事，老百姓一般不会犯傻去翻山。

从地形图上量了一下，这个山角的向阳坡大约有三百亩山地。我又到实地去察看了几次，黑松林长得不错，而且环境很幽静，真是一个晨读的好地方。如果不利用起来，或黑松林被老百姓再砍光，那真是太可惜了。怎么办呢？我心里反复盘算，总想把它拿下来。

为此，我找了孟场长和聂书记，说明这块地对农场来讲已用不起来了，已被学校和部队围墙挡死了，夹在中间没有路可以进去。农场不可能为了这块山角地，在山上再修一条盘山路吧！另外，与其放在外面没人看管，山上的黑松林依然有被老百姓砍光的风险，那不如让学校围进来，这片黑松林可以有效地保护起来，你们还能得到一笔补

当年的黑松林，被圈进南师大校园里，许多年后，如今已是林木深深，有的树已有三层楼高了。

偿款。

孟场长和聂书记听了，觉得我说的有道理，实际情况也就是这样，而且农牧场当前最缺的就是钱，农场那时经济非常困难，我估计他们有可能会同意。孟场长说：“那也行！学校给多少钱一亩呢？”

我说：“新校区当初圈的坡地是不到两万元一亩，这荒山最多三千元一亩地吧！”“什么？三千块钱一亩？这也太便宜了吧！”孟场长说。

“这块荒山对你们来说，已没有一点实际意义了，撂在那里，结局就是山上的树木给老百姓全部砍光，变成又一片荒山，不是明摆的道理吗？”我说，“什么时候这片荒山能产生90万元的经济效益出来？你们盘算盘算吧！”

几经谈判，最后他们还是答应了，但心里又觉得不情愿。孟场长说："陈校长，你就像蚊子叮了一口血，还要嗡嗡地叫，说一大堆理由，似乎还没占到便宜。"这就是他说我是"奸商"的又一条理由。

后来我们到省发改委、国土厅和农林厅去申请指标，他们听说圈进校园有利于保护那片黑松林，否则就有又被老百姓砍光的危险。那时，省发改委想想，反正都是全民单位，只是换了一只手，但可以保留一片珍贵的树林，很快就批准了学校的申请。但要求学校明确承诺，绝不在这 300 亩黑松林地上盖任何设施和建筑！

现在这片黑松林真如当初说的，长得郁郁葱葱，林木深深，保护得很好，也是学校学生晨读散步、悠闲观景、放松情绪的好去处。

还有一件事发生在仙林农牧场建制撤销的前夕。

1998 年南师大新校区一期工程刚开始时，江苏掀起了实现"高等教育大众化"的一个热潮，省政府要求南师大每年的招生数带头翻

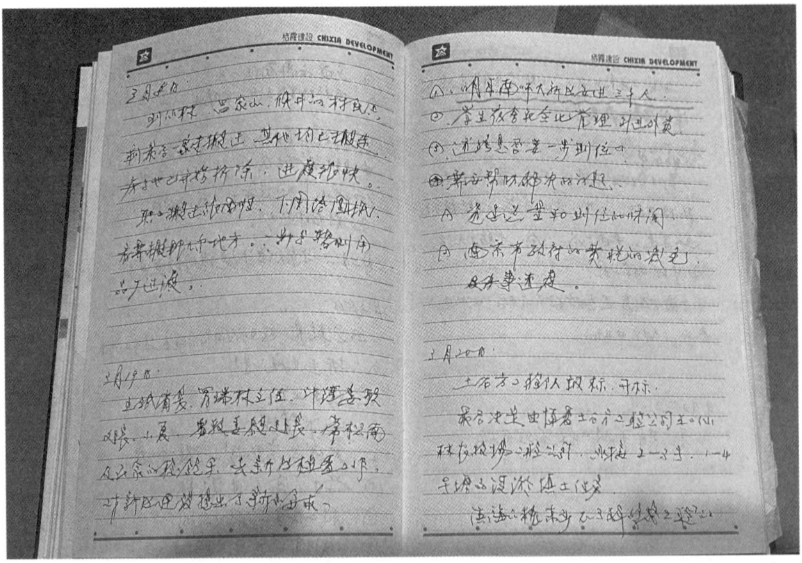

王副省长三月份第二次到南师大新校区工地视察，又要求第二年的招生数增加 1000 人，这是我于 3 月 19 日记的工作日记，要准备第二年新校区进 3000 名新生。

一番。分管的王副省长三月份到南师大新校区来督促建设进度，一共来了三次，每来一次就给学校第二年的招生数增加 1000 人，这样就从每年招 1500 多学生，一下增加到一年招 4000 多学生。

这样问题就来了，本来一期工程是建明后两年新生进校的宿舍，如果明年进一届新生就全住满了，后年新生的宿舍怎么办？根据省政府的要求，扩招数不能讨价还价，因此，必须马上启动后年新生宿舍的建设。

问题还不仅仅在后年，而是学校按校园整体规划，新校区只安排建设一万名学生的宿舍，如果每年按这样的招生量，校园里哪能容纳下四届学生呢？

我与吕书记商量马上再申请征地，审批手续繁难，就是能批准也需要一段时日。眼下解决问题的最好办法是趁现在农牧场土地富余时，向农牧场长期租借土地建学生宿舍，这个办法既可行又便捷。

如果这个方案能实现，对农牧场来讲这是一笔稳定可靠的收入，估计仙林农牧场能够接受这个方案。因为，对艰难度日的仙林农牧场来讲，现在最缺少的就是财源！

学校常委会讨论我们的建议，同意先与农牧场接触一下，试探一下可行性。于是，我和米如群一起到农牧场与孟场长商谈。米如群帮他们分析，学校三用河对面的四十多亩闲置土地，长期租给学校盖学生宿舍，学校每年付二十多万租金，对农牧场来说是很划算的事。

我对孟场长强调说：“这块地你们无论种什么经济作物，或者搞什么副业，都不可能达到每年每亩有 5000 元的收入。即使办厂，有风险不说，但要保证稳定地每年按时给你上缴那么多利润，也不是那么容易的事。”

第二天老孟来电话，要我们到他场部去进一步细谈。我估计是他

这就是三用河马路对面的南区学生宿舍，可以容纳近五千名学生，部分解决了南师大新校区学生宿舍急需扩容的问题。

们领导班子已集体研究过了，认为可以做这笔交易。

到了场部，我们双方谈判的焦点是租金问题。他们认为当初为了引进南师大这个项目，他们是做了很大牺牲的，现在该是学校多给一点经费支持农牧场的时候了，希望一亩地一年能给一万元租金，租期可以考虑签五十年。

我和米如群不同意那么多钱，理由是南师大落户仙林，给农牧场带来了面貌的大改变，员工都住上了新房子，农牧场的土地价格都翻了几番，还救活了农牧场的合资企业亚东建发集团，今后的日子一片光明啊！所以那块土地的租金一年二三十万差不多了！

后来学校考虑，确实仙林农牧场在引进学校时的确做出了很大的牺牲，现在经济上很困难，这也可以理解。三用河对面这块地可以盖一个学生生活区，大概可以容纳近五千名学生。这地块就在学校大门的斜对面，过马路就到，学生上课也很方便。特别对完成省委省政府下达的每年招4000多名新生的任务，很重要。趁现在这块地还没出让，抢先答应下来，现在就答应每年按40万元的租金签约。

这笔租金对近五千名学生的住宿费来讲是一个零头，学校是完全可以承受的，也是十分划算的。

签约后，学校在这里建了南区学生生活区，进了第二届新生4500多名。有了这个南区学生生活区，就为完成省委省政府交给我校的扩招任务创造了条件。

一年后，又碰到了一个机遇。听说市政府要撤销仙林农牧场的建制，全部人财物由栖霞区负责接收，成立仙林地区街道。

那年校长在中央党校学习，学校临时由吕书记和我分别主持党政工作。那天吕书记和我一起坐车去新校区，在车上议论起仙林农牧场即将撤销并入栖霞区的事，我们前年签订的长期租用土地的协议，不知会不会有变数？今后租金看来要交给栖霞区了。议论中为他们感到惋惜，仙林农牧场真的很不幸，前面做了不少利益上的牺牲，眼下很困难，但到受益时他们已都不是受益人了。

为他们惋惜时，我突然想起来，能不能与老孟他们领导班子商量一下，我们干脆一次性付款，省得换了土地的主人今后有变数。这届做出牺牲的农牧场领导班子和员工，眼下也能得到一些补偿。当然一次性付款的租金也要给予优惠，大家都可以从中受益。

吕书记也认为这是一个好方案。于是，就在车上要我立即给聂书记打了个电话，说清我们一次性付款的方案。我在电话里给聂书记开价五十年租金一次性付款240万（相当于六年的租金）。

我们的车子还没到新校区，聂书记就回电话了，说孟场长在农牧场场部等我们，可以去进一步细谈。回应这样快，说明农牧场对这个方案很有兴趣。

我们到了孟场长办公室，老孟对我们说："你们也砍得太厉害了吧！五十年租金每过五年还长 10%，二三千万就砍成二百四十万，太过分了！"吕书记和我都强调只能那么多，学校每年的费用都是有预算的，几十年的租金一次性拿出来，我们只能拿那么多，已尽了最大努力了！

停了一刻，我说："这个体谅你们的方案还是我们想出来的，你们再想想我们的建议是不是有道理。你们看着办吧，能做就做，如果实在觉得不划算就算了！"我说得很坦然，一点没有威逼的意思，也没有趁火打劫的想法。

我和吕书记赶回学校立即召开了领导班子会议，会议最后研究同意租金一次性付清的总额再增加 40 万元。农牧场经过一段时间的讨论，他们最后也想明白了，不拿白不拿，今后的租金就不是他们的了。最后，仙林农牧场接受了我们提出的方案。

多少年后，我们与孟场长、聂书记一起聚会，说起当年的那些事，孟场长说："在那种情势下，你们是咸鱼，我是鲜鱼，显然只能挨宰割了。陈校长还假装得很坦然很同情，你们说这不是'奸商'，是什么呢？"哈哈！哈！大家一起都笑了。

回忆当年经历过的那些事，既是"纠结难缠"的历程，又是美好的记忆！

聂书记说："其实，大家在谈判桌上是对手，这是完全可以理解的，各为其主嘛！如果不为本单位群众争利益也未必是好干部。但大家都很真诚，所以台下又都是好朋友，多少年来的友谊和交往就是见证！"

我们之间的朋友关系一直延续到今天，几十年过去了，朋友间的感情如久酿的米酒越来越甘醇。

可惜的是孟场长前几年因病仙逝,我们失去了一位值得尊敬的“忘年交”好朋友。听到这不幸的消息，我和丁晓昌特地代表南师大新校区建管会全体同志上门去吊唁，送送孟场长，以表达我们的哀思。孟场长一走，大家心里就觉得有“黄鹤一去空悠悠”的感觉。

孟场长、聂书记和仙林农牧场全体职工对南师大的关爱、支持和所做的贡献，我们都铭记在心，永远不会忘记。

岁月会渐渐远去，但我们依然会深深怀念已故的孟场长!

2016 年 9 月 10 日 于南京

要求，以后上海之二、三期各项目工程之建设待施工再考虑。

8月24日：

1、2、3、4号塔的造价、管线的安装等11项开标。共四家队伍参加投标，有北京建工、中建六局、八局、中冶十九冶和中地三建公司。

最后确定建安标标开标，由中建六局和十九冶中标。

8月25日：

第一期市政工程监理开标

『点招计划』的争论

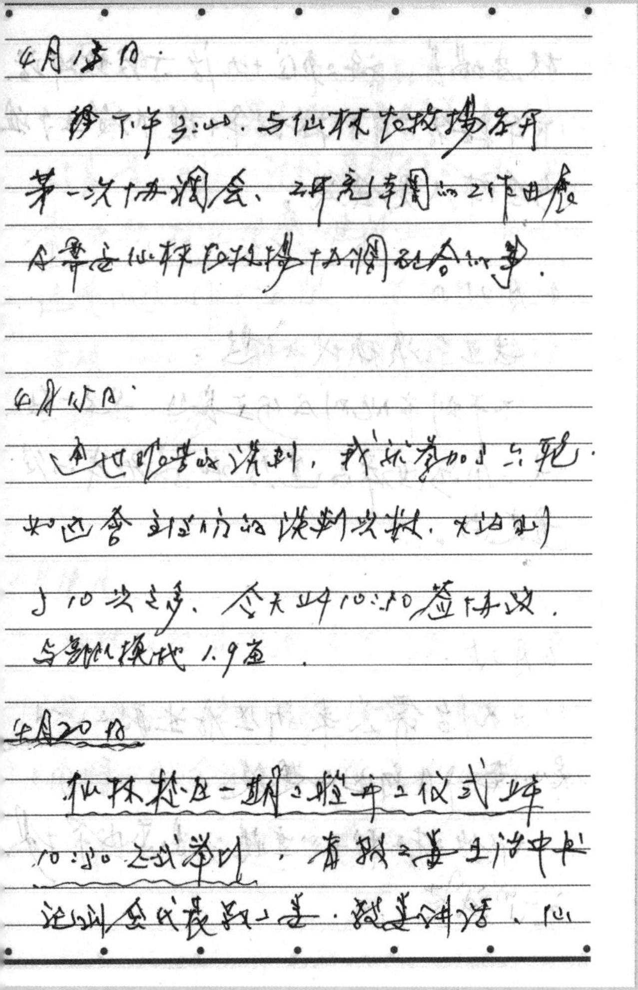

"要让一部分人先富起来"的提法既然是正确的，那么，能不能让一部分先富起来的人的子女，先接受高等教育呢？用先富起来的家庭子女先接受高等教育多交的钱，来扩大江苏高等教育的规模，实现高等教育的大众化，创造更多的机会，让更多家庭的子女都能有上大学的机会。……为了眼前的绝对平均主义，宁可牺牲更多家庭子女上大学的机会，难道就对了吗？

在二十世纪九十年代中期和二十一世纪开始的前十年里，江苏在大学录取中创新和保留了"点招计划"，这一做法当时在社会上争论很大。

所谓"点招计划"，就是在招生录取时，高校在完成国家招生计划的前提下，允许学校扩大招生计划数的 2% 到 5%，这批扩大的 2% 到 5% 的招生计划，允许享受特殊政策，即可以降分录取，降分的范围须在同批次的省最低控制线以上。例如，第一批次本科录取，不管学校的投档线是多少分，只要在省统一公布的本一最低控制分数线以上的考生，学校都可以扩招录取。这就是人们习惯所称的"点招计划"。

"点招计划"既然可以降分录取，那么肯定会形成考生趋之若鹜的现象。考生家长也肯定会千方百计通过各种关系、各种手段，争取自己小孩能享受到这一特殊政策。为了体现相对公平，学校也为了减轻社会各方面袭来的巨大"点招"压力，各学校也都为了扩大办学容量，出台了筹集建校经费的政策。

当时，在"发展才是硬道理"的思想指导下，只要有利于社会发展，有利于学校事业发展，有利于老百姓利益的事，要敢想敢说敢干。

省政府提出尽快扩大高校招生规模，努力实现“高等教育大众化”，满足千千万万个家庭希望子女接受高等教育的需求目标。

但眼下高校的办学条件不具备怎么办呢？特别是各校的硬件设施，与要求比差距还比较大。于是政府就出台了“点招计划”的政策，调动各校扩大招生规模的积极性。

中国改革开放到二十世纪九十年代，国家提出要“教育兴国”，这是适应未来现代化建设需要，富有远见的战略决策。江苏根据国家的发展战略和本省经济社会发展的实际情况，提出了在全国“率先实现高等教育大众化”的口号，今天看来这也是适时的、正确的，是富有远见的。

马克思、恩格斯说过：“一切划时代的体系的真正内容，都是由于产生这个体系的那个时期的需要而形成起来的。”江苏人均国内生产总值（GDP）在1995年已超过了7000元，到二十一世纪初达到了11000元以上。到了这个阶段，人们的消费结构改变了，即恩格尔系数改变了，人们的精神需求、文化需求、健康需求等在生活中的占比大大提高。在这个时期，江苏省委省政府坚持每年增招一万名大学生，应该说是顺应了时代的要求和呼唤，是顺势而为，也是有思想有远见的举措！

任务提出来了，但是实现高等教育大众化的条件在哪里呢？教师、教室、实验室、学生宿舍、食堂、运动场地、图书馆等等在哪儿呢？

从道理上讲，要实现省委省政府提出“率先实现高等教育大众化”的目标，调动广大教师的积极性，提升多招学生、多上课的觉悟，这是没问题的。但各校受现有教学条件和生活设施的限制，每年挖掘扩招潜力，多招学生的数量还是很有限的。再要批量多招学生，必须建新的教学大楼、实验大楼，建新的学生宿舍、新的食堂，扩大图书馆

这是南师大仙林新校区的大门，新校区的建成把南师大无论是招生规模还是办学水平，都推上了一个新的发展平台。

容量，增加体育设施，等等。这是大家都能够理解的事。

但要建那么多的建筑，经费从哪里来呢？

高校建设经费一般有两个来源，一是政府增加拨款，二是提高学生学费。先说提高学费标准，那可是一枝动百枝摇的大事。在政府严控物价上涨水平时，学费带头涨价，这显然是不可能的，行不通的。那么就只有指望政府增加拨款了，但在中国经济建设的投资扩张期，政府又是做不到的。在这种情况下，既要实现高等教育大众化，扩大招生规模，政府又没有资金增加拨款，那怎么办？总不能“打了糨糊将学生贴在墙上”，除此以外还有什么办法呢？

政府给不了钱，那就只有靠政府给政策了。就是允许高校对降分录取的扩招生源收取建校费，用这些建校费来搞学校的基本建设，为扩大招生规模创造条件。说到底实际上这一措施，也是政府和学校为实现高等教育大众化的无奈之举！

应该说上述的思路是清楚的，道理呢也是明白的，问题是在政府严控收费项目，严控市场物价上涨的同时，向扩招的大学生收取建校费，社会会怎么议论，老百姓会怎么看？这是有很大风险的。

那么，大家会问了：既然有很大的风险，干吗还要坚持搞“点招计划”呢？我认为这是当时省里的领导和教育主管部门，看准了这个时机，用这种办法来筹集资金，为江苏的“高等教育大众化”做的一件实事。眼前可满足江苏老百姓渴望子女接受高等教育有更多的机会，从长远来看，更是为江苏未来经济社会的发展积聚力量和后劲。

当时对外宣传说，收取点招费（建校费）与点招录取名单不挂钩。实际上呢，当然是挂钩的，否则哪个傻瓜会莫名其妙地给你学校送一笔钱？那时，社会老百姓普遍的思想觉悟和经济条件，还没到凭思想觉悟会主动捐钱支持教育的程度。

刚开始时，各校都是自己出台“点招计划”要收取建校费的政策，各学校有收几万的，也有收几十万的，甚至还有收上百万的。不同批次录取的高校，不同知名度的学校，不同热度的专业都不一样，可以说是五花八门，各显神通。而省里的主管部门和政府机关为了逃避国

南师大仙林新校区道路两边的行道树，如今早已绿树成荫了，给历届的毕业生都留下了难忘的记忆。

家有关部门的追究和问责，又不便出台收取多少“点招费”的正式文件。但这样的乱象又不能继续下去了，那怎么办呢？

教育主管部门不宜下达正式文件，但又怕处理不当出纰漏，于是，主管部门就采用电话通知的方式，通知各校点招一个学生只能收取五万元建校费，不能乱收费，想以此来消散一些社会舆论的压力。

唉！点招费既不能不收，又不能多收，收了还要躲躲闪闪，也真够难为学校的了。

江苏出台高考招生录取的“点招计划”，在当时教育经费十分困难的情况下，对实现江苏“高等教育大众化”，应该说起了重大的推动作用。

第一，扩大了学校的办学规模，可以更多地培养各级各类人才。各校珍惜来之不易的“点招计划”，都千方百计腾让学生宿舍。把一部分青年教师的宿舍和婚房以及后勤占用房，统统移到另外的地方去，甚至到社会上租房，腾空了原来的房子做学生宿舍。把教学大楼里的会议室合并，办公室合并，教研室合并，尽量腾出空间来做教室。

第一年学校可以如此挤挪场地和空间，后来几年呢，校内潜力挖尽了怎么办呢？学校就想办法在学校周边租教学用房，有工厂转产的厂房，有歇业的商业用房，甚至还有部队空置的营房，等等。有的学校干脆把一年级新生安排到外校或外地去过渡一年。

南师大在新校区建成以前，曾经就有好几年，一年级新生到无锡教育学院去过渡一年，后来无锡教育学院过渡都不够了，又联系到苏州铁道师范学院去过渡一年。

这种办法就是老师们辛苦一点，路途遥远，要赶到无锡、苏州去上课。但老师们一想到能让更多家乡的中学生上大学，为未来经济社会发展做贡献，大家就都没有什么怨言。大家相信眼前的困难都是暂

这是至今我还保留着的一份南京医科大学2007—2008学年点招和转专业费，交学校教育基金会的明细账。

2007年-2008年教育基金会明细账

单位：元

2007年	
一、收入	18,139,449.98
（一）南医大投入	3,000,000.00
（二）点招、转专业捐赠	13,780,000.00
1、学校本部	11,355,000.00
2、康达	2,425,000.00
（三）董事经费	1,300,000.00
（四）利息	59,449.98

时的，筹措经费把新校区建起来了，将来的学校一定会更大更美好。

江苏各校基本也都是如此，通过各种方式保障“点招计划”的学生都有宿舍住宿，有教室上课，有食堂吃饭，有阅览室看书，等等。

第二，提高了学校的办学效率。江苏本科院校规模小的学校，每年增加“点招指标”二三百人，四年下来校内就会增加一千多名在校生。规模大一点的高校，每年增加“点招指标”四五百人，四年下来不就多二三千人了？但教师基本还是那么多教师，即使增加了一些编制，但远远赶不上学生的增加速度。无形中，教师的工作效率提高了，党政管理干部、教辅人员、后勤服务人员也都比过去忙多了。这改变了许多年以来，学校人浮于事的现象。

第三，凝聚了改革发展的人心。教职员工的工作效率提高，客观上也带动了岗位津贴的提高，让老师们都享受到学校深化改革扩大招生规模的成果，把广大教职工的心思都凝聚到改革发展上来了。过去自由散漫，无事生非的现象都有了根本性的改变。

“点招计划”的政策实施，像南京医科大学这类规模小的高校，每年能从该政策里集聚校园建设经费近二千万元（不同的专业办学成本不一样，点招的建校费也是有差别的）。那么，近二十年时间加起

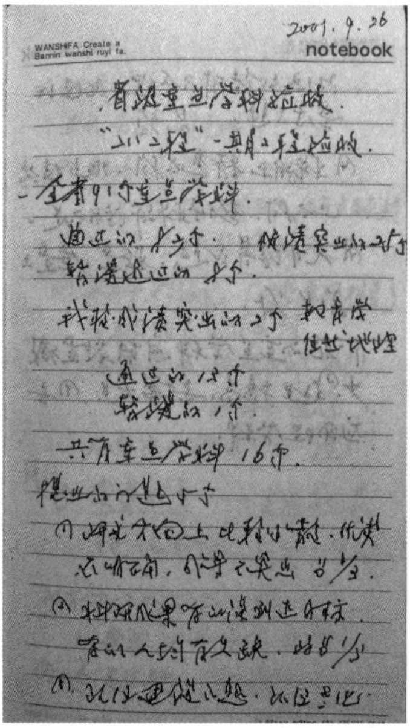
2001.9.26
notebook
WANSHIFA Create a
Bannin wanshi ruyi fa.

2001年9月，我主持南师大“211工程”一期学科建设验收会，这是我在笔记本上的记录。

来就有三四个亿。规模大的高校，那还不集聚六七个亿，七八个亿？这对扩大招生规模，改善学校教学条件、实验条件、生活条件都起了明显的作用。

第四，有利于提高学校的科研能力和水平。可能大家会怀疑：改善办学条件与提高学校科研能力和水平有多大的关系？但经过若干年的实践就能体会到了，过去学校的教学用房和科研用房始终是一对矛盾，如何处理这对矛盾，常常总是先满足教学的需要，因为培养人才是学校的本分。这样做科研用房就捉襟见肘了，显得很窘迫。

像南京医科大学，过去学校基本没有专门的教师科研用房。学校实验室白天都给学生上实验课，晚上学生不用时，老师才能用来做科研。没有专门的空间和场地做科研，科研能力和水平怎么能提高呢？

多少年下来，我们发现学校的教学用房是一个相对稳定的恒量。因为每个专业、每个班级、每学期的课时数都是有规定的。那么，全校有多少学生、有多少个班级、共有多少总课时数，这也是一个相对稳定的数值。当你提供的可使用空间超过了这个阈值后，就可有更多的空间用于科研了。这对发展中的本科院校来讲，如久旱的土地遇甘露，沐浴滋润禾苗壮。学校空间场地大幅增加，实际上是有力地支持了教师各项科研课题的立项与进度。

十多年以后，再看江苏高校科研能力与科研水平突飞猛进的现象愈加明显，这是后话了。

“点招计划”的优点是明显的，当然问题也是明显的。有钱有关系的家庭子女可以上大学，没钱没关系的子女，同样的分数上不了大学，在分数面前没有人人平等。高考录取过程中，开了“点招计划”这扇小门，也就增加了腐败产生的潜在风险。

2001 年国家教委派了一个调研组到江苏来，专题调研“点招计划”的利弊得失和社会百姓的反响。那时，南师大校长在中央党校学习，吕书记和我在学校分别主持学校党委和行政工作，我们在仙林新校区的办公楼会议室接待了国家教委的调研组。

国家教委的调研组前面已在南京五所高校调研过了，南师大是他们调研的最后一家。座谈会上调研组先说明了来意。从话语里可明显感觉到，国家教委对江苏的“点招计划”是很反感的，他们认为失去了教育的公平性，应该明令禁止江苏实施“点招计划”和收建校费的做法。

我们在汇报时，首先肯定了调研组的看法是有道理的，并如实分

那一年，吕书记和我就在这仙林校区的办公楼二楼会议室接待了国家教委的调研组。

析了“点招计划”实行以来的利弊得失。其实“点招计划”的优点和缺点、好处和弊端都是很明显的，我们与国家教委调研组的分析没有多大分歧。问题是我们在思想上理论上怎么来看这一举措，站在哪个角度哪个立场上来看这个问题。

吕书记认为江苏提出在全国“率先实现高等教育大众化”的目标是有远见的，为改革开放的中国培养更多的高层次人才。每年江苏能增加招生几万名大学生，几个五年计划下来，能为国家未来的现代化建设增添多少人才？在扩大大学生培养规模的过程中，江苏高校的自身办学能力和办学水平也会得到很快的提高，在中国一心奔小康的路上，又多么需要教育的发展哦！从江苏这些年来实行“点招计划”的实际情况来看，应该说成效是很显著的，成绩也是主要的。

至于说教育公平的问题。我说人类的理想是天下大同的共产主义，一切社会财富按需分配，这是真正的社会公平。但在商品经济社会里，特别是处在社会主义初级阶段，只能实现按劳分配，这本身就是一种相对公平。由于所处的地区不同，所占有的生产资料不一样，即使付出同样的劳动，所得到的收益也是不一样的。在这个阶段，还谈不上绝对的公平！

如果，在这个阶段我们还要强调什么事都要绝对公平，“吃大锅饭”“一大二公”，那我们又会犯教条主义的错误，又会遏制劳动生产率的提高。正是在这样的背景下，小平同志提出“要让一部分人先富起来”，以此调动全社会的活力，以后由先富再带动后富，最终实现大家共同富裕。全党上下都认为，在调动全国人民积极性齐心奔小康的路上，小平同志的讲话是适合时宜的，是正确的。

小平同志“要让一部分人先富起来”的提法既然是正确的，那么，能不能让一部分先富起来的人的子女，先接受高等教育呢？用先富起来的家庭子女先接受高等教育多交的钱，来扩大江苏高等教育的规模，实现高等教育大众化，创造更多的机会，让更多家庭的子女都能有上大学的机会。这与先富、后富一样，只是接受高等教育的时间先后问题，难道就错了吗？为了眼前的绝对平均主义，宁可牺牲更多家庭子女上大学的机会，难道就对了吗？

国家教委的调研组听了我们的汇报，相互看看，都不吭声。因为我们讲话的逻辑没有错，如果他们要否定我们的反问，那就要否定小平同志“让一部分人先富起来”“先富带动后富，最终达到共同富裕”的讲话，这是他们不敢说的。所以只能相互看看不言语了。

从另一个角度来看，“点招”学生的家长缴纳“建校费”，实际上是属于国民收入的再分配，在一定时期内，通过国民收入的再分配，把社会资金更多地集中到高等学校的建设上来，实现更多家庭的子女能接受高等教育，从全社会财富的分配来看，这难道不是社会财富再分配的优化吗？

座谈会后，我们留调研组在学校吃饭。席间吕书记讲，关于江苏老百姓对“点招计划”的反映，由于没有出现什么大的腐败问题，老

南师大仙林校区一万二千多平方米的新图书馆，有完备的服务设施，可以同时容纳三千多名学生阅览。

百姓也就认可了。大家还认为分数低的学生多出点钱进大学，也是合理的。再说了，老百姓知道了这“点招”的钱都是用来建设大学新校区的，将来能让更多的孩子进大学读书，大家也就都接受这个政策了。

我也说，如果政府能拿出钱来改善大学的办学条件，扩大办学的规模，那当然是最好了！政府犯不着承担风险，高校也犯不着承担责任。问题是政府拿不出钱来，而国家改革开放的脚步又不能停下来“等高等教育”，那怎么办？在十分无奈时，只有自己想办法动脑筋出台相关政策，筹集资金，加快高等教育大众化的进程。

我说，如果江苏“点招计划”的政策能再实施十年，到那时你们再来看江苏的高校，无论是校园建设、办学规模、办学水平还是科研能力，我相信都会有一个翻天覆地的变化。不信咱们打个赌！

国家教委调研组的同志听了我们席间的讲话，都相互看看没说话，但脸上有了些笑容。离开时是不同意我们的意见呢，还是同意我们说的意见，又或是将信将疑呢？我不知道！

不管国家教委调研组是怎么想的，尽管后来上上下下还是有很多不同声音的争论，但江苏的“点招计划”政策还真的又持续了十年有余。

在那期间省委省政府帮助各省属高校解决了建设新校区的部分债务问题，到 2013 年，江苏的高校已普遍面貌一新，无论办学规模、办学实力，还是办学水平，都要令人刮目相看了。

江苏高校的建设抓住了那么十几年“点招计划”的机遇，现在我们可以自豪地说，与国外同类型大学相比，硬件条件已毫不逊色，至少差距已大大缩小了！

在二十一世纪初的前二十年，江苏高校抓住了这个机遇，跨过了规模这个坎，在全国率先实现了省委省政府提出的“高等教育大众化”

的目标。如今早已把发展的重心转移到加快内涵建设上来了，争取在能力和水平上迈上新平台，达到新高度。

现在回想起这段不平凡的历程，让人感到多么欣慰，多么自豪！

2020 年 12 月 21 日 冬至

5月14日。

确定马上在钱家东码头村以北建镇安准备材料经办和安排工作。已经由胡林贵来负责。

5月15日，

讨论港区建设的方案，审核规划的设计，基本修改后可正式下达。

5月22日。

新港山头线（东段）第二部拆除。

饲料厂的新办公楼下周五将交出，可作为当期的材料仓库。

民主集中制也有缺陷

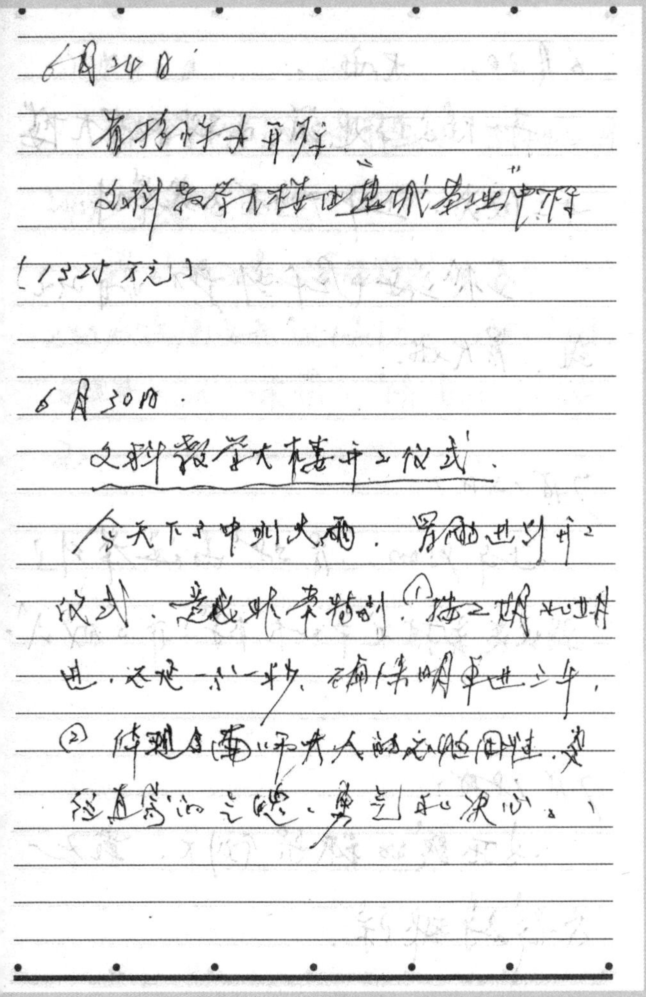

现在回想起来，我一辈子参加过不计其数的党政领导班子会议，但根据少数服从多数的原则，对会议决议公开保留我个人意见，并要求记录在案的，这是唯一的一次。因为我毫无办法改变失去机遇的会议决定，只能让历史来证明我的建议是正确的。

民主集中制是我党党内政治生活的一项准则，它从制度上保障党内实行集体领导，有利于集中正确意见、集思广益，做出科学决策。它还可以防止个人独断专行、以权谋私，这些优点是无疑的。但在自己的工作实践中我感觉到它也存在着无法避免的缺陷。我曾请教过经验丰富的老领导，也请教过政治学方面的理论研究者，遗憾的是都没能得到令人满意的解答，这一直让我很困惑。

1999 年 9 月南京师范大学仙林校区迎来了第一批 4025 名新生，早先空旷的新校区一下子人来人往热闹了起来。特别是新生报到的那一天，新生加上送行的家长、亲朋好友，校园内总人数大概超过了一万人，最先落成的西区学生生活区、学生食堂都已显得有些拥挤了。

南师大一年进 4000 多名新生，这是根据省委省政府率先实现“高等教育大众化”的要求而扩招的，在当时引起了社会各方面的广泛关注。

记得 1998 年 4 月 23 日，南师大仙林新校区全面动工，当时分管教育的王副省长一个月之内连续三次到工地视察，而每次来视察就给我们加一次压，要再增加 1000 招生数，足见政府对实现“高等教育大众化”的迫切期望。原来南师大一年招 1500 多人，现要求 1999 年一下增招到 4000 多人。说真话在如此任务面前，我们已经不堪重负了。

1997 年 9 月 10 日教师节那天，学校在仙林新校区举行了隆重的奠基典礼，领导班子全体成员和部分教职工代表参加了奠基仪式。那时大家都很振奋，满怀着信心，寄托着对未来的无限希望。

当时我任南师大的常务副校长，负责主持新校区建设工作，感到肩上的压力很大。

仙林新校区第一届新生进校后，让我们感到的不是兴奋，不是松口气，而是更加的紧张和焦虑。这是怎么回事呢？孔子说“人无远虑，必有近忧”，新校区建设根据省发改委批复的文件，在校生规模是 10000 人，遵照国家教委颁发的校园建设标准为生均一分地，所以批复了一千两百亩征地计划。在考虑校园规划时，也就只设计了东西两个学生生活区，各容纳 5000 人。而现在一届新生就把西区学生宿舍填得差不多了，明年东区学生宿舍再进一届新生，肯定招生人数只会增加不会减少，那么后年的新生放哪儿呢？

省发改委批复的南师大仙林新校区规划，遇上江苏“高等教育大众化”的热潮，从第一天起就已经落伍了，这怎么叫人不焦虑、不着急呢？

学校党委研究，作为江苏省属高校的龙头学校，带头为省委省政府分忧，满足江苏经济社会发展中提出的迫切需求，这是义不容辞的责任。我们在向省政府反映情况的同时，也要千方百计主动多想办法，解决学校事业发展中遇到的新问题和新矛盾。

根据学校党委的意见，新校区建管会首先想到的是与仙林农牧场商量，在没有取得新征土地指标时，能否将学校护校河（三用河）对面的那一块空地长期租借给学校，建设南区学生生活区，学校每年给农牧场支付一定的租金。这是在当时情况下，解决学生生活区扩容最快最好的办法，比到省里申请土地指标层层审批简单得多。

学校领导班子会议上，原则上同意建管会的建议。于是，我们与仙林农牧场领导一起商量该方案的可行性，甚至考虑过由仙林农牧场来建设学生宿舍，长期租借给大学生住宿，由学校统一管理。这样既可缓解学校一次性基建投入的资金压力，仙林农牧场每年也可以获得一个稳定可靠的经济来源。但由于仙林农牧场经济窘迫，金融信誉不好，你越缺资金，银行贷款也就越困难，那么，由农牧场建设大学生宿舍的方案看来只能作罢。

经反复协商，学校提出的租地方案很快取得了仙林农牧场领导班子的理解和支持。建管会和基建处根据地形图一计算，正好有四十多亩地，完全可以容纳下四五千名学生的宿舍、食堂和浴室等建筑。这就解决了第二届新生的住宿和吃饭问题。

到这时，我们就越来越感到土地资源的珍贵，越来越意识到，今后学校发展中如果没有土地，即使钱再多也办不了事，只要有土地即使没有钱也能办成事。再说了，未来一百年里高校将面临怎样的新任务、新机遇、新发展，谁都无法预料。基于这些认识，我想既然建设

圈进了学校围墙的黑松林，许多年过去了，如今都已长得郁郁葱葱。

新校区是百年大计，就要千方百计想尽一切办法扩大校园的面积，在可能的情况下多留些空间，让后人可做事，为学校未来发展，满足社会各种需求，创造条件，奠定基础。

基于江苏“高等教育大众化”的形势，我建议可以考虑先征用新校区与部队通信团之间的一块“飞地”，估计征用这块地的难度小一点，这一建议得到了学校领导班子的支持。

南师大新校区围墙一围上，校园西北角垛山向阳坡的一片黑松林就夹在了学校与部队通信团之间，成了谁都进不去的一块“死地”，除非你绕道很远从垛山的北坡爬上去，再翻过山脊，方能到达那里。我与建管会的同志把这些实际情况与省发改委谈，与省国土厅谈，与市规划局谈，与仙林农牧场谈，将这片黑松林圈进校园内保护起来，这对国家、对社会、对农牧场、对学校都有利。

这片黑松林当时的状况是，时不时有老百姓上山偷偷地砍树，把黑松树砍了当柴烧。我们把道理都讲清楚了，征这片林地对国家、对社会、对仙林农牧场、对学校都有好处。因为理由很充分，很快就取得了各级政府部门的理解和认可。但根据政府有关部门的要求，学校也承诺不在黑松林里搞任何基本建设，于是申请到了300亩林地指标。最后通过与仙林农牧场友好协商，补偿款以3000元一亩，总价90万元将这片“死地”圈了进来。

对于此事，学校领导班子大家都是很赞同的，黑松林虽然不能搞建设，但作为大学校园的绿肺、绿道、绿岛也很好，再说补偿款也很少。有眼光的一些老师甚至对我说，如果个人可以买，他们个人都愿意圈这块地。

黑松林是圈进来了，但规划局很明确不能搞基本建设，只能说这是学校未来发展的潜在空间资源。眼下东区学生宿舍能进第三届新生，但第四届新生的吃饭、住宿问题还没解决。再说了，学生增加不能光考虑生活用房，还要有相应的教学用房、实验用房、运动场和图书馆等等。

2000年我和建管会的同志们，提出了征用新校区东北方向垛山东面一个山坳子的设想。

这个山坳子有800多亩地，目前里面没有住户，也没有房屋，只有一些个人随便垦荒的零星小块农地。因砂石土质高低不平，水源又没有保障，所以即使有零星的小块农地在里面，庄稼也是有一块没一块的。

这类土质种庄稼不行，但在我们看来建设大学校园一点问题都没有，从某种角度来说还很合适，因为承压的地耐力好哇！

在学校领导班子会上，讨论是不是把这个山坳子征下来的问题时，有些不同意见认为：要那么多地干什么？预留的发展用地也可盖学生宿舍，干吗非要新征用土地呢？虽然已有不少不同意见，但在每年招四五千名学生，校园容不下的现实面前，最后会议还是通过了。

学校新提交的征地申请报告，省政府从全省率先实现“高等教育大众化”的角度，了解南师大在新校区建设中遇到的新困难、新问题，就又批复了800多亩的用地指标。这样新校园的实际面积达到了2400多亩，与每年招4000多名本科生、1000多名研究生的规模基本吻合了。

这个山坳子建成了仙林校区北区，这是地理科学学院大楼，前面是新校区的第二田径运动场，后面是生命科学学院大楼，左面是学生宿舍和食堂。

在征地价格上，学校领导要我代表学校抓紧与仙林农牧场谈判，谈了几轮土地补偿款没谈下来。我坚持与前面的土地补偿价格一样，不到2万元一亩。仙林农牧场坚持要5万元一亩。后来经过几轮砍价，农牧场让了两次，最后让到3.5万元一亩地。

我坚持还价的理由是，这块土地上没有像样的农田，又没有拆迁户，理应很便宜。仙林农牧场的理由是，前面为欢迎南师大新校区选址仙林农牧场，农牧场的征地拆迁补偿款很低，实际拆迁中已入不敷出，因此要求在这一块地上能得到一些弥补。这也是大实话。

双方的理由都可理解。最后，只能由仙林农牧场当时的上级领导南京市牛奶公司总经理兼党委书记拍板了。他说："南师大对仙林农牧场的事业很支持，我们就算支持教育吧，每亩土地补偿款就 2.8 万元吧！"这个价格虽比我们第一期征地贵了几千元一亩，但从当时市场发展的行情来看还是非常便宜的。

有了这块地建北区，虽然可用面积只有三四百亩，但新增的学生生活用房、教学用房、实验用房、运动场地等问题就都可一并解决了。

南师大新校区基本布局成形后，周边还有唯一的一块地是垛山正北面与 312 国道之间的垃圾填埋场，还有一个大水塘，在一起大概还有八百到一千亩地。这块地不是仙林农牧场的，是属当地尧化村的。这个填埋场不是市政府正式批复的垃圾填埋场，而是因离市区比较近，一些不法商人给村里塞些钱后，到处乱倒乱填形成的。

那里的环境可以说不堪入目，捡破烂的、倒泔水的。利用泔脚料就地养猪的、焚烧偷窃来的电缆的、偷倒建筑垃圾的，甚至填埋化工有毒物的，反正什么样的人都有，干什么样坏事的都有，是一个几不管的"死角"，成了社会"藏污纳垢"之地。

当时我想，如能把这个地方圈进来，经过整治覆盖，多建绿地，多种树木，改变环境，既可消灭一个城市死角，又可增加学校未来几十年里发展的用地，真是一举几得噢！学校可以把新校区的北大门开在 312 国道上，垛山和象鼻山就成了校园里的园中之峦，还可多一个波光粼粼的百亩水面，南师大的新校区也许会成为全国省属高校中面积最大、环境最优美的校园。

这种设想令我非常神往，为此我与王长恩、冯霁虹专门去拜访了尧化村领导。经与村支书交谈了解到，如果学校要征用该地，他开价补偿款 6 万元一亩。后来谈谈说 5 万也可以，显然这里还有讨价还价的余地，还有不少砍价的空间。因为对他们来讲，反正这已是一块无法使用的废地和死地了，说不定哪天政府发现了它藏污纳垢，一整顿什么好处都没了，不如眼下能捞就捞一把！

在江苏“高等教育大众化”的背景下，我想将来随时代发展，适应现代化建设肯定要扩大研究生教育，需要大大增加研究生招生和科学研究用房。以这个名义申请新征土地指标，又可以清除社会藏污纳垢的死角，改变生态环境，相信各级政府审批机构看了那片土地现状的照片后，也能像黑松林那样，同意我们把它圈进校园。

眼下的这个机遇，要不要马上提交学校领导班子会议研究呢？我犹豫了！因为征用北区的那个山坳子都有一些料想不到的不同意见，此事肯定就很难说了。

就在我犹豫期间，接市政府通知，要我代表学校去南京市政府会议室开会。会议休息期间王宏民市长对我说，312 国道边上有省建材工业园，因开发初期建材工业园出现了贪腐，工业园多年被废弃，留下了一片黑乎乎的烂尾楼。他说：“外地人进南京市首先看到的就是那个烂摊子，我市长的脸面都没有了，唉！这个工业园离你们校园最近，你回去商量一下，就 10 万元一亩地拿了去吧！水电都有了，烂尾楼改造一下可做教学用房。”

我一听很动心！那儿我很熟悉，建材工业园有 400 多亩地，三通一平都已完成，除了近 3 万平方米的烂尾楼以外，已建有一个中心配电房和一个中心水泵房，并都已正式投入运行了。学校刚征下来的北区山坳子周边的山脊线就是校园红线，离建材工业园最多不会超过 200 米距离。

那时，学校党委工作暂时由吕炳寿书记主持，行政工作暂时由我主持。

我回校后急急忙忙与吕书记商量，把王宏民市长所说的话，

这是在新征800多亩地上新建的北区大门。

一五一十地给他做了汇报。吕书记听后，也认为这可是好事啊！他认为我校虽然在新校区的一角——茶苑建了一些小户型教职工住宅，但远远不够。对这么大规模的一所高校来讲，现有作为配套设施的教职工住宅，与学校的实际需求来讲还差得远呢！正好有这么一个机会，可以多建一些住宅，多解决一些今后教职工常年路上奔波之苦，又可解决下午四点半后，新校区学生找不到老师的问题。吕书记还说："即使不建住宅留作发展用地也很好啊！可先给生命科学学院做植物园。"

建材工业园在绕城公路以外，当时南京市对绕城公路以外的规划比较宽松。工业园作为开发用地已缴过土地出让金，如学校用来建教职工住宅，政府规划同意后至少具有永久使用权。我校土地评估公司几位经理告诉我，如果要有住宅的两证，最多再补缴一些住宅用地的差价。我根据当时南京的住宅用地建筑规范，容积率按 1 ：1.2 算了一下，433 亩土地上多层住宅大概可以建到近 3000 套，南师大教职工人均一套绰绰有余。按当时的市场行情，估算每平方米的建房成本不会超过 1700 元。

根据吕书记的意见，要我先做好规划和前期的相关测算工作，考虑好接收这块建材工业园后会遇到哪些问题，然后再上学校常委扩大会议讨论研究。

于是，我安排新校区建管会的冯霁虹先去规划局把地形图买回来，总共花了 3 万多元。在做规划时，发现解决建材工业园（即未来住宅区）与学校北区之间的交通连接问题，须修建一条近 200 米长、12 米宽的道路，除了两边的人行道、绿化带外，还要保证学校的各种管线都能埋设过去。这样算一下，大约还需征用尧化村的 10 亩地。

新校区建管会以学校名义将这些问题一并给市政府打了个报告。

没想到过些时间，王宏民市长亲自召集有关方面专门开了一个市长办公会，吕书记和我都去参加了。会上关于南师大新征 10 亩地的计划和价格，最后王市长拍了板。10 亩地的征地计划由市国土局负责解决，关于土地价格，他直接对到会的尧化村书记说："就算支持教育，也是解决市里多年的烂摊子，7 万元一亩，就这么定了！"

会上我给王市长提出了另一个问题，接收建材工业园学校一下子拿不出那么多钱来。我心想就是建教职工住宅，也不能大家还没见到房就要大家先交钱呀！王市长说："如果你们诚心做此事，南京市商业银行以最低的利率全额贷款 4330 万元（共 433 亩地），近期你们一分钱都无须拿出来。贷款这事你们放心，我还是南京市商业银行的董事长，说了话是算数的！"

最后，会上有人提出，现在建材工业园里有一栋两层楼，上面可临时办公，下面是 10 间小车库，这不是工业园盖的，须另外补偿，王市长最后说："那就算 30 万元吧，不再纠缠了！"

开了这次市长办公会，我认为一切准备工作已基本就绪，可以向学校领导班子汇报了。

那天会议由吕书记主持，我把此事的来龙去脉介绍了一番，并谈了这块地如建教职工住宅的必要性，或作为学校发展用地的意义，最后，我还特别强调了这次机遇难得。没想到会上有好几位校领导极力反对，理由是：学校已有了那么多地，还要买地干什么？学校现在没有钱，这个资金窟窿怎么填？如果建教职工住宅，离老校区那么远，走 312 国道还要过收费站，学校会有几个人买？等等。

尽管我说明了 312 国道收费站市政府已决定东移至栖霞山，我校买地的资金由南京商业银行以最低利率全额贷款，还特别说了这块地的价值，就在北区的隔壁，一旦失去就永远不可能再有。但会上不同意的意见还是很多，甚至个别人说我："你是不是有毛病哦！怎么一天到晚想着要征地？"

是的，征 300 亩地保护黑松林是我提的，租农牧场的 40 多亩地建南区学生宿舍是我提的，征 800 多亩地建新校区北区也是我提的，这次买 400 多亩地建教工住宅或作为发展用地又是我提的。当时我的想法其实很简单，土地这个东西是不可再生的资源，我们现在不圈，给人家圈走了就永远没有了。现在有这个机会，能多弄一点就尽可能多弄点，作为学校未来的发展空间，留给后人以后好做事，其他我也没多考虑！

那次会是吕书记主持的，尽管他内心是积极主张拿那块地的，但一看多数人反对，根据少数服从多数的原则，他也明白只能按多数人的意见否决这个提议。

那天参加会议汇报的新校区建管会的几个中层干部，一个个垂头丧气，心里只能干着急。我当时也很无奈，尽管我确信拿这块地肯定是正确的，无论从事业发展留有余地来看，还是眼下解决教职工住宅问题来说，都是需要的，千万千万不能错失了这个机会。但是会议否决了，那有什么办法呢？说真的，王市长还指望我们接受这份情，给他这个面子呢！

但根据少数服从多数的民主集中制原则，我毫无办法改变这个决定。于是我表示：“根据组织原则少数服从多数，我服从会议的决定，但我个人保留意见，并要求将此事记录在案。”

现在回想起来，我一辈子参加过不计其数的党政领导班子会议，但根据少数服从多数的原则，对会议决议公开保留我个人意见，并要求记录在案的，这是唯一的一次。因为我毫无办法改变失去机遇的会议决定，只能让历史来证明我的建议是正确的。

说真的，学校领导班子成员，对新校区的建设一直都是很支持的，但我不明白为什么这一次建材工业园的接手，多数人会反对！

本来此事到这儿也就结束了，但我还没死心，因为我坚信我的建议是正确的。那年国庆节，校长从中央党校放假回宁，我请求利用假期召开常委扩大会复议这件大事。校长在假期中特地抽出时间，安排了一次领导班子会议，将此事列入了会议议程进行复议。

校长同意假期开会来复议，显然是倾向于接手此地的，如果不同意就不会再特地安排假期里开会复议了。我内心很激动，非常期待此事能获得通过，否则，学校没法给王宏民市长交代，这么好的机会居然放弃，不是给人家笑话吗？再说，眼看能有为学校每位教职工盖一套住房，或者给后人留一块现成的发展用地的机会，我们居然如此冷淡漠视，今后不会后悔吗？

但那次会议的结果还是没有如我所愿，即使吕书记最后发言，建议将建材工业园接下来，并讲了王副省长、王市长都建议我们接下来的意见。但会议上还是多数人反对，没有通过这个提议。这样，我只能眼睁睁地看着这么好的一次机会，错失在茫茫夜空里。

这么好的一次机会，居然两次被会议否决，我内心非常痛苦，像一个无助的小孩，无处所说，欲哭无泪，觉得很委屈，心在无奈地流泪！

几个月后，省委组织部调我去南京医科大任党委书记，我离开了南师大。

春节过后，社会经济形势发生了很大的变化，离开那次会议不到半年时间，南师大想起来再要建材工业园这块土地时，南京市政府不给了。又过了半年多，建材工业园划出一百亩地，在市场上挂牌竞拍，居然拍出了 2.2 亿元，那时大家都知道不可能再提此事了，南师大永远失去了这块地。

照片的右边就是原建材工业园划出一百亩地挂牌竞标后建起来的高层住宅楼，左边的那两幢房子从外形上还可分辨出来，这就是当年烂尾楼改造后的写字楼。

一年后，南师大校长提拔到省内更重要的单位去当一把手了，我作为省人大代表“参观视察”该单位。中午吃饭时，校长特地拉住我坐在他身边，席间对我说：“国钧，那次师大接手建材工业园那块地的事，我看看反对的人太多了，所以没有通过你的提议，很抱歉了！”我笑笑说：“这事谈不上抱歉！少数服从多数的原则也没办法，过去就过去了，你还记得？”“那事是那时，不是现在，就不提它了吧！”

后来，我在省人大会议上几次遇到王宏民市长，他每次都笑话我，对旁边人说：“原省建材工业园那么好的地，那么便宜的价格，国钧校长居然不要，你们看他有多傻啊！”王市长以玩笑口吻说出了我揪心的实情，那时我只好苦笑而已，实在无言以对。

我回顾这件事，绝不是标榜自己的提议有多正确，自己多有远见，不是的，绝不是的！说不定我也曾作为错误意见的多数否决过别人持

原建材工业园的部分土地与周边坡地现在已建成了南京技师学院，其教学大楼与我校仙林校区北区山脊上的界址线之间距离，不会超过 200 米。

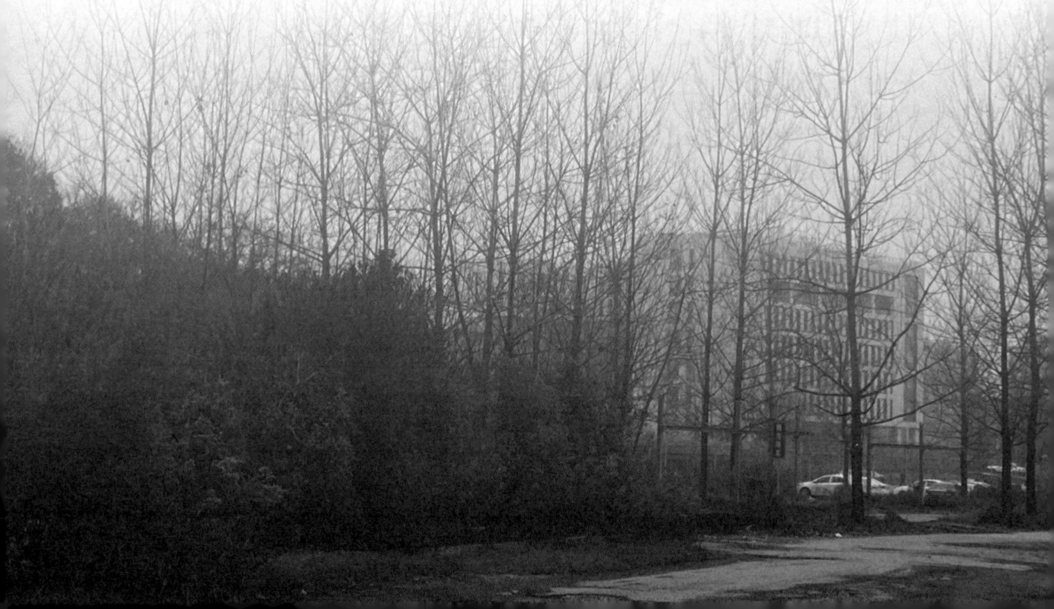

正确意见的少数，我相信也一定有过。

现在，我只是从领导体制上思考，感到很困惑！明明正确的东西被多数否决了，还没有办法可以得到纠正，只能眼睁睁地任其错过机会，因为党内政治生活准则规定只能少数服从多数。

而理论和现实又告诉我们，往往最先发现真理，认识真理，或者最先发现机遇和认识机遇的总是少数人。这既符合辩证唯物主义的“认识论”，也符合现实生活中的实际情况。因为人们认识真理总是有一个过程的，由于各人阅历的不同，接受信息量的不同，悟性的不同，专业素养不一样，在认识真理看到机遇的过程中有早有迟，有先有后这是很自然的事。如果说都是同步认识真理，同时看到机遇，那倒是很奇怪的事了。

既然这样，那么一定要少数服从多数，无疑会牺牲掉许多正确的选择。

生活现实还告诉我们，如果是多数人看到机遇了，那还是机遇吗？那也就不是机遇了！就像建材工业园的地，当大家都意识到，接手建材工业园的土地是一次机遇时，南师大想要了，南京市不给了，因为他们也意识到拿出来“招拍挂”能有更大的收益。所以，人们说许多历史机遇就是一瞬间的事，抓住就抓住了，抓不住就永远没有了。

多少年来我一直很困惑。我不是为自己正确的意见被否决而懊恼，而是想少数服从多数的民主集中制，从体制上而言，可以集思广益，防止决策失误，也可以防止个人独断专行，防止有人以权谋私，等等，这无疑都是好的。但这种体制和规则，似乎不成全创新，不成全抓机遇，因为在集体决策中率先认识真理和机遇的总是少数人呀！我越想越困惑，不知道在今后的工作中如何才能避免少数人的正确意见被否决！怎样才能弥补民主集中制执行中的缺陷？

《左传》记载了成公六年，楚、晋交战，晋中军帅栾武子下令退军，众将军多数不赞成。但栾武子说："善钧，从众。夫善，众之主也。三卿为主，可谓众矣。从之，不亦可乎？"意思是事情不能简单地以多数少数为准，"善"即正确，比多数更重要，"善"在少数人手中时，从"善"亦即从众。

多少年后，原建材工业园的土地上，筑起了一片漂亮的高层住宅楼，看了让人眼馋。

更没想到的是，当年让我神往，跃跃欲试想征下来的那块藏污纳垢的垃圾堆，如今也发生了翻天覆地的变化。房地产开发商在垃圾堆上覆土后植树修路，建了"玲珑翠谷"一大片漂亮的高档别墅区。

土地真是人间最宝贵的资源，只要有了它，什么人间奇迹都可以创造出来。

2016 年 8 月 6 日 于南京

记事　　2001年11月8日

交学院的"十五"规划。

1."十五"的建设目标——

① 研究学位 —— 高层次学术型人才

专业学位 —— 科研与管理

能力、[illegible]、[illegible]

[illegible]"九五"的[illegible] —— [illegible]

[illegible]　"十五"[illegible]、[illegible]。

[illegible]。　[illegible]

资金要到位 —— 十几个亿

（[illegible]）引进人才。

"九五"抓住机遇，"211"前进了；

改进建设[illegible]（[illegible]）

集中精力、目标明确、

思路清楚、团结奋斗。

② 综合实力雄厚，适当的调整，

科技上，先进性[illegible]，

发挥优势，

强 —— 传统优势学科。

师恩难忘

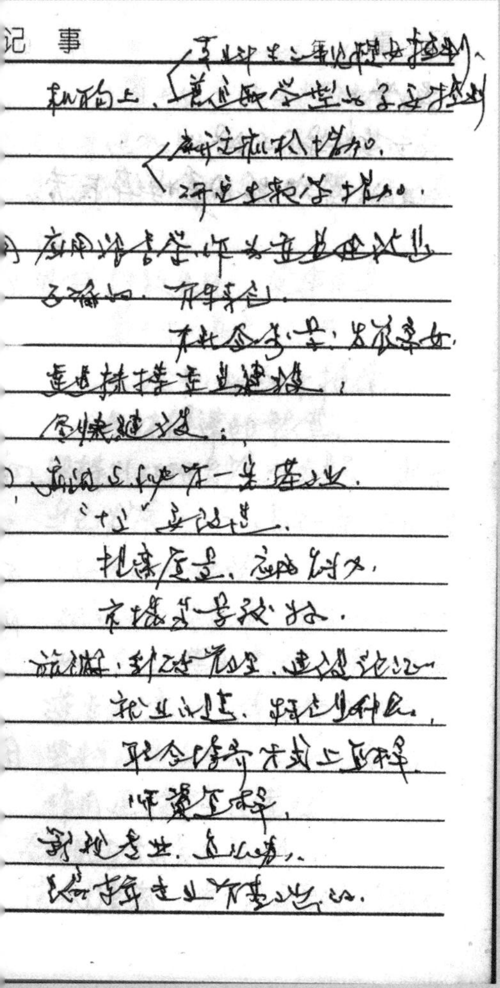

> 师生同吃同住同劳动，在灿烂的晚霞里一起散步，在昏暗的灯光下一起讨论，在令人无措的烦恼中一起创作，在兴奋的激情里一起修改，在通宵达旦的疲惫里共同迎来充满希望的黎明。正是师生们形影不离，培养了我们之间特殊的友谊与情感。

2009年12月18日的南京医科大学校报上，唯一以老师和我的名义，发表了一篇《南京医科大学江宁校区记》，并在题记的末尾写了如下一段话：

> 正值秋色宜人，气候凉爽之时，特邀我崇拜的郁炳隆老师、顾复生老师、贺国璋老师、冯云青老师参观医大新校区。师生相聚，其乐融融，谈笑风生，妙语连珠。在兴致甚高，雅趣盛浓时，我邀老师一起为南医大新校区题记，分外之想，居然得到允诺。斗转星移，至今六年过去，湖景依旧，柳叶已成荫，吾师何在？郁炳隆老师去年病故，日前顾复生老师又不幸离世，我十分伤感，夜不能寐。辗转反侧间，想起文学不是对时光的挽留吗？于是半夜翻出此文，再做修改，发表于此，以期留住他们的音容笑貌，寄托我对老师的哀思！
>
> 陈国钧
>
> 2009年11月16日　凌晨

这里提到的这几位老师，都是我非常尊敬非常爱戴的恩师。学生尊敬爱戴老师在中华民族的文化传统中，应该是很正常的事，但由于我们是在特殊环境里建立起来的特殊感情，其关系的密切和情感的深厚是一般师生情不可比拟的。

1973年秋，我们这届工农兵学员进校时，正值小平同志提出全面整顿的年代，全国教育系统掀起了轰轰烈烈教育革命的热潮。高校的课程体系该怎么改？教学内容又如何改？教育界还没有成熟的经验，都需要在不断的探索中，获得经验，获得真知。

当时南师中文系领导班子，选择我们刚刚进校的七三级（2）班作为教育革命的试点班，并由七位老师组成一个教改领导小组，负责我们班教学改革的试点工作。这小组里除了以上四位老师外，还有王若川老师、唐纪如老师和芮汉庭老师。他们都是“志愿兵”，都是自己主动报名参加的，所以，对我们班的教育教学工作，可以说是废寝忘食，尽心尽责，投入了大量的精力，整天与我们“滚”在一起，“开门办学”时还吃住在一起。

郁炳隆老师还兼任我们班的班主任，那就更是如此了，大事小事都要放在心上，所以培养了我们之间超出常规的特殊的师生感情。

当年，遵照“文科要以社会为课堂”的最高指示，经上上下下广

中大楼的109阶梯教室和201资料室，右面是北坡下山的台阶，也是我们天天要经过，最常走的路。

泛讨论和研究，教改领导小组提出我们班的教改思路——“以战斗任务组织教学”。现在回过来看，这种教学改革的思路，有优点也有问题。但是在师生们团结一致密切配合完成教学任务的过程中，我们学到了许多课堂上教不了学不到的分析问题解决问题的能力。这对青年学生学用结合，将来走上工作岗位是非常有益的。

何谓“以战斗任务组织教学”呢？实际上就是把课堂上的理论教学与社会实际需要结合起来，把教学计划的“条条”教学内容，组织到社会需求的“块块”上去进行。例如在“批林批孔”“评法批儒”运动中，教改小组安排“先秦两汉文学”的教学；在社会评《水浒》、评《红楼梦》活动中，组织了“明清小说”的教学；在社会普及样板戏活动中，组织了“戏剧电影单元”的教学；等等。总之，南师大教改打破了一成不变的、按教学单元顺序渐进的教学模式，而千方百计把课堂教学与社会需要的宣传教育活动结合起来。

这种模式不仅仅停留在课堂教学环节上，学校还组织我们深入到工厂、农村、军队、商店、矿山等单位去，与工人、农民、解放军战士，甚至售货员、服务员在一起，学习讲解，帮助推动社会大批判活动的深入开展。

有一学期，我们在课堂上先学习“先秦两汉文学”，老师重点讲解了诸子百家文选，剖析了孔子、孟子、庄子、老子、荀子、韩非子的代表作和他们的思想。校外实践则去了南京汽车制造厂的铸造车间，一边参加学工劳动，一边组织工人学习法家思想，宣讲“评法批儒”。这对锻炼我们的理解能力、表达能力，提高逻辑思维能力，在未来胜任人民教师岗位要求是很有帮助的。

在理论教学和实践应用中，老师们始终都和我们在一起。老师为工人师傅的宣讲就成了给我们做的示范，当我们自己参加宣讲时心里就踏实多了，不胆怯了。因为有老师手把手的指导，我们的宣讲就成了对老师宣讲的学习与模仿。

记得在南京汽车制造厂学工期间，有一次工厂邀请郁炳隆老师去做报告，讲“评法批儒”。郁老师特地带上了我，就像带了一个小助教似的。那天，我挎了一个书包，带了一本笔记本认真做记录，特别是郁老师讲到精彩的地方，我一字不漏地一一记下来，留作自己学习与模仿的范本。

报告会下午四点开始，面对的是全厂中层及以上干部，郁老师幽默风趣的讲解，不断赢得一阵阵掌声和笑声。郁老师讲话风趣又幽默，他无须事前准备，常常是信手拈来就是一个“包袱”。他那一口带有一点点江阴腔的普通话，可以让人捧腹大笑。这不是他刻意的，而是一种文学功底，一种驾驭语言的能力。

在工作生活中，郁老师的幽默风趣甚至是天赋，他能把一些老生常谈，说得很特别很有意思；把一句平平常常的话，表述得很有趣，让人发笑。

有一回，我和郁老师跟谈校长还有教务处的老师一起去检查学生毕业实习的情况，中途在休息站下车，一起去厕所的路上。郁老师用带一点点江阴腔的普通话对谈校长说：“阿梁！怪不得做校长是要忙了，要亲自上课，亲自带研究生，还要亲自开会布置任务，亲自出来检查毕业生的实习情况，现在还要‘亲自’上厕所！那还能不忙吗？”这最后一个“亲自”把大家都逗得捧腹大笑，谈校长都笑不能止。这么一笑是最好的解乏剂，大家都忘记了旅途的疲劳。

我们学生都非常喜欢听郁老师的课，有他的课，大家都会提前到教室抢座位。听郁老师的课，即使昨晚许多人做作业写东西“开了夜车”，也不会有人打瞌睡。我们学生都很佩服郁老师的语言天赋，幽

郁炳隆老师是我国当代文学和儿童文学方面的专家，是我们班的班主任和任课老师，一直任职到送我们毕业。

默而深邃，大家认为即使学一辈子，恐怕也无法学到手。

俗话说“近朱者赤，近墨者黑”。尽管与郁老师的讲课水平比，我们还差得“十万八千里”，但在毕业后，学校不少了解我们班的教师和学生，都说我们班的毕业生在不知不觉中已潜移默化习得了郁老师讲课的风格。

那天一个半小时的报告在不知不觉中很快就过去了，赢得了台下的一片掌声，这是很不容易的，政治性的报告不容易抓住人。宣讲结束，工厂革委会领导一定要留郁老师吃晚饭。那时没有讲课费这一说，邀请单位留你吃顿饭就算很客气了，已是对你报告的一种褒奖。

郁老师看了一下手表，又看看我就答应了。也许他考虑到我回到学校时已错过学生食堂开晚饭时间，便答应了。那时师范院校实行的是包伙制，一张饭桌一小桶饭四个菜，饭菜每人分一份，分完就没有了，人不到也没了。那个年代学生伙食比较差，一个星期才有两餐带荤。饭是定量的，男生一般都不够吃，哪一顿谁不来，大家都高兴着呢。特别是男同学，每人可多打一点，哪里还会有剩呢？

我跟着郁老师到工厂食堂，饭菜都已经摆在角落里的一张饭桌上了。工厂革委会办公室的一位工作人员给我们打了个招呼，说今天工厂生产中出了一点小事故，书记急急忙忙去现场处理了，“今天就由我陪你们了”。郁老师说不用客气，就带了我坐下来一起吃饭。

那个年代，虽然高校食堂的伙食条件比较差，但工厂的伙食还是可以的，“工人阶级领导一切”，工矿企业的食品供应比较好。食堂烧了一盆红烧肉，还有几个其他菜，具体我已不记得了，但那盆红烧肉给我留下的印象特别深刻。

我没付出劳动，开始时还不大好意思吃。郁老师大概也看出来了，对我说：“小陈！别不好意思，既然坐下来了，不吃也是吃了！”那位陪同的同志也说：“你们不用客气，把这些都吃完，否则也是浪费。”一听说要浪费，那多可惜！于是我厚着脸皮美美地实实在在地白吃了一顿，吃得好过瘾啊！这件事在很长时间里我都一直忘不了，特别是吃到那盆红烧肉，简直像干枯的禾苗遇到了甘露。

我们到外地去“开门办学”，不管在工厂、在农村、在军营、在学校、在商店，老师们都和我们吃住在一起。师生同吃同住同劳动，在灿烂的晚霞里一起散步，在昏暗的灯光下一起讨论，在令人无措的烦恼中一起创作，在兴奋的激情里一起修改，在通宵达旦的疲惫里共同迎来充满希望的黎明。正是师生们形影不离，培养了我们之间特殊的友谊与情感。

那时郁老师在校也是单身，夫人丁老师带两个小孩在南通农村小学任教。隔壁邻居尉天池老师也是单身（那时还没成名成家），夫人带了小孩在徐州。郁老师和尉老师两人隔墙而居。我们学生经常去串门子，他们也欢迎我们常去消闲打乏，有时还会闹到半夜。

时间混长了我们发现，他们都已拖家带口，全靠薪酬度日，日子也过得很拮据。发工资那天，工资大头往夫人小孩那里一寄，留下的已所剩无几了。加上心思不放在生活上，比我们还不会糊日子，可以说生活近似乎潦倒。

有一次暑假结束，丁老师下午要带孩子回南通去，郁老师中午特地从食堂买了一份萝卜排骨汤，为夫人送行。尉老师听说了，赶忙打了个电话给郁老师说，中午汤喝完了，那骨头可不要摔掉，晚上我们两人把它放在水里放点盐再好好煮一煮，肯定还有不少肉味。现在听起来像是笑话，但那时他们过的就是这样窘迫的生活。

有一天，我在南山的坡道上遇到尉老师。那已是中午时分，我们几个年轻人都从坡上往下走。那时我们都刚刚留校，准备去食堂吃中饭（当年的老教工食堂在今天逸夫楼的身底下）。尉老师却提了一串粽子往坡上走，我觉得很奇怪，吃中饭时光了，怎么不往食堂走，反而往宿舍走呢？我就开口问："尉老师！吃饭了怎么不去食堂？"他笑嘻嘻地提起那串不知是谁送给他的粽子说："还有两天，我和老郁就要靠这几只粽子坚持了！"大家听了都哈哈大笑，不知他说的是玩笑还是真情。

我回头一想，说不定是真的。有一个现象可以判断，每到学校发工资这一天，尉老师在食堂肯定要买两份红烧肉，用他的话说，这叫"好日子先过！"。一到月底没饭菜票了，就开始指望下月初 2 号发工资，再吃两份红烧肉。这就是那时大学老师生活的写照，一点不假，怪潦倒可怜的。

毕业那年，郁老师征求我的意见，毕业了有什么打算，并告诉我学校有留我下来的意向。我想了一下说："谢谢郁老师的关心！如果问我个人的意愿，最好我能回无锡。古人说男儿要'孝悌于家，忠謇于朝'。妈妈去世后，父亲一个人在家很孤独，身体也不太好，希望我能回家。"

郁老师听了若有所思地告诉我："很理解你妈妈逝世后家庭的实

际困难，也很能体会你离家那么多年的思乡情结。但根据今年毕业生分配的原则，无锡是肯定回不去的，师范生只能哪里来哪里去。你来时的江苏生产建设兵团，现在淮阴（现淮安市）已改建为省农垦局了，农垦局听说你是校学生会主席，专门来函催要你去农垦局报到。所以你的去向看来只有两个，一是留校，二去农垦局，没有第三种可能。”

他停顿了一会儿说：“我看你还是留校吧！”

我想了想委婉地说：“既然这样，那就服从学校的决定了！”后来听说从生产建设兵团来上学的工农兵学员，能在学校留下来，这也是很不容易的事。

省农垦局那时刚刚组建，要求南师从原江苏生产建设兵团来读书的九十几位应届毕业生全部回农场。因为“文革”快十年了，农垦系统几乎没有补充过一个大学生，各方面的人才奇缺，特别是教师，各农场的场办学校已缺到快没人上课的地步了。

后来，省农垦局还特地派人来学校，与校方商谈要这批毕业生全部回农场的事，还特别点名要我到新成立的省农垦局办公室报到。学校当然不同意啰！争执到最后，双方达成协议，按省高教局的文件规

二十世纪八十年代时中文系的领导班子：王臻中老师、张瑗老师、庄长元老师，还有郁老师和我。

定，在应届毕业生中可以按 2% 的比例选留，充实高校的师资队伍。那一年，全校从原江苏生产建设兵团来南师上学的毕业生中只能按比例选留两个人，其中的一个就是我。

毕业那年我已二十七周岁了，郁老师待我就像是对自己的大孩子。毕业离校那天，当我把全班所有的同学都送走后，郁老师对我说："现在是你应该解决自己终身大事的时候了，不能再拖啦！"

不久，还是由郁老师做媒，在同班的同学中找到了我的另一半。

留校后，我一直与郁老师一起在中文系工作，后来又在一个班子里共事，我们也就成了"忘年交"，既是师生关系，又是同事和朋友！

到 1989 年，郁老师和我一起主持中文系的工作，他当系主任，我当系总支书记。尽管"风波"后的那段时间，大学的思想工作和行政工作做起来都很艰难，但我们俩团结一致，配合默契，工作有序，系里的各项工作做得都很平稳很顺利。

自恢复高考起，郁老师历年都是江苏高考语文阅卷工作的主持人。前后主持了三十年，从没出过事。他做事总是全身心投入，孜孜不倦，精益求精，从不放过一点疏漏。

中大楼过道门右边的第一个窗户就是郁老师与我一起主持中文系党政工作时的办公室。

郁老师平日里也非常勤奋，无论是阅读、备课还是写文章，每天都要到凌晨一二点才睡觉。陪伴他的是香烟，慢慢养成了这个改不了的习惯。

多少年来我一直在他身边，为他着急，香烟抽得太厉害了，不管他走到哪里，室内都是烟雾缭绕。用他自己的话来说，他“出差在外，家里的老鼠都不安宁——闻不到烟味了”。这当然是玩笑话，但我很担心他的健康，也经常提醒他，直到我离开中文系。

三年后，学校领导班子换届，需充实第三梯队的年轻人，他积极推荐我到学校去任职，当我到学校去任副校长后，他比任何人都高兴。按他的说法，“青出于蓝而胜于蓝”，这也是他的骄傲。

几年后，我很高兴又有机会与郁老师走到一起。根据党委的决定，由郁老师和我一起把中文系的新闻专业与学校的电化教育专业合并，筹建一所新学院——新闻与传播学院。

党委要我兼新闻与传播学院的第一任院长，主要是想借助行政的手段和力量，帮助解决筹建中的人财物问题，特别是要调度解决当时最困难的空间和经费问题。那时我是常务副校长，又分管财务、基建和后勤，调度人力和财力相对来说方便一些。其实，在合并筹建中，许多指导性意见和点子都是郁老师提出来的。

郁老师有丰富的院系工作经验，特别对新学科的交叉融合有自己独到的见解。在研究新闻与传播学院的学科建设和学科发展时，他提出了适应社会发展潮流，面向二十一世纪，新闻与传播学院的学科建设要坚持走“软硬件结合，文理工融通”的发展思路。这为新学院的筹建提出了纲领和目标，获得许多专家和同行们的积极肯定。

南师大筹建新闻与传播学院，当时在全国高校中还是第一家，后来很快得到了诸多高校的响应与效仿。

当年筹建的新闻与传播学院，就在这栋原电化教学楼，充分利用它原有的演播厅和教学设施，可节省许多设备投资。

一年后，新闻与传播学院的架子搭起来了，我很快就脱掉了院长的职务，由郁老师任新闻与传播学院院长，带领大家开始学科建设的新征程，积极创造条件，去申报新闻学领域江苏的第一个博士点。

我不再兼任新闻与传播学院院长，但党委分工还是由我联系新传院。在我离开南师大的前一年，我和郁老师共同策划了一件有些轰动效应的事——全国大学生电视节。

当时“全国大学生电影节”已经由北京师范大学举办过了，但“全国大学生电视节”还没有哪一所高校举办。如果南师大这时主动接过来，举办“全国大学生电视节”，正是一个好契机。

那时新传院以学校名义举办“全国大学生电视节”的目的，是想提高南师大新闻与传播学院在全国高校新闻专业与传媒专业中的知名度，提高学院在新闻传媒界和文化艺术界的影响力；联络兄弟高校的新闻专业和传媒专业，增进友谊，以配合学院申报新闻学博士点。当然，除此外还有一个目的，可以活跃学生的课余文化生活，这也是提高大学生文化艺术素养的重要举措。

社会上听说南师大要举办大学生电视节，江苏不少企业都提出愿意捐助大学生电视节的活动经费，以换得在开闭幕式上挂广告的机会。有实力的单位甚至直接提出要买断大学生电视节的冠名权。

既然办大学生电视节的经费没问题，不要学校和学院出一分钱，只是操办全国性的大学生活动，联络、邀请、举办会辛苦一点而已。大家一商量，都觉得还是值得闯荡一次，于是放开手脚开始筹办大学生电视节。

新传院以学校名义成立了一个“全国大学生电视节”的筹备领导小组，除了我和郁老师、郑铿老师、鄢光苒老师外，主要是朱梅、张红军、王丽娟、陈莉、苏宏元等这批年轻人冲在前，发挥他们各自的特长，设立了若干个工作小组。

根据全国大学生电视节的策划，除了举办两场新闻与传媒的学术理论研讨会，安排几位著名作家、编剧、导演的学术报告会外，电视节设立了“最佳电视剧”“最佳电视专题片”和“最佳电视栏目”三项大奖。

没想到经过一段时间的精心准备后，联络组与其他高校一联系，得到了外地大学相关专业大学生们的热烈响应，都表示会积极参加即将开始的“三大奖”的推荐和投票。更没想到的是中央电视台的著名节目主持人王小丫，愿意亲自前来主持大学生电视节的颁奖典礼。

后来，全国大学生投票推荐出来的几个“最佳电视剧”的导演、“最佳电视专题片”的导演和“最佳电视栏目”的主持人，都表示将千里迢迢赶来参加颁奖典礼，亲自上台领奖。他们中尽管很多人已有很高的社会知名度，但依然十分看重这次民间的奖项。因为在他们看来，这是全社会文化程度最高的一个群体，是国家“天之骄子”的大学生们无记名投票产生的奖项，体现了年轻人的品位与爱好，会影响和引领未来电视剧的发展倾向和潮流。

这下大学生电视节可轰动了南京城。本来我们的筹备计划中，颁奖典礼在仙林新校区图书馆前面的广场上举行。江苏电视台听说了，要到南师大新校区的颁奖典礼现场来全程录像。他们回去给省委宣传部汇报后，省委宣传部觉得这不是一次宣传正能量的好机会吗？于是，决定把“全国大学生电视节”的颁奖典礼移至江苏电视台的大演播厅来举行，并向全国观众现场直播颁奖典礼的全过程。

“全国大学生电视节”办到这一步，声势搞大了，我和郁老师已做不了主了。那次颁奖典礼的局面完全出乎我们的意料，现场按正规的演播要求，演播大厅装饰得很豪华。颁奖典礼的档次也提高了，省委宣传部的领导要出席，规格规模都搞大了。但也留下了新的遗憾，

这是如今南师大新闻与传播学院搬入的新楼，长江后浪推前浪，有了新的空间、新的师资，相信学院一定会有新的提高与发展。

演播厅能容纳的人数有限，能进颁奖典礼现场的大学生与要求进场的人数比太少了。

这项活动热热闹闹，提高了南师大新闻与传播学院的声誉，在新闻传媒同行业中也造成了不小的影响。

“全国大学生电视节”圆满收官后不久，我就依依不舍离开了我的母校，根据省委组织部的调令，去南京医科大学任党委书记。

回想起与郁老师一起的日子，我内心总是充满了感激和快乐，他是我人生中最难得的良师益友。记得 2008 年 2 月 7 日，郁老师在新年祝福时还发了一首诗给我，至今我还保留着。“瑞雪积丰门，闲阳照景深。又到换岁时，围炉思旧尘。笑斟一杯酒，遥举香可闻。”

快乐的时光总是有限的，没想到老天妒才，遥举的是一杯苦酒。就在这一年，郁老师积劳成疾，住进了我校第一附属医院（江苏省人民医院）。我请了最好的医生，用最好的药，但肺癌发现太晚，病入膏肓，已无力回天，2008 年底郁老师不幸离开了我们。

作为医科大学的一把手，我都没能挽留住自己老师的生命，感到非常的内疚和自责。每当想起，我总会深深叹息，这成了我一生难以消弭的心痛。

郁老师去世后，《扬子晚报》超常规地用一个整版，刊登了对他的悼念文章和学生们对他的回忆，这是极其罕见的，其政治待遇已远远超过了省部级领导。那期版面的通栏标题是“主持江苏高考语文阅卷三十年的人”，这是人们对一个平凡而伟大的人民教师的追忆和悼念。

我永远怀念我的郁老师！

2020 年 2 月 20 日

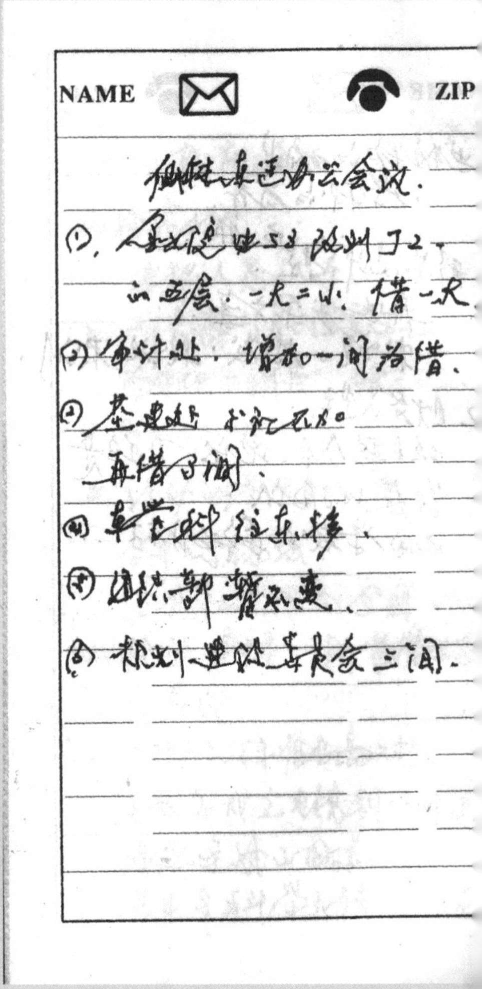
NAME
ZIP

筹办附属实验学校

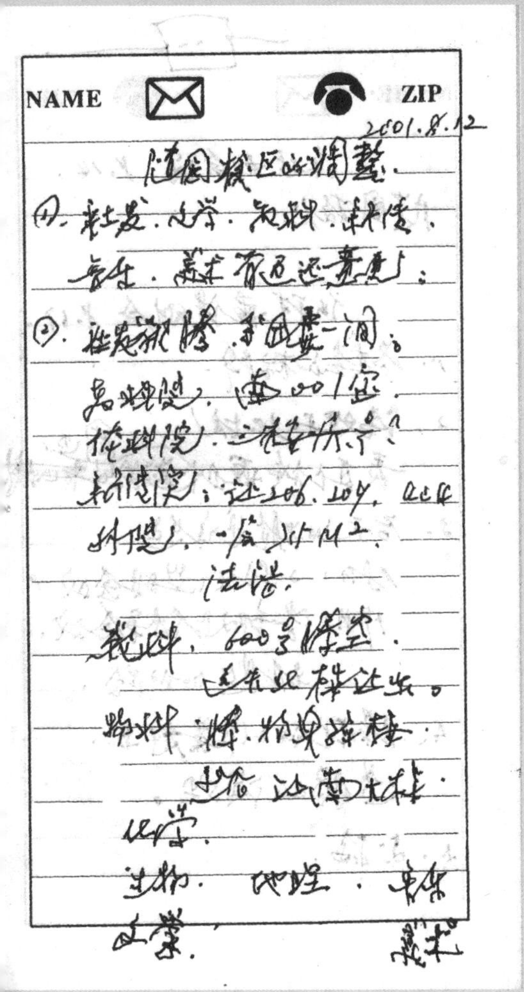

全校几乎一半以上的学生他都能叫出名字来。学生见到他时都满脸笑容，很亲热又崇拜。见了这场景，我感到如迎面扑来一股暖流，这股暖流告诉我陆校长能做到这样，不是因为，或者说不仅仅因为是校长，而是他从心底里，从灵魂深处热爱这神圣的基础教育。

新校区如火如荼建设时，学校领导班子和同事们就在想，如何为未来进入国家“211 工程”建设行列的南师大，创办一所真正属于自己的附属学校。

南师大历史上有一所附属中学——南师附中，过去和现在，一直是南京市最好的中学，我们国家的很多名人，不少院士都毕业于这所学校。“文革”中据说是强调“党的一元化”领导，把南师附中划归了南京市教育系统革委会统一领导，从此失去了与师大的隶属关系。“文革”结束后，在拨乱反正期间，尽管学校一再要求南京市将南师附中回归南师大，但南京市教育系统就回归后要负责附中学生上山下乡工作为由，难倒了南师。所以，至今南师附中虽然还依然存在，但附中的隶属关系却不在南师大了。所谓“附属”已是徒有虚名了！

眼看附中的回归无望，在这样的情况下，南师大多少年来，一直有收编或新办一所真正附属于自己的实验学校的想法。那样既可满足师大研究总结中国基础教育深层次问题的需要，也可作为探索中国基础教育改革的样板，为江苏乃至全国提高基础教育质量出谋划策。

然而，“文革”后二十多年了，由于种种原因，南师大的期待还是没能如愿。其中有一段时间，附校与师大的隶属关系打通过，从附校还调了几个干部到大学来任职，但不知什么原因，很快就又终止了。

这是南师大仙林校区正大门斜对面，新建成的南师大附属实验学校的大门。

所以大学的教职工只能继续望“校”兴叹了！

到二十世纪九十年代中后期，在南师大新校区建设中，终于迎来了一个难得的机遇。南师大新校区落户在仙林农牧场，与合作伙伴谈起想在新校区边上建一所附属实验学校时，征地的合作方仙林农牧场和亚东建发集团听了欣喜若狂，都说：“好啊！这是一个好主意。我们都盼了多少年了，就是希望附近能有一所小孩读书的好学校！”

仙林农牧场位于中山门去栖霞山的路上，那时从中山门出去，过了土城头路，眼帘中的景象，就像去地中海过了苏伊士运河进入非洲一样，一片凝固了的苍凉，这幅景象与改革开放中飞速发展的南京城区，形成了巨大的反差。似乎“春风不度农牧场”！

多年来仙林农牧场主观上已做了很大的努力，也进行了很多探索。但由于国家改革开放前与西方先进的牧业奶业相比，差距实在是太大了，大量进口的奶制品质优价廉占领了中国市场，所以仙林农牧场那些年的经济状况很不景气。

可以想象，仙林农牧场自身经济都很拮据，哪会有财力来扶持自己办的“戴帽子”小学呢？学校校舍破旧，教学设施简陋，好教师很难留得住。结果呢？毋庸讳言，教育质量不尽如人意。

农牧场职工子弟在自己小学毕业后欲上中学，要走很长的路，到很远的地方去求学。现在听说附近要办一所师大附属实验学校，那不是从天上掉下来一块馅饼吗？

亚东建发集团是仙林农牧场与美国亚蓝湾公司合资的一家房地产开发公司。开发初期，美方投了 800 万美元，在仙林农牧场靠 312 国道边上征用了 2000 多亩土地，做了一个房地产开发的整体规划。但三四年过去了，由于离市区有一定的距离，对房地产市场的前景吃不透，加上这儿缺乏房地产开发的卖点，开发工作迟迟没有启动。美方眼看没什么希望，最后也就从合资企业撤走了。

中方接受了这个开发盘子后，正发愁开发商品房能不能卖得出去的问题，现在如果有师大附属实验学校在附近落地助力，那就等于抱了个财神菩萨，销售行情就肯定不一样了。因为老百姓买房最先看重的还是学区、医院，其次才是周边的交通环境。至于商业设施，只要有人气的地方，自然会引来商家开办各种商店。

三个单位目标一致，谈起创办师大附属实验学校，当然就一拍即合。于是，学校党委要我代表南师大与农牧场场长孟荣华、亚东建发集团的副总裁聂筑梅（农牧场书记），进行具体问题的谈判。经过一段时间的商谈，三个单位很快就达成了共识。

既考虑到各自的优势和难处，又能扬长避短，共同创办一所全新体制的师大附属实验学校。大家一致同意以股份制的形式创办，实行董事会领导下的校长负责制，董事长由南师大出，校长由南师大推荐，经董事会通过后任命。三家的投入分别如下：仙林农牧场因经济窘迫，就以 100 亩土地入股；亚东建发集团则出资 4800 万人民币现金入股；

南师大出品牌和管理，另再出1000万人民币资金入股。如果建设附属实验学校的经费不足时，则由附属实验学校自己通过抵押贷款来解决。

附属实验学校的选址，就在南师大新校区正大门马路斜对面仙林农牧场的一块空地上，大概正好有一百多亩地。当时想得比较简单，反正是国有农场的土地，是一块地面上没有任何建筑的闲地，又是办教育做善事，说入股也就入股了。砌了围墙就开始搞建设，根本没想到要另外申请土地指标，要办理土地出让手续，等等。直到十多年后，吕炳寿书记去任监事长时才补办规范手续，把土地权属办到附属实验学校的名下。

也就是到了这时才知道，附属学校的围墙里还围着17亩不是自己名下的土地。而四周早已被商业用房和住宅小区围死了，成了一块建筑群落中没有通道的“飞地”、一块“死地”，哪个单位都用不起来了。谁都没想到，当时无知办了错事，今天对附属实验学校来讲反倒成了好事，给学校留了一块只有自己可以征用的发展用地。

协议书考虑到各自的实际情况，又根据当时国家对民办教育的政策，规定了各自的股份和还款程序。当学校办学有赢利时，附属实验学校首先归还银行的贷款，这是第一程序；还清贷款后，第二程序归还各自的投入，按仙林农牧场12%、亚东建发集团50%、南师大38%的比例分配，主要考虑到亚东建发集团的现金投入比较大，照顾亚东建发集团能尽早收回投资，所以前期分配亚东建发集团的比例大一点；待收回投资后，第三程序按仙林农牧场12%、亚东建发集团38%、南师大50%的比例分配。因为后面的办学主要靠南师大来操办，比例适当大一点这也合情合理。协议比较实事求是，兼顾了各方利益。

这是附属实验学校教学大楼顶上的现代屋檐，与大学的建筑不一样，大学是上面牵拉，附属实验学校是下面支撑，风格相似，意韵一致。

该协议因为兼顾了各方利益，所以，协商过程大家都比较友好，互谅互让，促成了协议的签署。剩下最关键的一个问题是如何尽快把附属实验学校办起来，而且能办好，这不仅对社会有益，合作三方也都能从中受益。

附属实验学校的建筑怎么建？仙林农牧场和亚东建发集团都主张实验学校的校舍与南师大新校区一并建设，财务上独立核算就行。那时，我正在主持南师大仙林新校区的建设，学校党委决定就由我和新校区建设管理委员会的同志们，把附属实验学校的校园基本建设一起管起来。

也许就是这个原因，附属实验学校的建筑风格与马路斜对面南师大仙林校区的楼宇非常相似。因为附属实验学校的建筑委托的设计单位与南师大是同一个设计院、同一个总设计师——中大建筑设计院高民权教授。所以它们都有独具现代韵味的“屋檐”，在屋顶女儿墙的外面，飘出去一块遮阳板。只是附校的现代“屋檐”结构与大学的有点区别，大学楼宇的现代“屋檐”是上面牵拉的，附校建筑的现代“屋檐”是下面支撑的，但风格和意韵是完全一致的，非常漂亮，很有特色！

附属实验学校的布局和各项配套设施，则完全是按现代中学的要求设计的，所以学校各栋楼宇的设计比较完善。除了教学楼、实验楼、图书馆、行政楼、食堂、学生宿舍、标准体育场和篮、排球场以外，还专门设计了艺术楼、体育馆、游泳池、报告厅等。

因为有了大学建设的经验，各项基建程序驾轻就熟，附属实验学校各项工程建设的进度比较快，一年后除游泳池没有启动建设外，所有建筑和基础设施都一次性建成了。

校园绿化时遇到了一个问题。在学校体育馆与体育运动场之间有一个天然水塘，面积不大，但淤泥不少，不少同志提议干脆填了做个小花园。我觉得建个小花园无疑也是个好建议，况且用回填的方法平整，也是最节省经费的办法。但我总觉得有点遗憾，如校园里能保留一片水面，校园会有灵气和灵动感，会充满趣味性。于是最后决定，把天然水塘的淤泥清理出来后覆盖在规划的绿地上，然后与校园的净化池结合起来做了一片漂亮的水面。

施工时在天然水塘原有的基础上加以整修，稍稍挖大了一些面积，挖出来的土把清淤后的塘底适当填高，塘边的深度要求不超过 0.8 米，保证学生课余时间闲步观赏水景时的安全性。

当时，只是想到在完美的校园里要保留一片有灵性的水面，没想到十多年以后，附属实验学校领导班子精心谋划，把它建成了一座南京市中学界最漂亮的花园式校园。

合作三方密切配合，经过一年的艰苦努力，附属实验学校顺利落成了，2000 年秋季就招收了第一届新生。

那时，南师大新校区的行政楼还没全部竣工，学校的管理重心还没东移，领导班子还没迁移到新校区来。所以，学校领导分工时，党委考虑我负责新校区建管会工作，就近工作方便，就由我兼任附属实

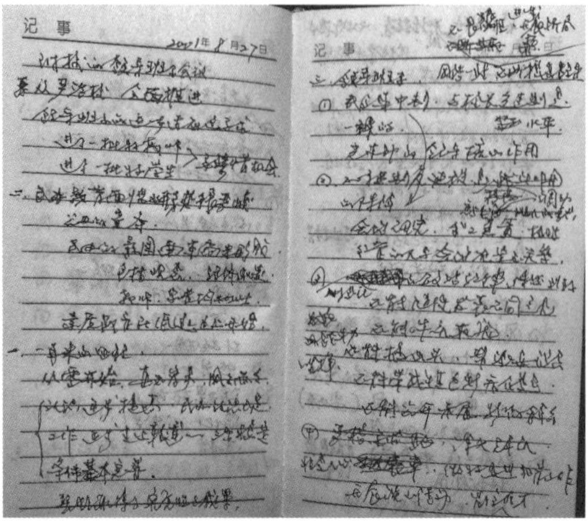

这是当年我与附属实验学校领导班子开会时，我写在笔记本上的讲话提纲。

验学校的第一任董事长。

新办一所实验学校有很多繁杂的事务，所以，只要下班前没有会议拖延，我都会习惯性地到附属实验学校去转一圈，看看办学中有没有遇到什么新问题，哪些事需要我帮助协调解决，哪些事需要由董事会讨论决定。没想到从此，我这辈子与师大附属实验学校居然结下了不解之缘。

为办好实验学校，第一任校长是师大从省内在任即将到龄的名校校长中聘请的，后续几任校长都是从师大自己有管理和教学经验的专家中挑选的。从这十多年办学的实际情况来看，几任校长和领导班子工作都很努力，在股份制民营体制下做了不少可贵的探索，也取得了不小的进步。主要的成绩我认为体现在：第一，稳定了教学秩序；第二，稳定了师资队伍；第三，稳定了办学规模；第四，教学质量逐年提高；第五，还清了全部银行贷款。俗话说万事开头难，能够取得这样的成绩，对一所新办的学校来讲，已是很了不起的成绩了，应该给予充分肯定。

但是，作为师大的附属实验学校，自己种的“样板田”，又可以说是远远不够的。特别在“教育理念”“办学特色”“教学质量”“师资队伍建设”和“社会认可度”方面，还是有不小的进步空间。

由于存在的这些问题在相当长一段时间里，眼看还难以取得突破性的进展，作为主要负责办学的南师大也有点焦虑了。说上吧又上不去，说下吧又不好下，怎么办呢？

那段时间教育部正在整顿和规范大学“二级民办学院”的办学体制，要求“八个独立”，其中之一是“必须有独立的校园”。所以一度师大校园内，议论纷纷，到处传说，干脆把办得红火的二级民办学院“中北学院”搬到附属实验学校去算了，两全其美，省得烦神！

把“中北学院”搬到附属实验学校校园去办，那就意味着附属实验学校要停办，这样做妥当吗？按理来说，我调任南京医科大学后，师大的事与我已没有任何工作关系了。但最初的合作方聂书记和孟场长，他们听到议论后有什么想法，不去找现任校领导，还依旧经常找我来诉述，还不客气地对我说：“因为当年的始作俑者是你！”

说真话，不知什么原因，我对师大附属实验学校确实有一种莫名的牵挂。大概是师大附属实验学校从校园规划到地基放线，从一砖一瓦堆砌到校园全面落成，从学校筹建师资队伍到举行新生开学典礼，那全过程就像是我自己亲手抱大的孩子一样，内心总无法释怀。

聂书记与孟场长还常找我谈附属实验学校的事，言下之意，还希望我能过问此事，但我感到很为难。大家知道，如果调离了原单位还再过问原单位的事，这是官场上最忌讳的事。因此，我几次在省里开会遇到师大的现任领导，都是忍了又忍，欲言而止。

说来也巧，不久师大的原好朋友文书记，到其他大学任职，转了一圈，又回到师大接任党委书记。

一次在省里开会，我与文书记坐在一起，我就从朋友校友的角度，给他提了一点建议。我说：“不管外面传说的消息是真还是假，附属实验学校我还是建议师大要坚持把它办好。……你不忌讳我随便说

这是附属实验学校的艺术楼，不仅为提高学生的艺术素养，也为有各种特长爱好的学生创造了完备的教学条件。

吧？如果办不好，或者不办了，你想南京师范大学作为我省培养基础教育师资的最高学府，连自己的一所附属实验学校都办不下去，母校的脸面不都丢光了？今后南师大在全省乃至全国的基础教育改革上，还会有发言权吗？还有谁会相信你呢？”

文书记觉得我说得有道理。我又换了个角度，半开玩笑地说：“母校所拥有的社会资源排排还有多少？我医科大学有三所全省最好的附属医院，它们在为社会服务中，为学校赢得了人们广泛追逐的社会声誉。你想南师大现在还有什么呢？现在点招指标又都没有了。师大只有竭力把附属实验学校办成第二个‘师大附中’，那就成了人们趋之若鹜的社会资源。”

文书记听了我的建议，觉得有道理，但对根本改变目前附校的现状，办出特色、办出水平、办出声誉来，感到有点棘手。我说根据我的观察和当第一任董事长的体会，关键是要找到一个有思想、会管理、懂业务、热爱基础教育的好校长。

2010 年，我从南医大的领导岗位上退下来，在悠闲中突然想到了一个人——曾经的师大附中校长陆一鹏。

陆一鹏是二十世纪八十年代南师大化学系毕业生，由于表现和专业成绩都很优秀，毕业时被分配到师大附中任教。任教期间他赴日本东京大学攻读了教育学硕士，毕业后回到师大附中，37 岁就接任了校长，当时是南京乃至全省唯一有国外教育硕士头衔的中学校长。

九十年代末，由于他与市教育局局长的教育理念不同，常有思想冲突。那时他年轻气盛，一气之下，就辞职走了。去一个能自由贯彻自己教育理念的地方——苏州蓝缨国际学校当校长。

陆一鹏校长的教育理念不是搞精英教育，而是“让每个孩子都能在学校里，得到思想、学业、身体的进步和提高！”。我很欣赏他这种“有教无类”的教育理念。我认为这恰恰是当今商品经济高度发达的社会缺失的“教育灵魂”。

我之所以想到他，是因为我发现他去了苏州蓝缨国际学校十多年了，但他的家一直没搬过去。我就想是不是最后还会叶落归根回南京呢？如果真有最终回南京的想法，那迟回不如早回！

我把我的想法与曾经的老搭档当时兼任附属实验学校董事会监事长的吕书记沟通，能否把他再请回来，为母校的附属实验学校再做点贡献呢。吕书记听后认为这倒是好点子，陆校长无疑是最合适的人选了。

我和吕书记商定不妨去试试。说干就干，2011 年底，我开了车与吕书记一起去苏州。在蓝缨国际学校，陆校长见到我们非常惊喜，“你们俩怎么会来？”

在校长办公室，我们开门见山与陆校长聊起回母校服务的事。他说：“这事，我没法给董事长交代啊，董事长待我犹如父子。”感到很为难。

在参观他学校时，我发现全校几千名学生，几乎一半以上的学生他都能叫出名字。学生见到他时都满脸笑容，很亲热又崇拜。见了这场景，我感到如迎面扑来一股暖流，这股暖流告诉我陆校长能做到这样，不是因为，或者说不仅仅因为他是校长，而是他从心底里，从灵魂深处热爱这神圣的基础教育。这更让我们下决心说服他，回母校效劳！

回南京的第二天，我和吕书记给文书记做了汇报。陆校长既然感到为难，说明他内心还是有回母校工作意愿的，只是觉得不好给董事长交代而已，这就说明还是有余地做工作的。文书记听了很高兴，委托我们两人继续做工作。学校这一头的职位职级职称，都由他负责解决。

2012 年春暖花开的季节，我和吕书记“二顾茅庐”去了苏州蓝缨国际学校。吕书记把文书记代表学校说的一番话转达给陆校长，陆

这是陆校长到附属实验学校上任后，重新整治后大门口的广场和漂亮花坛，后面是学校体育馆。

校长也感到了母校的诚意，这时他真正感到了为难。他沉思了好长时间，说：“怎么给董事长提呢？估计这一关比较难过。”又沉默了一阵子，他说：“这样吧！给我两年时间，我慢慢来做工作！”

那一年的暑假，我和吕书记“三顾茅庐”时，陆校长说：“我给董事长说了，董事长心里肯定是不同意的，但他很通情达理。看我一个人在蓝缨国际学校辛勤工作了十多年，家还在南京，已很不容易了，同意我过渡两年把接班人培养好，再回母校的附属实验学校去上任！”

陆一鹏校长真正到师大附属实验学校上任是2014年元旦后新学期开学前。

后来据说陆校长离开后不久，苏州蓝缨国际学校董事长就决定把这所学校卖了。我想肯定是这位董事长感到再也找不到像陆一鹏这样的好校长了，这位有情有义为他人着想的董事长，是值得人们尊敬和怀念的。

陆校长从2014年上任到今天才八年时间，他果然不负众望，在他主持下附校发生了翻天覆地的变化。专家就是专家，基础教育的专家治校就是不一样。

他有教无类的教育理念，不是通过理论说教，而是通过一项项具体的措施来体现的。

首先体现在对学生无微不至的关心关爱上。新生进校，他把工作重点放在提高学生的学习积极性和主动性上。除语数外理化生等主要课程外，附校为学生选择性地开设了大量的兴趣课程，有音乐、体育、美术，还有唐诗宋词、写作、计算机语言、电子趣味等几十门兴趣课程。一学期后，根据各个学生的发展潜能和兴趣爱好，他与学生家长、学生一起坐下来，共同规划学生的学习人生，让每一位学生都在最有希望发挥潜能的方向上，心情愉快地学习，聚精会神地去追求自己的理想。

其次，以帮助学生规划学习人生为基准，陆校长对教师队伍做了重要的调整和充实。因为学校要对每一个学生负责，在全面发展的统一要求下，不能忽视每个学生的特长和爱好，要根据每个学生的长处做出有个性的培养计划。这就要求学校匹配能满足学生培养计划的相应的师资队伍，让每一位学生在原有的基础上，在校期间都能得到提高和进步。我认为这是陆校长办学最成功之处。

八年下来，师资队伍的学历层次提高了，研究生学历占师资队伍的 87%。特别是强调了任课老师的教学能力、专业素养和敬业精神，学校师资队伍的精神面貌发生了重大的变化！

与人的精神面貌变化相应，学校的环境也发生了意想不到的改变。陆校长相信美丽的校园环境，能培养出内心美丽的学生。

这几年来，南师大附属实验学校的校园一年比一年漂亮。在陆校长美化校园环境的精神感染下，我也给附属实验学校赠送了五十棵名贵的樱花树苗。现在的师大附属实验学校变成了全市最漂亮的中学校园，多次被评为花园式校园。全市中学界的很多会议都在这里召开，全国各地经常有同行前来参观访问。陆校长他坚信美丽的校园环境能熏陶人和改变人，让每一个学生都爱上自己的母校。

说学校的变化，最根本的变化体现在学生身上。这些年高考的升学率年年攀升，2019 年全校本科率达到了 92%。前年南京艺术学院在全省选 12 名报送生，经过严格的笔试、面试、专业评估，附属实验学校一所学校就选走了 7 名。2021 年高考全校本科率达到了 93%。

由于陆校长的教育理念和教育方法，附校成了一块金字招牌。国家的教育行政管理学院，还特地邀请他前去给干部培训班介绍办学经验和治校方略。全国很多地方和学校前来洽谈合作办学事宜，有托管的、有联合的、有管理和指导的等等各种形式。远的有深圳、云南，

这就是当年准备填掉的天然水塘，如今经陆校长这届领导班子的进一步改造，变成了学校师生们休闲雅集的后庭院，多漂亮啊！

近一点的有上饶、苏州等。

陆一鹏校长工作起来也是个狂人，没日没夜，不知疲倦。我有点忧虑的是他的身体，别看他整日劲杠杠的，其实他身体多处有疾病。曾因肾病一个月做了三次全麻，实在让人忧虑。希望附属实验学校的陆校长能健康平安。

师大附属实验学校近八年来的实践告诉我们，一个好校长，能带出一所好学校，就能教出一批好学生！

2022 年 6 月 22 日　于南京

1982 年 3 月 11 日　　星期一

口腔医学院情况。

研究生的总体情况及其特性。

陈安玉总理法。

[illegible]

口腔医院。

① 安全教育。

② 安全 [illegible]

总体，[illegible]。

③.

要解决的问题：　　医疗联络

1. 应当加强学生的科研工作的问题 将来解决（投资的问题）

2. 奖金分配制度。原来电话学校，[illegible]

[illegible]。

办学要有点战略眼光

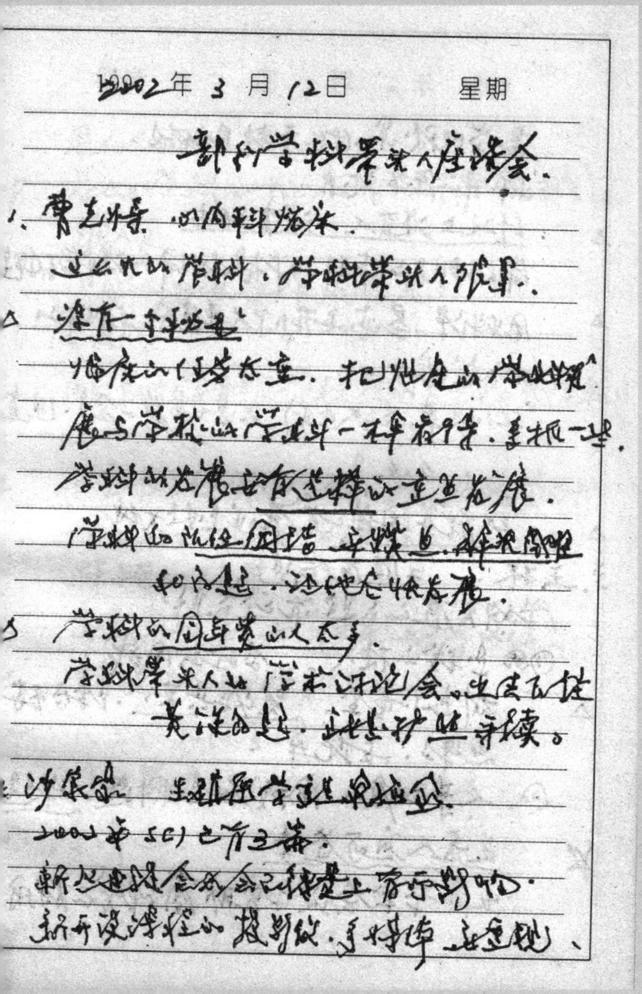
2002年 3 月 12日 星期

十多年过去了，没想到当年我坚持的意见和对将来的预言，“将来有钱不一定能做成事，但只要有地就能干成事”，后来还真的兑现了！

所谓战略眼光，就是说当领导要有战略性思维，做事考虑问题要有全局性和前瞻性。特别在社会改革发展的机遇期，显得尤为重要。人们常说：“人无远虑必有近忧！”如果没有全局性超前性的思考，怎么可能抓住历史机遇，做成一些大事呢？

2002年1月8日，任彦申副书记代表省委与我谈话时，要求我团结南医大广大师生员工，不辜负省委的期望，抓住机遇，加快发展，为江苏医疗卫生事业的发展助力，把学校办出水平办出特色来。同时，他也告诫我，南医大这个班子目前内部不团结，甚至班子都不能正常开会了。“你去南医大任一把手，首先要把班子团结起来，要把大家的心凝聚到学校改革发展的大局上来。”

与任副书记谈过话后，我感到压力很大。对南医大人地生疏，我所学的专业与医学又南辕北辙，我怎样才能把大家的心凝聚到“发展”这个共同点上来？而南医大眼下发展中最紧迫的问题又是什么呢？我一直在认真思考。

在没有进校了解情况之前，当然我不能主观随便臆断，但有一点是可以看到的，这也是兄弟高校彼此间都知道的，那就是南医大的空间已严重制约了学校的发展。

南医大校园就九十几亩地，即使加上牌楼巷马路对面的一个非标准运动场二十来亩算在一起，总共也就一百二十几亩地，是江苏本科高校中土地面积最小的高校之一。用老百姓的粗话说，学校东围墙放个屁，西围墙边都能闻到。这么一个巴掌大的地方怎么能办出一所高水平的大学呢？

正在此时，多年的好朋友国土厅的王厅长听说我到南医大任党委书记后，主动打来电话对我说："你这个校园现在还不如人家苏南的一所高级中学，哪像一所高等学府？如要建新校区，我告诉你，要快！要赶快！现在国务院发现全国高校建新校区成'风'了，新占用的建设用地太多，可能大学征地马上要关门！"

那咋办？我知道江苏本科院校的新校区建设大都快接近尾声了，南医大再不赶上这末班车，错过这最后一次征地机会，对医科大学来讲可能就会成"千古之恨"。

虽然省委对我与新任的校长都进行过任职谈话了，但还没正式宣布，我还不能召集领导班子开会研究征地问题。时间在一天天过去，我心里焦急，坐立不安。如果错过了这最好也是最后的发展机遇，那我们这届新领导班子还没上任就已注定要做历史罪人了，这可真让人心里不甘啊！

于是，我决定给南京医科大学唯一认识的朋友周亚夫副校长打个电话，请他能否陪同组织上已谈过话即将上任的校长到南师大来一趟，

我在南医大党委书记任上九年，这是每年两个学期初，在党委扩大会上的主报告，共18份。前些年都是我自己手写的，后期都是我自己用电脑打的，从不需要办公室秘书代劳。

我有急事要商量。

我记得很清楚，第二天我就在南师大刚落成的“敬文图书馆”负一层的咖啡屋里接待了他们。我把当前紧迫的形势和可能是最后的征地机会告诉他们，建议他俩回去赶快给还在任的一把手商量，想办法给省政府打报告，争取在国务院政策“关门”前，将申请建设新校区的土地指标批下来。

2002 年 1 月 25 日任彦申副书记带着我到南医大，在学期结束前的最后一次干部大会上代表省委宣布了我的任命，同时对新班子和全校教职员工提出了殷切的希望。在讲到要提高人才培养质量和科学研究、社会医疗服务水平时，任副书记特别强调希望今后江苏人看病不要再跑北京、上海。这是那次会议给我留下的最深刻的印象。

我上任后的第二天，主持的第一次学校党委常委会，研究的第一件事就是征地筹建新校区的事。我想好了，通过新校区建设这重大举措，团结全校师生员工，凝心聚力，实现学校的跨越式发展。

因为，生怕错过了国务院停止审批土地指标前学校最后的征地机会，这也成了学校放寒假前，领导班子需要抢抓时机紧急决策的最重大的事项！

在会上研究征地问题时，我才知道学校已给省发改委打了一个建设新校区的报告，要求新征建设用地 500 亩。这下我傻了，怎么只申请 500 亩用地指标呢？那能建多大规模多高水平的大学？

这也怪我自己，当初陈校长和周亚夫副校长来南师大图书馆时，我只说赶快回去打申请新校区建设用地指标的报告，而没交代清楚要申请多少亩用地指标。

在会议上，按理我作为主持者，应在最后表明自己的意见，否则不利于大家发扬民主，影响不同意见的发表。但那次我有些憋不住了，我说：“省委提出江苏要在全国率先实现高等教育大众化，学校要建新校区就要有长远规划和打算，眼光要放得远一点，这可是百年大计的事！我觉得在新形势下要办好一所综合性大学，建新校区至少要有3000亩地。我们是一所单科性大学，没有必要那么大，但至少也要1500亩地！否则做不成大事。”

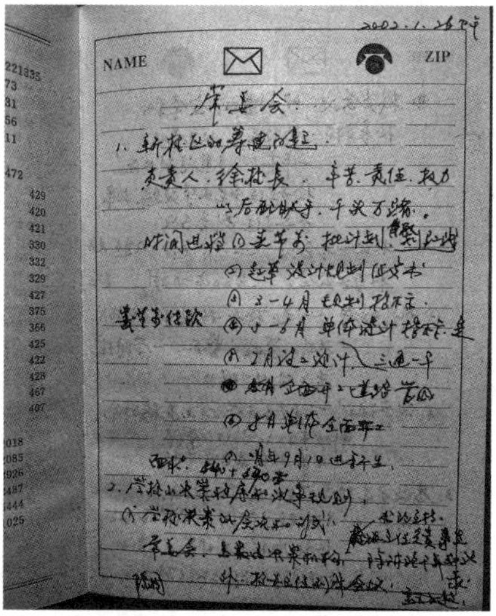

这是我当年的工作笔记。上任后主持的第一次学校党委常委会，研究的第一件事就是决定筹建南医大新校区，并提出了面积和加快筹建的时间要求。

“啊！要那么大的地？”大家都相互惊视，似乎觉得我讲了一个让人不敢相信的数字。

“书记你不知道，我们学校目前包括马路对面的运动场才120多亩地，新校区申请的用地指标，已是现在的四到五倍了，那还不够？够了！”这个这样说，那个又说：“要那么多地干什么？够了！”“那么大的校园，将来管起来都麻烦，足够了。”“万一管不过来，学生出了事怎么办？够了！”会议上大家议论纷纷，总之都说“够了，足够了”，太大没有必要！

我想大家都说500亩地够了，这也许一点都不奇怪，因在我上任之前南医大原领导班子打报告建设新校区申请500亩土地指标时，他们肯定是经过集体研究讨论的，都已统一过认识了。

这时我才醒悟，在这个议题上我是绝对的少数派。此刻我知道不能表决，一表决肯定是一边倒，我的意见毫无疑问会被否决。

我想了想，还是先把道理说清楚，希望大家能理解为什么建新校区要征那么多地。

我说："远的暂且不说，根据国家教委刚刚颁布的《高等院校校园建设标准》的规定，一个大学生平均占校园面积要 60 平方米，也就是要近一分地，那么，现在我们的在校生已有六千多人了，这还不含成人教育学生的折合数。南医大建设新校区就是加了这新征的 500 亩地，按照文件要求也还是不达标，将来怎么接受考核验收？

"再说了，在江苏高等教育大众化高潮中，我校在校生规模达到一万人完全是有可能的！如果学校未来的规模达到了一万人，那么，校园面积达标至少要有 1000 亩地。"

我还说："我们把眼光再放得远一点，建新校区是百年大计，不看一百年，总要管五十年吧！既然建新校区，总要给后人留一点发展用地吧！谁都不知道几十年后社会发展会是什么模样，社会给高校又会提出什么样的新任务新要求。所以，留有一点余地，申请 1500 亩地的指标并不算多！"

这时大家的情绪稍稍有些缓和，但还是有人提出来："征那么多地，花那么多钱，空在那儿多少年是否划算？""学校经费紧张，还要建教室、实验室、学生宿舍和学生食堂等等，要背多少债务哦？""那么大的地怎么管得过来哦！树林草丛里万一学生出了事怎么办？"……

我想了一下，如何说服大家呢？我说："土地是人类社会最宝贵的资源，因为它不能复制，征一块就少一块。将来你有钱不一定能办成事，因为没有土地就没有空间，你怎么建设怎么做事？但有地就能办成事，没钱可以弄钱，了不得就是借钱和贷款，但能做成事。所以，为将来多留一点地肯定不会错！"

…………

我再一次强调要 1500 亩后，问大家还有没有什么"新"的意见，大家都不吭声了。我知道不少人也许未必没意见，反正你是一把手，

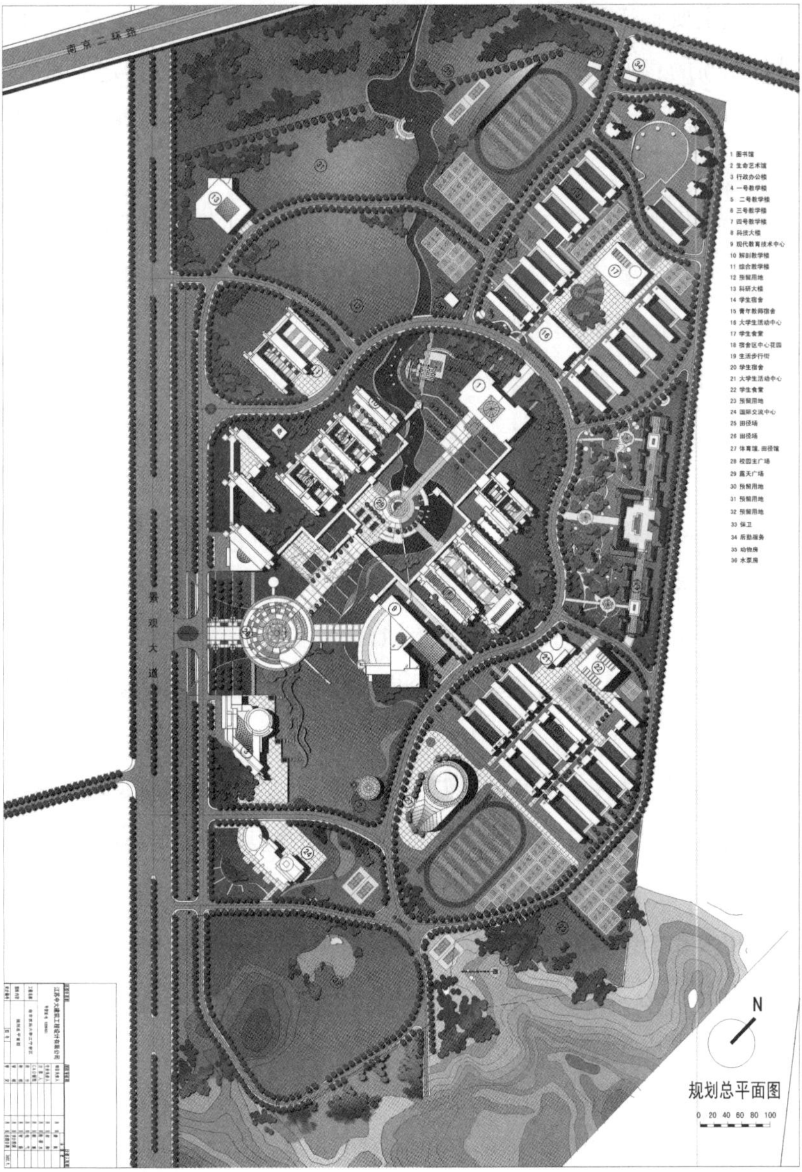

南医大新校区1500亩地的平面规划图，里面蕴含着一条龙形水系，天元湖是龙头，弯弯曲曲穿过校园的一条小溪是龙身和龙尾。

你承担主要责任，即便还有不同意见也就都不说了。我见大家没有再讲什么新的意见，就顺势拍板，“没有其他意见，那就这样定了吧！”

“我们学校已给省发改委打了一个报告，申请500亩新校区建设用地，那怎么办？”有同志提出来。

“我们既然决定新校区要征用1500亩地，那要去把那份报告马上换回来！”我看大家有点为难，接着说，“这事由我来办吧，我与省发改委的领导比较熟悉一些。”

时间紧迫，春节一过我就到省发改委去换新校区征地申请报告，没想到出奇的顺利。几位熟悉的领导看了我重新送去的南医大新校区建设用地指标的申请报告，新校区申请1500亩地，他们看了相互笑笑说：“哎！那还差不多，500亩地建什么像样的大学？”“我们也一直在犹豫，江苏要率先实现高等教育大众化，南医大怎么建新校区只要500亩地？所以拖了迟迟没有批复！”

那天，省发改委从处室到办公室，很快就批复了我校新校区建设1500亩的征地指标。

学校在新校区选址时，我们很快看中了江宁区大学城龙眠大道入口处东北面的一片丘陵。这里紧靠东山镇（老县城），地域里有两个村，一个叫三家村，一个叫张家庄，一片丘陵中还包含了一座张家庄水库和一片集体林场。我觉得在这个有林有水的地形上规划设计新校区，校园环境一定会很有特色，景色会很美。将来交通上也很便捷，地铁1号线站点，就在龙眠大道入口处附近。

但在区土地局的地形图上一计算，龙眠大道以北，天元东路以南，东边一直划到江宁职教中心，只有1370亩地。那怎么行呢？

我说：“不够的部分必须补足！”“哪里还有地呢？你看这片丘陵岗地周围，三边是道路一边是区职教中心！”区土地局的同志说。

“周边没有，那就划一块龙眠大道对面的土地，以后正好可以建一所附属医院，这对医科大学来讲是不能缺少的，对大学城和江宁区来讲也是十分需要的。”势在必得的我强调道。

在我的一再坚持下，区土地局也没办法，只好答应在龙眠大道学校的对面，再划一块一百多亩地给学校。

征地的事到这里我们以为都忙完了，其实还没有完。最后划的这一百多亩地，正处在龙眠大道、丽泽路和月华路三条道路的夹角中间，除了我们这一百多亩地外还有二百多亩空地。根据大学城 30 多万人口的规划，这里必须建一所医院，在区职教中心的边上还要建一所小学，这些都是必备的配套公共设施。

后来区委王书记听说我们要建附属医院，正中他的下怀，在区委办公室，他对我说："听说你们要建附属医院，那我们区里就不建了，把这二百多亩地一起送给你，合在一起建一所高水平的'三级甲等医院'，这也正好是你们的强项。江宁区包括流动人口在内，现在已超过 100 万了，正缺一所'三级甲等医院'呢！"

这就是王书记的高明之处，本来还要投一大笔钱建一所新医院，现在把准备建医院的地送给我们，我们花钱投资建好了，不就在他们的区域里吗？达到同样的目的，他还省了一大笔投资。王书记还说医科大学建的附属医院诊疗水平，肯定比区里建的医院水平要高得多。

本来这是一件双赢的好事，但在是否马上建附属医院的问题上学校领导班子意见不一致了，而且班子里反对声不小，这时我有点犹豫了。

在新校区一期工程结束后，建附属医院的事就与二期工程一起提到了校领导班子的议事日程上来了。二期工程势在必建，这是没有异议的，但在讨论要不要着手建附属医院时，班子里多数同志不主张马上动工，主要是担心资金问题。新校区一期工程结束，学校已负债两个多亿，二期工程不能不开始，估计还要两到三个亿，如果再建一所附属医院，债务负担太重了。

这些意见应该说是有道理的，不能说不对，但我觉得机会难得，按我的本意只有一鼓作气把它建起来，一拖就很难说到哪天还会再建，说不定就建不起来了。

我当时的想法其实很简单，教学水平、科研水平和学科建设水平的提高，都是老师们所想所做的事。而为此创造和改善教学条件、科研条件、学科建设的条件是学校领导应考虑和要做的事，特别是作为一把手具有不可推卸的责任。

所以，我想在位一任，要竭尽所能为全校教学质量提高、科研能力增强、学科建设水平提升创造各种必要的条件，为学校长远的发展提供各项基础性设施。一所医科大学，在学校附近建一所属于自己的高水平的附属医院，就是学校着眼长远加快发展的必备条件，按理应千方百计克服困难尽快上马。

说真的，我很想动手把附属医院建起来，特别是那三百多亩地里还有一个四十多亩的明净小湖，如果建起来，一定是南京市，不，一定是全省空间最大、环境最优美的高水平三级甲等医院，想到这些真让我心动和神往。

现在多负点债又怎么了呢？只要没有腐败，没有浪费，建出来的都是国家的优质资产。我想我们领导班子对省委省政府对国家都可以交代，对江宁老百姓来讲更是一个福音，对学校未来的发展也会起到巨大的推动作用。想到这些。我多想把它建起来哦！

当时，如果我能与新校区征 1500 亩地时那样的坚定和执着，也许这事就“挺”过去开工了，但就是那时，我心里的“放弃吧”一闪念，酿成了难以弥补的后果。

当时，有一个念头阻挡了我。当初新校区征地 1500 亩的问题上，我初来乍到，班子里的同志们对我比较客气，有不同意见大家也就不与我继续争论了，给了我面子。但作为我自己来说，不能老是这样啊，固执地按自己的意见去办！那时，我心里太顾及大家的情绪了，结果错失了良机，这是我人生中的一大遗憾。

特别是在不同声音比较多比较强烈时，而我自己没有多少年就将“船到码头车到站”，我在岗期间肯定不可能化解那么多债务，那么后人会不会骂我，说留给他们一屁股的债务呢？严格来说这是我扩大了的一点私心。

这事就这样拖下去了。一年后我还是不死心，又想能不能先建门诊大楼呢？把投资大的病房大楼推迟到适当的时候再启动，这样可以缓解一下贷款的压力，也可消散一些激烈的不同意见。关键是能先把这块漂亮的土地占下来！

上会讨论时，熟悉医院工作的同志说，医院盈亏平衡主要靠病房赚钱，如果就建门诊大楼，那这所新医院肯定亏损，除非有政府拨款支持。如果是这样，那从学校财务上来讲，显然使不得，一次性投了钱，平时还要年年往里贴钱，这是学校财力无法支撑的。先建门诊大楼的想法，我也只能就此作罢。

现在来看，任何抢抓机遇的事，必然会伴随着风险。但没有机遇，没有风险就肯定没有突破，就肯定不会有跨越，道理就是这个道理，“无限风光在险峰”。等是绝对等不来机遇的，四平八稳也就绝对实现不了跨越。

没想到就在我们犹豫之时，有专业技术人员在该地块上打洞勘探。这是怎么回事呢？一问究竟才知道，整个地块已划给南京旅游职业学院建新校区了。我觉得很奇怪，那我们的一百多亩地呢？政府怎么能“一女二嫁”呢？

我和陈琪校长一起赶到大学城管委会，问起我们的土地怎会更名改姓了，我们怎么一点都不知道。这时他们装起傻来了，说：“这是

这是建成后的南京旅游职业学院，所在的这块地成了医大人永远的遗憾。

某某省领导看中后，指着这块地说，这块地就给南京旅游职业学院建新校区吧！我们有什么办法呢？”

“耶？你们明明知道这其中有一百多亩地是南京医科大学的，你们怎么不说清楚呢？起码你们要与我们打个招呼吧！或者叫他们直接与我们来谈吧。你们怎么能‘一女二嫁’呢？这是‘重婚罪’。”我说。

其实他们对医大这块游离在马路对面的“飞地”，眼睛发红早就盯上了。反正原来的王书记已调走了，新人不管老账的事多了。这次省领导看上这块地，区政府以为机会来了，就与另外二百多亩原计划送给医大建设附属医院的地块捆绑在一起，出让给了南京旅游职业学院。

大学城管委会又收入了一次土地补偿款，这对他们来讲，钱倒是小事，关键是可以通过“侵吞”我校的一百多亩地，置换出一百多亩用地指标，那才是“淌油的肥肉”。

大学城管委会以为省领导定的事，学校还敢怎么样，以为也就算了。哪知道我们盯住了这事一步不让，还非得弄个是非曲直，一定要“欠债还钱”。这时大学城管委会一看苗头不对，自己也是理屈词穷，闹下去对自己仕途也很不利，怎么能把人家已买进的土地再“许配”给另一家呢？不就成了“一女二嫁”吗？迫于无奈，大学城管委会只好答应再换一块地还给学校。

既然答应换地，我们想也就不要再咄咄逼人了，不要把关系搞得太僵，等候管委会换地吧。结果左等右等没消息，他们以为拖拖也就拖掉了，而我们一着不让，一再催要，大学城管委会被逼得实在没办法了，只好答应把我校方山熙园教职工住宅区对面的一块绿地还给我们。

我熟悉那块地，紧靠龙眠大道，心想这还不错，地势平坦而且方方正正，离学校也很近，中间就隔一所区职教中心。学校买回了地形图一量有 117 亩地，与被占用的那块土地面积相比，也差不多。

我们到区国土局去办手续的时候才知道，那块绿地是南京市城市规划中的绿化带。我们又到市规划局去一了解，这条绿化带从中山陵开始经青龙山，一直到方山，都不能用于建设楼宇。这下我们傻眼了，原来大学城管委会补给我们那块地，实际是给我校挖了一个“坑”。怪不得管委会会把如此好的一块地补偿给学校！

回过来再找大学城管委会时，他们就打哈哈了，“这已很不容易了，这块地多好，离你们又近。”“附近也就这块地了，你们看除了它，哪里还有地？”说到后来才说出了真话，“绿化带改建学校，你们是可以去争取改城市规划的，我们可是提都不敢提。”唉！

遇上这帮人，你有什么办法呢？看看周边也确实已没有类似大小的土地了。这个城市规划编制完成后，我们知道其他任何人都改不了的，我们只有直接去找市长、书记了。

为了这一百多亩地，我和陈琪校长直接去市政府找了市长和书记，申诉了学校用地的来龙去脉。显然他们知道学校是受害者，当知道原本那块地是准备用来建附属医院的，具有公益性质，这对地方政府来讲也是非常好的事情。于是，答应开会时讨论研究一下，因为涉及市政总体规划，还是一件很慎重的事。

后来我们又去跑了两趟，最后不知是规划的本身有问题，还是考虑到学校要求的合理性，或是建附属医院对社会具有公益性！市政府就同意把这块地的规划改了。这一百多亩地终于回到了学校的怀抱。

上面是学校在征地过程中的一个插曲。

十多年过去了，没想到当年我坚持的意见和对将来的预言，“将来有钱不一定能做成事，但只要有地就能干成事”，后来还真的兑现了！

进入二十一世纪的第二个十年，学校的教学、科研和人才培养的工作重心都转移到了新校区，新校区周边迫切需要有一所自己的附属

因为要筹措附属逸夫医院的建设经费，后来将这块回归的117亩土地，以挂牌价七亿多拍给了弘阳房地产开发公司，建了“弘阳上院”住宅小区。

临床医院，以满足学校临床教学科研的需要。那时大学城的人口也已超过了 20 万，要求政府在大学城内建一所高水平医院的呼声也越来越强烈了。

那怎么办？那时建一所三级甲等医院一期工程至少要十个亿。那时学校因建新校区已负债六亿多,学校再负债在附近建一所附属医院，从道理上是说得通的，但财力上是够不到的。那时，政府把财权收拢，再负债一定要得到省财政的批准，学校已负债那么多，省财政怎么可能会批准学校再贷款建附属医院呢？

学校与区政府商量，在当地建医院，周边老百姓受益，区政府能否给予一些资金支持呢？区政府认为近期不可能拿出钱来支持学校建附属医院。

无奈中，基于学校与区政府共同的需要，大家都把目光聚焦到土地上。后来大家商议，补偿回来的那 117 亩地，由政府把它转成商住用地（原学校用地是公益性的教育用地不值钱），再由政府通过挂牌招拍，来解决附属医院的建设资金问题。

在政府的支持下，这 117 亩地挂牌上市，一下拍了七亿多，除了国家税收外还剩六亿左右，全部留给学校建附属医院。

另外，从校园西南角的发展用地中再划出 200 亩地，用于建附属医院。医院建成后，区政府占 30% 份额，学校占 70% 的份额。

为此事，学校内很多人议论纷纷，觉得学校前后出了 300 多亩地，而政府是“空手套白狼”，什么都没拿出来，却得了 30% 的份额。

此事决策尽管不在我任上了,但我觉得领导班子的决策是对头的。我们只要回过来细想一下，如果没有政府出力，那 117 亩地能卖到那么多钱吗？学校能做成此事吗？

学校的土地当初是 4.5 万一亩从政府那儿买来的，土地性质是教育用地。十多年后，你就是涨十倍 45 万一亩，一百多亩也就

从天元湖眺望落成后的南医大附属逸夫医院(南医大第三附属医院)。

四五千万，医院怎么建得起来呢？

再说了，医院也不可能分红，有一点结余，马上就买新装备，紧盯医疗技术的前沿，政府持股有多大实际意义呢？反过来说，医院倒会享受到更多的政策和优惠，更好地服务于广大老百姓，这有什么不好呢？

后来，学校又从教育部申请到香港邵逸夫基金会2亿港币的资助，只需要学校附属医院正式命名为南京医科大学附属逸夫医院。

目前，附属逸夫医院已正式对外门诊，一期工程结束就有了六百张床位的规模，现代化的手术室和检查仪器设备一应俱全。尤其是有代表江苏医疗水平的学校一附院、二附院和附属口腔医院做医疗技术后盾，一年后附属逸夫医院就达到了日均上千人的门诊量，现在已达到日均三千人的门诊量了。

现在回想起来，做成这些事不都是因为有土地吗？不都是在土地上做的文章吗？

任何一个单位，领导的战略性眼光和思维方式，在一定意义上可以说就决定了一个单位事业的前途和命运。眼光远大，就大有可为，眼光短浅，也许会一事无成。

所以人们说，单位领导班子的胸怀有多大，事业就能做到多大；单位领导班子的眼界多高，事业的发展水平就能达到多高；单位领导班子的能力多强，事业就能做得多好。

2017 年 8 月 23 日 于南京

199 2005 年 9 月 21 日 上午 星期 一.

新校办公会议.

0. 新生情况.

1. 路灯 [illegible].

[illegible] 线路.

2. 01、02 [illegible] 下设式.

3. [illegible] 进 [illegible] 管.

4. [illegible].

5. [illegible].

6. [illegible]，[illegible]，[illegible].

7. [illegible].

[illegible]

[illegible]

[illegible].

[illegible]. [illegible].

观念落后是根本的落后

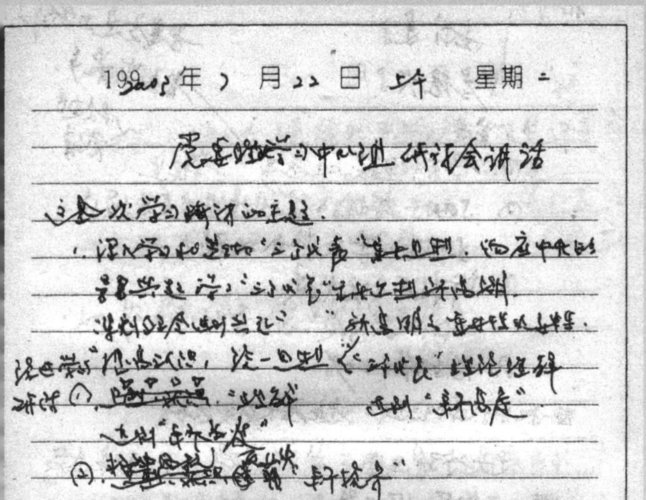
199 年 7 月 22 日 上午 星期二

> 思想的解放，观念的更新，就要打破旧观念旧传统，获得新思维新思路，才能抢抓到新机遇。但也不是越激进越好，水无常形，兵无常势，观念更新遵循的原则还是实事求是。

二十世纪末到二十一世纪初，高校的发展正赶上中国改革开放的好时期，中国从一个温饱型社会发展为世界的第二大经济体。在国民经济如此蓬勃发展的时代背景下，高校无疑也迎来了自身发展千载难逢的好机遇。

社会发展所蕴含的机遇对各高校来说是普遍存在的。虽然由于国家的政策规定，有“985”、“211”、重点建设、示范性等等，把高校分为三六九等，虽然社会给予各高校的外部条件是不平等的，是有差别的，但对高校来说抓住各自的种种机遇，实现跨越式发展的“道理”，又都是一样的。抓住大机遇就大发展，抓住小机遇就小发展。即使是“985”“211”的高校，如果抓不住机遇，还是难有多大的发展；即使不是“985”“211”的高校，只要抓住了各种机遇同样能实现跨越式发展。

在这样的时代背景下，2002 年 1 月 8 日，省委任彦申副书记代表组织与我谈话，经省委研究决定，调我任南京医科大学党委书记。说真的，服从组织决定，我没有任何其他想法。就是要离开读书、工作、培养我成长的母校，我内心还是很留恋的。

我从进南师大上学读书，到毕业留校当教师做学生工作开始，从中文系团总支书记、党总支副书记、党总支书记到副校长、常务副校长，前后整整三十年。这里有我的老师，有我的学生，有我的同事和朋友。我们在共同的奋斗中，风雨同舟，日日夜夜，那一幅幅一幕幕场景，让我难以忘怀。突然要离开，情感上一时难以割舍。

那时，南师大又正处于“211 工程”的建设期，建设的一期工程正在验收，新校区的三期工程也刚刚开始。许多相处多年、荣辱与共的同事们，也都不希望我现在离开。但我想既然是组织调动，作为党员服从工作需要，这是没有二话可说的。

学校领导班子也舍不得我走，党委常委会破例做了一个决定，并记录在案：陈国钧同志任何时间都可以回南师大，包括退休以后！学校的不舍和同事们的真诚，让我十分感动，母校的老师和同事们都没有忘记为学校的建设和发展忘我工作的我！

学校自党的十一届三中全会改革开放以来，解放思想，更新观念，一路走来，抓住了不少机遇。事业的发展，为学校跻身国家“211 工程”创造了条件，奠定了基础。反过来跨入国家“211 工程”的建设行列，又为赢得新机遇，再上新台阶，赋予了新优势。这是历史告诉人们的经验和道理。

发展才是硬道理，其中思想观念又是起决定性作用的。观念说起来好像是虚的，不解决实际问题，其实不！社会存在决定社会意识，

这是南京医科大学五台校区的大门，我于2002年1月25日到南京医科大学报到上任。

但社会意识又会反作用于社会存在，而且会改变社会现状。我的体会是："观念的落后，那是根本的落后"，而且时时处处都会表现出来。而"观念的改变也是根本的改变"，客观上会决定学校的现在与未来。如思想观念上不解放，就不可能实现学校的跨越式发展。

2002年1月25日，我去南医大新班子上任。我首先遇到几个问题，完全出乎我的意料，我怎么都想不明白，学校怎么会存在这样一些观念。

（1）学校师资队伍的数量为什么那么少？

1月25日我去南医大上任，在调查研究中发现，上一年的国家自然科学基金项目数只有12项，发表的SCI论文数还不到20篇，那怎么会呢？原因是什么呢？我在调研中听到不少教师反映课时任务太重，一周至少有十几节课，实在没有时间搞科研。

我再仔细问：为什么有的教师会承担那么多课时数呢？学校每年招多少名新生？全校多少个专业多少个班级？每个专业开多少门课？有多少个学时？……这些都是有规定的，国家就是根据这些数据来定编的。

后来才明白，当时南医大在校大学生大概6000多人，全校教职员工总数还不到1030人，总人数中专任教师数491人，还不到教职工总数的一半。其中还包括了在临床医院教学工作的近200人，真正在校内任课的老师才300人左右，如果再去掉出国后长期滞留不归的、生病生育的和刚报到不能马上排课的青年教师，这样一算下来，还有多少教师能任课呢？怪不得有些教师要承担那么多课时了。

当时我就又接着问，即使按照二十世纪九十年代中期南医大近5000名在校生的规模，省编办也给我们下达了1470人的编制数。本来就缺编了几百人，现在在校生规模已达到了6000多人了，缺编情况不就更甚了！那为什么学校不抓紧给教学科研一线补充师资呢？

人事处处长告诉我，领导说了："省政府是按在校学生数下达人均经费的，这是一个定数，就那么多钱。如果'吃饭'的人头数多了，那么用于教学科研的经费不就少了吗！"所以多少年来学校对补充师资一直控制得很死。

哦！乍听起来这似乎也是个"道理"，简单的算术题，算一算谁都会明白。人头工资开支的钱多了，剩下办学的钱当然就少了。但只要再仔细想一想，这逻辑能成立吗？一所大学如果靠减少教师人数来保证教学科研的经费，这岂不是本末倒置吗？这个大学还能办好吗？

追根溯源，其实这就是个观念问题。没认识到天底下做任何事情，人是决定因素，是第一生产力，是最宝贵的资源。那种机械唯物论只计算了人要消耗，就没看到人的创造，而且是最伟大的创造，人能创造出比消耗多得多的价值。前者遵循的是形式逻辑，后者才是辩证逻辑，这就是观念落后造成师生比差距拉大的根本原因。

根据教育学原理，师生比是有规律可循的，教师课时太多，天天疲于奔命，不仅有害教师健康，还会影响教学效果和教学质量。再说，大学教师昏天黑地忙上课批改作业，缺乏科研，那学校今后哪来发展的后劲呢？

在这个问题上按我的想法，只要有一支进取性强的教师队伍，教学科研特别是科研经费的来源，在现在的条件下，完全可以靠老师们发挥主观能动性去争取和创造。

中国改革开放跨进了二十一世纪，迎来了知识经济和信息化时代。高校的社会地位也发生了重大改变：高校的地位由社会边缘走向了社会发展的中心；高校的性质由作为消费性的事业部门转变为基础性先导性的优先行业；高校的功能由知识传授，转化为知识的创新和应用；

高校的办学目标从服务于政府计划经济转变到引导和推动社会、经济、政治、文化的全面进步。高校对社会的贡献和作用越来越凸显出来了。

经过二十多年的改革开放，国家的经济状况也有了根本性的改善。国家给高等学校教学科研的投入正在成倍增长，这一切正是老师们积极争取各种经费的大好时机啊！在这么好的机遇中，我们学校必须跟上时代前进的步伐，凭我们的勤奋和智慧来发展自己壮大自己。问题是我们意识到了没有，思想观念跟上了没有。

针对观念滞后问题，我到南医大报到之后的第六天，即 2002 年的 1 月 31 日，我以寒假党委理论学习中心组的名义，召集中层正职及以上干部到无锡去集中学习研讨。为什么理论学习研讨要到无锡去呢？一方面是为了排除干扰，能集中精力学习研讨一些学校发展中的重大问题；另一方面，我想通过对当地的参观考察，让大家感受一下地方上改革开放的热度，特别是无锡市千山万水、千辛万苦、千言万语、千方百计、聚精会神搞建设，一心一意谋发展的劲头。

那次学习研讨，是由我以前的学生帮助提供的大地宾馆，用三天半时间开展党委理论学习中心组集中学习研讨，主题就是“解放思想、更新观念、团结一致、加快步伐朝前走”。

我认为只有解放思想，打破传统的思维定式，才会出新的思路；只有解放思想，突破旧观念的束缚，才会出新的理念；只有解放思想，打破旧习惯的禁锢，才会出新的突破；只有解放思想，突破传统做法的影响，才会出新的工作方法。

那次集中学习研讨会结束小结时，我强调要把“三个代表”重要思想真正落实到我们的各项工作中去，就要解放思想，更新观念，深化改革，与时俱进。只要“有利于学校事业的发展、有利于提高学校的办学水平、有利于调动教职工的积极性”，符合这三项原则，我们

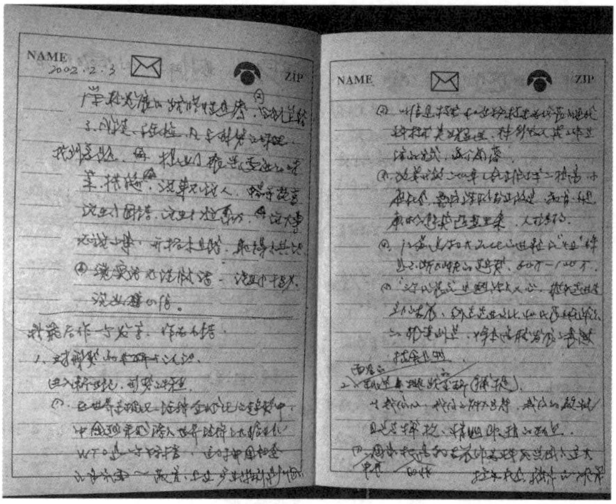

这是当年利用寒假，医大党委理论学习中心组在无锡学习研讨会结束时，我在笔记本上准备的会议小结讲话提纲。

都可以去探索。

会后，我主持学校党委常委会，决定要加快补充学校师资队伍的步伐。高校的教师必须“三位一体”，教学、科研、社会服务并举。一所大学如果没有一定数量的高质量的教师队伍，就难以保证教育效果和教学质量；如果没有紧跟学科前沿的科学研究，学校就没有后劲，就没有潜力；如果没有受广泛欢迎的社会服务，学校就没有社会影响力，就没有社会贡献的彰显度。

为防止引进教师一哄而起，鱼目混珠，泥沙俱下，会议同时做了以下三项规定：第一，只引进教师，引进的新教师要有博士学位，还要有实际业务水平的要求；第二，不增加机关工作人员，即使根据新要求增设新机构，也要求通过内部调整减设来解决；第三，逐步消解编制内的后勤服务人员，需要填补的新成员，要用新体制新机制。

我相信任何一个单位任何一个部门的职工，都希望本单位本部门能解放思想，加快发展，适应新形势，开创新局面。在学校领导班子和广大教职员工的理解和支持下，学校党委决定重新制订“十五”

2002 年寒假党委理论学习中心组学习研讨后，解放思想，更新观念，学校党委重新组织修订了《南京医科大学“十五”后三年发展计划纲要》。

后三年的发展规划。在“十五”后三年的发展规划里与后来的“十一五”“十二五”发展规划中，都把“人才强校战略”作为学校的第一发展战略。

“十五”结束时，教师总数达到了 600 多人，行政机关人员基本没什么变化。那时一年获得国家自然科学基金项目数，从十几项增加到 36 项，主持国家“863”项目三项，实现了零的突破。后经“十一五”“十二五”的努力，学校国家自然科学基金项目，一年可拿到 280 多项，到 2021 年甚至获得了 315 项，就这一项国家科研经费就进账了两亿多，学校全年的各项科研总经费可以达到三亿多。

这都是老师们自己创造的业绩，连实验室装备的科研仪器，大部分都是老师们自己想办法去弄来的，这就是人的创造力！如果全靠学校来投入，即使不吃不喝也不知道要等到猴年马月才能达到哦？

（2）研究生的招生数为什么那么少？

南医大当时一年只招 40 多个博士生和 100 多个硕士生。那时南医大的博士点还比南师大多两个，而南师大当年研究生的招生数已接近 1000 人了，两校居然会有如此大的差距。

我问起原因时，原领导亲自告诉我："招收研究生在经济上不划算！"我听了一愣一愣的。我对南医大原领导很尊敬，他们治校严谨，经验丰富，在经济极其困难的条件下，省吃俭用还盖了一幢21层的"先知楼"，确实很不容易，这种艰苦奋斗精神值得我学习。但对他们的一些观念和做法，我保留不同的看法。

当时省政府对高校的拨款确实是按学生数划拨的，而且不分本科生、硕士生和博士生（几年后才开始按不同的标准拨款）。硕士生和博士生的消耗和培养成本，当然比本科生要高，成本要大得多。但这又是一个观念的问题。

学校培养研究生不仅仅是提高办学层次问题，更重要的是要看到，带不带研究生对师资队伍的成长、学科建设水平的提高、科研能力的增强、社会服务能力的彰显所起的作用是不一样的，这种差异甚至是无法估量的。

举个例子说吧，中国航空航天总医院在北京，离我们学校那么远，

这届班子在整理前七十年办学理念的基础上，提炼出来的校训——"博学至精，明德至善"。校园里立石上的校训是我请我的老师尉天池教授书写的。

却主动派人到学校来联系，要求做我们学校的附属医院，愿意投入空间和经费，争取医生能带教本科生和研究生。这是为什么呢？

我带队到北京去考察这所医院的带教条件时，问了院长。院长是一位少将，他对我说，医生带不带本科生和研究生，对医生的成长和业务水平的提高，影响程度是不一样的。不带教学生，下了班很多医生就是应酬吃饭、打牌、唱卡拉 OK、泡澡，甚至玩麻将。带教学生后就不一样了，下班后带教医生必须回去备课，要看文献资料，要了解国际上本学科的最新发展情况，要瞄住学科前沿帮助学生选课题和修改毕业论文。因为，总不能今天学生提的问题，你回答不出来，明天学生提的问题还是说不上来。学生都读过网上相关的国际文献了，你却不了解，那你还要不要一点导师的面子？你还有资格当导师吗？

再说了，他们带了研究生还要千方百计去申请课题和科研项目，否则哪来经费带研究生做科学实验发论文呢？学科建设和临床专业建设就是这样搞上去的。

别看这位少将院长话说得很实在，很通俗，没讲什么大道理，其实很有见解。

如果我们就因为一点经费上的蝇头小利，而自我控制招收研究生，就等于放弃了师资队伍的建设，放弃了学科建设，放弃了学校发展的根本，这岂不是相当于学科“自杀”，得不偿失？

后来十几年，学校虽然紧赶慢赶，千方百计每年增加研究生的招生数，但由于基数太小，数量上与兄弟高校比落后太多，国家政策限制，只能按一定比例逐年增加。增长了十多年，现在才勉强达到 150 多名博士和 800 多名硕士的招生数。还是靠后来新申请到的专业学位，每年再多招几百个博士生和硕士生，每年研究生的招生数才达到了一千多人。

这不还是观念问题造成的？为扩大研究生特别是博士生的招生数，学校那些年没少跑教育部和省教育厅，一路追赶，虽有了些长进，但赶得太累太艰难了！

当初观念的落后，影响了学校后来十多年的发展。正如古人说的，“天与弗取，必受其咎，时至不行，反受其殃”。现在看来，确实就是这个道理。

（3）引进的高层次人才为什么那么少？

据说是因为引进高层次人才成本太高，又怕看不准，以后会后悔。其实这还是观念问题，阻碍了学校高层次人才的引进步伐。

高层次人才引进当然比进一个博士毕业生的成本要大得多，但他对学校的发展所起的作用和贡献也大得多，不是一样的道理吗？特别是在高校发展的黄金时期，有很多历史机遇只会出现一次，俗话说“机不可失，时不再来”。谁先发展上去占领了这个学科的“山头”，那么其他人再要上这个“山头”就由他来评审你，看你够不够资格上去。如果是你抢占了先机，先占领了这个学科的制高点，那么其他人要上去，就由你去评审他们够不够资格了。

在商品经济社会，“时间就是金钱，效率就是生命”的年代，也是竞争发展，快鱼吃慢鱼的时代。引进人才我们一定要有历史的紧迫感，时代的责任感，否则就会错失机遇，留下历史性遗憾。

有人说，自己培养高层次人才不行吗？当然很好！但自己培养一个高层次人才需要一个过程，甚至是一个相当长的过程。在这种情况下，直接引进高层次的领军人才，他就能直接带动一个学科率先发展，甚至实现跨越式的发展，学科建设的水平很快就能跻身于全国前列。这样的高层次人才所起的作用和学校发展的价值体现，难道还需怀疑吗？多花一点成本难道不值得吗？

那时中国社会经济正处在蓬勃发展期，引进人才正处于最佳历史时机，于是学校党委及时提出引进人才胆子要大一点，步子要再快一点。我在全校大会上提出引进人才的标准，未来只要有三分之一能冒出来，有三分之一能成为骨干，还有三分之一能上课，这就是很大的成功。其实，不要说冒出来三分之一，只要能冒出来三五个国家“杰青”“长江学者”之类的人才，那给学校带来的活力和影响力，就非同小可了。

2002 年 5 月，学校准备花 400 万从美国引进一对夫妻。当时学校的经费还是很吃紧的，财务预算基本上还是“吃饭财政”，从学校自有财力中投入科研的经费，一年也就三四百万。此事传开后，学校上上下下议论纷纷：花那么多钱引进两个人值不值得？能起多大作用？在这种情况下，学校党委毫不含糊，毅然决定看准了就引进。由此学校打开了积极引进高层次人才的大门。

后来，这两位都成长为博导、省特聘教授，都有国家重点科研项目在研，一位已成了基础医学院院长。这对夫妻引进后，应该说对学校学科建设的现实与潜在的推动作用，都是无法估量的。

也就是从这一年开始，学校党委常委会决定，每年拿出 200 万资金专门用于引进高层次人才。这 200 万今天看来不算一回事了，但当时已是很了不起的事，要知道上一年的学校财务决算才 9000 多万元，去掉 80% 的人头费，只剩下 2000 万左右了，再把水电费一扣，医疗费一扣，还能剩下多少财力用来办事呢？这是需要下很大决心的，大概占当年学校可用财力的四分之一。后来还年年加码，到 2008 年，随着政府拨款的增加，学校引进高层次人才经费每年达到了 2000 万。这样引进人才的力度，与医科大学规模差不多大的省内高校比，在江苏当时还没有第二家。

引进高层次人才，说真话那些“风华正茂”的顶级人才轮不到我们，早被部属院校抢走了。那些学校的品牌、财力、平台，都是我们无法比拟的，人家也不一定看得上我们。所以，我在会上特别强调要注意引进那些有潜力的年轻人，这方面我们要有眼光，要有耐心，要相信是金子迟早会发光的。

我还特地讲了一个故事：据说非洲的草原上生长着一种尖毛草，是那里长得最高的草。在最初的半年里，它几乎是草原上最矮的草，但半年后一旦雨水到来，它像被施了魔法一样，三五天就长到一二米高。原来前半年时间里，尖毛草不是不长，而是一直在长根部，虽然在地面上露头才一寸多，但其根却扎地下 28 米深，这就是厚积薄发。我们就要注意集聚这样的年轻人，默默耕耘，一旦萌发，势不可挡。

过去，南医大总是习惯从本校毕业的博士生中选拔优秀者留校，认为知根知底有把握，导师面子上也有光。结果翻开教师队伍的学缘结构看，70% 以上是本校毕业的，基本上是属于近亲繁殖。

生物学告诉我们，近亲繁殖只会带来基因的退化，而杂交才能带来杂交优势。大自然中竞争的必然结果是优胜劣汰，难道搞生命科学的我们，不值得认真想一想吗？

2005 年，我让科技处统计过，学校近几年所拿到的国家自然科学基金项目中，80% 以上是归国人员或出国进修者回来后拿到的。这就提醒我们，引进人才的起点要高，特别是医学，最好要有国外深造或进修的经历。

于是，从“十五”末开始，学校要求每年新进的教师，三分之一的博士必须从海外引进，三分之一博士从国内的大院大所引进，三分之一从学校当年毕业的优秀博士生中选留。而且还明确，从海外引进的博士比例可以超额，但本校选留的博士名额原则上不能突破。

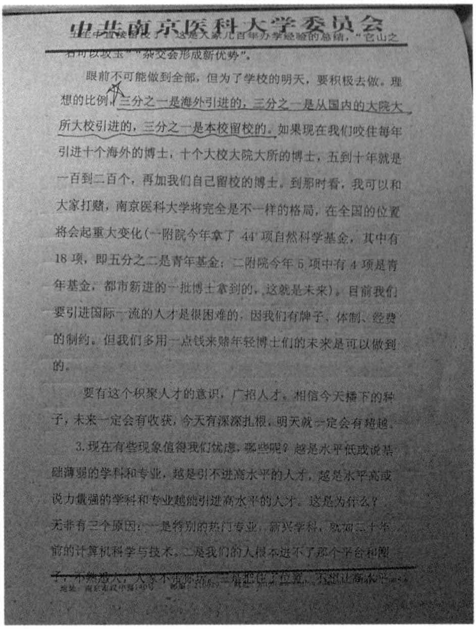
中共南京医科大学委员会

……这是大家几百年办学经验的总结，"它山之石可以攻玉""杂交会形成新优势"。

眼前不可能做到全部，但为了学校的明天，要积极去做。理想的比例，三分之一是海外引进的，三分之一是从国内的大院大所大校引进的，三分之一是本校留校的。如果现在我们咬住每年引进十个海外的博士，十个大校大院大所的博士，五到十年就是一百到二百个，再加我们自己留校的博士。到那时看，我可以和大家打赌，南京医科大学将完全是不一样的格局，在全国的位置将会起重大变化（一附院今年拿了 44 项自然科学基金，其中有 18 项，即五分之二是青年基金；二附院今年 5 项中有 4 项是青年基金，都市新进的一批博士拿到的，这就是未来）。目前我们要引进国际一流的人才是很困难的，因我们有牌子、体制、经费的制约。但我们多用一点钱来赌年轻博士们的未来是可以做到的。

要有这个积聚人才的意识，广招人才。相信今天播下的种子，未来一定会有收获，今天有深深扎根，明天就一定会有超越。

3. 现在有些现象值得我们忧虑，哪些呢？越是水平低或说基础薄弱的学科和专业，越是引不进高水平的人才，越是水平高或说力量强的学科和专业越能引进高水平的人才。这是为什么？无非有三个原因：一是特别的热门专业、新兴学科，就如二十年前的计算机科学与技术。二是我们的人根本进不了那个平台和圈子……

这是当年我在学校党委扩大会上的讲稿，强调师资队伍的来源要搞五湖四海，坚持三个三分之一。

这时校内又有议论了，说：从国外引进博士生可以理解，但从国内大院大所引进博士，就一定比本校选留的好吗？是不是有点妄自菲薄？

我在大会上讲过，不能说大院大所毕业的每一个博士生都比我们自己培养的优秀，正因为如此，每年学校进人指标还有三分之一从本校优秀的博士毕业生中选留。

但我们只要细细想一下，我们每年从本科毕业生中选最好的学生，直接保送到北京协和医科大学去读博，在全国最好的医学环境中继续深造和熏陶五年，难道会不如我们自己培养的博士生吗？这是妄自菲薄吗？

后来，党委强调从国外引进，从国内的大院大所进人，强调要搞五湖四海，要有海纳百川的胸怀。大家慢慢地开始接受了。

2010 年，我们看准机会，决定花 6000 万从美国匹兹堡大学引进了一个代谢学团队六个人。当时的 6000 万，几乎占学校当年总经费的六分之一。学校领导班子觉得花那么多钱引进压力太大，我把这个议题放到学校党委常委会上来讨论，我听了大家发表的各种意见后，坚持拍板引进这个团队。

我想6000万买一个国内领先、国际前沿，或买一个学校特色也值。因为，像我们这样的省属高校，要引进高层次人才，看准了就要舍得花血本，否则哪会轮到我们呢？早就被部属大学半路拦截了。再说了，这6000万，主要是科研装备，不还在学校里吗？又没投到外面去！

后来这个团队实际报到了五个人，其中有一位成了国家“973项目”的首席，项目经费2600多万元；还有一位是“江苏特聘教授”。

前些年的《扬子晚报》，曾报道了这个团队中的戴一凡教授，在南京已成功“克隆”出了几头基因敲除猪（报纸上称为“万能猪”），当时在国内处于领先地位，为若干年后探索人类异种器官移植迈出了重要的一步。

（4）医学院校扩招学生为什么要坚持只能适度？

思想的解放，观念的更新，就要打破旧观念旧传统，获得新思维新思路，才能抢抓到新机遇。但也不是越激进越好，水无常形，兵无常势，观念更新遵循的原则还是实事求是。

南医大的党委办公楼，我的办公室在二楼最东头一间，校长在西头的这一间。

江苏为在全国率先实现“高等教育大众化”的目标，省政府要求各高校努力扩招大学生，而且各校的经费，当时都已按在校学生数拨款了。学校党委考虑，医学教育不能搞“大众化”，只能是“精品教育”。在医学人才培养上头脑不能发热，因为我们培养的学生将来出去是“玩命”的，“生命工程”可来不得半点含糊，弄不好要出人命的。所以，我每次到省里开会，都给省领导坚持讲这个观点。

在江苏省大学扩招大潮中，南医大直至我退下来时的招生数与十年前比，只增加了 30% 左右，这个增长比例，大概在江苏高校中是最低的，没有第二家。十多年来学校始终把招生重点放在调结构上，控制本科生规模，努力增加研究生和长学制学生数，这也符合省里分层培养的需求。

2002 年时医科大学，每年招博士、硕士生只有 150 多人，经过“十五”后三年的努力，本科生只增加了 23%，而七年制的学生增加了 257%，硕士生增加了 163%，博士生增加了 164%。如果把临床医学“5+3”都算成硕士生，那么，到 2010 年我从岗位上退下来时，研本比早已超过一比一了。

现在回过头来看，当年坚持医学教育必须是“精品教育”，这个观念是正确的。医科大学把学校重点建设放在“精品学科”“精品课程”上，十多年后学科建设取得了长足的进步。教育部公布的学科评估报告，南医大公共卫生和预防医学为 A+，已排列全国第一，其他几个一级学科如基础医学、口腔医学、护理学都进入了全国前十位，临床医学排全国第十五位。学校在控制扩招的数量时，把学生培养的重点放在调结构上，这一决策现在看来是恰当的高明之举。2022 年学校已跻身国家“双一流”高校的建设行列。

实践告诉我们，观念能改变一个单位的面貌，观念能改变学校的人才队伍，观念能改变学校的规模和质量，观念也能改变一所大校的发展后劲，观念是决定学校事业发展的根本。所以，观念的落后是根本的落后，观念的改变也是根本的改变！

2022 年 5 月 20 日 于扬中

2003年8月6日上午 星期三

新区建设领导小组会

1. 目前新区建设的情况。（[illegible]下，[illegible] 9号[illegible]

国税9月16日搬迁，10号[illegible]楼[illegible]

的节点，目前看。

⇒ 同时[illegible]，二期渠道—— 二期的进度，6月20日→7月20

[illegible]期的高温，就[illegible]

但是一个月。

光谱整体——[illegible]

[illegible]

[illegible]，[illegible]，[illegible]，[illegible]，[illegible]

[illegible]，[illegible]水，[illegible]。

[illegible]，[illegible]，[illegible]。

[illegible]，[illegible] [illegible] [illegible]

[illegible]，[illegible]。

[illegible]——，人事安排——

[illegible]

[illegible]。

南医大的新校区

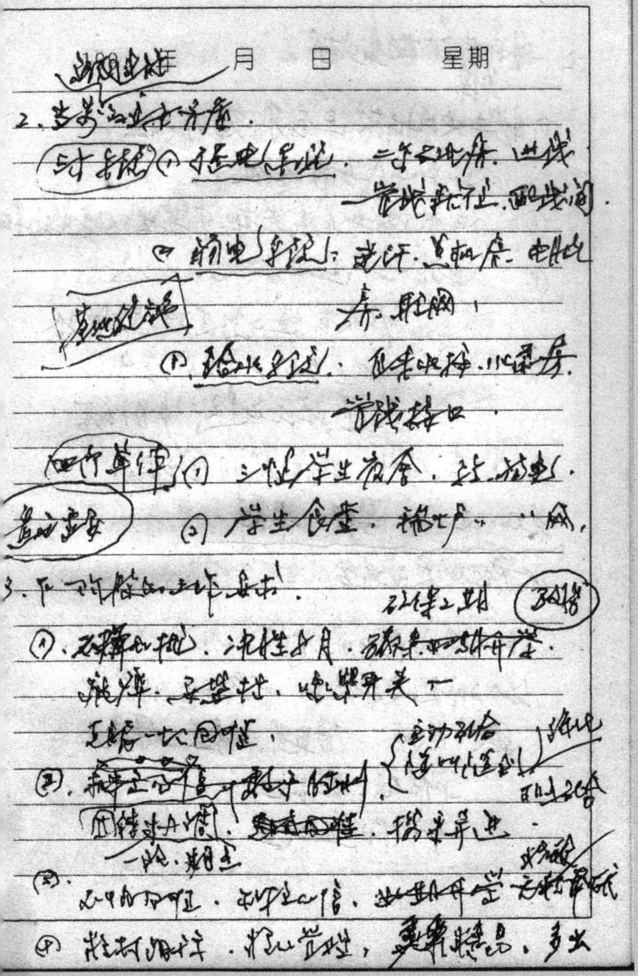

在动员大会上，我作为南医大新校区建设领导小组的组长表态：“如果不能如期完成新校区建设任务，明年九月进不了第一批新生，我作为主要负责人，将承担由此造成的一切后果。”我摆出“抢抓机遇，决一死战”的决心，激励全校师生员工，为学校的跨越式发展，团结一致，风雨兼程，竭尽全力，忘我奋斗，去争取具有里程碑意义的胜利！

南京医科大学八十周年校庆要做一个专题片，校庆办多次约我谈谈建设新校区的事，我一再推辞。因为那已是十几年前的事了，记忆也慢慢淡出了。再说了，新校区是大家一起干起来的，怎么就让我一人来谈呢？后来拖了十多天，但还是拗不过这些年轻人，只好从命了。

大家知道，由于历史的原因，南医大老校区的空间出奇的小，只有 96 亩地，这在全国高校中也是少有的。在这样一个狭窄的校园里，那时已经容纳 6000 多名学生。空间已经如此拥挤，还要继续扩招，并创建高水平、有特色的研究教学型医科大学，那几乎是不可能的。

何以见得呢？2002 年 1 月我刚到南医大报到，就遇到这样一件事。

寒假前的一个傍晚，初来乍到的我，在校长办公室主任洪浩的陪同下到处去转转认认，以熟悉了解校园情况。转到一号教学楼，在实验室里遇到了刚从新加坡引进的李博士。我问她：“同学们都下课吃晚饭去了，你怎么不去食堂呢？”她告诉我说，学生才离开，她要抓紧这个空当赶快做实验。我感到很奇怪：做实验还要找空当？

仔细了解后方才知道，当时南医大的专任教师基本上都没有专用的科研实验室。实验室都是教学、科研兼用的，白天有学生上实验课，晚上学生没有实验课了，教师方能用来做科研。

我当时听了，心里很不是滋味。把人家从新加坡引进来，却不能提供科研必备的实验室，咱暂不说是欺骗人家，但至少是亏待了人家啊！

当时，我立马就联想到，教师做科研都没有地方，这哪能缩短与国内一流高校的差距呢？更何谈追赶国外的高水平大学！人家都是白天黑夜地在做科研，而我们的教师只有晚上才能做科研，还不能保证每晚都有机会做实验。难道你有两个脑袋吗？就你特别聪明能一个顶几个吗？否则，怎么可能去跟踪和赶超呢？

于是，2002 年的寒假期间，我找了过去的学生帮助安排食宿，学校党委理论学习中心组三十多人，在无锡大地宾馆进行封闭式的集中学习和研讨。就学校如何加快发展的问题，广泛听取大家的意见和建议，认真分析形势，厘清发展思路，提出重要举措。

研讨会结束，在我做小结时，特别讲了遇到李博士的例子。没有实验室，纵然你有三头六臂，那也无法施展才能啊！突破空间狭小这个瓶颈，学校已到了刻不容缓的关键时期。不解决空间问题，学校已无以发展！最后，学习研讨会上大家形成共识，举校一致抓住当前的机遇——“建设新校区，实现新跨越”。

在向省发改委重新申请建设新校区土地指标，到国土厅审批用地计划的同时，学校已开始积极奔波解决新校区的选址问题。

根据省教委的意见，南医大新校区也到仙林大学城，形成南京市城东高校集中区，与江北高新区的大学集中区遥相呼应。南京市这样规划也是有道理的，按王宏民市长的说法，高校不能太分散，但也不能太集中。过于分散不利于高校间的教学交流与科研合作；过度集中又会形成社会细胞品种太单一的现象，不利于社会商品、信息、能量的交换与繁荣。

那时，南京师范大学、南京财经大学、南京邮电大学、南京中医药大学等都已先后入驻仙林大学城。而根据城市发展规划的需要，仙林农牧场的行政建制已撤销，整体并入栖霞区，改建为仙林街道纳入统一管理。

我带了达建等筹建新校区的几位同志，直接到栖霞区找当时的区委书记宗书记（化名），就南医大新校区的选址问题与他具体商量。宗书记在办公室听说是南医大党委书记来谈新校区选址问题，还算热情地接待了我们。

省教委大概已与宗书记接触过，所以宗书记已知道南医大新校区将入驻仙林大学城。当我谈到具体选址问题时，他立刻就拿出了仙林大学城的规划图给我看，他们已经把南医大的新校区规划在羊山以北，九乡河以西，312 国道以南，邮电大学新校区以东的地块上。

我仔细看了一下仙林大学城的总体规划图，从总体规划上来看，栖霞区提供的这块地稍偏了些，在整个大学城的东北角落上。当时，我一时也提不出什么不同意见，只是提出来还有没有其他地块可以比较一下。宗书记说：“哪里还有 1500 亩这样大的地块呢？”听上去似乎也有道理，毕竟我们已是最后的迟来者了。

我对宗书记表示感谢后说：“我们先去看看现场后再说吧！”因为选址问题必须慎重，涉及学校的百年大计，决不能轻易草率定夺。

与宗书记分手后，我们就直奔现场去了。

羊山以北，九乡河以西这块地，地势平坦，建学校肯定没问题。但我无意中觉得：地势是否有点低洼？雨后那么多天了，怎么还会有不少地方积水呢？另外，312 国道以北就是南京的化工区，那天气压较低，有微微的东北风，偶尔可以闻到飘过来的一点异味。于是，更坚定了我一定要再找几块地方好好比较一下的想法。之前我们看了那

这是如今已拓宽后的九乡河，左手行道树后面的这块地，就是当年栖霞区委拟划给南医大作为新校区选址的地方。

张仙林大学城总体规划图，我觉得1500亩整片的地块应该还有。因为我对仙林农牧场的地形地貌太熟悉和了解了，当初在这儿选址建设南师大新校区时，可以说我跑遍了农牧场的每块土地、每条田埂。用孟场长的话来说，他在农牧场待了几十年，他没有到过的地方，我都跑到了。

我带了大家又去看了大浦塘水库边上的地块，那儿曾经是南师大选址时的备选用地之一，也就是大浦塘水库的西面，应天学院以南和土城头路以东这块地。这地块建学校也是适合的，就是地块里有一个小山头会占掉将近一二百亩地。规划校园时可以借景边上的大浦塘水库，将来的校园也会很漂亮很灵动。唯一有点遗憾的是土城头路对面有一片华侨公墓，规模还不小，有点煞风景。

我们再去看的一块地是当年的小桃园，即今天跑马场的那块地，1500亩绰绰有余。那是很理想的一块地，特别是交通非常便利。出了中山门，就可通过沪宁高速连接线直接到仙林，站在绕城公路上远远就可看到这块地了。但我也知道地块的区位越好，也就越难拿到手，另外土地的补偿价格也会成倍地翻。

那天考察结束，第二天我就去了南师大新校区，到档案室查阅仙林农牧场的地形图。一看就看出问题来了。南师大的新校区在仙林地区是属于地势高的，南师大正大门前的桥面，海拔标高是 22.4 米，三用河一路往东淌下去，经过南京财经大学、南京邮电大学，过羊山后入九乡河。羊山北的这块地是最低洼的地方，海拔标高只有 12.6 米。而我已知道九乡河雨季最高的水位是 13.2 米，那就意味着雨季下大暴雨时，校园内有三分之一的土地会淹在水下，那怎么行呢？

按照当年的判断，若干年后还真发生过校园淹在水里的事。南京中医药大学新校区在羊山之南，与这块地差不多属于同一个区位，也紧靠九乡河。2004 年夏季，暴雨后九乡河水发生倒灌，校园内的教室和宿舍底层积水都有四五十厘米深。直到 16 年后，即 2020 年南京市才对九乡河进行彻底改造，在河边建了一道三孔大闸门和抽水泵站，之后九乡河地区才能大雨后不看“海”，这是后话了。

一周后，我又去找宗书记，他约我在八卦洲高速公路的休息区见面。

大浦塘水库包括这个小山头和山后面的近千亩平地，即今天的江苏省地理信息产业园和贝赛思国际学校这块地，可以作为南医大新校区选址。

到休息区后，我与宗书记谈了我们考察选址的情况。我对他说：“羊山以北的这块地，不仅会淹水，还有南京化工区飘过来的味道。如果选这块地，这是对历史不负责任，我会被医大的后人唾骂的，所以不能选这里。我们在大学城转了一大圈，看中了两块地都可以作为备选地。”我把这两块地的情况，一一给他做了汇报，他对两块地的情况不太了解，于是又拿出仙林大学城的总体规划图。

宗书记这次的态度与上次就大不一样了，他板着脸指着小桃园的地块说：“你看小桃园只有一半在栖霞区范围内，还有一半是白下区的，怎么能给你呢？”

我说白下区的工作我们去做！这下他亮底牌了，“那么好的地块怎么可能给你办学校呢？”

“哦！”我说，“那么大浦塘水库边上的这块地呢？”他看了一下规划图，上面写着什么什么园，像是住宅区，还有什么研究园。他还是那句话，“这块地怎么可能给你们呢？”到底为什么不能给？他也说不出理由来。

我知道潜台词是好地块可卖大价钱，根本不值得给你！现在他就是兜售羊山以北，九乡河以西这块地。

我对宗书记说，南医大进入仙林大学城，对大学城乃至整个栖霞区都是十分有益的。南医大进驻后肯定要在校园旁建一所三级甲等的附属医院（当时栖霞区没有一所三级甲等综合性医院），这不仅仅是我们教学科研需要，它对地区繁荣，招商引资，都有积极的推动作用，就是你的土地出让价格眼下也会上涨不少！最后一句，我是对他只算眼前小账不看未来前景，故意说的话。

宗书记当时听了怎么想的，我不知道。在交谈的话音中可以感觉到，在他看来学校选址问题你那么认真干吗？干几年你不也就下台了？犯不着那么认真。后来，他借故说下面还有会议，就起身走了，有点不欢而散。

从那以后，我几次跟宗书记联系，他都推托事情多没时间。再后来，他干脆说你们有事与办公室联系，由区政府办公室再与他约具体时间。我知道这实际上就是“闭门谢客”了。

在他看来省教委都定下南医大新校区到仙林大学城，你还能到哪里去？这与南师大当年选址时，江宁开发区的政府机关思维方式是一样的。

正在我十分烦恼时，不知江宁区的区委王书记怎么会知道的，主动找上门来，邀请我到江宁区的大学城去看看！真是“山重水复疑无路，柳暗花明又一村”。

江宁区在原县城东山镇的东南方向，方山的东北面，规划了一个大学城。王书记显然比宗书记有眼光有想法。他认为江宁光有经济开发区，没有大学进驻，缺少大学的精神和氛围，今后缺少创新创造，社会缺少发展后劲，开发区就上不了新层次。

那天，王书记在江宁经济开发区办公室接待我们。他开门见山，话说得很直率。他说：“现在江宁大学城已引进了几所大学，但都是职业技术学院，即使是本科院校，也都没有硕士、博士授予权。现在大学城就靠这几所大学‘撑门面’，对外哪有‘脸面’呢，层次太低！我现在就急于要引进像南医大这样有硕士、博士培养资格的高水平大学。”

听了王书记的一席话，我首先说：“谢谢王书记的邀请！既然书记说得这样坦率，我也就直说了。想要吸引我们南医大进江宁大学城，那么，有些什么优惠政策呢？”

王书记听我这样一问，他说：“你只要提出来，什么事都好商量！

这是江宁大学城入口的标志，如今已聚集了南京医科大学、中国药科大学、南京工程学院、金陵科技学院、晓庄学院、江苏经贸职业技术学院等十多所高校。

比如选址问题，整个大学城尽你们选，即使其他大学已经选中了的地块，你们也可以选，优先满足你们的需要！”

我说这样可能不太好办吧，其他学校听说了不要有意见？他说：“不会的，你们放心，我有办法。换一块地给他们，无非是多让点土地补偿费，怎会有意见呢？”

哦！我心里想，书记还有不少办法呢！

“那好吧！”我说，“能否我们先去看一下地块，大致有意向后，再来给书记汇报我们的具体想法。”

与王书记握手告别后，隔一天，我与南医大领导班子全体成员在江宁大学城的范围里，来来回回走了好几趟，又开车到江宁大学城的周边转了一圈，把基本情况都摸清了。大家意见几乎一致，看中了大学城紧靠老县城义乌小商品集散中心，龙眠大道东北面的三家村和张家庄这两块地，包括张家庄水库和一个小林场在内。

这块地的优点是，紧靠东山镇，交通方便，是从老县城进大学城的第一块地。再说南京市规划中的地铁一号线终点站，就设在离该地块不远的义乌小商品城。这地块的地形地势也很不错，未来校园里有一个近百亩的大水面，校园一定会显得很灵动，很秀美！

三天后，我约好与王书记商谈的时间，又前往他在江宁经济开发区的办公室。

那次见面，我也开门见山，就直奔主题了。我说既然书记这样开明，那我就直接提想法了：第一，南医大新校区征地，只征到校园围墙，不征到道路中心线（按国家文件规定，新征用地必须征到公共道路的中心线，超出围墙的那部分，称之为代征地，我们1500亩用地，如要代征道路用地，那么到道路中心线有50米宽绕校园围墙一圈，大概围墙内要少掉一二百亩地）；第二，校园内大概有将近二百亩的水面，除张家庄水库外，还有很多水塘，这水面都不能盖建筑，也要四万五一亩补偿款，似乎不太合理，能否便宜一点；第三，学校的建设经费很拮据，希望区政府能支持学校一把，政府每平方米的基础设

南医大新校区建成后，校园里的天元湖碧波荡漾，人在湖边朝阳里晨读，晚霞里漫步，常常流连忘返。

施配套费能否全免；第四，能否帮助学校做做南京市地铁公司的工作，将地铁一号线延长一站至南医大的学校大门口。

我原以为王书记听了会大吃一惊：怎会有那么多要求？哪知道，他听完后立即说："就这几点要求没问题，我全部答应你们！"我一听，全部答应？真让我们喜出望外。

王书记说："学校征地就征到校园的围墙，外面的道路代征地全由政府来负责；校内的水面比较多，水面征地补偿款就两亩算一亩，就算 200 亩水面可以吧！免基础设施配套费没问题，除了清运垃圾费和白蚁防治费，因为这是养人的钱不能免以外，政府所收的其他各项费用全免。至于地铁一号线延长一站，估计也不会有问题。因为，地铁公司正在与区里商谈要二百亩地建地铁终点车辆维修保养车间。我们提出将地铁延长一站到南医大学校大门口，应该不会有问题！"

现在回想起来，政府为引进南医大答应的优惠政策，最得益的还不是基础设施配套费全免，也不是水面的征地补偿款两亩算一亩，而

南京地铁一号线建成后，在南医大新校区大门口设有"南医大·江苏经贸学院"站。

是征地只征到校园围墙，保证校园围墙里实实在在地有 1390 亩地。加上马路斜对面的 110 亩地，这 1500 亩的实际使用面积，就相当于其他学校校园 1600 到 1700 亩地的面积。这为学校未来发展奠定了基础，为今后“做事”留足了空间。

另外，我补充说新校区远离老城区那么多路，真要把大学办好，希望区政府能给学校二百亩地作为配套，建大学教职工住宅区。否则，下午四点半后老师都回城了，学生找不到老师，怎么能保证教学质量呢?

停顿了一下，王书记说：“这事我们班子再商量一下，二百亩地可不是一个小数字。”

就这样，学校党委常委会最后研究决定，新校区建设选址就在江宁大学城，龙眠大道东北的三家村和张家庄区域。

那年五六月份，我们完成了包括征地指标在内的各项审批手续，七月到十月政府完成了两个村庄的拆迁任务。我知道距离南医大新校区的正式建设动工该进入倒计时了。

难得的机遇，只有用难得的拼搏去奋斗，才有可能获得难得的成功。

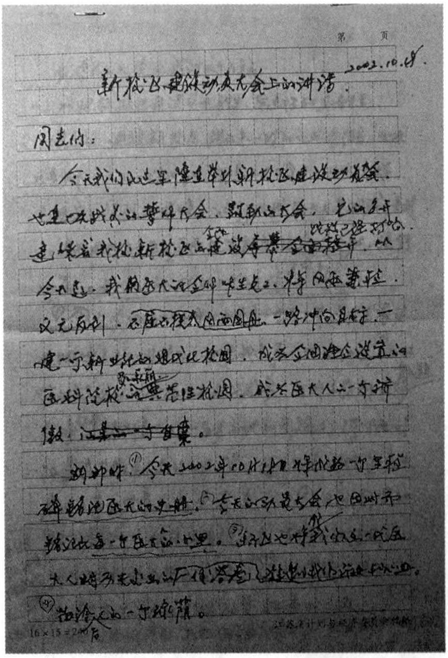
2002.10.18.
新校区建设动员大会上的讲话
同志们：

这是 2002 年 10 月 18 日，我在全校新校区建设动员大会（奠基仪式）上的讲话稿。

全校召开了中层及以上干部和副教授及以上教师的新校区建设动员大会。在动员大会上，我作为南医大新校区建设领导小组的组长表态：“如果不能如期完成新校区建设任务，明年九月进不了第一批新生，我作为主要负责人，将承担由此造成的一切后果。”我摆出“抢抓机遇，决一死战”的决心，激励全校师生员工，为学校的跨越式发展，团结一致，风雨兼程，竭尽全力，忘我奋斗，去争取具有里程碑意义的胜利！

10 月 18 日，学校领导带领新校区建设管理委员会的全体同志和部分干部教师，在如今学生八号宿舍的身底下，隆重地举行了奠基仪式。

那天的奠基仪式上，我们知道埋下的不是一块普通的奠基石，而是南医大几代人的心愿和追求，是南医大人对学校未来发展的梦想。

一个月后，11 月 18 日，新校区举行了开工典礼。首先开工建设的是道路、管网、围墙、中心配电房和中心水泵房，以及张家庄水库整治和一条龙形水溪穿校而过的连通改造工程等。

又一个月后，12 月 18 日，新校区建管会的同志与施工队的农民工，冒着严寒开挖了两栋教学大楼（今天的博学楼和逸夫楼）的第一根人工挖孔桩。至此，南医大新校区建设全面展开！

那年，南京的冬天特别的冷，“二九”“三九”可以说是滴水成冰。施工队睡在工地上的工棚里，没有更好的御寒办法，监管会只有在工棚的地上多垫了很多稻草。农民工冒着严寒一直干到腊月二十九，终于完成全部桩基任务。

我让财务处用麻袋到银行装了钱，到工地去根据包工头提供的名单，现场给农民工发工资。为奖励他们不畏严寒如期完成桩基工程，学校用大巴车，冒着雨雪送苏北淮安的农民工回家过年！

这就是 2002 年 12 月 18 日，工人们冒着严寒挖第一根人工挖孔桩，为之打下基础的两栋教学大楼。

施工队的农民工不怕严寒，艰苦奋斗，在春节前能把桩基工作完成，这就为下半年 9 月上旬接待第一批新生，按期开学，立下了汗马功劳。

冬去春来，新校区正如火如荼建设时，2003 年 4 月又遭遇了“非典”疫情的干扰。在这种情况下，学校党委号召新校区建设者们发扬“一不怕苦，二不怕死”的精神，坚忍不拔，不屈不挠，奋战四个月，一天都不拖后腿，9 月初如期开学。

到新校区参观考察的教职工主动给农民工送水送冷饮，新校区建设管理委员会与基建办的同志们精神振奋，与工程队通力合作，一着不让，战严寒斗酷暑，在“非典”威胁中逆袭而行。前后仅用十个月的时间，于 2003 年 9 月 12 日夜里，全部完成新校区建设的一期工程。这个速度谁都不敢相信，可以说这是南医大建校史上的奇迹！

9 月初，新生的家长带了孩子来参观新校区。那时，路还没有修完，灯还不亮，水也没通，到处还是建筑工地。家长们在网上留言，都认为9月13日开学是不可能的事。

“超常规的业绩，来自超常规的付出。”经过接下来十个日日夜夜的奋战，黑黑的沥青路面、绿绿的草坪、蓝蓝的天空、路灯杆、行道树，像魔术般展现在人们的眼前。教室操场、宿舍食堂水电俱全，真是“千淘万漉虽辛苦，吹尽狂沙始到金”。

9月13日黎明，微风吹拂，阳光洒在新校园的大地上，我们迎来了新校区的第一批2000多名新生，这也是整个江宁大学城进驻的第一批大学生。新校区的建设者和师生员工们脸上都露出了欣慰的笑容。

一期工程完成后据资产处统计，我校的教学用房增长了4倍，科研用房增长了9倍，学生的生活用房则翻了一番，生均宿舍面积由四点几平方米增加到教育部规定的人均8.6平方米。这为学校打破瓶颈，加快发展，成为研究教学型医科大学提供了最重要的空间条件。

空间就是舞台，精神就是力量，有这两者的结合，何惧做不成事？一二十年过去了，现在情况怎么样呢？

南京医科大学的国家自然科学基金项目2001年是12项，2008年涨到103项，2021年已达到315项。就这一项，我校每年能从国家自然科学基金会那里拿到2亿多的科研经费。SCI论文发表数量由2001年的19篇，增长到2008年的300多篇，到最近几年每年都超过1000篇，平均影响因子超过2.0。这一切的进步和巨大变化，在新校区建设以前，即使做梦也想不到。

这些年南医大不仅有了三个国家重点学科，还有了一所国家重点实验室，培养了两名两院院士，这几项指标过去都是0。在全国独立设置的医学院校中，今天的南医大已走到了前列。

历史经验已经并正在继续告诉我们，这一切都是精神面貌改变和新校区建设所带来的外溢效应。

还有，全校在职的和退休的教职工只要提出申请的，在新校区旁边的教职工住宅区——方山熙园，几乎都有了一套属于自己的新房。这么好的事，离开了新校区建设几乎是无法想象的。

建设新校区，如今已成了历史，今天回望新校区的建设，至少给了我们几点启示。

一是一所大学欲实现“跨越式发展”，必须要靠抓机遇。

在正常情况下，在既定的人力物力的条件下，办学条件可以改善，学校发展可以稳步或加快，但不可能实现“跨越”，因为这违反事物发展的客观规律。

正常情况下，随人们的主观意愿，将“跨越”变成客观现实，这是不可能的。因为，人的主观能动性在大自然中毕竟是有限的，在人与自然的关系上，人们说“人定胜天”，其实只是人们在认识自然的基础上，遵循自然，利用自然，但不可能违背自然。同样的道理，在工作中我们也只能认识规律，遵循规律。规律是不以人们的意志为转移的。

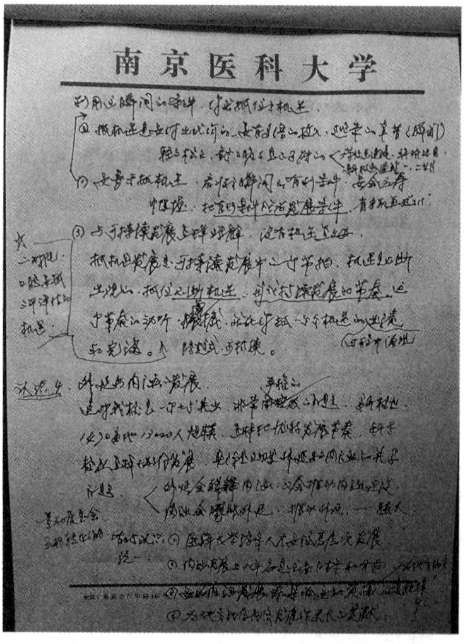

在党委扩大会议上，我专门谈了外延与内涵发展的辩证关系，这是当年我报告的底稿。

唯有一种情况下才是有可能的，那就是当机遇到来时，你若能抓住机遇顺势而上，这就有可能在现实生活中实现发展中的“跨越”。

二是新校区建设一般来说是属外延建设，因为，它主要是学校空间和规模的拓展，但这也不是绝对的。什么事情我们都要有辩证的思维，当发展空间已成为制约学校发展的瓶颈时，那么，打破这个瓶颈，它就是内涵建设。

实践证明，南医大新校区的建设解决了学校多年来发展的瓶颈，为教师们赋予了放开手脚干的空间条件，发展中带来的是学科结构的优化、教学质量的提升，以及科研水平上层次出成果，你说这难道还是外延建设而不是内涵发展？

三是做任何事都会遇到困难，都会有风险。新校区的建设，那么大的工程量，牵涉方方面面，特别是年年必须确保新生 9 月上旬准时开学，时间上没有任何机动的余地，你想困难怎么可能会少呢？怎么会没有风险呢？但只要全校上下一条心，干部与教职员工紧紧团结在一起，不惧怕困难，敢于迎难而上，那么，我们的学校就能够到达梦想的彼岸！

在困难问题上，任何一个单位或部门，都可以说出一百条困难的理由，来说明无法加快发展；任何一个单位或部门，也都可以说出一百条具备条件的理由，来说明应该加快发展，可以加快发展。机遇到来时，一切就看你的主观努力和精神状态。越是在困难的环境中，越有可能实现跨越式发展，这也是当年张家港的发展经验——“无限风光在险峰”。

在改革开放的条件下，市场经济只承认实绩，不承认“没有功劳有苦劳”。市场经济认为“无功就是过”，因为光有“苦劳”不出成果，就是一种浪费，就是“花架子”，就是毫无意义的“作秀”。只有做实事，办实事，还要办成事，这才对社会对学校有实际意义！

我这辈子主持和建设了两个大学新校区，即南师大的仙林校区和南医大的江宁校区。回眸人生，可以称得上这辈子做了这两件事，要感谢时代给了我这样的人生机遇。

现在回望人生时，我感到很满足也很欣慰，因为人一辈子能主持建设两个大学的新校区，就是在那个时代，也很少有人能遇上这样的历史机遇，至少在江苏没有。我怎能不满足不欣慰呢?

2021 年 8 月 30 日　于南京

附：

南京医科大学江宁校区记

世纪之交，万物更新，本“科教兴国”宗旨，南京医科大学抓住教育发展新机遇，同心协力建设新校区。于 2002 年 11 月破土动工，历时十月，初具规模，新生入住，成为率先进驻江宁大学城之高校。由是，校区浩然，空间寥廓，乃成学校迈向高水平、有特色、研究教学型医科大学之里程碑。

南医大江宁校区占地 1470 亩，区位优越，交通便利，地居钟山方山之中轴，绵延龙盘虎踞之气脉。因地形地貌山水之宜，绘幽静幽雅学府蓝图。芳植连山而春华秋实，灵泉活水而源远流长。建筑疏密相间，楼台花木掩映。天元湖碧浪扬波，柳叶岛湖心静卧。园中曲径萦如绣带，林边清渠宛如游龙。东塘木屋，西池荷靥。听珠十级迭传雨韵，观澜十里遍赏晴光。梅花堤樱花坡，明宁静致远之志；博士林护士林，兴树人树木之思。幽僻林泉，白鹭盘空；天然湖滨，珍禽嬉水。读书赏于晨曦，漫步醉于晚霞。保留原生态自然风光，融入新思维现代理念。逸夫楼立足当代医学科学最前沿，图书馆传承中外悠久灿烂之文化。记七十载沧桑，发扬博爱普施济民济物之传统；迎新世纪潮流，开拓博学明德致精致善之境界。

叹校园之灵秀，感人文之深厚。筚路蓝缕，继往开来，百年树人，誉满杏林，我医大全体师生医护员工方将自强不息，迈高等教育革故鼎新之步伐，铸医学事业与时俱进之辉煌。宏愿可证，谨撰斯文。

顾复生　陈国钧

2003 年 11 月 18 日 于南京

199　年　月　日　星期

土地五项费用.

①.土地使用受让费 1元/米²

②.农业重点开发基金 1000元/亩

③ 耕地复垦费. 6000元/亩.

④.新增工业用地有偿使用费. 40元/米²

30%中央, 10%省. 60%市.

⑤ 管理费(①+②+③+④)×3%.

[illegible]

[illegible]

[illegible]

[illegible]

[illegible]

开放:——要突出. [illegible].

政策上要讲明. [illegible].

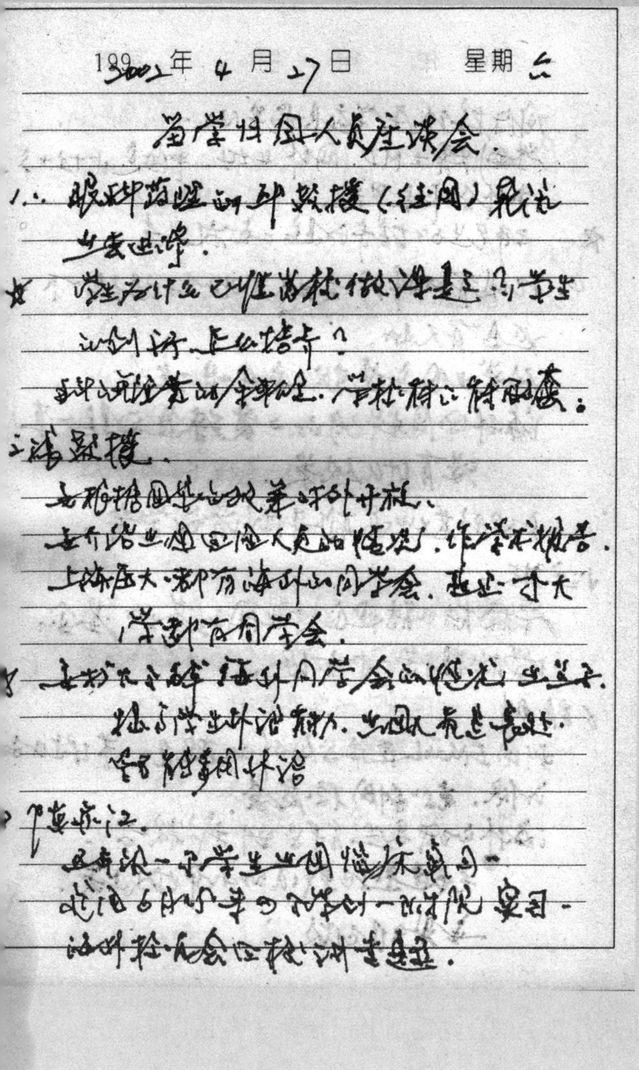

199 2002 年 4 月 27 日 星期六

留学归国人员座谈会

听师生的心里话，不仅是心灵的沟通，能了解到许多真实的情况，能汇聚很多智慧得到很多启发；还能消解很多工作和生活中的矛盾和疙瘩，有利于学校的稳定，有利于学校上下一致共谋发展。

根据我的人生体验，学校领导能否听到师生员工的心里话，是评判各级领导是不是真正深入基层、深入到师生员工中去的最重要的标志；也是学校领导能否把大家团结起来，拧成一股绳，聚精会神搞建设，一心一意谋发展的重要保证。

如果你到基层去能听到师生员工的心里话，甚至是悄悄话，那么，可以说你是真正深入基层深入群众了，因为你已深入师生们的心坎上了。如果你到基层到群众中去了，却听不到师生员工的心里话，那么，你深入基层深入群众只是形式主义，或者说只是作秀而已！因为你不知道师生员工心里在想什么，不知道他们心里想说什么，不知道他们心仪学校做什么，那你怎么算“深入”了呢？你怎么能把大家的心都聚集到一起来呢？

在南师大时，我在系（今天的学院）一级做过党务工作、学生工作，到校领导岗位上后，也从行政上配合党委副书记分管过学生工作。还分管过申报“211 工程”办公室、新校区建管会、校办产业、基建、财务、后勤等等。我的体会是无论你在哪个岗位上，从事什么工作，或作为领导分管什么工作，如果你了解你所领导的群体，能听到他们说说心里话，甚至悄悄话，那你就一定能做好你分管的工作。

拿学校里大学生来说吧，他们的思想在两头最复杂，即刚进校时和临近毕业时。

新生从中学来到大学，甚至从农村来到大城市，从“饭来张口衣来伸手”的父母身边，来到这举目无亲的校园，对他们来讲这是一个陌生的世界。不仅独立生活要从头学起，更重要的是学习方式的改变。没有了灌入式的教学，没有了老师的严格要求和检查，没有了家长的督促和唠叨，有很多学生都不知该怎么学习和如何生活了！

这个时候，如果年级辅导员、总支（分党委）副书记能与新生谈谈心，听听他们茫然的心里话，在人生的岔路口，做好大学生们的导师，包括学习导师、生活导师和人生的导师，那么，你就一定能带好这批学生。因为在这样的语境中，你与学生之间就会建立亲密无间的信任关系。否则，大学生们包括学生会干部，甚至调皮捣蛋的学生，在茫然时怎会哪一级干部都不找，都一致同意请我在农村明光小学操场上，对大学生们发表讲话呢？

南师大中大楼前的秋色，人行道上洒满了黄叶，让人特别留恋。

因为平时彼此心心相通，亲密无间，学生信任我，所以他们知道，我肯定都是为他们好，不会说假话和谎话，这就给了我做劝阻工作的机会。

大学生在毕业前呢，他们更需要老师的指导，帮助他们迈好走上社会的人生第一步。

这时候的大学生思想最复杂，既很兴奋，也会彷徨，甚至很忧虑。作为老师，你这时能与学生谈谈心，给予一些指导，帮助解惑，排除犹豫和焦虑，他们就会把私下的悄悄话都告诉你，比如他看上了班上某某女同学，而父母给他介绍了他不喜欢的对象；对未来的职业和工作岗位内心没有底，不知将会是怎样的开局；怎样去处理与未来岗位领导的关系；怎样去面对自己的学生；等等。这说明你真的被他们放在了心坎上，他们需要你的帮助。那时，你何须忧虑他们会不听劝导呢？

心灵相通培养起来的师生感情，多少年过去了，师生情谊会依然如故。后来，我在各级各类工作岗位上遇到困难，只要毕业后的学生们能在自己岗位上帮得上忙的，他们都会全身心地鼎力相助。

南医大峨嵋岭教职工住宅区的水改造，那么困难的事，几十年都解决不了的事，因为遇到了曾经的学生，硬是在百般困难中帮助解决了。困难解决了，自来水公司帮助改造的钱款学校还没付清，教职工就用上了满意的自来水。几十年过去了，至今我还拖欠着部分超预算的工程经费。

那时与大学生心灵沟通，相对来说还比较容易一些，但要想能听到教师的心里话，那是不容易的。因为学生相对来说比较单纯，都有成长中的幼稚。而教师就不一样了，他们都比较成熟，想的问题比较复杂。而且，有多少年来各种社会活动和生活的阅历，使他们对生活都有了自己的见解和定力，一般不会轻易谈自己的心里话。

省委任彦申副书记与我谈话，省委决定调我去南京医科大学任党委书记。他说：“你去南医大要有思想准备，原领导班子不团结，校领导班子会都开不起来了，‘你开会我就不来’。学校正常工作都有困难了，这还怎么发展呢？”任副书记告诫我两点：“去了以后，一要把大家团结起来，特别是领导班子要团结好；二要用发展来凝聚人心，确定目标，排除干扰，共谋发展。”

我从南师大到南医大去当一把手，没有带去一个人，可以说是“举目无亲”。或者准确一点说，我举目只认识一个人——副校长周亚夫，那还是在省里同行开会时认识的。有一年南京医科大学的校办产业成立科技实业集团，亚夫校长要我代表在宁高校发言表示祝贺，就这样彼此算熟悉了！

我到医大任党委书记后，不久我就发现师大和医大两校的校风有明显的区别。不能说哪所学校的校风好，哪所学校的校风差，都是相比较而言，各有所长，也各有所短。

南师大文科的力量比较强，无论在教学科研中，还是在党政管理工作中，南师大人表现出来的特点是发散性思维，对形势的变化和趋势比较敏感，有自己独到的见解，敢想敢说敢干，遇到问题点子多办法多。但常常是“醒得早起得迟”，尽管道理明白了，机遇也看到了，但议论得多，行动起来不是很利索，沉下心来做艰苦、踏实、细致的具体工作不够。

而南医大人的特点是工作严谨踏实，做事专注，勤奋肯干，只要是领导布置的工作，你尽管可以放心，一般不会落空，为人平和，处事厚道。但是线性思维，思想认识传统保守，墨守成规，对外界形势的变化反应比较迟钝。工作中缺乏主动性和创造性，像碗里的鱼，拨一拨动一动，遇到困难缺少应对的点子和办法。

我到了这样不同的人文环境里，要想实现学校的跨越式发展，特别是眼下急于推进的新校区建设，学位点和学科建设，非得下狠劲使蛮力，去推进各项工作的进程。如果用“温水煮青蛙”的方式，慢慢改变，那就会抓不住机遇，因为时间不等人呀！

为此，学校迅速推出了鼓励科学研究 “争取国家级科研项目的奖励政策”、加快引进高层次人才的“特聘教授政策”、积极推进“新校区建设”和“加快教职工住宅区建设的意见”等。为推行这些有力的措施，解决现实与心里所想之间的差异，我急于要得到干部和广大教职员工的理解和支持。

为加快学校的发展，我想了很长时间：怎么样才能得到教职员工的理解和支持呢？我反复考虑后，决定采取不同的方式方法与教职员工进行沟通。

对校领导主要通过谈心的方式，以心换心，彼此理解相互支持。我和校长之间的谈心，可以说是开诚布公的。我说要把全校团结起来，前提是要把领导班子团结好，领导班子团结好的关键是我们两个人要团结好。谈心中，我和陈琪校长形成共识，彼此间平时多沟通，这样有利于取得共识消除误解。如果一时意见不一致，也没关系，可以先冷一冷，搁一搁。但绝不在公开或私下场合说彼此的不同观点，公开我们之间的矛盾。多少年来，我们都共同遵守这一约定，党政之间的关系一直相处得比较好，这也为领导班子的团结做出了榜样。

我和亚夫、心如、老伏、老曲、耀初、老冷等也都关系很好，在一起谈心一起工作都很愉快。遇到困难大家风雨同舟，遇到矛盾大家同心同德，遇到压力大家同舟共济。甚至退休多少年了，大家还都一直来往，每年还都相聚，非常留恋当年一起工作的快乐时光。

班子的团结，是追求事业发展中最宝贵的条件。那些年，领导班子有了团结这个“底气”，我们不仅敢想事，敢做事，还敢于做一些大事。不管是建设新校区，建设教职工住宅区——方山熙园，还是申报国家重点学科、国家重点实验室、一级学科博士点、两院院士等，真的还干成了一些大事。

与普通干部和教职员工心灵沟通，则要用不同的方式和不同的途径。如果硬生生地请干部和教师到我办公室来，说“为了学校的发展，我希望听到你的心里话”，教职员工面对陌生的新领导，肯定会紧张，甚至会手足无措。只是听我讲而已，哪敢随便谈自己的心里话呢！

于是我想，除了大会小会要讲解放思想，团结一致，实现跨越式发展，要讲新理念新观点，在不断深化改革中，取得新业绩，还要找到一种沟通载体或一种途径，通过这种载体和途径，进行彼此心心相印的交流。

后来，我决定在干部和教职员工各自生日的这一天，我代表学校党委和行政亲自上门，为他们在学校工作奉献了许多年送上一份生日蛋糕。后来一些基层院系的党委和总支书记听说后，也买一束鲜花，要求陪我一起上门去看望干部和教职员工。

医大当时有一千多名教职员工，我不可能在一年里将生日蛋糕全部送到，那会分散很多精力，对当前的工作会带来影响。所以，只能分期分批逐步实现这一想法。

第一年，凑生日那一天，我走访了学校所有的博士生导师，包括学校评聘的非隶属关系的附属医院，如鼓楼医院和南京市第一医院的博导，当年大概有八十多人。第二年我送生日蛋糕，走访了所有的离休干部和学校的新老校领导，大概有 100 人。第三年、第四年我走访了所有的教授（包括附属医院的）。再往下几年，分别送了全校的正处级干部、副教授、副处级干部。直到我从领导岗位上退下来，据党办不完全记录，借送生日蛋糕的机会，我共走访了全校 486 个干部和教师的家庭。

最后一次送生日蛋糕，是宣布我退下来的当天，我到西城岚湾第四临床医学院副书记祖琴家送生日蛋糕，祝贺她生日快乐。我还告诉她，到她家祝贺她生日快乐，也是我人生中做一件有意义的事，为我的事业画了一个圆满的句号。

遗憾的是想继续给副教授和副处级干部以及所有的教职员工送生日蛋糕的心愿没有实现，因第二天起我就没有这个身份了。我曾想过，如果在任时间允许的话，我一定会给全校所有的教职员工和附属医院

我给公共卫生学院的博导肖杭教授送生日蛋糕，交谈中他提出了很多见解和建议。

的医生护士送生日蛋糕！

在送生日蛋糕的过程中，我找到了与教职员工心灵沟通的渠道和机会，找到了心灵的共鸣。每当我下班后去送生日蛋糕的路上，我都会有一种无法抑制的内心冲动和兴奋。

我从不把送生日蛋糕看成是一项任务，因为我又有了一次聆听教职员工说说心里话的机会，特别是一些老同志、老教授及一些平时不为人们关注的普通干部和教师职工。

有一天，当我踏着漫天飞雪，敲开博导家的门，正在拍打身上积雪的时候，老教授听说是我为他送生日蛋糕来的，他那惊讶的目光，热泪盈眶又不知所措的神情，至今还清晰地留在我的记忆中，让我难以忘怀。

你想，老教授自己已忘记今天是他的生日，家里的子孙辈也从来没把老人平常年份的生日当回事，亲朋好友也不记得他的生日了。但组织上没有忘记，组织上没有忘记他为尽心培养学生付出的辛劳，没有忘记他在学校教学科研路上取得的成绩，没有忘记他为学校发展做出的贡献。生日这一天组织上给他送了一份生日贺礼。你说他心里会怎么想，怎会不感动呢？

窗外雪花飞舞，老教授的夫人为我沏了一杯茶，我与老教授围在烤火炉旁促膝谈心。此情此景，老师们怎会不说心里话呢？从学科发展遇到的困难、队伍建设中不尽如人意的地方，到当前迫切需要解决的问题、加快学校发展的意见和建议等等，无所不谈。

后来，学校加快发展的很多思路，很多做法，并不是我们领导班子特别聪明，也不是我特别能干而想到的。其实，很多点子和办法能取得事半功倍的效果，大都来自老师们的意见和建议。我只是把他们贡献的意见和建议集中起来，经分析思考后分别采纳而已。

通过送生日蛋糕和鲜花这种形式，我不仅能听到老师们和干部的心里话，还能与他们沟通心灵，解决很多现有的或潜在的矛盾与疙瘩。

我刚到南医大不久，有一天我正在办公室看上级文件。突然“砰！”的一声，有位老同志一脚把我办公室的门踢开了，我很惊愕。他走过来，举起手中的拐杖就“哐！哐！哐！”地敲打我的办公桌。

我莫名其妙地站起来，正想问他是怎么回事时，他先开口说了：“你们领导分房不公平，答应给我补差的房子，为什么老不兑现？”这闹得我很纳闷，2000 年高校的房改都已结束好几年了，什么时候学校又分房了？

这时，隔壁办公室的几位工作人员听到声音都赶过来了。一边劝他坐下来好好说，不要发火，一边给我介绍了这位离休老干部房子问题的来龙去脉。

高校房改前的最后一次学校分房时，由于房源少，所以在职教职工与离退休教职工选房的房源，是切块分开排队的。他的分数尽管很高，但在离休干部中比，排不到前面几位，所以他就没有选到自己理想的房子。从此后，他就一直在闹：“为什么资历比我浅得多的干部都分到了大房子，我就不能拿到？”“为什么学校制订这样的政策？这不是有意欺负人吗？”大概为了平息此事，学校个别领导曾私下许诺给他补一间房子，但一直没有兑现承诺。为此，他已经闹过好几次了，但一直没有结果。于是，今天他就闹到新书记这儿来了，气势上还要给我一个“下马威”。

“哦！原来是这么回事。”这倒是给我出了一道难题，学校房改后已没有任何房子可分了。再退一步讲，即使有房子也不能分了，因为不能再办分割后的房产证和土地证了，那还怎么分？

老同志需要尊敬，老同志的事要重视。尽管重新分房是不可能了，他也知道，但他为什么还要闹呢？是不是家里确有困难？如果真是这样，那么，还有没有其他可以解决的办法呢？

我安慰他讲："你有意见可以慢慢说，不要激动，这对老年人的身体不利。"他把大致情况又结结巴巴地说了一遍，生怕我听不懂，又不断地重复了几遍。我对他说："你知道我刚来医大不久，希望能给我时间，我先把情况了解一下，摸清楚情况后，再和你交换意见，如何？"好说歹说，好不容易把这位离休老干部劝走了。

后来，我把情况摸清楚后，正想找个时间与他交换一下意见。说来也巧，那个月的月底就是他的生日。

月底那天，我和党委办公室的同志提了生日蛋糕和一束鲜花上门

我到基础医学院博导卢春教授家里送生日蛋糕，我们两人谈得甚欢，甚至忘了回家的时间。

去祝贺，老两口热情地接待了我们。这次我做了思想准备，无非是再听听他发发牢骚，骂骂领导。但那天去见面时，与上次到我办公室来的他，态度判若两人，而且从头到尾没有提房子问题一个字。当时我一边与他交谈，一边在想：在这种场合他是不是不好意思提，或者是不是还要等待我调查研究后的正式答复？

最后，还是我把他要等待解决的问题提了出来。我说："你们老两口的这房子不算好，确实有点陈旧，但就大小来说，两室半也够了。一间卧室，一间会客，半间做个书房挺好的！"

这时他讲真话了，他说平时没问题，但一到节假日，特别是春节子女带了小孩从外地来看望他们，那就住不下了！说到上次分房时，他强调学校是亏待他的，当时答应过后再帮助解决的。结果事情过了，如石沉大海，再也没人提了。后来他找过校领导几次，他们就一直拖一直拖，直到今天。

"哦！主要是这个问题，"我说，"如果要重新分房，你知道这是不可能了，没有房产证、土地证的房子怎么能分呢？如果就是解决外地子女回来临时住宿的问题，我回去与领导班子一起再研究一下，看还有什么其他办法帮助解决一下。"

后来，我了解到确实有个别领导当年口头私下答应过给他补差。这个问题我提到学校领导班子会议上研究，会议研究决定同意在假日时，从集体宿舍里借一个房间给他，终于把这件事了了。

所以，听师生的心里话，不仅是心灵的沟通，能了解到许多真实的情况，能汇聚很多智慧得到很多启发；还能消解很多工作和生活中的矛盾和疙瘩，有利于学校的稳定，有利于学校上下一致共谋发展。

2005 年初，学校党委被省委评为"全省优秀基层党委"。全省共 50 家，当时全省 116 所高校，只有两家进入这个光荣行列，这是很不容易的事。我知道这固然是对学校党建工作的肯定，但更多的是对广大党员和教职员工团结一致，艰苦奋斗，奋发努力，实现学校跨越式发展的肯定。

2020 年 10 月 2 日 于南京

1992年3月26日 星期

全市干部座谈会

杨[illegible]书记

(1) 二个校区之间的生存问题，要有[illegible]重中央
  上海大学已合并，校区一个房间住两人
(2) 医科大学在[illegible]病人，结构体
  必定管理
(3) 学生的培养与教育问题，要培育学校的[illegible]
  风的好的品德。
(4) 晚上看夜的用车问题，送回[illegible]大约
  了。是一道，找什么人。
  培养问题，解决好唯一学科[illegible]

钱校长

听了[illegible]书记的报告感到有希望，[illegible]
进步与其他学校比也落后了。

一是[illegible]机遇，我们搞好。
怎么搞好 (1) 要有一个好的领导班子。
  团结、民主的领导班子。
(2) 要有一个好的校风。
(3) [illegible]上不去，[illegible]小事。

设立费孝通奖（助）学金

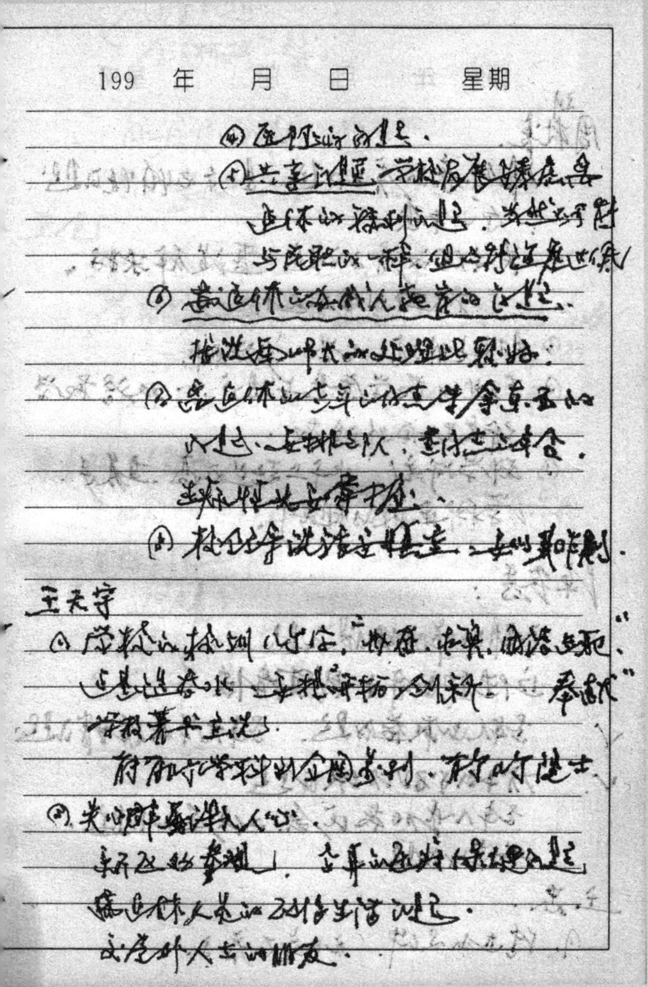
199 年 月 日 星期

> 在南医大率先设立费孝通奖（助）学金，我当然很高兴。但我内心有个疑问：这么好的事，怎会盯上我来操办呢？我从南师大调到南医大，居然江苏费孝通教育基金会的注册地点，就从南师大跟到南医大。南师大是国家“211”高校，而南医大当时什么都不是，居然第一届奖（助）学金就在南医大颁发。这在我心里一直是个谜团……

2001年中秋节前后，朱通华先生陪吴克铨先生来到南师大新校区参观，我全程陪同这两位离退休的老领导、老干部在南师大仙林校区走了一圈。朱先生上个月已经来过一次新校区，我想这次大概主要是为陪吴先生而来。

朱先生是我尊敬的老领导。1976年粉碎“四人帮”后，中央为稳定上海局势，调江苏省革委会主任彭冲同志去上海市任革委会第三书记，彭冲同志匆匆赴任，当时就只带了省委办公厅朱通华同志。三年后中央调彭冲去北京任全国人大常委会副委员长，朱先生因不适应北京的气候，决定回南京。组织部门根据他个人的意愿，安排他到南师任副校长，于是有了我与他的相识。两年后他又被省委要了回去，任省委副秘书长、政策研究室主任。

吴先生的名字我早就听说过，可以说是大名鼎鼎，如雷贯耳。他是昆山县（1989年9月，撤县设县级市）改革开放后的第一任县委书记，《人民日报》整版发表的长篇通讯《昆山之路》就是写他们这一届领导班子敢为天下先的故事。他解放思想，实事求是，敢于冲破条条框框，不要国家一分钱，率先在全国自费筹建县级经济开发区，大办乡镇企业，带领全县农民走上了致富的康庄大道。当年人们看这篇通讯，

朱通华先生患病期间还惦记着费孝通年度奖学金在各校评选的情况。

就像二十世纪五十年代的老百姓读《谁是最可爱的人》一样，震动了全国。这样一个英雄能干的县委书记，今天朱老陪同前来，当然我很乐意与他相识。

参观南师大仙林校区结束后，我以为陪同任务就完成了。没想到这两位老领导在我办公室坐了下来，与我商谈筹建江苏费孝通教育基金会，并在校内设立费孝通奖学金助学金的事。

这可完全出乎我的意料，我怎么也没想到，二老原来是为此事而来。惊诧之余我转念一想，这可是大好事啊！当时我在南师大任常务副校长，按校领导工作分工来说，我应告诉分管学生奖（助）学金的副书记、副校长一起来商谈，但他们的话音间，我听出来好像很明确，就是要与我谈。

了解了他们的意图，我想不管怎么说，成立教育基金会，在学校设立奖（助）学金总是好事。这是社会公益性事业，按中国人的传统说法，这是做“善事”。这样的好事当时学校还很少，千万不能因为我不具体分管这项工作，结果把此事“弄黄了”，那可就是我的罪过了。

后来，我认真听取了他们俩谈的一些初步设想。两位老领导都很谦虚，朱老在大学还当过两年多的校领导，却一再说对学校的情况和相关规定不太了解，他们的一些设想不知在大学能否行得通，与学校的规定有没有什么矛盾。

我虔诚地听完他们的意见后，明确告诉他们：“这是好事啊！感谢你们到学校来做这件于国于民都有好处的事。你们的想法与学校的规定没有任何矛盾，完全行得通，学校就嫌这类支持教育的事太少呢！”他们俩听后很高兴，既然这样，希望我能综合他们的一些想法和学校的实际情况后，提出一套切实可行的具体操作办法来。

我答应他们一定把好事办好。非常感谢他们对教育事业的关心、情系学子的情感，待我与学校有关部门和分管校领导通气后，提出一个切实可行的方案和办法来，再向他们两位老领导汇报。

但谁都没想到，就在这个节骨眼上，省委调我任南京医科大学党委书记，从组织谈话到我赴任就一个星期。我这么一走，这件好事就搁在那儿了。临离开南师大时，尽管我向有关领导认真交代了这件事，但南师大后来有没有安排人接手这件事，把这件好事继续做下去，我就不知道了。两位老领导呢，听说我调走后，大概也没再给南师大提这事。

虽然我人离开了南师大，但内心还一直惦记着这件事，并为这件好事没在我手上办成办妥，感到很内疚，对两位老领导也感到很歉意，辜负了他们的好意和希望！

2002年又是一个中秋节前后，朱老和吴老两人追到南京医科大学来了。我以为他们这次来肯定是参观南医大新校区的，寒暄了一阵子后，我就急切地问他们：“费孝通奖（助）学金的事后来在南师大

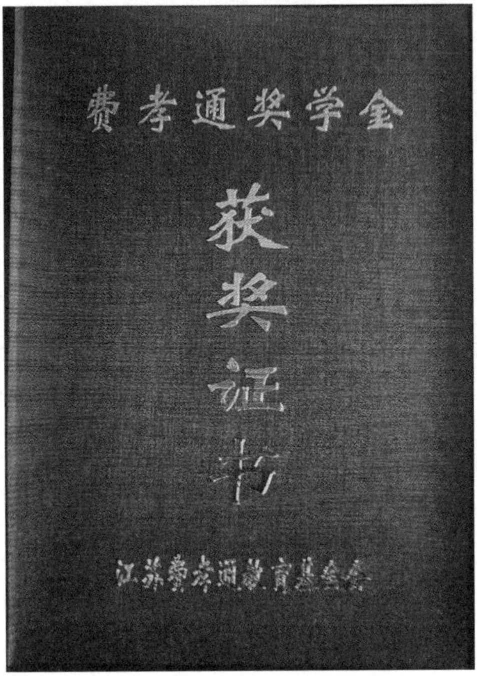

江苏费孝通教育基金会与南医大学工处特地制作的费孝通奖学金获奖证书。

办得怎么样了？”

他们俩回答：“就是为此事来找你的。”并很直率地说出了他们的想法。原来，他们想把费孝通教育基金会的注册地点放在南医大，奖（助）学金就先在南医大设立。

我一听迟疑了，犹豫地说：“这当然没问题，这是好事啊！”但一边回答，一边内心确实有点顾虑。这事最先是在南师大谈起的，母校会不会引起误解，认为我把江苏费孝通教育基金会的注册地点抢到南医大来了。现在成了“屁股指挥脑袋”“近水楼台先得月”，先在南医大设立费孝通奖（助）学金！

当时校外团体和个人到南医大来设立奖（助）学金的事还很稀少，确实很需要这样的社会资源来推动校内奖（助）学金的设立，但这事可怎么对母校交代呢？犹豫了片刻后，我还是把我的顾虑原原本本地对两位老领导说了。我从南师大调到南医大任职，现象上看起来是费孝通奖（助）学金从南师大跟到了南医大。我怕母校误解，说我做人不地道。

而他们认为，这是民间筹集的基金，自由度比较大，不像政府部门要考虑方方面面的关系。再说了，基金会还没成立，不存在注册地点变更的问题，南师大不会有什么想法的。朱老最后说："我会跟南师大说清楚的，你放心。到时给南师大适当多给一点名额，这也是你的母校嘛！"他们既然这样说了，我也不好再说什么了，那就这样定吧！

于是，我们就基金会的注册问题、基金的筹集和第一届费孝通奖（助）学金颁发的具体人数、额度，以及颁奖时间，基本商定了一致的实施意见。关于费孝通奖（助）学金的评审条例、评审流程、评审方法，则由我负责起草文本后，再向他们俩具体汇报。

在南医大率先设立费孝通奖（助）学金，我当然很高兴。但我内心有个疑问：这么好的事，怎会盯上我来操办呢？我从南师大调到南医大，居然江苏费孝通教育基金会的注册地点，就从南师大跟到南医大。南师大是国家"211"高校，而南医大当时什么都不是，居然第一届奖（助）学金就在南医大颁发。这在我心里一直是个谜团，我可没有那么大的魅力。

二十多年前，在南师大我与朱老有过两年多的上下级关系，他当年是副校长，我是中文系党总支副书记、副系主任，按领导与被领导关系，我与他之间还隔了一个层级，互相间并没有多少直接交往，也没有什么特殊交往和特殊交情。至于吴老我只是读了《昆山之路》后，对他很崇敬，很仰慕，但素未谋面，直到那次朱老的引荐才刚刚认识。他们怎么会对我如此"情有独钟"呢？但在当时的场合下，我又不便多问。

直到十多年后，在朱老、吴老与我的一次闲聊中，才说起此事。当年他们正在物色筹建和操办费孝通教育基金会信得过的人，参观考察南师大的新校区后就看上了我，他们认为能从荒地上建起一所这么漂亮的大学，而且一年多时间就进了第一届新生，作为工程建设的总指挥和主要负责人的我，他们相信肯定是一位能做事，而且是做事踏实的人。特别是吴老自己亲身经历过昆山经济开发区启动建设的全过程，他清楚地知道在一片荒地上起步，基本建设有多么艰辛！

我去看望与朱老一同发起设立江苏费孝通教育基金会和费孝通奖（助）学金的吴克铨先生。

再说南师大新校区建设从我手上签字出去的经费至少有十几个亿，他们了解到居然没有一封“人民来信”。因此，他们认为此人肯定是可以信任和放心的。加上当时我还很年轻，对基金会未来的长期稳定和管理有好处。他们希望这份有意义的、以社会名人命名的奖（助）学金能长期做下去。所以我调到哪里，他们就跟到哪里！

噢，原来如此！ 怪不得一直到今天，两位老领导从来没有对我说过“你要把这件事情认真办好啊”“要一丝不苟管理好基金啊”之类的话。我也从来没在他们面前表态，一定会认认真真办好这件事，保证基金的安全，把费孝通奖（助）学金一届一届地办好之类的话。因为我们之间的心灵沟通，早已交往多时了。

我内心很感激他们的信任，但这一份信任的分量太厚重了。我在他们的心目中能如此值得信赖，我真承受不起啊！我只是一个普通的大学老师，并没有多少能耐，是时代大潮后浪推前浪，把我推到了如今的领导岗位上。他们的信任就更促使我默默下决心，兢兢业业，百倍珍惜，竭尽所能把这件恩泽后代的好事办好。只有如此，方能报答他们的善举，对得起他们的信任和重托。

两位老领导用费孝通的名字命名筹建的教育基金会和设立的奖（助）学金，不仅仅因为他们俩与费老都是吴江老乡，更重要的是源于他们对费老的敬重，特别是包含着对费老在中国改革开放中做出的特殊贡献的崇敬，希望费老爱国爱民的精神能在年轻一代中得到传承和发扬。

费老是江苏吴江人，是我国最著名的社会学家、人类学家和民族学家，他的《江村经济》在世界社会学史上曾一鸣惊人，享誉海内外，也是国际人类学界的经典之作。费老被誉为中国社会学和人类学的开创者和奠基人。二十世纪五十年代后期，费老曾受到不公正对待，失去了整整十年为国家奉献智慧的机会，直到粉碎“四人帮”后，终止了国家“左”倾思潮的影响，他才又回到了当家作主的地位，任全国人大常委会副委员长。

二十世纪八十年代，中国改革开放初期，社会上对江苏乡镇企业的发展褒贬不一，众说纷纭，特别是“挖社会主义墙脚”的批判之声不绝于耳。费老为此深入江苏农村调查研究，在掌握了大量数据和实例后，不顾个人的荣辱，力排众议，提出了具有全局意义的中国农村发展的“苏南模式”。后来，他又为浙江个体经济的发展提出了“温州模式”。从理论到实践上，提出了我国农村战略性转移的发展思路和具体建议，得到了中央的充分肯定，为改革开放中的中国农民开辟了一条脱贫致富的康庄大道。

这么一位泰斗级的一代宗师、国家的领导人，在关注社会经济改革发展的同时，还有一种难忘的乡愁。费老十分关心家乡的建设和发展，尤其重视江苏教育的发展，他始终认为国家兴盛在人才，而人才兴旺在教育。在世纪之交，费老支持在故乡的吴江中学率先设立了以他名字命名的奖学金，以勉励青少年学子发奋读书，报效祖国。

朱老与吴老均为费老的同乡，三人之间私交甚笃，费老多次来江苏调研时，由于工作联系和职务的关系，朱老和吴老都是费老调研的陪同者和参与者。尤其是在中国改革开放初期，在“摸着石头过河”的年代，没有成熟的经验可以借鉴。在艰辛的探索中，彼此间志同道合，共同语言甚多，于是结下了深厚的友谊。

根据国家的有关规定，以名人命名的社会组织或团体申请注册社会法人，必须要获得名人本人或法定继承人的首肯。于是，2002 年

费孝通先生给我们赠送《费孝通文集》。

这就是在费老先生北京家里，他亲自送给我的一套有他签名的《费孝通文集》，共十六卷。

秋我和陈琪校长怀着由两位发起人与南医大写给费老的“关于筹建江苏费孝通教育基金会和设立江苏费孝通奖（助）学金的报告”，去北京拜见了费孝通先生。

那天到费老家我记得已是下午时分，太阳西斜，开门迎我们的是费老的女婿张荣华先生和女儿费仲慧女士，张先生爽朗地对我们说：“你们一路辛苦了，老爷子在书房里正等你们呢！”看来他们早已接到电话，知道我们要来。

走进书房，见到坐在藤椅上的费老，他笑眯眯地正打量着陌生的来人。我们恭恭敬敬地喊了声：“费老您好！我们来打扰您了。”然后，我一一介绍了我们的身份和来意。因事前朱通华先生和吴克铨先生都已打过电话，说过我们此行的由来，所以，费老一边听我讲，一边点着头。

张先生对我们说，费老毕竟已九十多岁高龄了，语言功能已不太好。但从他的仔细听取和点头中可看出，思维依然很清晰。待我说完，把事先准备好的报告呈到费老面前时，他慢慢提起笔，在我们的报告上签上了“同意！费孝通”这几个字。

费孝通先生注重教育，情系学子，奖掖后生，滋兰树蕙的情结，让我们深深感动，难以忘怀。

“谢谢费老！”我们真诚道谢后，又简单介绍了学校的基本情况。话毕，费老指指书架，张荣华先生马上拿来了几本《费孝通文集》，费老在卷一的扉页上签上了自己的名字，一连签了四本卷一。一套赠送给南医大图书馆，另两套分别赠送给我和陈琪校长，他还不忘送一套给与我们同行的办公室主任小陈。可见费老虽然年龄大了，但头脑一点不糊涂。

因文集一套当时有十四卷（还有两卷当时还在印刷厂印刷），分量不轻，够沉的，所以张荣华先生主动说，“免得路途劳累，你们就不要一路背着走了”，过后由他负责直接邮寄到学校。

因为有费老同意成立江苏费孝通教育基金会的亲笔签名，所以，我们很快在省民政厅注册了“江苏费孝通教育基金会”。根据国家要

江苏费孝通奖（助）学金的发起者朱通华先生和吴克铨先生，2004 年与第二届获奖全体学生合影。

把立德树人作为高校培养人才首要任务的指示，理事会决定将费孝通奖学金命名为“费孝通立德奖学金”。

经过一年的筹备，2003 年 11 月 7 日在南医大召开了第一届江苏费孝通奖学金助学金颁奖大会。大会在社会上引起了很大的反响，第二天《新华日报》用较大的篇幅刊登了费孝通奖（助）学金在江苏颁发的报道，并配了一张很大的颁奖典礼的照片。

我将报纸寄到北京，费老阅后非常高兴。张荣华先生特地打电话给我说，老爷子非常兴奋，不顾自己年事已高，他执意明年要亲自前来南医大参加颁奖典礼。当时我听说后，真的如沐春风，非常激动，费老如能亲自前来颁奖，那获奖的学生将会何等荣耀哦！这份奖学金助学金本身的知名度与影响力将不可估量。

翌年，江苏费孝通教育基金会的同仁们和莘莘学子都一直在守候着这份期盼和光荣，希望费老亲自前来颁奖能成为现实！

那年的 10 月，就在已经预定了来宁车次和座位号的前两天，费老突然感冒发烧住进了医院。从身体健康考虑，他终究没有能成行。

住院期间费老特地委托女儿和女婿给我写了一封信。信上说：“为激励广大学生刻苦学习，报效祖国医疗卫生事业（当时奖学金助学金只在南医大设立，后来才陆续增加其他几所高校），设立费孝通奖助学金的意见及具体实施办法，我表示完全同意，并希望你们取得成功。祝身体健康，工作顺利！费孝通。”

没想到的是，费老此去就再也没能回来，黄鹤西去空悠悠！亲自给获奖学生颁奖成了费老临终前的一大遗憾，也成了我们大家共同的伤痛和怀念。

江苏费孝通立德奖学金，自 2003 年算起，至今已连续颁发了十八届，共有九所高校的 1466 位学生获得了此殊荣，共颁发奖学金

763.4 万元。

每年费孝通立德奖学金颁奖之时，费老当年接待我们的音容笑貌都会浮现在眼前，那些情节历历在目，仿佛就在昨天。他心系学子、奖掖后生、滋兰树蕙的精神将永远激励青年学子立德成才，他的嘱咐也永远铭记在我们心里，照耀着广大师生努力前行。

2020 年 10 月 28 日

1992年4月2日 星期

青年教师座谈会。

金力峰(社科部)

将第一个公共事业管理系招生150人。

应成立医学人文研究中心，想法更

黄晓光(社科部)

卫生经济学。门类卫生，自然、社会学工

社科部要发展。

"两课"教育要实际，有一课。

从事卫生事业管理，门类还存在一些空间

医药资源 医药经济管理。

青年教师的任务很重

……的进行培养。

钱三新(一附院)

教学质量的问题。教师的水平、学生的

职称评的问题，与医院的激励比较。

出版基金的建立。

可亲能忍的医大人

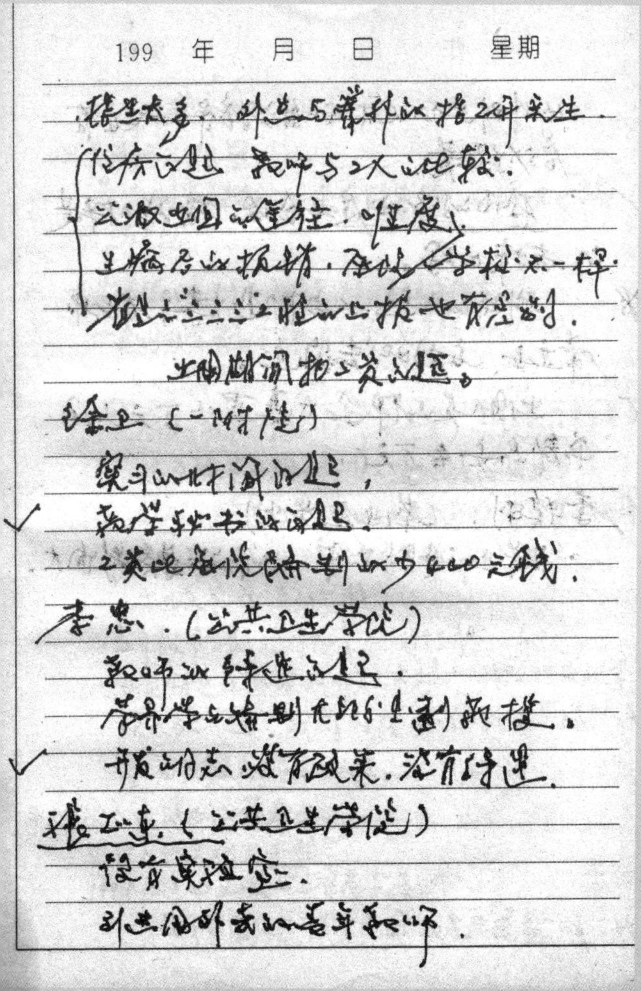
199 年 月 日 星期

医大人的思维与生活，在天长日久中似乎“不变”是习惯了的，而“改变”却是不习惯的。生活中存在这样那样苦恼的事，居然能忍则忍，还没人出来提意见，体谅领导的“难处”，真让我“佩服”透了。

一所学校有一所学校的校风，它是在长年累月办学过程中慢慢积淀自然养成的。校风的养成可能与学校历届书记、校长的办学理念、处事方式密切相关，也可能与学校的历史、文化、环境、学科、专业结构有关。

我在前面已讲过，从南京师范大学到南京医科大学，我明显感觉到两校的校风不一样。我一直想不明白，两所学校离得那么近，养成的校风怎么会有如此明显的差异？后来想想，除了与历届领导处事风格有关外，也许真的与学校的学科结构和专业结构有关。

南师大的文科很强，大家知道文科要靠想象，在浩如烟海的文章中，做学问就要靠独到的视角、独到的见解，方能超越前人，独树一帜，也就是说要敢想会说。如果文科没有发散性思维是做不成学问的，只会人云亦云，那就叫“炒冷饭”。正因为如此，于是大家慢慢养成了要不断创新，要不断翻花样的思维习惯。

所以，给人的感觉是南师大的人对外界形势变化比较敏感，反应快，做事精明，能说会道，“活的能说成死的，死的还能说活了”。但相比之下说得多做得少！

而医学是线性思维，而且是聚焦式的。诊断一个病人，先问哪里不舒服，病人说胸部不舒服。医生马上要想到是肺有毛病还是心脏有毛病。用听诊器排除了肺上有病的可能，就要听心脏，进一步诊断是冠状动脉问题还是先天性心脏病，还是早搏引起的。如果是早搏，那要看是病理性还是生理性。如果是病理性的，又要判断是室性还是房性。如此种种，反正是聚焦式的，视野越缩越小，问题越追越细。绝大多数学医的人对别人没用过的药，绝对不敢率先试试，所以养成了线性思维与保守的习惯。

学校峨嵋岭住宅小区大部分是五到六层的住宅楼，没有电梯，盛夏季节三层以上的住户用水，就要提了桶到单元门洞旁的临时自来水龙头放水往上提。

他们对周围的环境变化，反应比较迟钝，为人厚道，做事严谨，但不善言表。

不能说哪所学校比哪所学校的校风好，在我看来都是有长有短，有利有弊，如能取长补短那就最好了。我到了南医大，经常在大会小会上强调，深化校内管理体制改革，必须在严谨踏实的同时，要敢于创新，敢于走新路。我的意图也就是要通过改变传统的思维习惯和行为习惯，拓宽视野，更新观念，来弥补自身眼界不宽和胆略不够的局限。

到南医大的第一年，我遇到了一件事，那是我怎么都想象不到的。

那年盛夏季节，我到基础学院去找人谈话，无意中聊到夏天的供水问题，那位老师告诉我，住宅楼用水又要到楼下去排队提水了。我觉得好奇怪噢，怎么用水要到楼下去排队提水呢？

那位老师对我讲，每年一到夏天高温季节，用水人多了，水压就上不来了，学校的峨嵋岭教工住宅区三楼以上就没有水了。三楼以上的住户要用水，就只能提了桶到楼底下，从学校临时接出的若干个水龙头排队接水往楼上提了。

啊！现在还有这样的事？南师大住宅区这样的事，我记得还是在二十世纪八十年代初曾有过。因“文革”十年政府基本没搞市政基本设施建设，民生工程欠账太多，留下来了很多问题。但后来“文革”结束，很快也就逐步解决了。现在是什么时候了？已是新世纪了，南医大居然还有这样的事？

“这样的事已有多少时间了？”我问。

老师对我说：“那时间长喽！至少有一二十年了！”

“有一二十年了？那怎么不提出来呢？”我问。

“早先也提过好几次，据说很难解决，一次次提了都没用，后来学校在每栋楼下面接了临时水龙头，给楼上住户下楼来放水用。大家想既然一时解决不了，那还有啥办法？有水可提了，大家的日子也就这么一年一年熬过来了。”

我简直不敢相信，几十栋住宅楼的教职工就这么忍着过日子一二十年，似乎还平安无事，听不到什么埋怨声！我感到很奇怪。到南医大后，没有一位教职工为自来水问题来找我反映过。

这事如果在南师大，那早就闹翻天了。教职工肯定到校长、书记办公室来责问和谈“政治”了：“共产党为人民服务的宗旨，党委是怎么落实的？”“民生问题学校领导把它放在什么位置上的？放在心上没有？”“领导就是服务，一年又一年怎么能看得下去呢？”每到年终书记、校长的述职和民主测评就难过了，意见就多了。

我回到办公室，立即把后勤处处长找来，了解峨嵋岭住宅小区供水问题长期没有解决的来龙去脉。

原来南医大的峨嵋岭住宅小区与其他单位一些住宅的供水，都是靠从汉中路主水管接进来的一根100毫米直径的水管。“文革”后学校在峨嵋岭新盖了不少教职工住宅楼，其他单位也改建和扩建了一批住宅楼。但水管却一直没有增容，供水的矛盾就越来越突出，越来越突出。

为缓解供水矛盾，学校曾偷偷地在进水管上违规加装过一台管道泵（市政是明文禁止的），以提高供水末端的水压。但就是这样，“隔靴抓痒”，进水管口径太小，来水少的根本问题没解决，供水矛盾还是缓解不了。

从后勤处处长反映的情况来看，彻底解决供水矛盾的唯一办法，只有通过增容加大进水管口径。

后勤处处长接着说，市政公用事业管理局呢，也不是不同意增容，而是要水增容就必须破汉中路这条南京市新街口地区交通最拥堵之一的道路。由于“一枝动百枝摇”，怕破路给南京市整个交通带来混乱。特别是每天上下班高峰期间会加大汉中路的拥堵程度，使整个新街口地区的交通秩序崩溃。市政公用事业管理局权衡利弊得失，最终还是下不了破路的决心。于是峨嵋岭住宅小区三楼以上的教职工就只能一忍再忍，一直忍到现在。

后勤处处长又告诉我说，目前学校也没有这个预算。多年前，省财政曾几次安排过我们改造学校这个供水项目，但都因市政下不了破路决心，就一直没有执行，后来省财政干脆也就不再安排了。

我了解情况后，心想增容是有困难，但不能因为困难就叫那么多楼栋的教职工一到盛夏就喝不上水呀！忍受一两天还可以，问题是日复一日，年复一年，忍了十几年了，年年如此怎么受得了呢？说到影响交通，破路接水也就是一两天时间，我相信这不是不能克服的困难！

这时，我想起以前的一位学生陈芳芳（化名）在市建委工作，我想请她帮忙想想办法，能不能帮助沟通沟通政府机关和施工队伍，一起把学校教职工住宅区水增容的难事解决了。

我一打电话还真巧了，她已调到市政公用局任党委书记了，立马让我看到了解决困难的希望。

学校马上给省发改委打了报告，希望在年度预算之外，临时申请一笔教职工住宅区水增容水管改造的经费，造福广大老百姓。

第二天，我拿了报告到省发改委找了两位熟悉的副主任，在南师大时我与他们打交道比较多，大家彼此间都很熟悉。我给他们具体反映了医大教职工峨嵋岭住宅小区几百户人家，多年来用水的实际困难，他们听后也表示同情。到现在，改革开放以来社会进步确实不该再有这种情况了。

我半开玩笑地说："我刚刚新到一所大学当一把手，你们总要给我一个面子吧，支持我为全校教职工做一件不能再拖的实事和好事！"

他们一商量，年度的预算早就下拨了，调整预算也很麻烦，涉及好几个部门。后来他们决定从外国（具体哪个国家不记得了）给我国

水增容就要从峨嵋岭这巷子顶头的汉中路口，破路挖坑，接直径粗一倍的输水管引进住宅小区。

政府的优惠贷款里给学校拨 90 万元，作为教职工住宅区水增容的专项费用。这笔贷款不需要学校还款，十年到期后由政府负责还贷。

有了这笔贷款我就好办事了。我告诉那位学生，学校申请到了政府的90万元贷款，能否请自来水公司抓紧来施工。我还提了一个要求，趁这次水增容，住宅区由楼顶水箱集中二次供水改成分户直供水。

过去因为水压不够，住宅楼都是靠屋顶水箱夜里进水，白天二次供水，不仅水质卫生得不到保证，每年都要请人清洗。而且对学校来说还有很多麻烦的事，每月都要安排专人到家家户户去收取水费，有很多住户早已不是南医大的职工了，为此还闹了不少矛盾，不少水费都收不上来。改直供水方案后就好了，不仅水质有保障了，水费也由自来水公司直接收取了，那是有法律保证的，省了学校很多麻烦！

学生对老师还是很尊敬的，帮忙也是鼎力相助的。学生对我说："在省发改委立项了，下面的事您就甭管了，破路围挡，接管施工，更换管道，住宅楼改直供水方案都由我来搞了，您尽管放心，您忙您的！"

在我学生的亲自过问下，市政公用事业管理局直接督办该项目，自来水公司精心组织施工。汉中路破路接管实际就是一个晚上，从晚上十点到第二天清晨五点，增容水管就接好了。早晨路面回填，铺上钢板就恢复了交通。

这次进水的管道口径改为 200 毫米，是原管道容量的 4 倍。在各栋住宅楼下都建了水表阀门井，每户一根水管直通到各家厨房。无论供水方式还是水质都改进了，从此可一劳永逸，教职工个个喜上眉梢。

事情是办好了，可是一结账我吃了一惊，改造工程总造价为 126 万元（后面的几千几百几十几元的零头我记不清了），明细账目一清二楚。

那怎么办？本来这笔水增容改造费，都是从预算外的国外政府贷款里临时争取来的，现在还要追加，这我可开不了口啊！

学生看我很为难，她就说："这样吧，还有 36 万多元就写张欠条你签个字，不要盖学校的章。这样施工单位回去可以有个交代，学校一时困难没那么多经费。""那以后怎么办呢？"我问。"那就以后再说了！"她说，"现在学校就这么点钱，工程又都施工完了，就这样吧！"我就这么稀里糊涂签了个字，把教职工住宅区的水增容工程了结了。

直到我退休，市自来水公司也从没来学校提起过我欠钱的事。过后我想大概是学生不想让老师太尴尬太为难，她想了一个公家的事让个人欠钱不可能追款的办法，了结了为广大教职工办的一件实事。

做成了这件实事，我内心还是挺欣慰的，那么多教职工，特别是老年教职工，从此再不会受盛夏水龙头没水须到楼下去提水之苦了。而且改造后是直供水，也不会再喝屋顶二次污染的自来水了。

这件事终于办完了，哪知道入了秋又遇到一件事，这回不是供水问题了，而是排水问题。

有一天下大雨后，为解决学校幼儿园评优质园的事，我穿过峨嵋岭教职工住宅区时，遇到住宅区里全是到脚踝深的水，走路都要脱了鞋慢慢摸着蹚水过去。住宅楼的每个单元都"各自为战"，在单元门口挖了土打道挡水堰，不让雨水淌到楼道和一楼住户家里去。

我看了这场景很吃惊，这场雷暴雨还不算很大，小区里怎么就淹水了呢？如果遇上特大暴雨，那会怎么样？

我蹚水到幼儿园，问起老师们这淹水是什么原因。她们告诉我，峨嵋岭地势低洼水排不出去，一到下大雨就会出现这种情况。"以前一直是这样吗？"我问。"多少年了一直是这样，一到下大雨教职工送小孩来幼儿园，都要穿半高帮雨靴，或者就要赤脚。”她们说。

唉！这样的情况怎么没人反映过呢？再说了，夏天自来水增容时，只说供水的水压不够，自来水上不了三楼，居然没有一个人一起反映住宅小区排水不畅的问题！今天我如果不经过还不知道。

照片上这个峨嵋岭住宅小区的雨水井，到胸科医院的围墙也就三四米距离，穿过围墙还有三四米距离就可以直接连胸科医院的雨水井。

我问：“怎么不想办法解决呢？”“过去也提过，没下文也就算了，反正一年也就遇两三回！”老师们回答，“时间长了，大家也就习惯了。”医大人也真是太厚道了，可亲可爱到有点迂了，就这么熬，难道哪天就能熬出头了吗？老天会不再下大暴雨了？

医大人的思维与生活，在天长日久中似乎“不变”是习惯了的，而“改变”却是不习惯的。生活中存在这样那样苦恼的事，居然能忍则忍，还没人出来提意见，体谅领导的“难处”，真让我“佩服”透了。

我往回走的路上想，不对啊！峨嵋岭怎么是低洼地呢？北边不远处不就是乌龙潭公园吗？那地势要比我们住宅小区低多了。为证实我的判断，我特地绕到峨嵋岭与乌龙潭之间的南京市胸科医院去察看：

一看与峨嵋岭一墙之隔的市胸科医院，道路上没有一点积水；再看乌龙潭与峨嵋岭的落差至少有二到三米，水怎会淌不下去呢？

回到学校我问起此事，后勤处处长告诉我，峨嵋岭与胸科医院一墙之隔的围墙医院不让开洞，所以雨水就淌不过去。而我们小区自己的排水管道口径太小，排水距离远、速度慢，一遇雷暴雨就会淹水。

我说："干吗要在围墙上开洞呢？我看到胸科医院的道路上不是有雨水井吗？我们直接连他们的雨水井不就行了吗？到乌龙潭公园那么近的距离，坡度那么大，一点不会影响他们胸科医院的排水。""围墙上开个洞他们都不同意，也就没再敢提接他们雨水井的事。"处长说。"那倒也未必，开洞可能会有狗啊猫啊钻过去，而地下埋雨水管什么都不影响。"我说。

我又问："与胸科医院商量过吗？"处长说："没有！"

回到办公楼，我与亚夫书记说起此事，我说："这么简单的事，学校与胸科医院商量一下不就解决了，又不影响他们什么。""是不是学校与胸科医院曾经闹过矛盾，所以解决不了？""我记忆中没有啊！"亚夫书记对我说。

"既然没有矛盾，那怎么不与胸科医院商量一下呢？对他们来讲是举手之劳，大家都是医疗卫生战线的兄弟单位，不至于不同意吧？"

亚夫书记告诉我，这就与学校的文化和观念有关了。中国历代以来对医生都是"求医问药"，只有别人求医生，没有医生求别人，所以养成了"万事不求人"的习惯。

"哦！还有这么回事？"我说，"在现代社会一个人一个单位，其实都是社会这个器官中的一个细胞，如不主动与社会交往和交流，不是自绝于社会吗？这怎么可能得到生存和发展呢？"

我让办公室主任邀请胸科医院的院长、书记，就说我们新来的书记想认识一下隔壁兄弟单位的领导，下班后一起到学校的康达宾馆吃顿晚饭。

胸科医院的两位一把手都如约来学校了，席间说到峨嵋岭的淹水问题，我希望胸科医院能提供一个方便，让住宅区的雨水管道能穿过围墙直接连胸科医院的雨水井，通过医院的雨水系统直泄乌龙潭公园。那么大落差的雨水管不可能发生滞水问题，施工期间我们也保证不会干扰医院的经营管理。医院的院长、书记听后，都一口答应："没问题！"

后来仔细察看下水道接口方案时发现，从峨嵋岭住宅区东北角的雨水井穿过围墙到胸科医院道路上的雨水井之间，仅仅六到七米距离，后来买了 10 节 60 厘米的涵管就沟通了。一切恢复原样后，从此再也没发生过峨嵋岭住宅小区淹水的事，单元门口再也不用挖土打围堰了。

刚才说到去幼儿园时，发现了住宅小区淹水问题。那就再说说幼儿园的事吧。

那时，在宁高校的幼儿园几乎都是省市的优质园或示范园了，但南医大的幼儿园还是标准园，也就是说刚刚达到可以办园的标准。

我问幼儿园园长是什么原因。她介绍说没有升到优质园，主要有两个原因。一是硬件设施达不到要求，小朋友的活动场地太小，而且没有铺塑胶。教室里没有大电视机和录像机，不能组织生动的课堂教学等。二是软件赶不上要求，教师关于幼儿教学的研究课题和发表文章太少，得分太低，所以达不到优质园的分数线。又因为是公办的标准园，所以收费标准比较低，这就进入了恶性循环，没有经费来改善各种教学条件。

"那么，既然知道了差距在哪里，怎么不想办法解决呢？"我问。几位老师支支吾吾说："平时很少有人来关心幼儿园，我们也不知道

如今南医大的幼儿园已经实现了目标——省优质园。相信幼儿园的同事们会向示范园方向继续努力。

课题该怎么去争取，论文该怎么写！”

老师们都是可亲可爱的，说的都是真话和实话，也不会掩饰问题，听得出来做人做事都很厚道。其实，听得出她们心里也很着急！既然这样，我想，学校要想办法在创办优质园、示范园的路上推她们一把。

学校首先带头，由后勤处拨几万元把小朋友们活动的塑胶场地做起来。不仅仅是场地漂亮问题，更重要的是小朋友们活动的安全问题。

那时，大学有“点招指标”，有位老板除足额缴点招费以外，我问他还愿不愿意给学校幼儿园做点贡献。他说没问题，于是给幼儿园捐赠了五台 50 寸的大电视机。

为了能与电视机配套，我把自己家里一台平时使用不多，当时市面上最时髦的录像机日本原装的“松下 L15”，还有不少空白的录像带一起送给幼儿园，作为教学工具。

软件上，我邀请南师大教育系儿童心理学的教师和南师大省示范幼儿园的教师来我校幼儿园做指导。因为我与他们比较熟悉，直接给他们下了指令，要手把手地帮助拿课题，发文章，尽快把我校幼儿园师资的教学水平、科研能力提起来。

这些措施没有白干，南医大幼儿园的老师也很争气，一年多后，就拿到了市优质园的牌子。创建优质园，鼓舞了她们的干劲，增强了她们的自信，把下一步的奋斗目标定在了省优质园。

医大人真的可亲可爱又能忍哦！

2017 年 8 月 16 日　于扬中东苑

2002 年 9 月 25 日　　星期

学生工作座谈会

学生工作是高校的建设发展中一个十分重要的方面。因为高校的任务主要是培养各种人才，主要是培养适应社会需要的高层次人才。因此做好学生工作，就是（校学工部）做好工作的基础、出发点和落脚点。

七、"九五"以来，我校的学生工作总体有所加强。（做好了学校[illegible]）

(1) 多抓管理，稳定秩序。

(2) 加强教育，创造良好学风。

(3) 建设队伍，提高（思想政治）工作水平。

(4) 健全制度，使（学生管理）走向规范性。

当学校的评议结果，将被党委评为[illegible]

[illegible]

医大人的爱校情怀

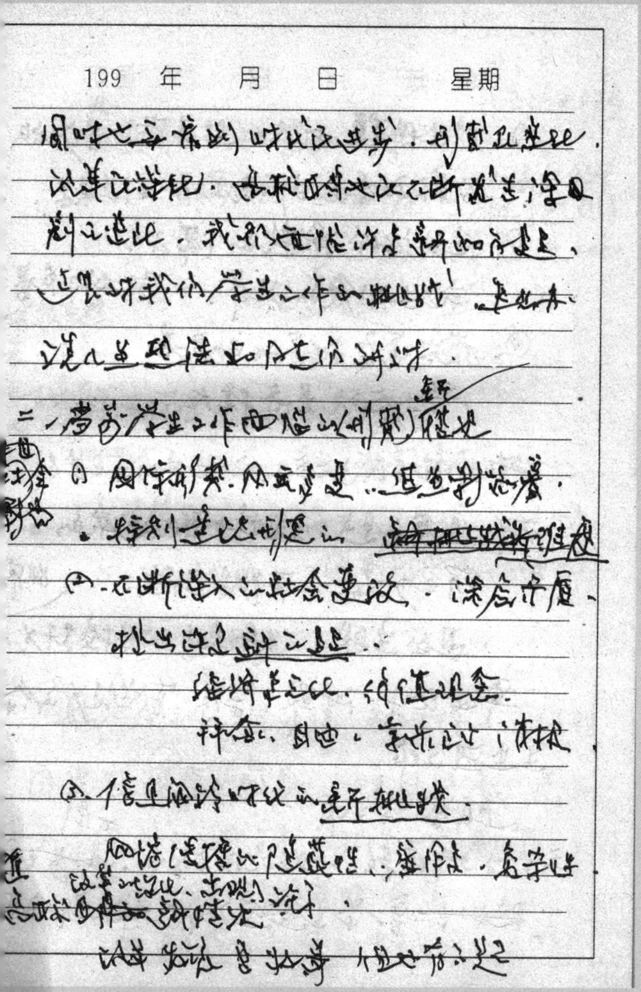

也许他再也回不到这个有亲情，让他眷恋的世界，但他还是用生命的最后一点火花，深切地表达着对学校的期盼和祝愿，这怎能不让人动容呢？

在我从领导岗位上彻底退下来，整理文件什物准备移交办公室时，那天无意间又翻到了基础医学院王斌老师在进手术室前写给我和陈校长的一封信。我凝视了半天，心潮澎湃，久久不能释怀。因为这是王斌老师人生的绝笔，字里行间充满了对南医大美好未来的期待和向往，又一次勾起了我对他的怀念。

那是 2010 年 1 月 2 日，是王斌老师第五次手术的日子，早上八点前，我赶到一附院（省人民医院）手术室时，没想到王斌老师已经进手术室了。我原以为手术都要八点开始，没想到……我很懊恼自己的迟来，后悔没能与他再见上一面，再给他一些鼓励和宽慰。因为他患的肠癌已多次转移，一次次手术，一次次化疗，虽然一次次都挺过来了，然病情却一次比一次严峻，这次进手术室不同以往，恐怕凶多吉少，命如悬丝，后果难料。

王斌的爱人正守候在手术室门口，见我到来，她立即把王斌老师

这是王斌老师生前留下的一张照片，他一边以最大的毅力和勇气与癌症抗争，一边还在继续奋力搞自己的教学与科研。

进手术室前，匆匆写给我和陈校长的信捧给我。王斌知道他这次进手术室与以往几次都不一样，也许是他与死神争夺生命延续的最后一次博弈，所以他已做好了最坏的准备。在他的人生快走到尽头时，想对组织说几句心里话，他把这次心里话，当成自己人生最后的交代。

我小心翼翼地打开这封信，这信纸看得出来是从练习簿上急匆匆撕下来的，显然是他等不到我时，在进手术室前那一瞬间临时写的。时间虽然很仓促，但字迹却很工整，认真是他一贯的风格。透过文字，也溢显出他书写时的心态。俗话说“诗言志”，文如其人，面对生死，即使可能再也醒不过来，他依然如此从容，我被他临危不惧的大气和镇静所折服。

信上是这样写的：

尊敬的陈书记、陈校长：

万分感谢你们多年来对我无微不至的关心和关怀。我自 2003 年生病以来已开刀四次，化疗三十余次。在 ICU 十日十夜，经学校全力抢救，死里逃生。但新的病情又已出现，前景不明。我发自内心祝愿南京医科大学在你们的领导下，成为全国一流，世界知名的高校。祝学校的各项事业兴旺发达，全校师生精神焕发。

我爱南京医科大学，伟大的南京医科大学万岁！

祝安康！

王斌

也许他再也回不到这个有亲情，让他眷恋的世界，但他还是用生命的最后一点火花，深切地表达着对学校的期盼和祝愿，这怎能不让人动容呢？

读着他的信，我的眼睛湿润了，《论语》说“人之将死，其言也善”，“善”者真言也！此次进去，他知道结局会是什么，也许再也不能回到这个让他留恋的有亲情的世界，留下这几句肺腑之言，作为与学校和同志们的告别，看了他的留言真叫人心碎。

王斌老师自己是搞肿瘤研究的，他自己知道身患绝症的最后结局，特别是在病情有变化时，他比谁都清楚。但他却依然奋力教学，孜孜不倦地搞科学研究，那几年他连续开刀化疗，居然每年还都是基础医学院发表 SCI 论文最多的教师之一。他用生命与死神争夺分分秒秒，可以想象，那需要多大的毅力和胆气啊！

也就是上一年他生日的那一天，我与学院领导一起代表学校党委和行政去看望他，送去一束鲜花和一个生日蛋糕，以表示慰问，更多的是表达了对他的安慰和祝福。王斌当时对我说了几句话，这几句话至今深深铭刻在我的心里。

他说：“我因身体原因不能为学校做更多的事了，我很内疚，唯有把自己的教学科研本职工作做好，来报答学校，感谢大家对我的关心！”语言质朴而纯净，没有豪言壮语，这就是一位身患绝症的老师，在坚守岗位时的心声，守候着校园里的挚爱。

那天，他爱人和儿子都在。他爱人是一位中学老师，几乎年年都是学校的先进，他儿子刚上初中，很懂事，知道爸爸身体不好，学习上不需要父母多操心。他们都心疼他带着病躯依然执着地教学和科研，而且年年有所建树。他爱人告诉我：“他太在乎教师这个职业了，全然不顾身体，像不要命的一样！”其实，我知道王斌老师懂得自己生命的时间有限，他是用生命的灿烂在延续自己有限的人生！

那天我劝慰王斌老师，一定要放慢工作的节奏，“你已经做得够多的了，学校感谢您，工作嘛，来日方长！放松和休息相信对身体恢复一定有好处，健康是你当前第一位的任务，祝福你能早日康复，创

在学术研讨会上，王斌向同事们阐述自己的见解和想法。

造出生命的奇迹。”

这是多么好的教师哦！即使在生死之间的困境中，他想到的依然是学校，是他人。我生怕失去他——一位忠诚于教育事业的好教师。那天离开他家时，我走了一段路，又停住脚步回头望望他家的窗户，实在舍不得离开啊，内心默默地为他祈祷。

世事无情，没想到那次到他家的看望和慰问，祝他生日快乐，居然成了他人生中度过的最后一个生日。

那天我在手术室门口拿着的这封信，居然就成了他人生的绝笔，他终究没能从死神那里走出来，年龄定格在了44岁上。正是风华正茂的时候，学校最需要的时候，他却“走了”，让我感到格外伤痛和惋惜。

王斌离开我们三年多了，回想起他那时的音容笑貌仿佛就在昨天。我手上拿着这封信，突然萌生出一个想法，王斌所留下的这封信应该收入校史陈列馆，因为它传递了医大人的爱校情怀，那就是对学校的挚爱和忠诚，对职业的坚守与忘我。正是这种爱校情怀一代传承一代，照亮了医大人前进的道路，不断去追寻强校报国之梦。

2013年9月10日 于南京

2008年 5月 4日 上午 星期日

关于处级后备干部的推荐情况和下面程序：

1、推荐情况、

(2) 因为是全额推荐，票数比较分散

(1)、选举情况 2人参加，还都比较认真。

(3) 后备干部中，女同志、非党的比例没达到一

a) 机关党委系统，b) 普通教师，中层副处级人数较少，票数较少。

这是学校的因素造成推荐较少的原因，是否存在某一些、二级单位后备干部队伍？

2、下一步的程序：

根据党委人事处已定程序全委会的作用。

(1)、在全校推荐基础上，按照……全委会作决定推荐，正处 36选24，副处 40选30
1:1.5

(2)、组织部进行考察。

(3) 在考察的基础上常委会按1:1.5确定人选 24选16正处、30选20副处。

二附院的『背水一战』

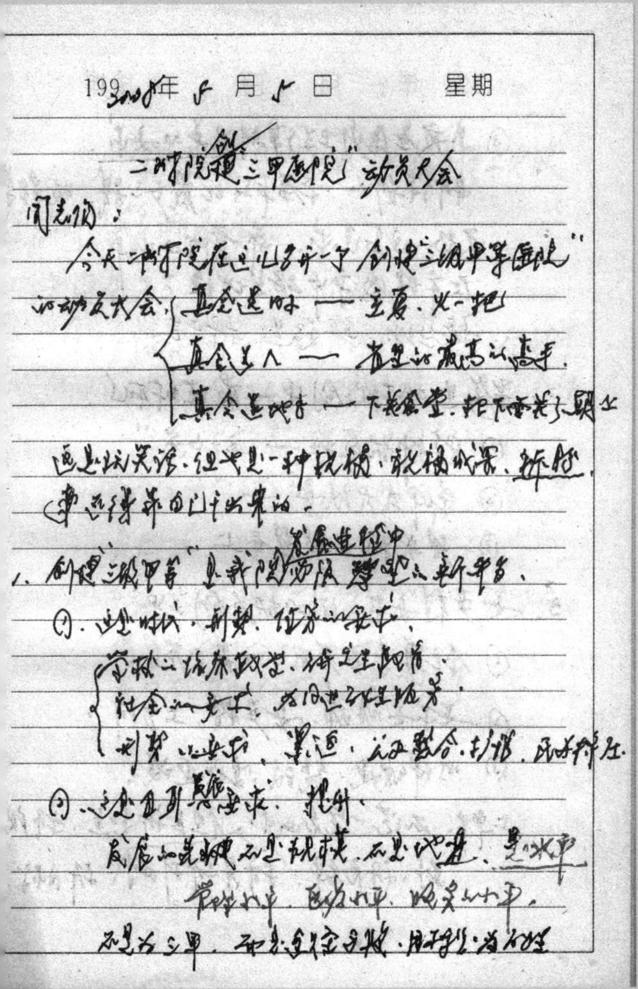
199 2008年 5 月 5 日 星期

二附院创建"三甲医院"动员大会

同志们：

今天二附院在这里召开了"创建三级甲等医院"的动员大会，

也就是那一次的大胆一博，背水一战，绝处求生，不仅改变了二附院的命运，也改变了院里医护员工的思想观念，增强了自信心。全院团结一致，艰苦奋斗，在新组建的领导班子的带领下，砥砺前行，开创新局面，努力实现了跨越式的发展。

2002年1月底，我到南医大上任后，春节一过就去学校所属的三所附属医院进行调研，也想借此熟悉一下附属医院的基本情况，为今后的决策奠定基础。因为我知道，医科大学的社会知名度常常不是大学，而是大学的附属医院。附属医院在医科大学人才培养、科学研究、社会服务和文化传承中的分量可谓是举足轻重。

当我走在去学校二附院的一条不通公交车的僻静小路上时，我的心情就有点沉重，心想医科大学的第二附属医院怎会设在如此偏僻的小路上呢？怪不得，我上任后问南师大的一些朋友和同事，十个人中有九个人没听说过南医大二附院。有一个人讲，听说过这个名称，但具体地点在哪儿，他也不知道。可见二附院的社会影响多么微不足道，地点有多偏僻！

到了二附院，院长、书记热情地陪我参观了医院的门诊部各诊疗科室、医技室和病房，还看了他们的办公室、锅炉房、员工餐厅等。参观的全过程我一句话都没说，越看我心里越沉重，参观完后可以说，我心里凉了半截子！

一所堂堂的医科大学附属医院，居然落魄到这种地步，我简直不敢相信。说实话硬件条件除装备外，不如苏南的一所乡镇卫生院，挂

这就是当年二附院最好的建筑——门诊大楼，右下角那矮矮的阴影中的二层楼就是当年的病房楼。

号处和领药处的窗口用的还是铁栅栏，而且到处锈迹斑斑，一副寒碜相。铁栅栏下面留有一个可以钻进一只猫的窗洞，几个病人弯着腰撅着屁股挤着脑袋与猫洞般窗口里面的医护人员在对话。唉！这已是什么年代的事咯。

病房就更不堪入目，门窗和家具的油漆都龟裂了，特别是窗户，日晒雨淋多年失修，早年的油漆已剥落，有的还起了皮。地面上的地砖早已破败不堪，破角的黑线、脏兮兮的凹坑到处可见。房间内也没有像样的独立卫生设施，一切似乎都是因陋就简，东西摆放得也凌乱不堪，哪像过日子的正规医院哦！

据他们自己讲，医院地处下关区，但下关区的科级干部生病住院都不来这里了，嫌这儿的条件太差。所以，来医院看病的人群，主体是下关区社会底层的低收入市民。医院目前门诊量平均一天大约只有 600 人。医院现有 600 多张床位，常年病床使用率只有一半，大约 300 张，那天的病床使用数是 332 张，已经算很好的了。与学校的一附院比，真是天壤之别，一附院有 2000 多张床位还不够用，走道里还天天要加床。

当年卫生主管部门给医院分等定级时，二附院只定了“二级甲等”，相当于一所县级医院。这与医科大学附属医院的身份是极不相称的，这怎么能带教好本科生的毕业实习呢？我作为如今的领导，都感到脸红，简直“丢脸”！

二附院紧邻挹江门的小桃园，是南京老城墙下一段颇有名气的风光带。这里树木深深，曲桥回廊，有一片不小的湖面，碧波荡漾，映衬出挹江门和古老城墙的雄伟。二附院坐落湖畔，那么好的风景中，一所破旧邋遢的医院显得特别不协调。反过来可以说是糟蹋了那些美丽的景观。我作为医院的上级领导，看了心里很不是滋味，感到很羞愧。

参观结束已近下班时间，他们事先并没有告诉我，就安排了一个与全院医护员工的见面会，希望我到了这里能讲讲话。听他们说，“学校的主要领导很少到二附院来，我们像是一个‘西伯利亚的弃儿’，在这儿自生自灭，没人关心。一年中学校的主要领导能来讲一次话，就算是很不错很不错了！”话说得怪可怜的。

我不知道他们讲的是真话还是假话，或者只是想在新来的学校主要领导面前发发牢骚叫叫苦而已，希望学校领导今后能常来走走。

那天只是走马观花，看的仅仅是一些表象。我本想再做进一步调研，广泛听取意见，经过深入思考，形成了一些想法后，再与大家集体交换一次意见。

现在既然医院已经通知了全体医护员工，那也只能“客随主便”讲几句了！

我在开场白中说：“下午在院长、书记的陪同下，在医院里面转了一圈，很有感慨！院长、书记要我和大家见个面讲讲话，我不知道怎么讲，讲什么好！”

这时下面有人悄悄地插话，说：“讲真话！”“有什么就讲什么！”

我听到后继续说：“按理初次见面，都会讲些礼节性的话，表个态，提几点希望。但这不是我的风格！既然大家希望我讲真话，那就说说我看一圈后的真实想法，好不好？”下面有些人接话说：“好！”

那天我一连说了五个“想不到”。我初到南京医科大学，想不到第二附属医院的所在地，会在这么一个不通公交车的偏僻角落里；想不到一所大学的附属医院会如此破旧，病房会如此简陋，挂号拿药的窗口铁栅栏还锈迹斑斑；想不到医科大学的附属医院居然还是“二级甲等”，与要求极不相称；想不到一所医科大学的附属医院，病床的利用率只有一半左右；最后，我想不到二附院职工的实际收入会这样低，与学校的另外两所附属医院收入的差距会如此之大！

我说：“在这样的环境条件下，在座的各位同志都能坚持下来好好工作，说明大家都非常热爱自己的医院，都是好样的！我代表学校党委和行政感谢你们！”

最后，我提了三点要求。第一，要尽快改变医院的院容院貌。院容院貌是医院的脸面，会给前来挂号看病的患者以信任与信心。这样破旧的地方，有办法的病人怎么敢来看病呢？除非是实在没办法了，才到这里来就诊。

所以，要尽快改变医院的形象，要让患者有信心，更重要的是要给医院自己的医护员工以信心，看到医院未来的前景，让人神往，并感到自豪。“你们想想，医院这些年流走了多少好医生？掰了指头算算看。今天医院这个模样，请问还能引到高层次人才吗？”

要想尽一切办法，尽快改变医院外部的交通条件，给患者提供看病的交通便利。要改变医院内部的就诊条件和流程，给患者创造更好更方便的就诊环境。

因此，“我要求你们明天就拆除挂号处和配药处锈迹斑斑的铁栅栏，改成开放式的窗口。我的想法是，要在那幢破得让人心酸的二层病房楼身底下，尽快盖一栋高层病房大楼，按现代医院的要求装修，成为下关区和大桥以北广大市民进城看病最方便最放心的医院。”

第二，要尽快提高医院的医疗水平和管理水平，争取进入“三甲”的行列，这是作为医科大学附属医院必备的条件之一，耽误不得。

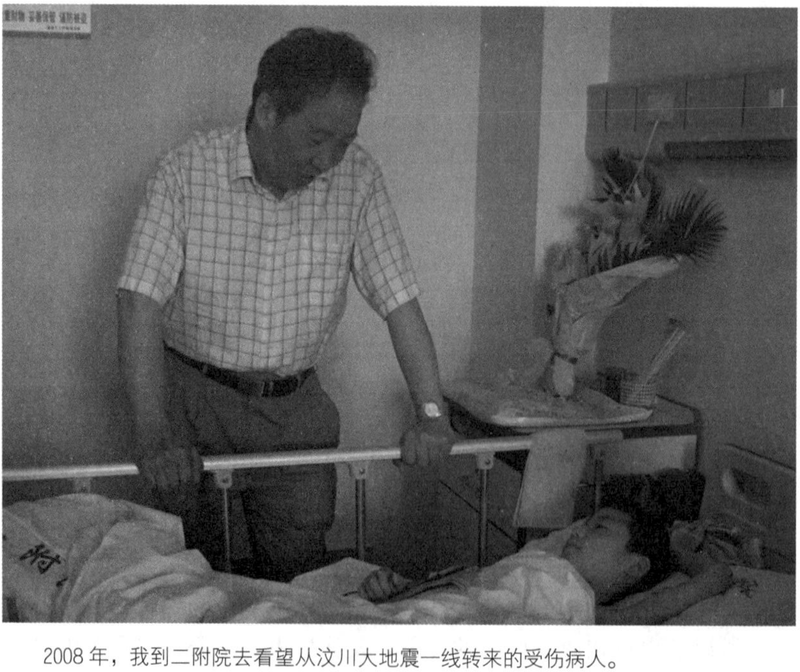

2008 年，我到二附院去看望从汶川大地震一线转来的受伤病人。

二附院作为一所综合性医院在全面提高各科室诊疗水平的基础上，要形成自己的特色与优势，才能立足于社会现代医院之林。过去原有儿科的优势，由于人才的流失已大部分丢失，目前还来得及重新设法捡起来。根据我在高校工作几十年的体会，一方面，要下决心送人出国或去国内高水平医院进修深造，学习新知识新技术，掌握新技能新方法，以改变医院医生的知识结构和诊疗水平。另一方面，最直接的捷径是引进高层次人才，迅速形成新的学科优势和技能优势。

二附院的“二甲”已经过了好多年，要搞个六年计划。经过三年的努力拼搏，争取进入“三级”医院行列，再奋斗三年进入“三级甲等”。这对二附院来讲是最要紧的事，绝不能掉以轻心。现在觉醒还有可能赶上新世纪医疗卫生体制改革发展的潮流，再往后拖延，那就像大浪淘沙会被社会所淘汰，永无出头之日。大家都要有紧迫感，特别是领导班子，包括学校与医院的领导在内。

从现在开始，要争取门诊量和病床利用率每年提高20%到30%。我不奢望走道里还要加床，但两三年后要基本达到满负荷。

第三，要尽快改善医护员工的收入水平，要与业绩挂钩，以调动广大医护员工的积极性。

高校在2000年前后，普遍实行了岗位津贴，医院实施了奖金制度。当时我已知道，一附院和附属口腔医院一个月平均的奖金水平都已超过了1000元，而二附院的奖金水平还是每月200元，一年又一年，几年没有变化。由于各种原因，奖金水平暂时比人家低一点，是可以理解的，但长期如此能留得住人吗？医护员工会有积极性吗？同行交流起来，员工还会有自豪感吗？

可能有人会说，共产党员没有奖金就不干啦？这句话当然不错，但这不是同一个命题！这是两回事。焦裕禄带着病体率领兰考人民在沙漠盐碱地里改天换地，最后把生命都奉献给了兰考人民，这样的共产党员值不值得学习？当然永远值得我们学习，这是我们一贯倡导的学习榜样。但作为政策，我们不可能要求人人都做焦裕禄，“提倡”不能代替基本政策。特别是在社会主义初级阶段商品经济条件下，经济手段仍然是调动积极性的第一杠杆，我们做领导干部的一定要有清醒的认识。

我实事求是讲的话，也是我的肺腑之言，结束时，下面医护员工一片掌声。我知道也许是我讲了实话，或者是说出了医护员工们的心里话。

散会后，院长、书记和领导班子全体成员要陪我在医院食堂吃饺子，我没有推辞。我想边吃边聊，可以借此机会，听听他们对我讲话的反应。

吃饺子时有人说：“书记！要增加奖金，医院的财务很困难。”

我说：“困难！哪个单位没有困难？你们以为大学就没有困难？比二附院更困难的单位多的是。二附院当前只有压缩一切可能压缩的开支，节约一切可能节约的钱，适度提高医护员工的收入水平。职工收入不能长期成为南京大医院的锅底，这个坎你们总要过。如果过不了这个坎，你们就会陷入经营状况越来越恶化，职工收入与其他医院的差距越来越大的旋涡。你不改变大家的收入水平，大家没积极性，那么，医院的业务总收入不会增加，甚至还会下降。结果呢？你们就更没可能增加医护员工的奖金，医护员工就更没积极性，医院的日子就更难过。这样就陷入了恶性循环，不是吗？”所以，一定要想办法突破这个坎，让医院进入良性循环。

当然，这里离不开对医护员工的思想教育，经济激励与说服教育振奋精神要双管齐下。但医院领导班子一定要认识清楚，存在是第一

后来二附院新建的病房大楼，根本改变了医院的诊疗条件和就医环境。

性的，精神是第二性的。

院长又说了：“书记！造新病房大楼，当然是最好不过的事了，我们都想了好多年了，我们也知道目前医院的环境条件太差了，但没有钱哎！”

我问：“医院能贷到款吗？”

他回答：“目前医院没有还贷压力，所以现在从银行贷款是没问题的，有的银行还兜售我们贷款呢！”

“既然能贷到款，为什么不贷款呢？”我说。

“书记哎！贷了款还不了的，哪里来钱还呢？又不是一点二点的钱！”院长说。

“能贷到款，就先干起来，要用明天的钱，来干今天的事，一边干一边到财政厅、卫生厅里去要钱，能要到多少钱就多少钱。你想等到要来了钱再干，那就遥遥无期了，所以要赶快先干起来！干上去了，再还昨天借的钱！”

院长说：“到时贷款还不了，那怎么办？”

我坚定地说：“你就说是书记让我贷款的！追责时不要你承担责任。”

从那以后，我每个月都去二附院，每次去都会催促建新病房大楼的手续和进度。说得夸张一点，就是用“枪杆子”顶着院长、书记的脑袋朝前冲。

在这期间，我想，学校拿不出钱来支持他们，但给他们一些精神鼓励和支持也是好的。另外，想办法帮助他们解决一些发展中的具体困难，这也是有可能的。

为二附院的交通问题，我亲自找了南京市政公用局。因为我以前的一位学生陈芳芳（化名）在局里当党委书记，学生见老师有困难，那还有什么好说的。她没费多少事，就在二附院门口开通了一路公共汽车，方便了医院，更重要的是方便了病人。后来她又帮助医院解决了新病房大楼的供水问题。

我在南师大搞新校区建设时认识了供电公司的一批朋友，我找了他们，他们二话没说，帮助二附院解决了新病房大楼的供电问题。过去都说“电老虎”“水老虎”，其实说真话，这些朋友我连一顿饭都没有请过。

三年后 19 层的新病房大楼终于落成了。南京长江大桥南引桥下来，老远一眼就可看到鹤立鸡群的病房大楼顶上“南医大二附院”六个大字。

医院领导班子精打细算，新病房大楼总造价才4000多万元。其中2800多万元是从政府各种渠道要来的拨款，医院自筹了1000多万元，根本没背上多少债务。但医院的形象发生了根本性的变化，医院的医护员工的精神面貌也发生了很大的变化。

就在这时，二附院又迎来了一次重大的机遇，当然也是一次重大的风险挑战！

全国铁路系统的企业化改革，把一切非企业职能统统转交给地方。上海铁路局改成上海铁路总公司后，把原有的南京铁路分局中心医院整体移交给了南京市。考虑到移交后南京铁路中心医院参与市场竞争的风险，上海铁路总公司在移交给南京市时，带过来了9000万资金，作为近几年立足市场经营的亏空补贴。

2006年已是移交后的第五年了，铁路中心医院经营状况依然不好，每年补贴医护员工工资1500多万元，补贴总数已达到了7500多万了，剩下的钱只够再补贴一年多了。在这种情况下，医院领导班子自己也知道要赶快寻找出路。一旦到发不出工资的情况，那么职工闹事，到市政府静坐绝食都难以避免，那就会变成一个严重的社会问题。

那段时间里，省委原副秘书长、政策研究室主任朱通华先生找到我，转达铁路中心医院党委华书记（化名）的意见，他们正在寻找恰当的接收单位。在几家可能接收的单位里，他们认为南医大二附院离南京铁路中心医院距离最近，各方面的互补性最好，不知有没有兼并的意向。

我得到这消息，马上转告给二附院的院长和书记。他们说耳边也听到了一点这样的风声，但具体详情不了解。我告诫他们此事暂不对

当年的南京铁路中心医院，兼并后成了南医大二附院的东院区。

外声张，但要立即着手调查了解南京铁路中心医院的实际情况，及时掌握动向。特别要分析兼并后，对二附院未来的发展有哪些利弊长短！

据说，南京铁路中心医院占地 16000 多平方米，建筑面积 2 万多平方米，当时有 340 张病床，还有 6 个卫生所，有医护员工一二百人。

为进一步了解情况，2007 年春节期间，我自己一个人悄悄地到铁路中心医院去“微服私访”。

那天门诊大厅里，挂号处、配药处、急诊室都没有人值班！不知是什么原因，医护人员也都放假了。

我顺着箭头一口气爬到三楼病房，看到墙壁上贴的通知和挂的各种守则、注意事项，没有一个是端正的平整的。要么是歪的，要么是翘的，从这些小细节上就可感受到一个单位的工作作风。我心想这种工作状态，在市场经济的竞争中，不散伙才怪呢。护士站里有两个小护士，一边嗑着瓜子一边在聊天。

我走过护士站去病房时，她们都视若无人，依然嗑着她们的瓜子。这时我主动回过来告诉她们：“我是来看病人的，病房里怎么没什么人了呢？”

“大部分都回家过年了，只剩七八个病人了！”她们手里拿着瓜子，随意地告诉我。

“平时病人多吧？”我问。

“平时也就三十来个病人！”她们回答得倒也干脆，没有任何忌讳。

那时我已知道，铁路中心医院现有医护员工一百几十号人，床位有 300 多张。如果就如那位护士说的，平时医院只有三十来个病人住院，那这医院哪能维持呢？经营服务的总收入都不够养活员工。

我出了病房大楼，看了一下医院的环境和空间，转了一圈，觉得还是挺不错的，将来还有些改造发展的余地。特别是地理位置非常优越，大门就在中山北路上，紧靠盐仓桥立体交通枢纽，扼长江大桥交通之要冲，多路公共汽车停靠站都在这附近，交通十分便利。周边是密集的企事业单位和居民住宅区，从经营角度来看，比二附院的地点区位不知要好多少倍！

新年后，在二附院的领导班子会上，我先请大家发言谈谈各自的看法。大家发言结束后，我做了总结讲话。我说：“二附院经过这几年的努力，特别是新病房大楼落成后，经营服务状况有了很大的改变，从发展的角度来看，应该说进步变化也只是刚刚开始！”

但历史不会随人们的意愿设计，就在这时出现了兼并铁路中心医院的机遇，我们该怎么办呢？

眼下兼并有两种结果，我说：“一是在兼并铁路中心医院过程中，激发起二附院全体医护员工的自豪感和自信心，把医院的医疗和管理水平都推上一个新的台阶。加上获得了一块地理位置优越的地块，这为医院未来的发展提供了难得的空间。那么，这次兼并可能会成为二附院历史上一次最大的发展机遇。二是自己才刚刚复苏和起步，能力有限，经营服务拖不动铁路中心医院这个沉重包袱，反被它拉下水，一起沉下去淹死。那么，这次兼并就成了二附院历史上最大的灾难。”

“但是，我们以反向思维想一下，”我说，“如果铁路中心医院被鼓楼医院或中大医院兼并，那后果不可设想。”

鼓楼医院和中大医院无论是医疗水平、管理水平，还是社会知名度、医院规模，都远远超过我们。二附院由于位置闭塞，本来医疗服务的覆盖区域就不大，如果再给鼓楼医院或中大医院兼并铁路中心医院后一挤压，二附院今后日子就更艰难了，也许再无出头之日。

“既然这样，那么与其被鼓楼医院和中大医院挤压死，不如我们自己率先兼并铁路中心医院，大胆一搏，背水一战，在绝处求生，发展自己。”

我的这一分析意见，在医院的领导班子会上和学校党委常委会上都获得了大家的一致认可。在机遇面前，毫不犹豫，决心团结一致，大胆一搏，背水一战，去争取二附院的新活力新发展。

时间过去一个多月了，二附院兼并铁路中心医院问题却没有听到任何动向和进展。我仔细一了解情况，方知双方的院长都有点犹豫，觉得利害关系太大了，一旦合并失败，后果不堪设想，所以拿不定主意，迟迟下不了决心。

过了年，根据学校有关文件规定，二附院的院长已到了从领导岗位上退下来的年龄。也许正是这原因，他退下来前犯不着再冒这么大的风险，万一兼并失败会给后人留下话柄，所以迟迟没有动手。但兼并的事到了这个关口，我觉得已犹豫不得了，必须立即物色适合的人选接班，顺着既定的方针继续将兼并的事推向前进。

根据党内干部任命的若干规定，经群众推荐，组织部门最早考察了一附院的龚副院长（化名）。后来一附院领导和该学科退休的老主任来找我，告诉我龚副院长正领衔申报国家“863”项目，眼看今年很有希望，这也许是一附院若干年里最有希望冲击国家“863”项目的机会。我想想他们的意见也有道理，能拿下国家“863”项目，对一附院和学校来说都是非同小可的事。如果把龚副院长调走很可能影响到项目的中标，那是否值得呢？我仔细分析权衡利弊，最后决定采纳他们的意见。

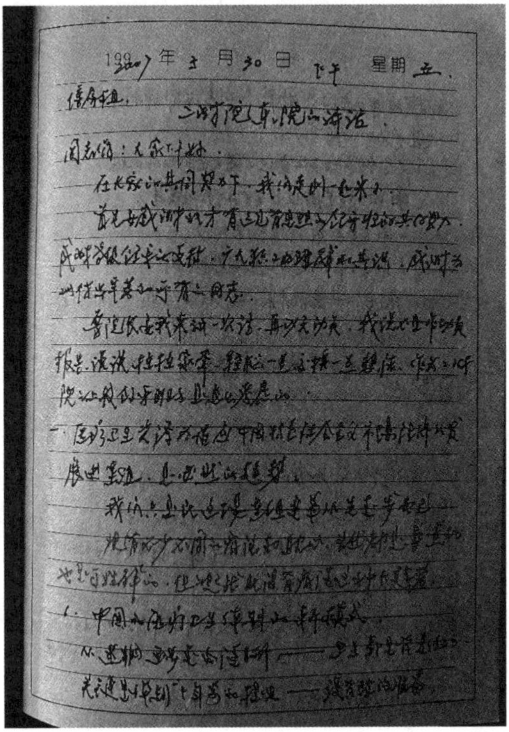

这是 2007 年 3 月 30 日，在南京铁路中心医院投票前，我到会场上讲话的提纲。

第二个考察人选是一附院的鲁副院长。通过了各项规定的组织程序后，我特地赶到省卫生厅，听取了厅党组主要负责人的意见，又赶到省委组织部汇报，取得了他们的支持。后来我与鲁副院长个别谈话时，他本人也表达了这个意向，这不是一拍即合，而是多方面几拍都合。很快，经学校党委常委会研究通过，公示后我去二附院宣布了学校党委的决定，鲁院长立即到二附院去上任了。

我宣布鲁院长上任的第二天，他一早就参加了查房，并主持了早晨交班会。在交班会上，他说了医院管理中存在的问题一、二、三、四。我听到群众的反映，他们说："一听就知道，新来的院长是内行，是专家，不同凡响。"

鲁院长很快就提出两个三年的奋斗目标，第一个三年全院医生护士要学会看病和护理。在练好基本功的基础上，争取跨进三级医院。再奋斗三年，进入"三甲"的行列。为了支持二附院两个三年奋斗目标，使医院上新平台，我亲自去二附院做了动员报告。

鲁院长上任后抓的第二件事情，就是兼并南京铁路中心医院。

我记得那年 3 月末的倒数第二天，下午铁路中心医院就是否与南医大二附院合并问题，举行民主投票。这当然是一个非常关键的时刻，鲁院长请我在铁路中心医院民主投票前，能够前去讲一次话。

这个关键时候要我去讲话，我知道压力是很大的，只能讲好，不能讲坏。讲好了不说，如果讲坏了，就等于砸了投票合并的场子。但我回过来想，这也是一次极好的做铁路中心医院全体医护员工思想工作的机会，让铁路中心医院的广大医护员工知道上级学校领导的态度和打算，也可以排除他们很多犹豫和担心。于是，我思考了一下利弊得失，最后答应了前去讲话！

30 日的下午三点，铁路中心医院的所有职工几乎都出席了那次会议，在一座老礼堂里满满实实坐了一大屋子。

我讲："听说今天铁路中心医院将举行'全民公决'，双方医院的领导都希望我来讲一次话。我知道这时讲话意味着什么，也知道压力有多大。"

"今天我来不是做动员报告，而是与大家说说心里话，与大家集体谈谈心，拉拉家常，交换一点想法。我想说说作为二附院的上级领导是怎么考虑这件事的，相互了解，这有利于大家形成共识，所以我

二附院正在建设的第二栋病房大楼和新门诊楼，构成了病房双子楼。

答应来讲一次话！”

那天我主要讲了六个问题。一，医疗卫生资源为适应中国特色社会主义市场经济的发展需要，重组是必然趋势；二，当前医院面临的机遇与挑战；三，要树立主人翁意识，同心同德团结一致去开创新局面；四，统一规划、统一管理，加快融合，加快发展；五，要用大学的精神和大学的文化重组我们的医院，提高人文精神和医疗技术；六，发挥优势，拓展市场，艰苦奋斗，在医院发展中完善自己。两院合并是双赢的格局，我们必将在合并后的新医院里凤凰涅槃，浴火重生。

我讲了两个多小时，台下一直鸦雀无声。当我最后讲到，“我很理解，今天同志们的投票，实际是把自己后半辈子的人生道路与家庭幸福将会如何，都押在了这张千斤重的一票上”，台下响起了一片掌声。我知道这时不是我的讲话有多精彩，也不是我做出了什么重要承诺，而是我说了真话，说出了铁路中心医院全体医护员工的心里话。

我接着说："两院合并后，我们就都成了一个锅里吃饭的自己人了。同志们可以放心，既然把命运托付给我们了，请相信我们，学校与二附院一定会对你们负责的，不管社会风云如何变幻，大家一定同生死共命运！"

我讲完后，鲁院长又补充说了群众关心的几个具体问题。特别强调了两院的合并，通过三年的磨合，实现完全融合，从工作安排到工资奖金全部一视同仁。

会议结束时，全院医护员工积极参加投票，表达各自的意愿。投票结果统计，90% 以上人选择了两院合并的方案。所以，两所医院的员工听说了投票结果，都喜气洋洋，皆大欢喜。特别是铁路中心医院的职工，终于找到了自己的归宿。双方领导班子心里的石头也总算落地了。

政府听说后，也很高兴，乐见其成，等于帮助政府消除了一个社会的"定时炸弹"。所以，省、市政府很快就批复了两院合并的方案。

也就是那一次的大胆一搏，背水一战，绝处求生，不仅改变了二附院的命运，也改变了院里医护员工的思想观念，增强了自信心。全院团结一致，艰苦奋斗，在新组建的领导班子的带领下，砥砺前行，开创新局面，努力实现了跨越式的发展。

从此，二附院实现了东院区与原院区比翼齐飞的新格局。病房床位的使用率大大提高，常常需要在走廊里加床。业务总收入从当年的四千多万，发展到如今已突破十五个亿。其中有两年的业务总收入，一度都超过了南京中大医院，得到了省卫健委的肯定和兄弟单位的赞誉。

现在二附院原院区的第二栋高层新病房大楼和新门诊楼拔地而

起，装修结束后已先后投入使用，医院的总床位数达到了1900多张。到这时二附院像维也纳中心医院那样，拥有一对双子楼，紧靠小桃园明净的小湖，毫无疑问将成为南京市环境最优美的一所医院。

人生经历告诉我，作为一个单位的一把手，一定要“常怀忧患之心，恪尽兴校之责”。一旦出现机遇，就要紧紧抓住，竭尽全力，百折不挠，哪怕困难再多，也要奋勇向前！

2020年3月6日 于新冠疫情中

NAME 2002.9.5.

党务部门座谈会.

1. 党办.

① 党建工作的评估体系的准备工作.

② 做好新一届党代会的筹备.

③ 二级党校的实施细则.

2. 统战工作

① 建立民主党派的台帐.

② …………的网络

③ 帮助做好建立基金会

④ 对于民主党派推荐干部工作.
加强组织建设.

3. 组织部.

① 落实小组，抓好中心组的学习.
抓好"党政干部任用条例"学习

② 基层党组织的换届改选.

③ 党建目标管理检查.

④ 进一步完善干部考核体系.

主要领导要解难题做难事

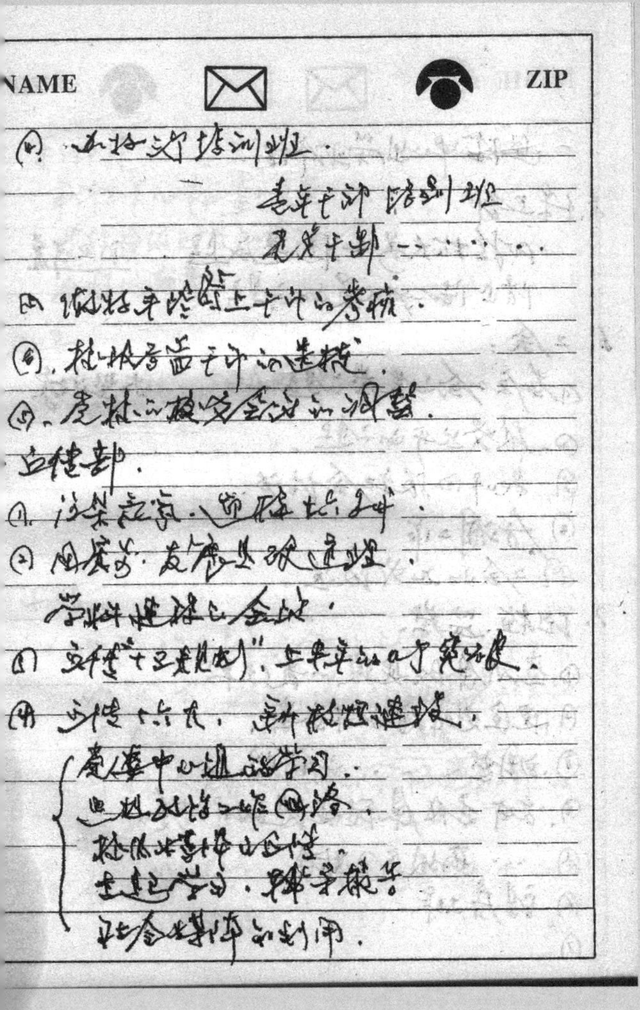
NAME
ZIP

做工作要勤奋，这是当好干部的必备条件，但不是最重要的条件，我认为最重要的条件应是“有眼光”“有智慧”“敢作为”，特别是在改革创新，破解难题，抢抓机遇时更是如此。

作为学校的主要领导，我们要敢于破解发展中的难题，敢做涉及发展大局的难事。“不谋全局者，不足谋一域，不谋万世者，不足谋一时”“变革恒久，应对恒艰”。

南医大新校区一、二期工程完成后，学校发展面临两件涉及全局性的难事，一是在新校区周边要建一所新的附属医院，这是医科大学培养优秀医学人才的需要，也是提高教学质量和科研水平所必须的条件；二是在新校区周边建设一个教职工住宅区，这是学校保证人才培养质量和建设一支稳定的高水平师资队伍所必需的。这两件事都是学校发展中回避不了，不得不解决的大事、急事和难事。

在南医大新校区周边建一所新的附属医院，就像工学院必须建一座实习车间一样，医学生要学理论也要学操作，要明白理论原理也要提高动手能力；就如师范院校必须有自己的附属实验学校，学生要在课堂讲台上学会讲课，学会批改作业，学会当班主任。这都是保证专科性大学教学质量的需要。其实，医科大学从学校性质上来讲，就是高层次的职业教育，是培养高学历高水平医生的地方。

所以，医科大学既要有校内高水平的理论教育，就近还要有一家时时可以接触到的高水平的实践基地附属医院。没有高水平的附属医院与医科大学的专业教育相匹配，要想培养出高质量的医学生，那是无法想象的。

从学校的功能来讲，建一所便捷的高水平附属医院，提高“医教研”一体化水平，也是学校实现人才培养、科学研究、社会服务、文

南京医科大学江宁新校区的大门，它承载着医大几代人的梦想。

化传承的需要。

至于建设教职工住宅区，不仅仅是为了解决老师们在新、老城区之间来回奔波之苦，更重要的是为了保证学校人才培养的质量，提高学校的办学水平。你想，如果新校区下午四点半后，老师们都纷纷回城了，新校区除了剩下几个学生辅导员值班外，一眼望去看不到一个老师，那还是大学吗？人们戏称，那是“高中后”！

晚上学校实验室没有老师带研究生通宵达旦做科研，学校能多出成果，出大成果吗？老师整天都要在新、老校区之间，来来回回劳累奔波，时间都耗在路上，这支师资队伍能稳定吗？还能引到高水平的师资吗？

从长远角度来看，解决这两大难题，已迫在眉睫，将会对学校未来的发展具有重要的战略性意义。

而要做成这两件大事又是非常困难的。当时在党委常委扩大会上，对建设新的附属医院大家的认识还比较一致，都认为作为医科大学，附近一定要有一所真正属于自己的三级甲等医院。学生入学后，在课间和课后就能接触到医院，接触到临床，这是非常重要、十分必要的。

但当大家讨论到在新校区附近建设一个教职工住宅区时，不同声音就比较多了。有人认为能在新校区附近建一个教职工住宅区，当然是好事，但风险太大。那段时间报刊上关于房地产开发商卷了购房款逃跑，建筑公司卷了工程款销声匿迹的事例时不时有报道。当时，由于我国社会上房地产开发兴起的时间不长，法治不够健全，运行不够规范，房地产开发领域“暗坑”比较多，而教职工缴的购房款都是从嘴里和身上省下来的，万一在建设住宅区过程中发生这样那样的问题，那我们没法给教职工交代！因此，大家都担心这项任务能否完成是有道理的。

另外，新校区离老城区那么远，住宅区真建起来了，教职工是否都愿意买？这也是个大问题。万一大家都不买，那么投入那么多资金如何收回来？一旦收不回来，那可就酿成灾难性“大事”了！

会前，有几位校领导都悄悄地劝我，无论如何不要去建教职工住宅。你到南医大以来，在教职工中的口碑至今是很好的，不要因为建新校区教职工住宅出了问题，一世英名毁于一旦。还有的同志悄悄地告诉我，在南医大的历史上，凡是建教职工住宅的校领导，没有一个有好下场的！例如某校长建住宅楼被闹得不可开交，把身体拖垮了；某校长建了住宅后，群众议论颇多，人言可畏，患上了精神疾病；某校长建教工住宅楼，烦出了脑梗，现在都要撑了拐杖走路，走起路来都是一跛一跛的。你可千万别去搞啊！

我知道他们都是好心，确实世事难料，难免不出纰漏，万一建设中出了意外，他们担心没法收场。所以他们劝导我的话都非常真诚，让我非常感激！真要在新校区附近建教职工住宅区，他们都帮我捏把汗！

但我想，作为主要领导就要有“仰望星空的情怀”，况且我有过作为青年教师，没有自己住宅的切身感受。大学毕业留校工作，29岁结婚，学校没有房，只能依旧住集体宿舍。我与同班留校的同学共住一间集体宿舍，周末他爱人从淮阴（现淮安市）回来，我就抱了被子去别处“打游击”，我睡过中文系阅览室的阅览桌，睡过人武部的会议桌，与其他人挤过床，实在没办法就用办公室的六张椅子拼起来睡觉。这种经历我一辈子忘不了。我理解年轻教师的第一需求是有一个稳定安乐的“窝”。我的这种内心感受从不对外说，生怕教职员工说我唱高调，我只是默默地藏在心里，默然地去做。

为了学校的发展，为了教职工的安心，看准了的事，作为校领导的我就要有点“超凡脱俗，敢为天下先”的气度，要有“明知山有虎，偏向虎山行”的气概。

作为一所既不是“985”，也不是“211”的学校，南医大既没有十分优惠的政策扶持，也没有大量的经费倾斜，怎会实现跨越式发展呢？怎会有弯道超车的可能呢？唯有一种可能，就是当机遇到来时，你有过人的胆识去抓住机遇，通过非凡的努力去争取成功！

面对当时的形势，根据我对各种有利条件和各种困难因素的分析和判断，眼下建新的附属医院，条件有点勉强，最好有待新的历史机遇的出现，而要建成教职工住宅区至少有七到八成的把握。如果眼看着对学校事业有利，对教职工有利，又有七八成把握的事放弃不做，我心里实在有点不甘啊！既然如此，干吗不拼搏一回呢？

高校的一把手就要有为官一任，为师生员工造福一方，将学校推上一个新平台的气概，在大局面前，个人的荣辱算得了什么呢？

在新校区选址时，我曾对江宁区的王书记说过，南医大新校区如果选址在江宁大学城，区政府一定要给学校配套二百亩教职工住宅用地。一开始他没有表态，二百亩地这是什么概念，政府至少可以引进一个几亿元，甚至几十亿元投资的大项目。

后来我用一段话打动了他，我说：“如果新校区周边没有教职工住宅区，下午四点半以后老师们都坐车回城了，学校只剩下学生和几个辅导员，这所大学能办好吗？那不就成了‘高中后’？大学的晚上，科研大楼实验室里灯火通明，老师们带着研究生在热火朝天地做科研。学生可以到实验室找到科学研究中的老师，老师能到教室辅导答疑，能看到做作业的学生。在这样的氛围里，学生接受熏陶，才会潜移默化！所以，要把一所大学办好，学生不能离开老师，老师也不能离开学生。你说是不是这个道理？”

王书记听了，觉得我讲得有道理，一旦他信服了，马上一口答应给学校二百亩地建教职工住宅，并且当时就商定 10 万元一亩地。这个价格，仅仅只是相当于解决地面上拆迁任务的成本价格。

我想只要政府给了地，怎么可能建不成呢？我有点不相信。我努力说服大家，为新校区配套设施的完善，为南医大的发展助一把力，也为广大教职员工做一件实事，做一件好事。至于教职工会不会购买？当时我还比较自信，因南京市已经规划了地铁一号线，新校区大门口有“南医大”地铁站。根据北京、上海的经验，只要地铁沿线的住宅楼价格适中，上下班方便，我相信教职工不会不买的。

我主持会议讨论到最后，大家没有再提出其他的不同意见，大家都不吭声了，我最后拍板说：“那就这么定吧！”就算通过了。其实，我知道大家心里还是有疙瘩的，但反正你是一把手，你负主要责任，该劝的也都劝过了，也就都不再说什么了。

这两件事如能做成，无疑对学校的发展会起到“解死结、破瓶颈”的作用。但我也知道要做成这两件事，难度非常大。为推动这两件大事和难事的顺利进展，我想只有两个一把手自己亲自来“操刀”，才有可能做成。几年前王心如副校长排除万难，亲自动手建“江苏省三药安全性评价中心”，该项目成功的例子，也说明了这个道理。

这是建成后的“方山熙园”教职工住宅区的南门，区内共建有1300多套住宅。

既然这两件大事、难事已决定要干了，我的意见是由校长和我各负责一项。在常委扩大会上，我请校长先选，陈琪校长说他来搞附属医院吧，我想这也好，毕竟他对医院比我熟悉，那我就领衔建教职工住宅区。

为此，学校成立了教职工住宅建设领导小组，我兼任领导小组组长。考虑到建住宅区与社会打交道较多，我不会烟酒，也不擅长应酬周旋，于是请陈亦江副校长和徐耀初副校长任领导小组副组长，协助我建教职工住宅区。后来王长青同志进班子，考虑到我的精力有限，也请他参加部分住宅区建设的协调工作。

住宅建设领导小组成立了，任务也这么定了。但我清楚地知道，负责筹建新校区教职工住宅区，不仅仅是给自己背上了一个沉重的包袱，说不定会是一个危机四伏的不定时的“炸弹”。在当时的社会背景下，将是我人生中所负责的风险性最大的一项任务。

就在规划设计教职工住宅区建设方案时，区委王书记亲自给我打电话，叫我无论如何都要抽个时间，马上到他办公室去一趟，说有要事商量。

那天，我赶到王书记办公室，才知道他工作马上要调动，将去外地任新职。在离开前，他希望把学校建教职工住宅区的用地问题敲定下来。当时我听了内心很感动，觉得这是一位有情有义的政府领导，当初引进南医大时承诺的事，在他离岗前还把它办完了走，很有诚信。不像有的领导，把你“骗”来了，临走时哪会管你三七二十一，拍拍屁股就走人了。

王书记说：“当初答应给你们两百亩地建新校区教职工住宅，根据国务院最近的文件，土地没经过招标挂牌拍卖，建的住宅只有永久使用权，没有两证即土地证和房产证。如果要有两证，土地必须经过招标挂牌拍卖转让。”

“那怎么办？一挂牌竞标，就肯定不是早先商定好的土地价格了。”我说。

“我建议你还是要两证，这样教职工买了放心，省得大家提心吊胆。永久使用权天长日久将来会怎么样，现在谁都说不清！”王书记补充道。

我说：“那当然最好是有两证，但是一挂牌竞拍，地价可就控制不住了。王书记你知道的，学校的教职工都是工薪阶层，价格高了就买不起了。老师在新校区没有住宅，老师与学生时时在一起的问题，不还是解决不了？”

“这样吧！有两证 ×× 万元一亩，你看如何？”王书记问我。

此时，我知道不能再说让我回去与领导班子集体商量一下。他明后天一走，教职工住宅问题下面就肯定没戏了，必须当机立断。我心里大致估算了一下，住宅区内移高压电线杆需 200 万到 300 万元，现每亩地增加 ×× 万元，如按 1 ： 1.2 的容积率计算，楼面地价估计

每平方大概要增加 ××× 元。我当场拍板说："好的，我要！就这样定了！"

这也是我当领导干部的生涯中，唯一的一次涉及重大问题，特别涉及教职工切身利益时，未经集体讨论而擅自决定的事。因为这次机遇难得，机遇不允许你再犹豫，机遇也不可能等你开常委会后再定夺，不马上拍板，就肯定没有第二次机会了。

假如我当时不是一把手，再好的机遇我也不敢当场拍板，就是拍了板也不算，这事就肯定"黄了"。省建材工业园 433 亩 10 万元一亩的地，南师大不就没拿下来？所以我的体会是：当一把手未必能干成事，但在目前的管理体制下，要干成事还非得当一把手。

"那怎么操作呢？"我接着问。

王书记说："这个你就不要烦神了，由政府来操作，我即使离开，也肯定会交代好了才走，你放心！支持大学办学，从长远来看，对繁荣江宁社会经济发展是有好处的。再说了，南医大是在我们大学城最困难的时候引进的第一所具有博士、硕士授予权的大学，而且是第一个开工建设，一年后又是第一个举行开学典礼的高校。你们支持了政府，作为政府也应该全力支持你们办学。"王书记最后的这番话，说得我心里暖融融的。

一个多月后，南京市土地出让将要挂牌，我们又遇到了新问题。

2000 年高校"房改"后，文件规定学校都已不允许自己再建教职工住宅。于是，政府挂牌出让土地的竞拍，学校就没有资格参加了，只有房地产开发商可以参加土地竞拍，那怎么办？

那时学校已通过内部竞标，在七家房地产开发公司中，选择了每平方米 2190 元报价最低的侨宁房地产开发公司中标。中标后根据双方协议，土地由学校供给，土建安装由侨宁房地产开发公司负责。现

这是“方山熙园”建的多层教职工住宅。

在学校连土地竞拍的资格都没有，怎么能拿到住宅开发用地呢？

这下让我觉得好难堪哦！校内竞标时学校做得像真的一样，似乎土地就在手上。现在可好，拍土地时连竞拍的资格都没有，灰头土脸简直无法见人了。

烦恼中我苦思冥想，最后想出的办法是争取打“擦边球”，学校与侨宁房地产开发公司联合举牌参加竞标。然而这种做法还没有先例啊，无奈中我只有去找政府。

我找了市建委，找了建工局、土地局，在新事物面前谁都不敢作主，最后只好去找市政府，说明学校为办好学，在新校区旁边建教职工住宅的迫切性和必要性。而土地我们又不敢让房地产开发公司来竞拍，开发公司拍到了土地，那它还会理睬你？但学校又没有竞拍权，那怎么办呢？

我们建议学校与房地产开发公司联合举牌，学校名字排在前面，拍得土地后再由学校交给房地产开发公司建设。

最后，政府站在学校的立场上想了想，也就默认了，还说下不为例噢。此时，我想“拜爹爹求奶奶”也只要这一次就行了，下次也不会再有了。

学校有了竞拍权，那就好办了。与侨宁房地产开发公司联合举牌，拍得土地归学校所有，然后交给房地产开发公司开发建设。

挂牌竞拍那天，参加竞拍的公司不算多。因为当时地铁一号线刚刚规划，江宁大学城在南京人眼里看来，还是比较偏僻的地方。那天由新校区建管会主任徐文山代表学校与侨宁房地产开发公司联合举牌参加竞拍。

那天，我正在台湾高雄医学院访问，上午十点左右接到徐文山的电话，说政府起拍价是每亩 ×× 万元，现在已拍到 ×× 万元了，区土地局、建工局的负责人都说太贵了，劝我们放弃。我在电话里说："别听他们的，土地资源是不能复制的，学校边上这块地一旦失去，就再也没有了。你不管它价格多高，继续举牌往上加，反正总是比人家高 1 万元。"

又过了几分钟，文山又来电话说："现在拍到 ×× 万元了，局里领导又劝我们放弃，下次再给我们另找一块地。"我在电话里坚定地说："你不管他们，拍地的事，过了这个村就没有这个店了。责任由我负，反正你比人家高 1 万元举牌。"因为主要领导承诺过，政府也商量过了，我心里就有底。

我还补充说："我估计过了 ×× 万元它会停下来！"过后不久果然竞拍到 ×× 万元时就停下来了，宣布我们中标。

我怎会估计到的呢？其实并不是我会未卜先知。因为王书记当时定 ×× 万元时，曾经对我讲过，这地块至少值 ×× 万元一亩，除了为奖励南医大对政府建设大学城的支持商定这个价格外，其他学校每亩都要 ×× 万元这个数！

竞拍现场，人家一看南医大在竞拍中，每次举牌毫不犹豫总比人家多 1 万元，志在必得的态势，参加竞拍的其他公司大概也看出点苗头了，也就不与你"玩"了。

地终于拍到手了，接下来最大的问题是资金安全的问题，这是建教职工住宅区成败的一个关键，也是最叫人担心的事。当时建职工住宅的这种模式，实际上相当于集资建房，怎样做才能保证教职工预缴的两个多亿购房款万无一失呢？这是我苦苦思索的问题。可以说苦得我如履薄冰，寝食难安，长夜难眠。

怎么办？怎么办好呢？真愁死人了！万一教职工嘴上身上省下来的集资款出问题，我的脑袋被教职工打扁了还不够，所以千万千万不能出问题！

后来我终于苦苦地想出了一个办法。学校不是怕开发商拿了钱工程没做完,卷了钱就跑吗？而开发商也怕工程做完了学校拖欠工程款，或因各种原因不给钱！我想最好的办法是有一个大家都认可的第三方来保管和监督用钱，就像产品出口信用一样，产品一离岸，生产厂家就可从银行提到钱，这样大家都可放心。学校不怕你工程没做完卷了钱就跑，开发公司也不怕做了工程学校不给钱。那么，这可靠的第三方角色谁来当呢？当然最合适的第三方无疑还是银行。

于是我与学校大门口的中国银行汉中路营业部商量，银行一听来龙去脉后，当然愿意干啰！等于增加了它两个多亿的活期存款，那何乐不为呢？

于是，由学校、开发公司和银行三方签一个协议，委托银行监管资金。三方负责人根据工程形象进度和质量鉴定签字后，由银行根据进度预算的 80% 资金发放给开发公司。这样就保证了学校教职工的购房款万无一失，开发公司也有了工程进度的资金保障，而银行呢，也增加了一笔流动资金，大家都很乐意，可以说是“一举三得”。我心里也终于放下了一块压得我喘不过气来的沉重石头。

做工作要勤奋，这是当好干部的必备条件，但不是最重要的条件，我认为最重要的条件应是“有眼光”“有智慧”“敢作为”，特别是在改革创新，破解难题，抢抓机遇时更是如此。

在教职工住宅桩基工程开始后，突然遇到了住宅建设项目的政府大检查，江宁区建工局检查组把我们“方山熙园”的建设项目封了。理由是没有贯彻国务院通知的最新精神，城市住宅建设项目 90 平方米以下的套型必须不少于 70%。那岂不又是半路上杀出的“程咬金”？我们哪知道呢?

再说了，套型面积都公开征求过教职工意见后正式公布了，桩基也都开始了，怎么能改呢？如果说要重新改图纸，这笔浪费可就大了，是谁都承担不起的。无奈之中我认为只能再去找政府了。

那天我和陈琪校长赶到江宁区委时，区委接任的刘书记不在办公室，正在市里开人大会议。后来打听到刘书记开会住在军区招待所，我们俩又赶到军区招待所。那时大会还没结束，我们俩就坐在大堂里等候。足足等了两个多小时，硬是把刘书记拦住了。

我们把教职工住宅建设项目目前的进度、遇到的麻烦和我们的难处一一做了汇报，希望得到政府的理解和支持。刘书记听后，倒也干脆，他说：“教职工住宅是不能随意改动的。”于是，他马上拿起手机给区建工局局长打电话。他说：“南医大的教工住宅项目已经开建了，就按原图纸施工，其他的住宅项目一律按国务院通知的新精神执行。”哦！我们总算又闯过了一关。

自方山熙园住宅区项目开工以来，没想到基本建设的三大材（钢材、木材、水泥）市场价格一路上涨，开发公司叫苦连天：“真倒霉，每一脚都踩空了。”因为房地产开发公司的交房价格是招标确定的，原材料市场价格波动上涨或下降，只能算开发公司中标后该承担的风险。

开始还好，价格尽管一路上涨，但上涨幅度还不算大，再过一段时间就不对了，三大材像脱缰的野马不断跳跃式地一路上涨。后来开发公司就拿出国务院文件来与学校协商费用问题了。国务院的文件规定，基本建设项目的三大材如市场涨价幅度超过 20% 时，则由开发公司和业主各承担一半，否则工程质量会得不到保证。

为此，我还专门请示了省级业务主管部门，得到的回答是“有这个规定”。既然国务院有文件明确这样规定，那学校有什么话好说呢？只能认可执行。

好在我在基本建设中有难以避免的原材料涨价的经验，所以，在预收取教职工购房价款的时候，每平方米多收了 200 元，即总造价的 8% 作为工程的不可预见费。这时还真顶用了，否则每次原材料涨价都要问教职工补收购房款，那就麻烦大了，天天吵架吧！

我在负责教职工住宅小区的建设中，面临的矛盾和问题不仅仅是工程建设方面的烦人事，还有来自学校内部的流言蜚语和“人民来信”。

有一天，省纪委来人查我们的教职工住宅区项目的问题。据他们说，“学校有人写信到中央纪委，举报南医大领导利用集资建房的机

这是“方山熙园”教职工住宅区冬季时的中央景观带。

会，为自己建别墅”，还说，“这是下台前最后的疯狂，想借集资建房之名大捞一把”。省纪委接到中央纪委转来的举报信，一看内容这还了得？就急急忙忙赶到学校来彻查此事。

面对省纪委来人，我心里有准备，也很踏实。因为我听学校教职工说过，诬告是南医大历史上建住宅楼的传统。我没有多讲什么，建住宅区一切都是公开透明的，没有任何需要隐瞒的地方，一切都让事实来说话。我不慌不忙给省纪委的同志倒了杯茶，拿出项目规划图和工程设计图，请他们看到底有没有别墅。他们一看就明白了，只有六层住宅楼与四层住宅楼之分。后来又了解了一下房屋的定价、购房的政策等等，我都一一做了回答。离开我办公室后，他们到基建办去验证了一番，什么都没说就回去了。

这是我在南京医科大学任职期间，唯一遇到的一封对领导检举揭发的“人民来信”。今天，我可以对写诬告信的同志说句心里话，学校在发展中要干成一些大事和难事，领导与群众之间大家都要相互信任，相互理解。其实道理是一样的，冤枉会挫伤群众积极性，诬告也会挫伤领导积极性，学校怎么能跨越发展呢？所以，我希望，从此以后，南医大不再有这样的诬告。

有一段时间，也不知是什么原因，校内谣言四起。有的说“房子质量一塌糊涂，便宜没好货，这样的房子不能买”；有的说“不要开心得太早，我们根本买不到，普通教职工根本没有份”；还有的说“建教职工住宅是校领导为了捞好处，哪里是为大家着想”；等等。这些谣言与诽谤混淆视听，已经到了严重影响校内稳定、冲击正常教学秩序的程度。

为此，我下班后特地到医政学院去与教职工对话，了解教职工到底有些什么样的意见和企盼。也想借此机会给同志们介绍教职工住宅区建设的情况，解释有些事情的来龙去脉。

在对话中我了解到，校内的谣言已传播得很广很离奇了，我却还是一群人一群人地去介绍和解释，覆盖面太小了，根本无法消除误解。那怎么办呢？我想干脆开个大会吧，介绍和解释方山熙园教职工住宅建设的整个情况，把真实情况告诉大家，即使过程中出现了某些问题，也不隐瞒和回避，希望能尽快达到稳定校内教职工情绪的目的。

周五的下午四点，学校召开对话会，教职工都可自由参加。没想到那天来了很多人，有的甚至是老少三代人都来了，大礼堂内里三层外三层，挤得密密层层，窗台上，甚至窗子外面的走廊上都站满了人。我真有点担心图书馆顶层的礼堂，承重会不会有问题。这说明大家都很关心此事，里里外外，叽叽喳喳，议论得很热闹。

那天，我走上主席台，把教职工住宅区方山熙园建设的初衷是什么，建设过程中遇到了哪些问题，我们是怎么解决的，下一步还要做哪些事，准备怎么做，一一都详细告诉大家。

我还告诉大家，该住宅有两证，除房地产开发公司有三幢一百多套外，学校共有1186套。这次是“带有一定福利性质”的集资建房。大家购买该房产后，学校要求大家都能为学校发展至少服务八年（其实也就是口头承诺，两证都由住户自己去办的）。

至于住宅的购买次序、购买方式都由学校教代会主席团在广泛听取大家意见的基础上集体讨论决定。

我在会上慎重表态：“我作为该项目的主要负责人，如果大家都要买这教职工住宅，包括离退休教职工在内可能总数不够，那么我不买；如果大家都不买，认为这房子质量不好，有建筑隐患，那么我带头第一个买，我今天说的话，说了是算数的！”

我的话说到这儿，下面一片肃静。我接着说：“老师们如有问题下面可以自由提问！”本来很多人准备提问题的，因为我表了这个态，这时都不提了。我等了一会儿，看看没人再提问题了，我说：“时间不早了，今天是工作日最后一天，会议就到这里，大家早点回家吧！如果老师们还有不清楚的事，可以个别留下来继续问答。”会议就这么散了！

我想作为学校的一把手，既然自己不谋私利，姿态就一定要高，态度要坦诚，绝不能与普通教职工争利益。中国自古以来就有“其身正，不令而行，其身不正，虽令不从”的说法，从此以后，关于职工住宅问题的议论就消失了，一直到方山熙园住宅区建成，校园内风平浪静。

交购房定金那一天，学校规定交定金的最后截止时间是下午五点半。五点半后我打电话问财务处，房子都定了没有？财务处告诉我，一千一百多套房子只定了八百多套，于是，我是全校那天最后一个定了一套的人。

那天下班时，有两位校领导由于各种原因，还在犹豫。我说：“你们可以再想想，我先代你们把定金交了。”下班前我用自己的工资卡刷了三个人的定金。我的想法很简单，学校集资建房毕竟包含着一些

这是方山熙园教职工住宅区的低密度四层住宅，即房地产开发公司称的“花园洋房”。

福利的成分，不要错过这个机会。另外从工作角度考虑，更多的校领导在新校区边上有住房，有形无形都会有利于学校新校区的建设和管理。

又过了一年多，选房的那一天学校可热闹了，像过新年一样。方山熙园住宅区所有的房源，像超市里的商品一样全部张贴在学校礼堂的墙上，一房一价，需要认购的教职工，人人都有一个圆形的红色胶贴纸。

根据教代会主席团讨论结果，选房次序基本按工龄长短排队，没有限购的任何要求，你看中哪一套房子，将红色胶贴纸写上你的名字往上一贴，这套房子就是你的了！因为房源非常充足，教职工一个个选了出来都是笑呵呵的！

教职工的满意和快乐，这是对我最大的慰藉。即使经历了那么多的磨难和冤屈，一切都值了！

选房结束还剩余三百多套住房怎么办呢？我让教代会将挂在墙上的房源再停留一周，动员全校教职员工在一周内只要想明白了，任何时间都可以去贴一张有自己名字的红色胶贴纸，这套房子就是你的了！

过了阳历年底，除了留出40套住宅用于引进人才外，其他的房源都分给了三所附属医院。一附院就拿走了将近二百套，二附院和附属口腔医院也分别拿走了六七十套。

现在回头想想，大民主也有缺陷。因为这次住宅建设属集资建房性质，一切不同意见教代会主席团都按少数服从多数的原则决定，如：六层楼住宅要不要建电梯，或要不要部分楼栋建电梯，要不要预留太阳能上下管道，等等。结果都被教代会主席团否决了。

窗户材质用铝合金还是塑钢，尽管我一再解释，塑钢已经过时，新潮流是用铝合金，既美观又恒久。然而，思想守旧，决定了他们的选择也守旧。最后根据少数服从多数的原则，还是选择了塑钢窗户，真的太遗憾了。

方山熙园的住宅建成已十多年了，老师们告诉我“方山熙园最受益的是老年教职工和刚刚工作的年轻教师”。其实，这是可以想象的。

老年教职工多数把城里的房子让给子女结婚，老两口就住方山熙园，这里空气好，未来的附属医院就在边上，三步路就到了，远道交通有地铁多好啊！

年轻教师呢，毕业不久，经济上没有什么积蓄，而方山熙园的房子价格低廉，公寓楼一平方米均价才2390元，地点又在校园边上，正好适合他们，他们才毕业通过按揭就有了自己的住宅套房，多幸福啊！用他们自己的话来说，“谈恋爱砝码都不一样啦”！

一位车队的老驾驶员告诉我：“谢谢学校给我们每人发了一个一二百万元的大红包！我一辈子拿的工资加起来都没有这一个大红包的钱多哦！”这是教职工说的真话，也是感激学校的心里话！

教职工住宅区基本建成了。陈琪校长当年选择建附属医院，若干年后，不忘初心，抓住机遇，经过艰苦努力，在他任上也建成了“附属逸夫医院（南医大第三附属医院）”。这两件涉及学校发展全局的大事和难事的完成，为南京医科大学在未来新时代的发展奠定了十分重要的基础，提供了比较完善的教育教学条件和生活条件。

我相信“教职工满意，人心安定，学校前程一定可期”！

2017年8月8日 于扬中

1997年 1 月 9 日下午　　星期四

党代会代表资格工作会议。

1. 选举党代会代表 [illegible]

(1) 10年召开一届党代会，时间跨度大。

[illegible] 一个世纪 [illegible] 七大中间

[illegible]

(2) 这次是跨世纪的第一次党代会，[illegible]

[illegible]

(3) 七届代表 [illegible]

党代会。[illegible]

[illegible]

[illegible]

2. 选举党代会 [illegible]

3. [illegible] 选党代会 [illegible]

(4) [illegible]

党代会 [illegible]

[illegible]

[illegible]

[illegible]

细节决定了历史

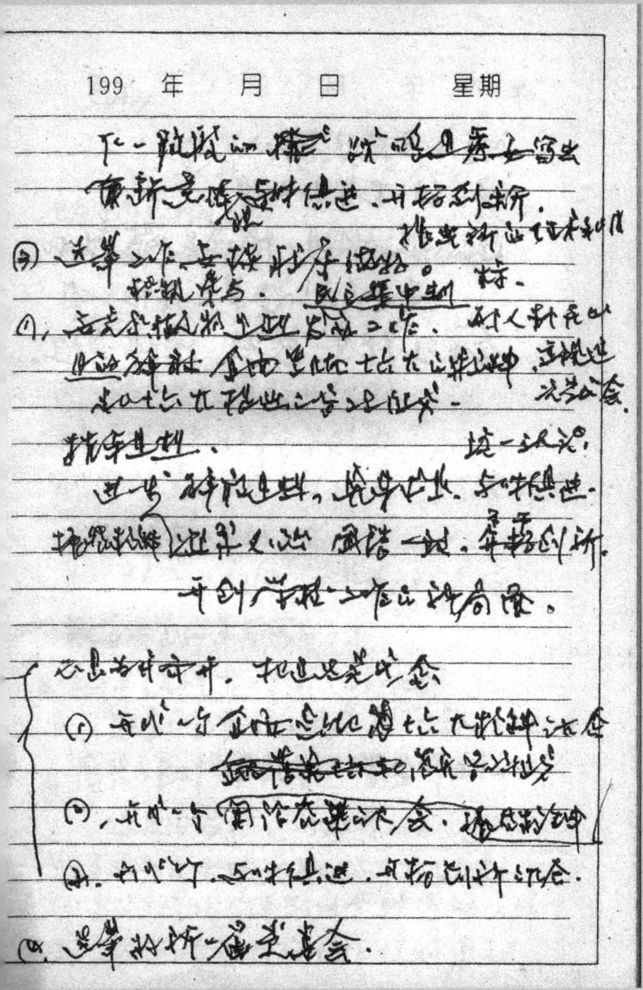
199 年 月 日 星期

这事发展的前前后后说明了，领导人的一些重要决策除了要有眼光，要有睿智和胸襟外，具体操作也一定要深思熟虑，要持重，哪怕是一些细微之处。

因为细节能决定事物的走向，细节也就决定了未来事物发展的历史轨迹，也就会有完全不同的历史结果。

我到南医大后，曾有许多人问过我，南京医科大学在全国医学院校的合并大潮中，怎么没有与综合性大学合并呢？是的，这确实是一件非常令人不解的事。殊不知其缘由却是一次轻率的举动，决定了各自学校发展的历史轨迹。那到底是怎么回事呢？

在我调任南京医科大学党委书记一职前，南医大曾经发生过一段合并与不合并的烦人事。

二十世纪九十年代中后期，全国在国务院科教领导小组的推动下，掀起了一股医学院校并入综合性大学的热潮。当时的合并理论是，世界一流的医学院多数在综合性大学里面，世界一流的综合性大学多数都有医学院。

据南医大的人说，那个时期在宁的一所著名大学派出一名教务长到南医大去，说与校长、书记谈兼并的事。当时南医大的校长、书记为一人所兼，他一听就很不高兴，两校合并这么大的事，居然该大学的校长、书记不出面，派一个教务长来谈，显然压根儿就没把南医大放在眼里，还没合并已把我们看成一个二级学院了。如此居高临下，傲气逼人，校长越想越生气，越想越恼火。

在学校的干部大会上，据参加会议的同志回忆，那位教务长讲了三点意见。一是南医大在全省本科高校里属二流学校，再奋斗也改变不了二流的地位；二是为什么南医大高考录取分数线会那么高，是因为大家都听说南医大要并入他们学校；三是别看南医大有那么多教授，如果用他们学校教授的水平来衡量，没有几个是合格的。

大家听了都很不高兴，这不是“门缝里看人”吗？作为一所独立的有六十多年办学历史的大学，一点尊严总还要吧！再说，我们也不是活不下去，在全省的省属高校中多少年了，我们的高考录取分数线都是遥遥领先的，还超过某些部属院校呢！根本不是什么听说合并的事以后才如此。

当时的校长有点个性，既然你们如此瞧不起人，那我们就决不合并，只要我还在任一天，就免谈此事，除非上面撤我职。如果用行政手段一定要硬搞，“那我就抱了南京医科大学这块牌子，从长江大桥上跳下去。”

这事过去后，那所名校也没有什么说法。据说后来就杳无音信了，从此不了了之。这都是我去南医大后才听说的故事。

多少年之后，有一次我在苏州昆山遇到曾任职于那所名校的一位副校长。一起吃饭时我问他：“既然谈两校合并如此大的事，当时你们怎么就派个教务长去呢？再说两校合并如此大的事，彼此间有些不同观点，这也正常。多沟通多商量争取慢慢消解，最后走到一起，这是很能理解的事。但后来你们学校怎么就一去没有音讯了呢？”

他告诉我说：“当时学校领导班子觉得南医大合并不合并进来都无所谓，就是合并进来也增强不了多少办学实力。甚至有人还说这是‘牛奶兑水’，稀释了学校的优势。所以认为合也行，不合也行，大家并不看重。既然南医大不愿意合并，那也就算了，确实也没当回事。哪想到十多年后，南医大现在发展得这样快，办学实力和条件会提升改善得这样快这样好呢？一年国家自然科学基金项目居然就能拿到 200 多项，从国家拿到的科研经费，光这一项就超过一个多亿。现在回过头来看，我们当时的做法是失策的！”

那次合并问题没有谈成，既然这所名校并不在乎什么，不合并也就算了！但随着南医大这些年的快速发展，这所名校似乎对合并问题，又越来越在乎起来了，并与南医大之间似乎形成了“一个心结”。

新世纪初，2002 年 1 月我到南医大任职。到 2004 年，这所名校突然提出解除与南医大共同培养七年制临床医学学生的协议。

这一决定对南医大来说犹如晴空霹雳，南医大领导班子一点思想准备都没有。

过去多少年，两校一直是各自分别招生，发挥各自的学科优势一起联合培养长学制临床医学的学生，双方协调得很好。前两年学生都到这所综合性大学接受基础课教学（该校基础课师资力量比较强），后三年两校学生都到南医大接受专业课教学（医大专业课师资力量比

医者仁心，这是新校区清水广场上的心形雕塑。

较强，那所名校成立医学院不到二十年，专业课教学师资缺乏），最后两年学生回到各自学校的附属医院临床实习。多少年了，一路走来都很平稳，怎么一下子突然变故了呢？

南医大陈琪校长为此专门前往该校，拜访了该校的校长，了解其中的缘由，并一再表达希望能继续联合培养的恳求。结果被对方一口拒绝，而且没有丝毫商量的余地。理由是教学资源紧张，不能再接受南医大联合培养临床医学七年长学制学生了。

如果真如他们说的那样，倒也可以理解。问题是其与其他高校如中国药科大学、南京中医药大学长学制学生的联合培养并没有停止，这让南医大人感到很伤自尊。个中原因不言自明，旁观者都完全可以从中意会出来！

因为这所名校莫名其妙的拒绝，南医大与该校临床医学长学制学生的联合培养不得不终止了，两校之间的感情距离也就拉大了。两校“鸡犬相闻”，却不相往来，成了你走你的“阳关道”，我走我的“独木桥”。

又过了一年，南医大建议两校共同申报培养本硕博连读的八年制临床医学专业。因为，当时全国很多省的高校都有培养八年制本硕博连读临床医学专业的资格，而江苏作为一个社会经济发展水平在全国名列前茅的省恰恰没有。这又是怎么回事呢？

这完全是教育部的政策造成的。根据教育部的要求，申办八年制本硕博连续培养临床医学专业的高校，必须具备两个条件：一必须有临床医学一级学科博士授权，二必须是教育部直属高校。这第二条显然是不公平的，是对省属高校的歧视政策。能否办八年制本硕博连续培养临床医学专业，应该凭学校的教育质量、教学水平和办学能力说话，怎么能以“出身”和“血统”来划分呢？教育部似乎成了部属院校的教育部，而不是中华人民共和国的教育部，实在让人匪夷所思。

而在南京的这所名校是教育部直属高校，但当时尚不具备临床医学一级学科的博士授权。而南医大早就具有了临床医学一级学科博士授权，但可惜“出身不好”——省属高校。所以两所学校都不符合独立申报八年制本硕博连续培养临床医学专业学生的条件。于是，江苏就成了全国没有资格办八年制本硕博连续培养临床医学专业的“第三世界”，这与江苏社会经济发展水平在全国的地位是极不相称的。

在这种格局面前，从江苏省全局考虑，南医大建议两校联合申报八年制连续培养临床医学长学制专业。因为，两校优势互补，一所是教育部直属高校，一所具有一级学科临床医学博士授权，可以满足教育部的要求,为江苏争得本硕博连读八年制临床医学专业的培养资格。这对两校来说完全是“双赢”的事。培养方式上可以和以往的七年制一样，分别招生共同培养，为江苏培养更多高层次的医学人才。

这么好的事情，南医大这么良好的愿望，却没有得到这所名校的积极响应。我们想不明白，对国家、对地方、对学校都是有利的事为什么不做呢？等待许久百思不得其解。最后只能归结于一种中国人心态的劣根性：“我宁可没有，也绝不能让你有！”

又过了一年，南医大给省政府打了一个报告。为配合江苏省“十一五”建设医药大省的发展战略，我校申请在原“江苏实验动物中心”(地点在南医大)的基础上建设“大动物实验基地”。因为新药的研发必须要做大动物实验，这是不可或缺的重要环节，只有做了大动物实验后，新药才能进入临床一期和临床二期实验。

过去由于我国经济实力不够，多数只能做小老鼠实验，从科学角度讲显然是不合乎国际规范的。国家一再强调要与国际接轨，现在国际上不做大动物实验的很多论文都不能发表，更不用说新药进入临床一期和二期实验了。所以我们建议尽快补上这个环节。这也是我省成为医药大省必须迈出的重要一步，而且是不可或缺的。既然如此，那么，这一步江苏与其迟迈不如早迈！

南医大的报告得到了省科技厅、教育厅、发改委和省政府的一致同意，该项目的立项被批准了。在学校自筹3000万元的基础上，省政府同意拨款5000万元支持该项目建设，地点就设在南医大江宁新校区。

正在我校积极筹备规划设计该项目的时候，突然得到消息，说省委暂停了该项目。当时我们听了一头雾水：好好的项目刚批下来，怎么就叫暂停呢？这是怎么回事？

到省委省政府一了解，原来这所名校听说南医大要建设江苏大动物基地，这可是新时期富有战略眼光的举措，是贴近“江苏十一五发展规划”的创新之举，怎么能被你们抢先一步呢？那怎么行？要建也要建在该校。于是通过各种途径到省委省政府反映，说南医大建江苏省医药动物实验基地与该校的模式动物实验室是属重复建设。

这是建成后的江苏省医药动物实验基地，也是目前我省唯一可做大动物药物实验的基地。

省委领导不懂得该专业领域的具体业务，这是可以理解的，被他们一“忽悠”，说南医大投资七八千万元的项目是重复建设，那还了得？马上批示暂停执行该项目。我们听说了觉得很冤枉，小老鼠模式动物实验室怎么和医药大动物实验基地是一回事呢？完全不在一个平台上啊！

于是我们又急急忙忙找了省委省政府领导仔细解释，并又一次提交了报告，更有针对性地详细说明了两者的区别，以及建设该项目对江苏实现医药大省发展战略的重要意义和作用。在我们的一再解释和要求下，省委负责人才勉强同意，由省科技厅、教育厅、发改委重新全面论证该项目。

其实，省科技厅、教育厅、发改委作为省政府的业务部门完全清楚该项目的来龙去脉，也完全了解该项目建设的重要性、迫切性。但既然省委主要负责人说了要重新论证，只能重新论证了，一切又从头再开始。由此一耽搁，该项目被拖延了将近一年。

这事在南医大的教师队伍中很快议论开来了，引起了广大教职工对那所名校的反感，甚至有些义愤。认为“兄弟”间太不够意思了，“老大”怎么能如此捣蛋呢？最后，虽然项目还是批下来了，但省里资助的经费少了2000万。这种捣蛋的事如果是个别教师所为，也就罢了，据说还是有身份有地位的校领导反映的，多丢脸啊！这种谎言与名校的地位相称吗？

时间又过了一两年，两校之间的关系到2008年又出现了一些变化。这所名校这些年在全国高校综合实力的排序上不断往下滑坡，他们认为，参考国内名列前位的几所高校发展经验，这与该校没有兼并具备一定专业优势的高校有关，所以这时他们对兼并高校的看法不一样了。

这是教师学生在校内自发贴出的反对两校合并的标语，标语上还都签了名。

2008 年 8 月的一天，该校主要领导亲自打电话给我，说要谈两校合并的事，我理解他也许想挽救两校合并的事。我与该校主要领导是同一年在同一所高校一起本科毕业的，以前大家都相处得很好，这些年各自工作繁忙交往得少了。

那天，我正在省委党校听报告，我想此事不是三言两语能说明白的，于是建议两人专门找个时间好好聊一聊。没想到过了半个小时，他又来电话了，说希望能马上定下来。我想这么重大的事，怎能一个电话就这么简单又急迫地定下来呢？不广泛听听意见，领导班子不认真研究统一认识，不向上级领导汇报，怎么就能轻易答应如此重大的问题呢？但既然对方的主要领导如此急切，这时我只能走出会场，就在手机里简单扼要地给他谈了我的想法。

我把这几年两校之间发生矛盾的几件事回顾了一下，并说了目前南医大教职工与学生的看法和情绪，现在谈合并显然不具备条件。两校合并的事，从目前看来不能急，我建议从两校合作开始，在共同合作中改变看法，消除隔阂，增进感情，到一定时候才水到渠成。

他在电话里也坦率地说，关于江苏省医药实验动物基地的事很抱歉，是他们学校做得不对，今后保证绝不会再发生。

他接着问我：怎么开始合作呢？我还是提了，首先从联合申报八年制本硕博连续培养临床医学专业开始，对江苏有利，对两校都有利。后来，他们班子听后是怎么想的，我不得而知，但此后就又没下文了。

网上老百姓议论：“若用一句话来概括两校合并的事，用‘昨天的我你爱搭不理，今天的我你高攀不起’来形容，最贴切不过了。”其实，这不是高攀的问题，实际是机会与情感“纠葛”的问题。

当时我觉得，在两校感情有隔阂、教职工情绪对立的情况下，商谈两校合并的事，显然是不适宜的。因为，这不仅仅是领导班子的问题，更重要的是广大教职员工和学生的情绪比较大。

另外，我也一直在考虑两校合并与不合并的利弊得失。说真的，当时我想，南医大虽然不是我个人的，都是党和国家的，但作为学校现任的一把手，一定要对它今后的发展和未来的前途负责任。既然发展是硬道理，那么，在现有的条件下，到底是合并对学校发展有利，还是不合并对学校发展有利呢？

就在那段时间，我分别接待了中国医科大学和哈尔滨医科大学的两个考察调研组。他们为了决定是不是与东北大学合并、与哈尔滨工业大学合并的问题，开展了全国范围内合并与尚未合并医科院校发展状况的全面调研。他们两个调研组分别走访了全国十多所具有代表性的医学院校，最后一站都到南医大，我先后接待了他们。

据他们调研的结果，并入综合性大学的原卫生部直属十所医学院校，从目前的情况来看，学校的发展状况多数不好，表现出来合并后的问题比较多，发展比较慢。而没有合并继续独立发展的几所医学院校，发展得都比较快。发展才是硬道理，所以，这两所医学院决定不再走合并之路了。

从他们调研的情况来看，并入综合性大学的医学院校发展得都不太好，原因固然很多，但从表现出来的问题看，主要原因有三点：一是没有处理好合并后带来的各种矛盾和问题；二是还没有找到医学与其他学科之间交叉和融合的新路子；三是学校原有的文化历史被割裂了。

例如，综合性大学领导班子，包括教职员工，对办好医学教育的认识与原医学院校人员之间的认识差异很大，经费拨款时给医学院做一点倾斜以为就够意思了，殊不知医学教育是花钱的“老祖宗”。

举个例来说吧，美国常青藤高校宾夕法尼亚大学，其校内最有名的是沃顿商学院和医学院，2007 年我考察“宾大”时，分管财务的常务校长告诉我，学校全年预算是 36 亿美元，而其中医学院的预算是 21 亿美元，将近占到了全校总预算的 60%。为了证明让我吃一惊的财务预算的真实性，他们把学校全年财务决算的报告全文都打印给

南京医科大学新校区的图书馆，也是新校区里的标志性建筑。

了我。这样的比例，对我国综合性大学来说，几乎是不可想象的事。

在这样的情况下，从对学校负责的态度出发，我也产生了再看一看的想法。还是先从合作开始，留有一点回旋的余地，不要急急忙忙马上商谈两校合并之事。

几年后，省委省政府大概觉得一个全国社会经济发达的省份，具有代表性的“985”高校居然在全国的排序不断往下掉，实在是没有脸面。省委书记在退下来前的最后几个月，强力推进南医大与那所名校的合并。这时我以个人的名义给省委书记、省长呈送了一封信，表达了我对两校合并问题的客观分析、意见和态度（见附件）。

最后两校没有合并成，这并不是我的意见起了多大的作用，而主要是教育部的意见起了决定作用。教育部认为，全国很多医学院校并入综合性大学，共有四种模式，但十几年过去了，从实践下来的情况看，至少到目前为止没有一种模式是成功的。所以教育部主张医学院校已合并的就合并了，尚未合并的就暂不合并了，再经过一段时间实践，看看不同体制模式下医学院校的发展情况。

除非江苏能创造出第五种模式，合并方式有新思路、新特点。然而，前面四种模式之间，本身差异性就已很小，哪能想出第五种模式呢？于是就卡在了想不出第五种模式上。实际上是通过行政手段使医学院校合并的模式，目前实践的结果让很多人感到困惑！

再说，当时南医大如果与这所名校合并，国家不少部门认为不符合我国高校改革的方向。当时很多原部属高校除少数划转给教育部之外，多数都放到各省去办了，如原属化工部的南京工业大学、原属农林部的南京林业大学、原属邮电部的南京邮电大学、原属审计署的南京审计学院等等。现在要将省属的南京医科大学并入部属院校划归教育部，这显然是属“逆向改革”，国家发改委就首先不支持。

国家发改委不同意给并入的南医大下达招生指标，省委书记强力推进时说那就用省的招生指标；财政部不可能给并入的南医大划拨经费，省委说那就由省财政另外下达经费；国家劳动人事部也不可能给合并后新增加的人头编制，省委又说就用省人事厅的人头指标。尽管省委书记急于想办成此事，但人家就问了：人财物都是省里的，那这种与部属高校合并算哪一版呢？有意义吗？办成“一校两制”？能办好吗？在诸多矛盾中，省委最终只能作罢了。

这些都是后话了。

我们现在回过来看，如果二十世纪九十年代这所名校不是派教务长前去谈判两校合并的大事，而是校长，或者书记亲自“礼贤下士”到南医大谈合并的事，也许会是完全不一样的结果，后面一系列的事也就不会发生。就是因为当初这所名校不以为然的轻率之举，却决定了两校完全不一样的各自发展的历史与轨迹。

2015 年国家公布自然科学基金项目评审结果，这所名校获得 357 项，在全国高校中排列第 14 位；南京医科大学获得 272 项，排列全国高校的第 21 位。如果两校合起来就是 629 项，在全国可以稳居第一或第二。所以，这所名校后来着急想要合并也就可以理解了。然而历史就是历史，是定格了的现实，是无法改变的。

确实二十世纪末，曾出现过两校合并的机遇，但就因为一个谈判人员的规格问题，反映了不一样的态度，结果失去了这个历史机遇。历史告诉我们，同样的历史机遇是不会有第二次再现的，一旦失去，也许就永远失去了。

管理科学告诉我们，管理世界的时间不是我们平时计量的牛顿时间，即没有方向的，是可以重复的。管理世界的时间是柏格森时间，它是有方向的，一去不复返的，永远不可重复的。就如中国人俗话说的“机不可失，时不再来”，因此时间就有了价值。既然不能重复，一去不复返了，那么，怎么可能同样的机遇会重复出现呢？

也有人这样说，如十几年前合并了，也许其他合并的医学院校发生的悲剧也可能在南医大身上重演，也就不可能拿到那么多国家自然科学基金项目了。此话也许不无道理，也可能没有一点道理，但都只是假设而已，而历史是不能假设的。

这事发展的前前后后说明了，领导人的一些重要决策除了要有眼光，要有睿智和胸襟外，具体操作也一定要深思熟虑，要持重，哪怕是一些细微之处。

因为细节能决定事物的走向，细节也就决定了未来事物发展的历史轨迹，也就会有完全不同的历史结果。

2015 年 6 月 15 日 于南京

附：

曾经给省委梁书记、罗省长的一封信

梁书记、罗省长：

你们好！学校新学年开学了，教职工议论纷纷，人心浮动，一片乱象。因为，×× 大学领导在中层干部会上宣布了，“下半年南医大要并入我校”。该消息很快通过各种渠道传给了南医大教职工。

此消息一传出，不少高校目前已开始以各种优厚条件到南医大来“挖人”，不少学科带头人已在考虑自己的去留问题。原本引进的高层次人才，也暂不报到，在作壁上观了。见此状况我很忧虑，这是十多年来从没出现过的景况。

我作为退下来的党委书记，学校的大事本不再操心，但毕竟曾为学校的发展付出过，感情笃深，考虑再三，还是给你们写一封信。因为：

第一，南医大这些年来在省委省政府的支持下呈现了跨越式发展。用原卫生部蒋作君部长在2006年一次卫生部座谈会上的讲话来说，“这些年并入综合性大学的医学院校，没有一所能和南京医科大学的发展速度相比”。他此话是有依据的：

学术发展成果 \ 年份	2002 年	2010 年
一级学科博士授权数量（个）	0	5 （已覆盖除中医外所有的医学学科和药学学科）
二级学科博士点数量（个）	7.5	41

续表

学术发展成果 \ 年份	2002 年	2010 年
国家重点学科数量（个）	0	3
国家自然科学基金项目数（个）	15	145（全国列第 34 位）
国家杰出青年基金项目数量(个）	0	4
国家重点实验室数量（个）	0	1
部省共建重点实验室数量（间）	0	4
发表 SCI 论文数量（篇）	23（列全国 110 位后）	354（列全国第 58 位）

另外我们自己还培养了一名两院院士，一名长江学者，国家“973”和“863”首席科学家各一名，获国家科技进步奖两项等等。在 2009 年教育部权威发布的学位与研究生教育发展中心对全国一级学科整体水平评估排名，南京医科大学共有 4 个一级学科参评，其中公共卫生与预防医学在参评的高校中名列第四、口腔医学名列第八、基础医学名列第九、临床医学名列第十四。医学界几乎一致认为南医大是这十年来料想不到闯出来的“一匹黑马”。这么好的势头如果夭折，实在让人痛心疾首。

第二，2007 年中国医科大学和哈尔滨医科大学曾为是否并入东北大学和哈尔滨工业大学展开了全国范围内的调研。两校分别调研了八所和六所医学院校，结论几乎一致。并入综合性大学的医学院校绝大多数发展得不好，甚至处在萎缩状态，只有北京医大和浙江医大发展得还可以。原因有三，一是有历史渊源，二是保持了相对独立性，三是增加了经费投入。遵循小平同志提倡的“实践是检验真理的唯一标准”，最后这两校说服政府选择了继续独立发展之路。

第三，2006年陈至立在访问美国宾夕法尼亚大学时，该校教师提出对中国高校合并持不同见解，陈至立回答说，中国医科院校并入综合性大学已有十年了，现在确实要进行总结和反思。

由于实践的证明，目前教育部内，对医学院校并入综合性大学的反思声较大，而维持目前现状的声音更多，所以，医学院校并入综合性大学的风潮实际上已经停止。

第四，2006年 ×× 大学单方面终止了多年来两校共同培养七年制临床医学学生的协议书（由于合并不成），南医大虽一再恳求，然遭该校断然拒绝，一点不留商量的余地，却保留了中医药大学和药科大学的长学制学生，让南医大人感到很伤自尊。

2007年又罔顾事实散布言论，说什么南医大的“江苏省大动物实验基地”建设与 ×× 大学现有的模式动物房是重复建设，致使重新论证，省政府拨款整整推迟了一年多。其实两校的动物实验是小动物和大动物的区别，省科技厅也认为正是江苏成为医药大省迫切需要的互补项目。南医大的教师们为此都深感义愤。在这种情势下欲强制合并两校，定会出事，至少要让时间来慢慢淡化情绪上的隔阂。恳请政府一定要慎重！

以上是我的一点想法，妥否，请梁书记、罗省长批评。

祝你们健康！

南京医科大学原党委书记　陈国钧

2010年8月30日

1964年5月13日 下午　星期三

民主党派学生支负责人座谈会

向各民主党负责人通报学校工作计划的中大学和进度情况。

1. 王良在江报学校中出“二八”情况[illegible]

2. 要收集……学校五种不学会在计划[illegible]

3. 评价学生教研中出现（[illegible]）

4. 校庆的筹备情况

反映的问题。

王[illegible]：

学生党员的[illegible]，[illegible]的[illegible]教育，[illegible]的问题。

教学上的[illegible]，[illegible]。

章[illegible]。

吴[illegible]：[illegible]的问题，[illegible]

校董的心愿

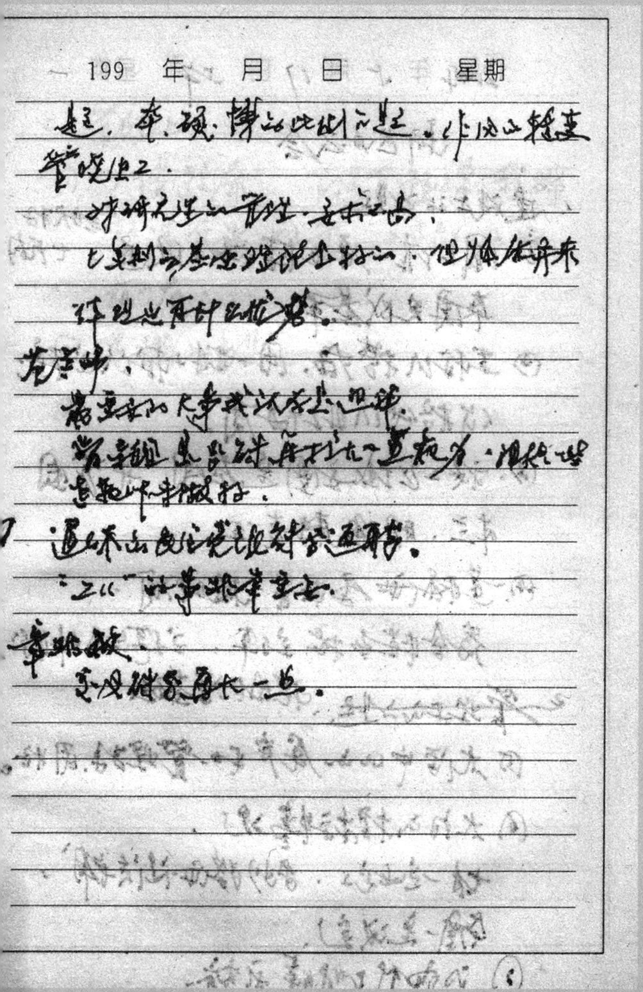
199 年 月 日 星期

何为“奉献”？奉献就是不计回报的给予，人们常说“崇高”的伟大之处就在于它的“无私”，今天终于让我体会到了，也让获得捐助的同学们感受到了。这就是企业家的一种品格，一种素养，一种价值观。

这些年每到深秋季节，当校园里银杏树抹上金黄色时，我的心灵都会被深深地打动一次。因为在南京第一股寒流袭来的前夕，两位校董总会给南医大贫困生捐助一批新款的棉衣。今年已是连续捐助的第十五个年头了，总数已达到 6435 件，算算总价已近千万元了。

说真的，每到捐赠棉衣这个时候，我被深深地感动的同时，既很高兴、很宽慰，也很感激，但也有不安。

为什么呢？说高兴与宽慰，因为每年看到又有几百名贫困学生（其中包括了学校的本科生、研究生，还有国际交流学院的留学生）在南京的寒冬即将来临时，能穿上一件御寒的新棉衣，我和同学们一样感

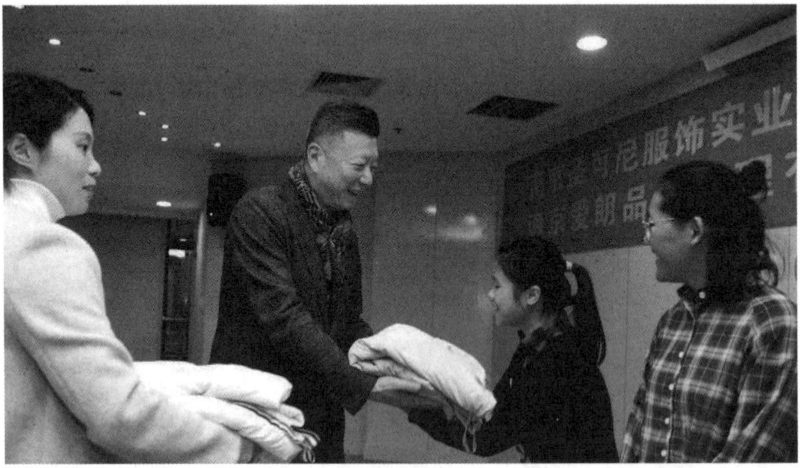

南京圣可尼服饰实业有限公司的谈振国董事长给贫困学生捐赠新棉衣。

到高兴、感到快乐，也感到温暖，就像穿在自己身上一样。

我曾经做过一次调研，说没有一件棉衣的贫困学生是极少数。但很多是只有一件棉衣，而且很多人的棉衣比较单薄，特别是来自南方各省的贫困学生，他们的棉衣难以抵御南京冬天的寒冷。所以两位老总会在第一次寒流到来之前，特地赶来学校亲自给贫困学生捐助御寒的棉衣，年年如此。对这些贫困同学来说，真是“雪中送炭”，实在是一件功德无量暖人心窝的事。作为老师的我怎会不感到宽慰和高兴呢?

在感激的同时，我也很矛盾，有些不安。因为，这两位多年的朋友每年都给我们学生捐助几十万元的棉衣，今年我估算了一下大概又要五六十万元。但我与我们在校的老师和同学们都无法做一点有助于他们的事，就拿我来说，既不懂服装生产，也不懂销售，更不懂设计，帮不了他们任何忙。这凭什么要人家每年捐赠那么多棉衣呢？再说，社会的经济潮涨潮落，市场有盛有衰，市场行情对企业也有顺有逆。前些年国家在经济结构调整时期，服装市场状况不尽如人意。这两年的新冠疫情对两家企业来讲，更是雪上加霜，打击不小。但两位老总却还是坚定不移地对我说“一如既往”“继续捐下去”。

特别是去年，2020 年是一个特殊的年份，新冠疫情对所有企业的经营管理都不可避免地带来了冲击，不少企业都到了难以为继的地步。上半年很多企业都处于亏损状态，全靠国家的政策优惠得以维持。在这种情况下，我想这一年的棉衣捐助就暂停吧！我把这个实事求是的想法用微信发给了两位老总。

我在微信里说：“谈总、孙总：你们好！今年捐助贫困生棉衣的事，按我的想法就暂停吧！因为今年的疫情对各企业的生产经营影响都比较大。我的建议是实事求是的，谢谢你们十多年来连续对学校贫困生的捐助，这是慈善家的伟大之举。最后我代表受捐助的学生再次谢谢！”该微信我是 2020 年 9 月 24 日晚上 10：50 发出的。

谈总在晚上 11：28 给我回微信说：“陈书记好！今年的疫情对企业的确影响较大，倒了一批经营管理不善的服装企业，但请书记放心，这不会影响我们的爱心捐助。捐助之事，继续不变！”

孙总在当晚 11：40 回微信讲：“老陈书记，此事我们大家已坚持十几年了，还是坚持一起做下去吧！疫情对企业是有些影响，但相信很快就能过去，这不是问题。特别是在这次疫情期间，看到广大医务人员的自我牺牲和奉献精神，我也甚是敬佩，也应该为未来的他们做一些力所能及的小事，这样自己也心安一些。谢谢陈书记！”

他们的回信让我非常感动，从中也慢慢理解了。也许我还是商品经济条件下等价交换的思维逻辑，而他们已超越了商品经济的价值思维，跨上了更高一层精神追求的境界。他们把捐助看成是企业家的一种社会责任和义务，宁可自己企业精打细算降低损耗（甚至会计算多用一个纽扣会增加多少成本），自己千方百计克服困难，而把爱心无私地奉献给这些素不相识的而又需要帮助的贫困学生。为此我还能说什么呢？我为我的朋友感到无比骄傲。

何为“奉献”？奉献就是不计回报的给予，人们常说“崇高”的伟大之处就在于它的“无私”，今天终于让我体会到了，也让获得捐助的同学们感受到了。这就是企业家的一种品格，一种素养，一种价值观。

十多年前，我是因朋友陈亦江的邀请，到“圣可尼”服装厂去参观的。那天参观经过工厂仓库前的广场时，看到他们正在处理从仓库里清理出来的一大批因尺寸断码、服装过季或款式过时，往年没有销完的库存棉衣，仅仅打一折二折就处理给小商贩了。

当时我就想，好好的衣服三文不值二文地处理了，多可惜啊！见到这个场景，我蓦然联想起冬天的早晨新校区空旷的校园里，寒风中穿着单薄的衣服两手抱着书本瑟瑟发抖赶往教室的贫困学生。我也回忆起自己小时候冬天上学时没有棉衣，同样的境遇中用一路跑步来抵御刺骨的寒风，躲进了教室不敢再出来的滋味，至今难忘。联想与回忆的交织，我心里就想：这些衣服不知老总愿不愿意捐助给我们学校的贫困学生呢？

我这个人平时与人交往时，还是很注意言语的体面，要适合自己的身份，从来不会为自己向别人讨要过什么。尤其此时，如果我开了口让人家为难，那会多丢脸和尴尬！

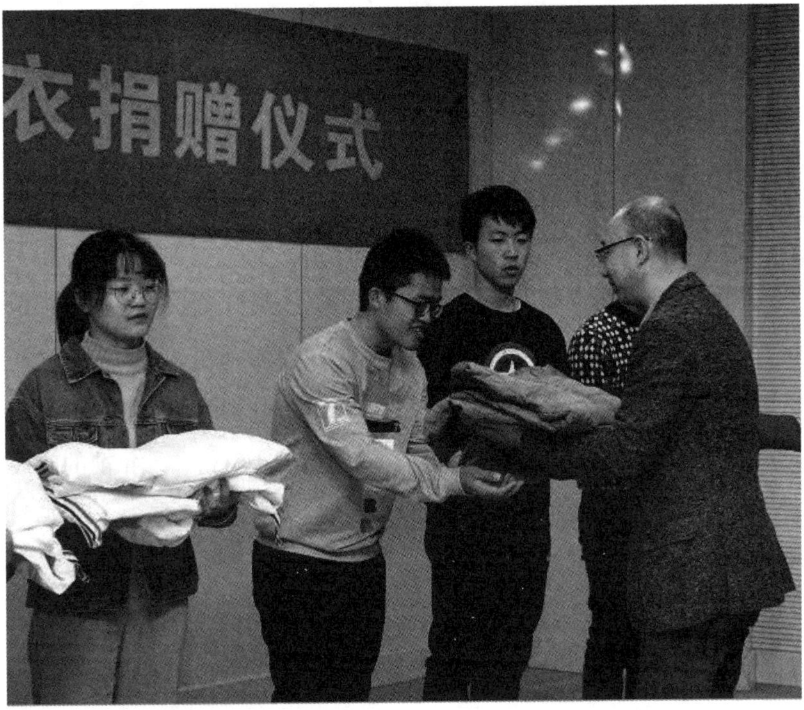

南京爱朗品牌管理有限公司的孙总，在南京的寒冬到来时，给学生捐赠新棉衣。

但新校区贫困学生晚饭就打一碗免费汤吃两个馒头的场景浮现在眼前，出自教师对学生的一种特殊感情，我顾不了那么多，厚了脸皮，斗胆对谈总说了出来："你……你这些过了季的棉衣，还愿意捐……捐助给学校的贫困学生吗？"我结结巴巴的话音刚落，没想到谈振国董事长、总经理没加思考当场一口应诺："没问题啊！完全可以！"这掷地有声的承诺，着实让我听了很兴奋，也让我长长地舒了一口气，像压在心头的一块石头落地似的。

后来的事，完全是我想不到的！

让我没想到的是，"圣可尼"公司专做女装，谈董事长想总不能只捐助女同学呀！于是他很快就相约做男装的南京圣迪奥时装有限公司（后来改为南京爱朗品牌管理有限公司）的总经理孙兵协商此事。孙总听说了，也二话没说就一口答应了。其实那时我和孙总只是见过一面，还不是很熟悉。

让我更没想到的是，当年第一次捐助的棉衣，居然全部是当年生产流水线上才下来的新款棉袄，根本不是库存的服装。这种做法年年如此，一直延续到现在。

我这个人平时穿服装不太讲究，对品牌不品牌更是"文盲"。到这时才知道，"圣可尼"和"圣迪奥"原来是南京地产服装中特别好的两个品牌。产品都已进了德基广场这样的精品柜台。当时我认为捐赠的棉衣没有必要如此时尚和奢华，只要能御寒就行，一年前的款式或过时的流行色对学生来讲有什么关系呢？御寒的功能不都一样吗？但他们两位老总却不是这样想的。

他们认为贫困学生因家庭的一时经济困难，在社会上容易有自卑感，因此无论如何不能捐助往年库存的旧款，一定要用当年鲜亮的新装打扮他们，鼓励他们自尊和自强。心理上的鼓励，说不定由此能改变他们的人生道路。两位校董如此用心，考虑得如此细致入微，着实让我很感动。

捐赠的新棉衣一定要合身，这是两位老总一生追求的境界。为此，事前他们还要了每位受捐助学生的身高和体重，根据经验给每位贫困生匹配了相应的尺码和型号，把这份爱心做得舒适圆满。后来为了体现当代大学生的气质，还专门为贫困大学生设计了一款收腰一手长的新款棉衣，在胸口还贴上了南医大的标志，追求尽善尽美。

在捐赠仪式上，两位老总在讲话中，语重心长地对同学们说，一时的家庭贫困是人生无法选择的，有时也是人生中难免的。两位老总介绍自己也都经历过贫困。谈董事长是靠国家的助学金才念完了大学，孙总清楚地记得自己幼年时没有棉被盖的日子。

贫困不是人生的缺点，而是人生的一种财富，是一种人生的阅历，而且是很宝贵的人生历练，是用钱买不来的历练。俗话说“穷则思变”，正是贫困的生活环境，激起了人的奋斗精神，立志改变环境，改变自己的命运。

他们鼓励同学们不要埋怨贫困，不要气馁，不要自卑，要努力自强自立，靠自己的奋斗去改变现状，改变自己的人生道路。两位老总讲的人生哲理多好啊！要比我们苍白的说教强一百倍。

从两位老总的义举和事业发展中也能悟出点道理。两家企业每年给我们同学捐助几十万元的棉衣，从经济角度上来讲，应该是一个不小的经济压力。但两个企业十多年来却越做越好，越做越大。“圣可尼”从我认识时年销售两千多万，到后来近三亿；“圣迪奥”发展到现在的“爱朗品牌管理有限公司”销售额做到了近五六亿，这是为什么呢？中国人肯定会说“恶有恶报，善有善报”！西方人会说“做了善事，有上帝护佑呗”，这是从因果报应来讲的。

这是捐赠新棉衣的两位老总与受捐赠的贫困学生在一起的合影。

其实，这也是合乎逻辑的社会结果。因为正直、善良、有爱心的人在处理个人与社会、自己与他人之间的利益关系时，心态不一样。他总是先想到社会责任，先想到帮助别人。那么，你乐于助人，别人也会乐于助你，你善待社会，社会也会善待于你。人们常说“得道多助，失道寡助”，这恰恰是企业的经营之道、成功之道。

“圣可尼”公司的员工每年九月份就会开始议论，甚至提醒董事长，今年捐助大学生的棉衣要开始准备啦！这说明董事长的助学行动已感染员工，已深入人心，“同情困难学生，帮助贫困学子”这种美德已成为一种企业文化，成为一种企业精神，这样的公司怎么会不发展呢？怎么会发展不快呢？

我在捐赠仪式上讲，同学们从中也可得到启发，做人也要学会大度，学会关爱，学会奉献，哪怕是不同方式的一点一滴，做一些自己力所能及而有益于他人的事。希望同学们一定要记住！将来哪一天你有能力时,别忘了也去帮助和资助社会上素不相识而又需要帮助的人。这是一种人生观、一种生活方式，是一种文化。

感恩是爱的种子、善的力量，我希望大家都像这两位校董那样做爱与善的传承者。就像一棵优良植物，成熟后把繁殖的种子又撒向周围肥沃的土地，形成了一个优良的种群，继而不断繁衍扩大。如果说今天两位校董、两位慈善家在每位受捐助的同学们心田播下了一颗爱的种子，那么希望未来在同学们的身上能生根、发芽、开花、结果，再把爱的种子撒向四面八方，让中华民族的优秀品德代代相传，让我们生活的社会充满爱的温馨和善的乐趣。

2020 年 11 月 25 日 于连云港

199 2004 年 12 月 29 日 上午 星期 三

离退休人员[illegible]迎新茶话会

一、2004年一年的工作[illegible]校长的讲话；

二、[illegible]汇报。

(一) 学校今后的发展是一个关键时期，近十年[illegible]学[illegible]，[illegible]人[illegible]的结果。[illegible]

(二) 学校的发展[illegible]的[illegible]，[illegible]

[illegible]

(三) [illegible]

[illegible]

[illegible]

[illegible]

一、今年[illegible]的[illegible]。

[illegible] (一)、[illegible]学校[illegible]年[illegible]发展

[illegible] [illegible]（[illegible]）

(二)、[illegible]

[illegible] [illegible]。

(三) [illegible]

[illegible]

正确对待教师的名利观

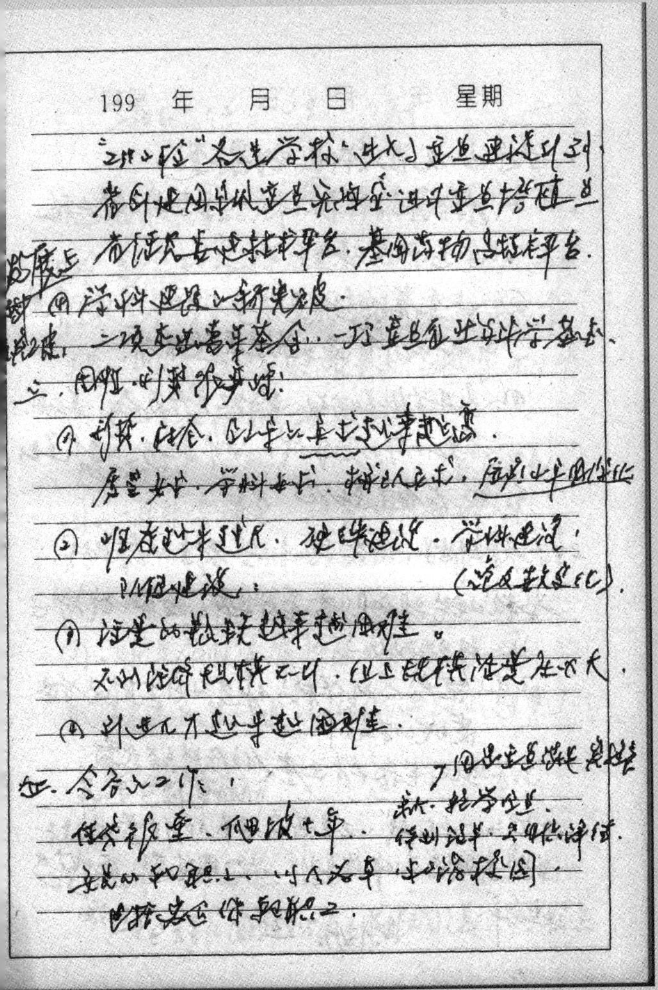
199 年 月 日 星期

既然名利问题是客观存在的，追求名利又有本身内含的进取心与积极性，那么高校党委要做的工作就是将教师队伍中客观存在的名利性，以及其中包含的进取心和积极性与国家需要、社会需求以及学校发展、学科发展、教育质量提高、科研水平提升一致起来。这难道有什么不好吗？

我们这届班子在任九年，学校的科研项目和科研能力发生了大跨越，在国家的重点学科、重点实验室、国家“863”项目、“973”项目、两院院士等方面都取得了突破。有人问我是怎么做到的。我说关键是领导班子思想认识的改变。

多少年来，教师的名利观是一个很忌讳的话题。特别是在“以阶级斗争为纲”的日子里，“臭老九”与“追逐名利”是画等号的，都在批判之列，根本不可能提及。在改革开放的历史背景下，人们开始逐步意识到应该正确认识社会主义初级阶段的个人名利问题。但由于历史上的阴影，生怕触及自由化和资产阶级腐朽思想，依然很少有人敢谈及。

而我认为正确对待教师的名利观，是高校党委解放思想实事求是，在新的历史条件下做好教职工思想工作，调动教师积极性，团结一致谋发展，凝心聚力搞建设的一个根本思想节点。

无论是加快学校的教学改革，还是深化校内管理体制改革，对教职工名利问题的处理，直接涉及学校改革发展的大局。如果我们处理得好，改革发展将会事半功倍，如果处理得不好又会事倍功半。而处理得好不好的关键，我认为在于领导班子的思想认识。

在社会主义初级阶段商品经济条件下，高校教师摆脱不了名利问题，这是客观的，不可避免的。在学校改革发展中，回避名利问题，

南医大为纪念建校七十周年，由校友们捐款在五台校区建造的“岁月阁”。

采取不承认主义，或者若无其事，熟视无睹，我认为是一种不作为，是不现实的，不科学的，也是不实事求是的。

小平同志在改革开放初期，为调动广大工人、农民、知识分子的积极性，排除思想顾虑，一心一意奔小康，提出了“让一部分人先富起来”的口号。“让一部分人先富起来”实际上也就是在经济利益上，承认了社会生产活动中存在个人名利的客观性和合理性。

人们争名趋利，中国自古以来就有很多文人墨客阐述过。如司马迁说“天下熙熙，皆为利来；天下攘攘，皆为利往”。孔子也说过“富与贵，是人之所欲也”“贫与贱，是人之所恶也”。谁不想过上富裕的好日子呢？谁不向往盛名和实利呢？

其实，马克思主义也不否认个人名利问题的存在。马克思在著作里曾强调过，“人的需要即人的本性”。他指出“人的本质是人的真正的社会联系”“是由于有了个人的需要和利己主义才出现的”。就是说否定个人需要和利己主义，否定私有财产，是不符合人的本质或人性的。这些论述无疑是深刻的、重要的。

承认教师队伍有名利问题，并有趋利性，并不否认高校教师队伍中有忠诚于党的教育事业的优秀分子，不求名利，不图报酬，无私奉献。历史上的仁人君子，也多有“不羡钱财，不慕富贵者”，也不乏彪炳史册的清心寡欲、安贫乐道的道德榜样。像陶行知“捧着一颗心来，不带半根草去”，鞠躬尽瘁，死而后已。

马克思认为超越社会规范，舍己为人、无私奉献，则为“神性”，他高于人的理性，是人性中的最高层次，是一种至善至美的境界。但在现实生活中，有“神性”的出类拔萃的优秀分子，总是少数，甚至是个别的。

因此，我们作为高校领导一定要有清醒的认识。学校教师的绝大多数都摆脱不了名利问题，上述的优秀者有没有呢？有！但是少数，甚至是极少数。就像中国社会出现了雷锋，出现了焦裕禄，在他们的影响下，社会涌现了一批雷锋式的优秀青年，也涌现出了一批焦裕禄式的县委书记一样。

但他们对整个社会来讲毕竟还是少数，这一判断对我们决定面向全体教职工的政策时十分重要。我们可以鼓励、提倡和表彰，甚至作为学习的榜样，推动全社会走向高度文明与和谐的大同世界。但目前处在社会主义初级阶段的商品经济条件下，我们绝不能把个别或少数当成大多数，绝不能用个别或少数人的世界观和先进事迹，去要求大多数，甚至作为公共政策来运用，那是肯定不行的。

我党历史上超越社会主义的发展阶段，追求“一大二公”的人民公社，生产资料公有，吃饭不要钱，结果怎么样呢？结果是严重破坏了社会生产力，损失浪费惊人，这就是惨痛的教训。

我们承认教师队伍有名利问题，承认教师追求个人的名利有它的合理性，但不等于就可放任自流；有追求名利的合理性，不等于就要附庸人们膨胀的私欲。这是两回事，不是同一个命题，不是如果这样就必然那样的问题。

我们作为共产党办的大学要代表社会的发展方向，要提倡每个教师成为具有高度文明素养的榜样，成为代表社会发展方向的带头人。但不能忘了社会发展的阶段性，在社会主义的初级阶段，个人名利的追求和通过正当合理的渠道取得，我们应该是允许的，鼓励的。否则小平同志怎会提“让一部分人先富起来”呢？

当然，允许教师追求自己的个人名利，但获得的途径和手段必须是正当的，合理合法的。绝不能靠投机取巧、损人利己、损公肥私的手段去获得。特别是要严格禁止通过不正当渠道和手段去获取不应该得到的名利，这不仅是纪律，也是法律所规定不允许的。

如超出纪律和法律许可范围，放任自流，社会就会出现无法无天、胡作非为、损人利己、巧取豪夺，这是对人性的摧残，那就会走向另一个极端。这是我们讨论名利问题必须说清的第一个问题。

第二，学校领导认识清楚了，要对广大教师员工进行思想教育，告诉大家通过自己奋发努力积极进取获得个人名利，这是允许的，而且是值得鼓励的。而通过歪门邪道，投机取巧获得名利，那是错误的、可耻的、违纪违法的。

这种思想教育即使在封建社会也有啊，如《红楼梦》开篇的《好

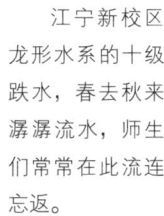

江宁新校区龙形水系的十级跌水，春去秋来潺潺流水，师生们常常在此流连忘返。

了歌》：“世人都晓神仙好，唯有功名忘不了！古今将相在何方？荒冢一堆草没了。世人都晓神仙好，只有金银忘不了！终朝只恨聚无多，及到多时眼闭了。”也就是说，人要想得开，看得透，追求个人名利，追求荣华富贵最后结局还不是一样吗？《红楼梦》作者不懂得人类社会发展的目标，不懂得社会发展的阶段性，只能通过宣传虚无主义来抑制个人私欲的恶性膨胀。佛教也是如此，用“万事皆空，万物皆无”来教诲人们遏制个人的私欲。

这些教育，当然都是建立在唯心主义、虚无主义的基础上的，而我们的教育必须建立在辩证的、现实的、唯物主义的基础上。在名利问题上，只要我们说清道理，特别是说清商品经济条件下社会主义初级阶段的特点，以及提倡的方向与允许的现实，把控有度，就能把坏事变成好事。

第三，既然名利问题是客观存在的，追求名利又有本身内含的进取心与积极性，那么高校党委要做的工作就是将教师队伍中客观存在的名利性，以及其中包含的进取心和积极性与国家需要、社会需求以及学校发展、学科发展、教育质量提高、科研水平提升一致起来。这难道有什么不好吗？

教师求名趋利并不都是坏事，它也存在一定的积极性，因为它不断激励人们的进取心。退一百步讲，总比躺倒在地什么都不干的好！

马克思认为，承认个人产权和竞争权就是承认人的天性，保护经济和社会的活力。马克思还说过要“清楚私有财产的积极本质”。那我们为什么不利用合理合法追求个人名利对社会也有积极性的一面呢？

第四，关于教职工的个人名利问题，作为高校领导不仅要从理论到思想上认识清楚，真正解放思想实事求是，在实际工作中把握好分寸与方向，那么，就会取得意想不到的成效。

南医大为鼓励教师积极搞科研，采取了大胆的奖励政策。当时出台的科研政策规定，凡是获得国家级科研项目的教师，首先从该项科研经费中提出 10% 作为立项奖（当时国家还没有不准的文件规定）。学校把以前每年投入科研的几百万经费，作为奖励基金，按与立项奖 3 ∶ 1 的比例奖励给获得者。这奖励不是奖励科研经费，而是直接打到教师的工资卡上，可以自由消费。可以用来买房子、买汽车，可以用来支付小孩上好幼儿园的学费，等等。发表的 SCI 论文影响因子超过 3.0 的奖励五千到一万元。谁都没想到，学校那几百万的奖励基金，在这一政策的实施中，居然起到了四两拨千斤的作用。

就这项政策彻底改变了南医大的科研面貌。我才去南医大上任时，一到晚上六点后，实验室里就黑灯瞎火了。有了这项政策后，学校的先知楼与其他实验室，深夜十二点都灯火通明，把教师搞科研的积极性充分调动起来了。

2001 年南医大获得国家自然科学基金项目数才 12 项，在国际刊物上发表的 SCI 论文才 19 篇。该项政策实施一年后，国家自然科学基金项目数就翻了一番，SCI 论文就超过了 50 篇。经过“十五”后三年的努力，获得国家自然科学基金项目数一年就超过了 60 项，就这一项的科研经费，从国家自然科学基金会这个渠道拿到了几千万。发表 SCI 论文就超过了 150 篇，还有一批专利申报成功。这些成绩过去都是谁也想不到，谁也不敢想的事。

因为有了这些国家级科研项目和 SCI 论文的支撑，2003 年那一轮博士点申报，学校一下就新增了 12 个。2005 年新一轮博士点申报，又新增了 16 个。“十五”末全校博士点总数达到了 35 个，这是学校在学位点申报上取得的大丰收，除中医外，学校博士点已接近医学领域的全覆盖。

南医大新校区的体育馆，是江宁大学城里空间最大的体育馆之一。

该奖励政策一直实施到2008年，当学校国家级科研项目超过200项时，学校财力负担不起了，学校开始调整奖励政策。当初推行该政策时，学校党委也是有言在先的。我曾代表学校宣布过，只要学校财力能够负担得起，学校将一如既往继续实施，绝不改变。如果到哪一年财力不够了，学校财力坚持不住了，请大家能理解，学校会做必要的调整。

2008年虽然奖励政策做了调整，但学校教师在教学科研上的上升势头还在继续。十年后，国家自然科学基金项目数，每年都能接近300项，SCI论文发表1300多篇，平均影响因子能达到或超过2.0。

有这些科研成果的支撑，2008年学校剑走偏锋，申报国家重点实验室。在淘汰了二十几家申报单位后，最后就剩南医大与浙江大学打擂台竞争生殖医学国家重点实验室，最终南医大胜出，获得了全国省属高校中的第三个“国家重点实验室”。

我们可以想一想，教师有名有利，学校教学科研蒸蒸日上，实现了跨越式发展，对学校来讲，既调动了广大教职工的积极性，又解决了吃大锅饭的问题，这有什么不好吗?

第五，既然要求教师通过正当途径和手段获得个人名利，那么作为学校领导，也要创造公正、公平和公开的竞争环境，来保护这种积极性。

这是南医大五台校区的百年堂，历史上是神学院的老房子，后来修缮后一直是学校的行政办公楼。

曾经有一位老教师到办公室来找我，说自己快六十了，希望学校给一个“校聘教授”（那时正高职称都由省教育厅统一评审）。他估计退休之前自己解决不了正高职称问题了，只要求退休后能用这个名头对外交往就行，其他待遇一律不变。教师看重名头，这是可以理解的。我告诉他，任教几十年还没解决教授职称，我只能表示同情。在职称问题上，学校必须公正、公平、公开地遵循文件精神，按规定的程序办。我不能随意作主，婉言拒绝了。

我想，既然我们承认教师追求个人名利的合理性，那就要保护好其中内含的进取心和积极性。凡是涉及个人名利的问题，一定要保证做到公正、公平、公开。

自我们这届班子上台后，学校正教授的评审，除了通过内部条件审核外，都要进行激烈的公开打擂台，用 PPT 介绍自己的教学情况、科研情况、教书育人的情况和政治上的自我评价。要公开答辩四十多位教授提出的任何问题。最后由现场的教授们无记名投票决定有限的晋升名额。

关于担任博导的问题，也是同样要通过资格审核后，经过公开打擂台来确定有限的名额。某种程度上比晋升教授要求更严格。学校文件规定，如果博导连续两年没有在研的国家级科研项目，即取消培养博士生的资格。说起来似乎很不人性化，但道理很简单，南医大对博导是没有科研经费补贴和拨款的，如果你手上连续两年没有国家级科研项目，那你哪有经费来培养博士生呢？这对博士生是不负责的，对博士生是不人性化的！

所以，尽管学校每年都会增补一些博导，但每年都会取消 6 到 7 位博导资格，不少人认为这是血淋淋的竞争。但学校也没办法，要保证教师在追求名利竞争中的公正性，只能这样做，大家才信服。就像自然界生物竞争一样，为了保证优秀基因的繁衍，就必须优胜劣汰。

在学校内部管理体制改革中，我的观点是：为了学校的发展，对每位教职工都一样，该给的一定给到位，但该要的也一定不能降低标准。“刚柔相济，孜孜以求，方能得正果。”

对学生的学籍、学位管理也是如此，学校学位委员会每年在本科毕业生中授予学士学位的只有 90% 左右，二级民办学院“康达学院”的本科毕业生获得学士学位的一般不超过 85%。

广大教职员工的经济收入也是这样，教职工的收入水平只能随学校事业的发展而不断提高。那些年学校事业发展得比较好，实现了跨越式发展，广大教职工收入也年年涨。据财务处统计，人均年收入 2002 年比 2001 年增长了 13.19%；2003 年比 2002 年增长了 30.42%；2004 年比 2003 年增长了 14.82%；到 2005 年统计，四年教职工的人均收入涨了 119%。反正是年年有增长。有的年份是国家统一调工资，学校的岗位津贴就不加或少加一点，其他年份学校的岗位津贴就多加一点（那时在预算内学校的自主权比较大）。

为什么我们要坚持这样做呢？我在党委扩大会上一再强调过，要正确处理好事业发展与教职工生活改善的关系，即事业发展必须与教职工的切身利益挂钩。事业不发展，还想年年改善待遇，那是寅吃卯粮，杀鸡取卵，饮鸩止渴，是事业与经济上的“自杀”行为。

事业发展了，甚至发展得很好，就要积极提高教职工的待遇。这时你不相应提高大家的生活水平，教职工就会觉得学校发展得好不好与自己无关，怎么会把学校看成是自己心爱的家呢？教职工怎么可能与学校同呼吸共命运呢？

在我从岗位上退下来前的三个月，我做了两件平时来不及做的事。

一是利用五台校区才交付的学生食堂顶上的一层阁楼，装修了一个教工餐厅。南医大从来没有单独的教工食堂，我去南医大报到后，中午都与大学生一起排队打饭。在南师大时我分管过学生工作和后勤工作，因此，工作需要与学生一起排队打饭是家常便饭，已很习惯了。但我发现很多老师不习惯，中午南医大的很多老师们常常“被迫”到周边的小吃店解决午饭问题。多少年我一直想帮助教职工建一个教工餐厅。

那段时间正好学生新食堂投入使用，我就利用楼顶上空闲的阁楼，装修了一个教工餐厅，实现了教职工们多年来的企盼。

二是建立了教职工大病互助基金。该互助基金完全是自愿参加，每人每月交十元钱，学校按一比一配套设立了“南医大教职工大病互助基金”。虽然数额不大，但每年也有几十万元，可用于教职工大病的救治与补助，帮助一些经济上窘迫的教职工渡过难关。

中国几千年前《六韬》《三略》的民本思想中就提出：“庶民者，国之本。”“与人同忧、同乐、同好、同恶者，义也；义之所在，天下赴之。凡人恶死而乐生，好德而归利，能生利者，道也。道之所在，天下归之。”

只要我们一心为教职员工着想，教职员工就会时时想着学校。“权为民所用，情为民所系，利为民所谋”，难道我们还担心学校办不好？

2021 年 2 月 10 日 于扬中

NAME 2003.1.[illegible] 上午，淮北[redacted]， ZD

党委中心组研讨小结

一、这次中心组理论学习研讨的情况

这次学习研讨是"十六大"召开后、全面贯彻十六大精神的一次非常重要的研讨会，是全面建设小康社会开局之年、新年伊始的第一次重要的理论学习会。

又是[illegible]提出本年[illegible]规划[illegible]，我校将讨论"发展计划"之后的开局之年[illegible]的一次重要的[illegible]、实事求是、[illegible]进行一次重要研讨会。对2003年[illegible]今后三年的发展都有重要的影响。

我们传达了今年全省教育工作会议的重要精神，学习了[illegible]一定的[illegible]实践，交流了工作情况，会议期间还[illegible]

遭遇『7·7』伦敦大爆炸

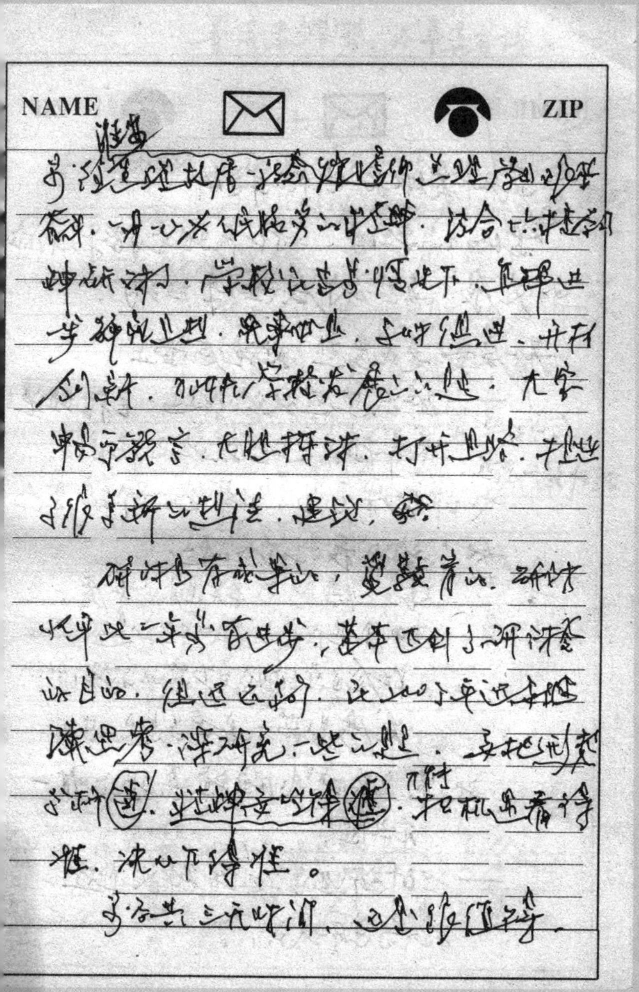

我们都庆幸躲过了这一劫，建议在那个遥远的国度一起好好吃上一顿，庆幸大家的“劫后余生”。回顾这段历程，我心想这也许正是中国人所说的，命运之神的“破财消灾”吧！

在伦敦遭遇地铁大爆炸，还要从那次离开法国到英国去访问讲起。

2005年7月初，我带队与陈亦江、朱东亚、孙玉洁、崔炎一行五人，去欧洲的波恩大学、维尔茨堡大学、伦敦国王学院访问，签署校际合作的交流协议。

7月6日中午，我们离开了中国驻法国大使馆的国际教育交流中心。在这里还遇到了我以前的一个学生，她是这里的工作人员，告别分手后，在她指导下，我们准备乘坐地铁到火车站，换乘国际列车穿过世界上最长的英吉利海峡地铁隧道，去伦敦国王学院访问交流。

地铁站离大使馆国际教育交流中心并不远，我们拖着行李箱走了一段路，才爬上地铁的高架车站，地铁列车就进站了。因为当时正当午后，车内乘客较多，我们五个人只好分两个门上车。

当我走进地铁车厢时，突然有几个人高马大的黑人跟上来挤夹我，我被挤夹得不能动弹，其中有一个黑人弯下腰，嘴里说着听不懂的话，拼命扳我的鞋子，似乎我脚底下踩着了他的什么东西。于是，我一手抓着旅行箱的拉杆，一只手护着自己贴身的挎包，把那只脚提起来，让他看鞋子底下到底有没有什么东西。就那么二三秒钟的时间，车厢里有人大喊了一声：“嘿！”突然这帮家伙一下窜出了地铁车厢，地铁车门瞬间也就关上了。

正在疑惑之机，我突然发现裤子后面扣好扣子的右贴袋里的皮夹子不见了。这时地铁已经启动，我知道自己遭抢劫了，急也没用了。车厢里的几位法国人看着我在讲着什么，我也听不懂，我想大概在讲这些黑人怎么怎么坏，或在议论我太不注意，怎么能把皮夹子放在裤子后面的贴袋里呢。

我把刚才的情形仔细回想了一边，发现这伙人也许是早就盯上我了，夏天衣服穿得少，裤子后面的贴袋里放一只皮夹子，鼓鼓囊囊的很明显。抢劫的过程也是精心设计好的，有一人挡在地铁门线上，让地铁的自动门关不起来，两个人夹住我不让我动，还有一个人扳我的脚是转移我的注意力，另一人则趁机打开我贴袋扣子，掏出里面的皮夹子。一旦得手，立刻撤退，地铁门没了阻挡，马上就关上了，这时即使我发现也追不出去了。

好在皮夹子里的东西不多，出国前我把皮夹子里的东西都清理了，除了一张身份证外，只有二三百美元零花钱。另一个贴袋里的护照还在，当初还好没放在一起，否则就麻烦大了。

到了火车站大家说起来都有点愤慨：“这些偷抢的人实在太可恶了！”“巴黎的治安也太差了，光天化日之下居然有人敢抢劫皮夹子！”……我说好在护照还在，损失不大，二三百美元就算是“破财消灾”吧，说不定让我们逃过了一劫呢。至于是不是真逃过一劫，我也只是说说而已，平衡一下自己的心态，安慰一下大家的情绪，心里自我开脱一下，不要再为此事烦恼了。

进了火车站，我们五人都顺利通过了海关，乘上了去英国的国际列车。

当时，我就在暗暗地想，“破财消灾”是不是就是这一关呢？我们在德国的访问延误了一天，结果我们的全部行程因车票改签都推迟了两天，最后离开巴黎时，发现根据申根协议签证的日期，我们已超过了签证规定的日期一天。

那天过海关时，我们心里还忐忐忑忑的，怕有麻烦，生怕警察追

这是伦敦的国王十字车站(King's Cross Railway Station)。

问为什么签证已经过期了。结果呢，海关警察一句话都没问，我们很顺利地办理了出关手续。为了平衡我自己的心态，就算作“破财消灾”躲过了出关麻烦这一劫吧！

上了火车坐下来，就看见车厢走道对面几个英国人买了一大捆啤酒和一些小吃，围坐在一起豪饮啤酒。开始不知是怎么回事，还以为这就是所谓的“异国风情”！

孙玉洁外语比较好，后来才听明白：噢！原来是当天下午，国际奥委会在新加坡投票选择2012年奥运会举办国，伦敦胜出了，英国的体育迷狂热了。当时，谁都没想到中国的一句老话“乐极生悲”！

我们的火车穿过英吉利海峡隧道，到达英国已是下午的六点左右了。学校基础医学院在伦敦国王学院进修的年轻教师小李，在国王十字车站接我们。小李帮助我们提行李，带我们出了火车站，穿过车站前面的一个大广场，很快就到了他给我们安排的广场斜对面的假日酒店。

小李给我们介绍，这个饭店比伦敦其他同类的酒店要贵十英镑。但选择这里主要是考虑交通方便，便于我们来来去去外出访问。

他介绍说，刚才出站的地方是伦敦最大的交通枢纽——国王十字车站前广场，步行到这里也只要十分钟。这里地面上有火车站，地下有三层地铁，车站广场上有多路公交车站和“的士”停靠站。听他介绍完，我觉得挺好，外出访问交通方便最重要，住宿吃饭倒可以是其次。

办好入住手续，到客房放下行李后，眼看天已经暗下来了。该酒店晚上没有餐饮服务，于是我邀请小李和我们一起外出寻找餐饮店共进晚餐。

走出酒店，上街后发现很多商店都关门了，不知是不是英国人的习惯。那天晚上，我们顺着一条街一连走了好几家餐饮店都打烊歇业了。最后走进一家还开着门点着灯的土耳其烤肉店，尽管我们都不习惯烤肉的那种吃法，但除此外，看看周边别无二店。只能将就着有什么吃什么了，就算大家体验土耳其风味吧！大家马马虎虎把晚餐打发了。

在回酒店的路上，临分手时小李对我们说：“按国外的交际习惯，人们时间概念很强，一般都不迟到，国王学院的校长已约好明天上午十点会见你们。根据伦敦的交通情况我估算了一下，明天早晨七点半我准时在酒店大堂里接你们，到国王十字站坐地铁去国王学院。路上乘坐地铁比较保险，不会因堵车而有耽搁，这样算起来，我们可以适当提前一点到达那儿。”

一天路途劳累，当晚大家各自回房间都早早地睡了。

第二天早晨，我们一行五人轻松地吃过早饭，就在酒店大堂里等候了。大堂的时钟过了七点三十分，却没见到小李的人影。嘿！那是怎么回事呢？是不是他住的地方离这儿远，路上不好走耽误了？不是说好要争取提前一点到学校吗？既然国外交际的时间概念很强，那我们可不能第一次到人家学校去，就失约出洋相哦！

我们心里很焦急，在大厅里等啊等，一直等到快七点五十分时小李急急忙忙地赶来了。组里有人对他说：“你怎么回事啊？”他说：“抱歉！抱歉！不知怎么回事,闹钟定了时间鬼使神差似的居然没闹，我一觉睡过了头。以前，还从来没有过开了闹钟不闹的事！”

“话就不多说了，”我说，“赶快走吧！”我们急匆匆奔向国王十字地铁站，刚到下地铁的入口处，突然有两位警察拦住了我们的去路。当时挡在入口处时，我们前面大概也就五六个人，后来人越聚越多，越聚越多。

“为什么不让我们下？”大家纷纷责问。警察说：“地铁下面有点情况。”“是什么情况呢？”大家接着问，因为很多人急着要赶上班。“无可奉告！”警察把两手一摊，摇摇头无奈地说。紧接着在地铁入口处，警察用特种塑料带拉了一条带明显标志的警戒线，表示禁止入内。

我们给警察一再说明我们是去国王学院访问的中国人，与学校校长约好了时间，眼看要来不及了。警察听了无动于衷，似乎忠于职守就是不让我们下地铁。

“那要等多少时间才开放呢？”我们问。“无可奉告！”警察还是这样说。

眼看没希望了，再交涉也无济于事。我看了一下手表，已过八点了，时间可耽搁不起哦，我决定赶快去广场坐公交车。

到了广场上一看，坐公交车的人已排了好长的队。由于地铁封闭，很多人都涌向了公交车，而且秩序显得有点混乱。我当机立断说不能再等了，赶快拦“的士”，多花钱就多花了，赶快走！

我们好不容易在站前广场的路边拦到两辆“的士”，坐上去就直奔国王学院。

离开国王十字站前广场才几分钟，伦敦马路上警笛大作，沿路匆匆擦肩而过的有警车、消防车、救护车等，警灯到处闪烁着。路上的行人也都用惊恐的眼神，莫名地看着拉警笛驶过的各类特种车辆。

咋回事？我们也觉得很奇怪，大家在车里议论是不是哪里失火了，而且火情一定很严重。

因为到处拉响警笛，马路上一切都显得惊慌失措了，不管是公交车还是私家车，不管是自行车还是行人，秩序明显都慌乱起来了。我们乘坐的两辆“的士”在我们的催促下，一路往前赶。

“的士”越往前开，发现路上的警察突然多起来了，有些地段已经开始局部交通管制。由于我们打“的士”比较及时，受交通紊乱的影响比较小，一路前行，结果提前十分钟赶到了国王学院。

这幢欧式建筑就是当时国王学院的行政办公楼，接待室在二楼的西头。

到了学院的办公楼，一位女秘书将我们一行人迎进了二楼的一间小会议室。会议室里很简洁也很干净，等了十多分钟后，会见的时间到了，却没见校长出来，我们相互间看了看，意思是说：老外不是都很守约的吗？怎么没见人？

又过了一刻，还没见人影。这时秘书又进来了，她与我们打招呼说："很抱歉！因交通拥堵，校长在路上遇到点困难了，请你们再等一会儿。"我想那也没办法，只能继续再等下去。就到那时，我们也压根儿没往其他原因去想。

等啊等！过了十一点他们校长才急火火地赶来。一进会议室他就说："很抱歉！很抱歉！路上全部警戒了，车子过不来。"那是怎么回事呢？他说完随即打开了会议室挂壁的电视机。

这时电视机里，记者正在现场直播，"刚才两小时前，城市地铁和公交车、公交车站台等多处发生了爆炸，死伤人员很多，目前还来不及统计。" 我们一听都惊呆了，居然遇上了这样的事？

电视画面出现了被炸后正在冒烟的公交车；地铁的出入口处，正从地下台阶抬出很多躺着死伤人员的担架；城市里到处是惊恐的人群和闪烁着各种警灯的画面。直播记者说，现在全市进入了戒严状态，警察正在全城千方百计搜捕爆炸的作案分子，等等。

校长说："多少年没遇到过这样的事，正好被你们撞上了。"当时他也不知道这次爆炸到底有多严重，大家都是过后才知道的。这是伦敦一百多年地铁史上从没遇到过的惨案。

既然来了，我们总还要完成既定的交流访问任务，但显然因地铁大爆炸的事，校长已心神不定，访问成果便大打折扣了。这也能理解，那么大一个学校，那么多教师和学生不能准时到校上课，说不定还有教师和学生被炸伤在地铁里了，这些事作为校长不能不问。校长在这样的情况下，还能如约会见我们，已很不容易了！

接下来，我们就双方的合作交流问题，谈了不到一个小时。

谈话结束时，校长说：“实在很抱歉了！今天我不能请你们吃饭了！现在外面已全面戒严，交通都中断，你们也走不了了。只能先到学校附近选个中餐馆边吃边等了，等待戒严解除，交通恢复，你们方能回酒店了！”

我们匆匆告别了校长，在学校附近找到了一家“宁波饭店”。能找到中餐馆，大家都很高兴，自离开驻法国大使馆国际教育交流中心，一直到现在还“粒米未进”呢，那就在这里边吃中饭边等吧。

我坐在朝向马路的落地窗旁，望着马路上乱纷纷的人群。这时不仅公交车没有了，电车停运了，出租车、小轿车也都没有了，城市的一切似乎都瘫痪了。

据饭店的中国老板说，全市的警察现在正在搜捕作案犯，重点是长大胡子的中东阿拉伯人，咱们中国人不是搜查对象，你们尽管放心！

这时我才注意到手机上收到了中国电信发来的我国外交部给在英国伦敦中国公民的告示，提醒大家尽可能待在酒店宾馆，减少外出，注意自己的人身安全。

在这么一片恐慌的环境里能收到这样一条短信，当时感到犹如一股暖流温暖了全身，祖国好像就站在自己的身边。这种感受平时是体会不到的。

我们边吃饭边注意马路上动静变化，饭吃完了，仍看不到交通解禁的迹象，我们只有喝茶继续等待了。又过了一阵子，我看一下手表已过下午两点半了，我想在这儿死等也不是个办法，万一今天戒严不解除呢？总不能在这儿过夜啊！

这时陈亦江去吧台买来了一张伦敦城市交通图，我一看地图上国

我们一行五人到英国伦敦国王学院访问，因为那是正规场合，所以都是穿的正装，但“压马路”就惨了！

王十字站前广场边的假日酒店和国王学院正好在城市的两端，一南一北，要回到酒店必须穿过整个城市。这下我们都傻了，如果戒严一时解除不了，交通不能恢复，那可就麻烦了！

我内心盘算，根据目前这种状况，交通也许一时很难恢复，不能再等了！马路上任何交通工具都没有，但行人已有不少了，这说明步行是通畅的。

从地图上看，如果步行的话，没有三四个小时走不下来。但如果我们继续等下去，万一交通解禁不了，到时再想走，那就太晚了，天黑路上更不安全。

我当机立断，说：“走！”

我们离开了宁波饭店，拐了个弯走上了大马路。这时才发现路上全是人，熙熙攘攘，快车道、慢车道、人行道上全是急匆匆赶路的人。因地铁瘫痪了，地面上所有的车辆也都停运了，所以，十字路口红绿灯虽然还亮，但由于没有了车，就和没有红绿灯一样，人们横七竖八，歪着走斜着走的都有。背着包、提着鞋、扛着行李，什么样举止的人都有，真的成了伦敦历史上的一大奇观。

我们几个看着地图摸索着朝前走。伦敦的道路很复杂，特别是老城区，不是很规整，好在交通图标志得比较规范，依照路形还能找到方向和路名。

也不知道当时哪来的那股劲，开始上路时，五个人还疾步如飞，急匆匆朝前赶，走着走着就不行了，把西装脱了挂在手臂上，把裤腿卷起，把挎包由单肩背改成斜挎背。

因为今天是参加校长的正式接见和会谈，是属正规场合，所以我们都穿得衣冠楚楚，穿西装还打了领带，脚上穿的都是皮鞋，但“压马路”可受罪了。最惨的是两位女士，穿的还是高跟鞋，伦敦马路上还有用方形石块铺设的路面，高跟鞋根本没法走，只好脱了鞋干脆赤脚走了。唉！哪会想到路上遇上这等倒霉的事呢？

匆匆步行走了一个多小时，我们都感到有点体力不支，开始注意寻找路边的花坛坐坐歇歇。这时坐在花坛边，一眼望去，发现马路上行走的各色人等都有，有钱的没钱的，摩登的邋遢的，老年人小朋友，男男女女这时都一样自己走。特别是那些典型的西方胖子，一摇一摆，一摇一摆，气喘吁吁，两条腿支撑一个“肉球”，迈一步都很吃力，看了怪可怜的。可以想象，本来他们是绝不会走那么多路的，现在是出于无奈，也只能“拼命”了，否则回不了家。

让我们感到奇怪的另一个现象是，伦敦城市里自行车很少，照理现在是自行车大行其道的时候，却也很少见到。这是什么原因呢？我想也许是城市交通太发达了，特别是地铁就有好几层，又有四通八达的电车、公交车，所以平时无须骑自行车赶路。

此后，我们走走歇歇，歇歇走走，看着太阳慢慢地、慢慢地西斜，又慢慢地、慢慢地落下去。

天暗下来时，路灯都亮了，这时我们才赶到酒店。哇！人都几乎走瘫了！一头倒在床上，都不想出来吃晚饭了。我看看手表算起来，在路上整整走了四个多小时。我回顾了一下，出国交流访问也有七八个国家了吧，我之前走的所有路全部加起来，都没有今天这半天走的路多！

到客房打开电视才知道，今天伦敦地铁共有七处爆炸，国王十字地铁站的爆炸时间是 7:50，地面上有两处爆炸，一处是公交车上，一处是国王十字站前广场的公交站台上，时间是 8:15。后来，这在国际上称为“伦敦地铁 7 · 7 大爆炸”恐怖袭击。

看了这个新闻可把我们吓出一身冷汗，回想起来都心惊肉跳。谁都想不到，正是小李的闹钟鬼使神差地没闹，使其睡过头，救了大家一命。因为他迟到了十几分钟，当我们赶到国王十字地铁口时，地下的国王十字地铁站和其他爆炸点刚刚爆炸过，所以警察拦住我们不让下去，我们前面就五六个人。如果小李准时赶到酒店接上我们，那么从时间上算，我们就正好被炸在地铁里。

剑桥大学校内的剑河与康桥，康桥也称数学桥。

当我们离开地铁出入口处，赶到国王十字站前广场，看到公交站台上排队的人太多，怕迟到失约，于是果断决定打“的士”去国王学院。我们坐上“的士”刚走几分钟，国王十字广场上的公交停靠站台就爆炸了。如果我们当时没有果断打“的士”，还在那儿排队等候公交车，那么也就恰好被炸在那群人堆里了。哇，多惊险的一次访问哦！我们简直就像经历了一次童话中的“历险记”。

伦敦“7·7大爆炸”多少年来在国际上一直被认为是国际恐怖主义袭击行为，到十年后，我国《参考消息》转载英国《每日电讯报》网站的报道称，当年7月7日伦敦爆炸案的目标是阻止伦敦申办奥运会。恐怖分子对伦敦的袭击，本来计划是二十四小时前实施的，即国际奥委会在新加坡投票前爆炸，以此影响对举办城市的选择。后因其他什么原因，阴差阳错当天无法实施，往后拖了一天。哪想到恰好被我们撞上了。

我们都庆幸躲过了这一劫，建议在那个遥远的国度一起好好吃上一顿，庆幸大家的“劫后余生”。回顾这段历程，我心想这也许正是中国人所说的，命运之神的“破财消灾”吧！

第二天，我想还是尽快离开伦敦吧，远离这个暂时不安全的地方，于是，我们退了客房，从国王十字车站坐火车去了剑桥大学，继续我们的访问。

2015年7月12日 于江宁

2010年1月13日 上午 星期三

校务会议。

1. 关于[illegible]医院用地的[illegible]
[illegible]
100[illegible]
[illegible]费用问题，

2. [illegible]三级[illegible]的情况。[illegible]
的情况通过。
通报[illegible]上诉问题。

3. 财务处：[illegible]的情况。
[illegible]

4. 校网络中心：校园[illegible]建设情况
[illegible]500万元。

5. [illegible]的情况，
[illegible]大学[illegible]合作 [illegible]
[illegible]
[illegible]

信仰的力量

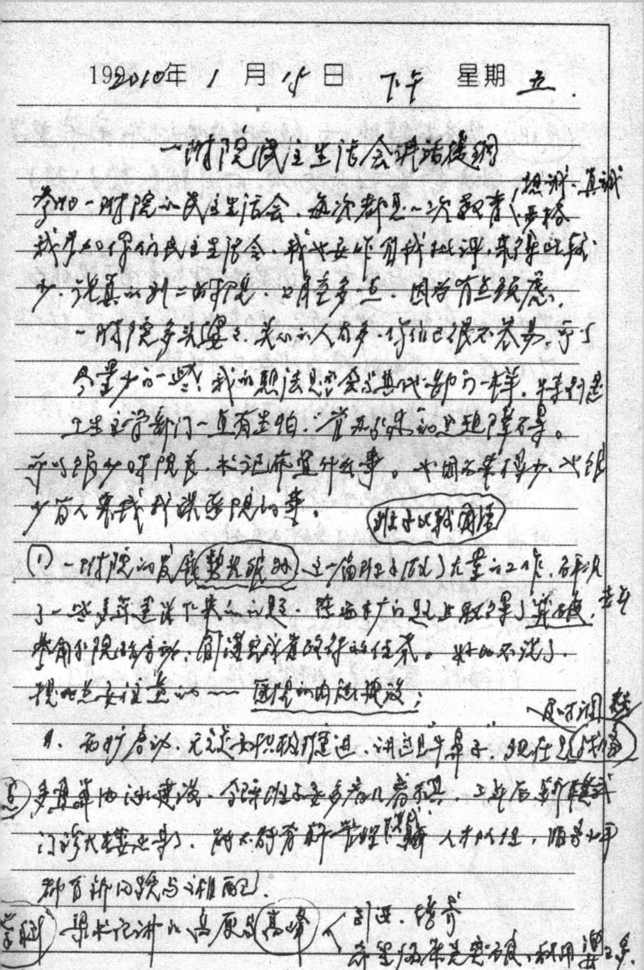

为了追求信仰可以不惜牺牲自己的生命，在生死面前能无所畏惧，这是何等的精神力量啊！……

共产党人中也只有坚定的共产主义者，才会像革命先烈那样对信仰的追求升华到不惜牺牲自己生命的境界，方能在生死考验的关头，为了理想做到视死如归。尽管这两者之间不可类比，但我觉得其演绎出来的道理是一样的——信仰不灭、精神永存！

我作为一名高校的党委书记，真正认识宗教，感知宗教的力量，那是 2008 年到西藏去了以后。那次经历才让我真切地理解了：什么是宗教？宗教造就了人的信仰，而信仰的力量有多大？

那时，我虽已是近花甲的年龄了，但对宗教的理解还只是概念性的，很肤浅的。我知道“宗教”就是当人们无法解释一些社会现象时，

在校友座谈会上，我代表学校和附属医院给拉萨市人民医院赠送了一辆救护车。

产生的超乎人类自身力量的一种迷信活动。如果要我再说得具体一点，在我的印象里，宗教就是苏南老太太整天拿了佛珠念经，念一串佛珠移一根灯草，过一段时间带了一小捆灯草到寺庙里去焚化，烧香拜佛，以求菩萨保佑自己和家人的平安。我的认识也就如此而已。

而到了西藏，我才发现藏族人民大多信教，其宗教的设施、陈设、氛围和气势，都是我去西藏前无法想象的。藏族同胞对宗教的虔诚和礼拜，着实让我吃了一惊。

雪顿节哲蚌寺的“展佛”，需几十个年轻喇嘛肩扛，佛像展开来时几乎可以遮住半个山坡，高 60 米，宽 40 米，有近二十层楼高。完全颠覆了我以前的一些认识，留下了难以磨灭的印象。

2008 年 8 月我去西藏，是应省委组织部的要求，带队去西藏看望和慰问南医大在拉萨市人民医院挂职的院长洪浩同志和援藏的其他医护人员。

对于这次赴藏，我们一行六人的任务，除了代表学校和三所附属医院去看望赴藏的干部和医护人员，给拉萨市人民医院捐助一辆医疗救护车，并拜访医院的上级主管部门和江苏赴藏工作领导小组的领导外，还要看望二十世纪七十年代在南医大毕业的校友。

南医大在“文革”中（当年的江苏新医学院）曾为西藏培养了几届工农兵学员，现在这些人都成了西藏自治区各级医疗单位的领导和业务骨干。

忙完这些公务，医院问我难得来一趟西藏，还想到哪里去看看。我想了一下说，想到日喀则的扎什伦布寺去瞻仰十世班禅圆寂的灵塔。因为，班禅大师曾是全国人大常委会副委员长，是我国著名的爱国主义和民族团结的宗教领袖，他把一生都献给了祖国统一、民族团结、社会稳定的伟大事业，值得我们后人敬仰。

下面的羊卓雍措像镶嵌在崇山峻岭中神女梳妆的一面镜子，清澈而宁静。

第二天一大早，我们一行人分坐两辆越野车就出发了。

在去日喀则的路上，医院先安排顺道去看了一下西藏著名的羊卓雍措，藏语意为“碧玉湖”，这里有新中国成立以后国家在西藏兴建的第一座大型高原水电站。

那天阳光灿烂，空气清新，微风吹拂，气温舒适。快到羊卓雍措时，停在路边大客车上的中外旅客，纷纷下车用矿泉水瓶接灌从高山上泻下来的雪水。大家急于品尝那份清凉，享受那份圣洁，留住那份记忆。

又绕过几个山头，就可看到脚下碧蓝色的羊卓雍措。雪域高原，群峰巍峨，雪山上融化后下泻的雪水汇集到一起，由于有下游水力发电站拦水坝的阻挡，在高山峡谷中升起了现在的羊卓雍措，那真如毛主席诗词里写的意境“高峡出平湖”。

一阵风吹过，波纹荡漾。湖水清澈见底，少见的纯洁，一眼望去，湖水像镶嵌在崇山峻岭中神女梳妆的一面镜子，让人觉得深邃而神秘。

到了湖边上，在我们下车的地方有两间小屋，屋子边上有一个太阳能灶。据医院陪同人员介绍由于西藏地区的海拔高，空气洁净度好，阳光十分充足，太阳能灶做饭烧水效率特别高。

在离屋子不远靠湖边的地方堆着一堆石头，石堆顶上摆放着一个白骨的牛头，牛头下如伞状牵拉着一条条五色的经幡，会让人莫名地觉得神圣而肃然起敬。

石堆的边上拴着一条狗，一看就知道那是高寒山区特有的品种——藏獒。藏獒有一头栗色的狮式毛发，四脚直挺，威风凛凛，炯炯有神地凝视着走近的人群。这一切与小屋、经幡、湖面、雪域高山，构成了具有浓郁西藏神秘色彩的民族风情。

离开了羊卓雍措，我们沿着尼洋河向日喀则进发，据介绍，尼洋河是雅鲁藏布江最大的支流，一路奔腾往东。越野车穿行在崇山峻岭的峡谷中，我坐在副驾驶员的位置上，险峻的道路让我的心绷得紧紧的，手抓住越野车的扶手，一点不敢懈怠。

越野车的左侧是激流咆哮的尼洋河，怪石嶙峋引起激流漩涡和上下翻腾的白浪，那种喜马拉雅山特有的气势让人感到惊心动魄。据医院的人说，半个月前，一辆 ×× 部的“考斯特”客车，不知什么原因突然失控冲出路面，滚入翻腾的尼洋河，瞬间就被漩涡吞噬了，整个客车都无影无踪了。可怕的消息，让我们听了不寒而栗。

车子的右侧是陡峭的山峰，所谓的道路实际上是在陡坡上切割出来的一条弯弯曲曲的凹槽。有的地段硬是在陡峭的石壁上挖进去一块，石壁都飞到了我们的头顶，甚是惊险。这时的道路就像一条半边开放式的隧道，越野车在其中蜿蜒曲折而行。

据司机讲，这还算是安全的，因为它不会遭到山上落石的砰砸。过了这段“见不到天”的路，我才注意到，噢，果真如此！在右面的陡坡上，不少地段都打了钢钎，固定着阻拦滚石的钢缆网。就是有了这样的防范设施，在前行的道路上，也还可以看到有从山上滚落下来的大大小小的石块。我们的越野车遇到了，也只好绕着慢慢通过。

正因为常会有落石滚下来，所以沿途可以见到修路的铲车，来来回回把路上的落石推到尼洋河里去。“呼隆”一声，浪花四溅。

这时，我想起来西藏前，有人对我说过的话：“西藏不能不去，但不能多去！”不能不去，是因为全世界看不到第二处带状的云朵不是飘在山顶，而是绕在山腰和山脚下；不能多去，是因为谁都不知道，山上滚下来的落石会不会砸到你的车，这全凭运气，那有多悬啊！

在这样惊险的盘山路上，过几十公里就会有个检查站，驾驶员要下去拿一张写着通行时间的路条。到下一个检查站交上这张路条，再换一张新的还是写着通行时间的路条。开始我以为是边境地区治安管理的需要，但也有疑问，既然是边境治安管理的需要，通行证怎么不是行车单位出具呢？怎么会是检查站发放呢？

后来问了驾驶员才知道，那“路条”是为控制行车速度，保障危险路段行车安全而采取的特殊措施。噢！原来如此。怪不得每到离检

两个小喇嘛在这段前不着村后不着店的公路上，缓慢地匍匐前行，让我们感到很吃惊！

查站还有一二公里路的地方，总有不少车子停在路边休息。显然是途中超速了，到得太早就要挨罚款，只好在路边拖延时间。这倒是件新鲜事，在江苏还从来没听说过这样的事。但转眼一想，这倒也不失为边疆偏僻地区控制车速最原始最实用的一种办法。

在这么一条险峻的路上，几乎见不到村落，也见不到行人，接近中午时分，我们在路上见到两个匍匐前行的小喇嘛，这引起了我的好奇。在这前不着村后不着店的荒郊野岭，怎么会有喇嘛在这儿磕长头呢？

其中一个小喇嘛正在磕长头匍匐前行，走三步往前一跪一趴，双脚双手伸直趴地，额头磕地，然后爬起来，再重复这样的动作……另一个小喇嘛则在他的身旁拖着一辆插着一面经幡的小板车，跟着他的步子一起慢慢往前移。

藏人对寺庙和菩萨的虔诚，我们在拉萨市里见得多了，在大昭寺里，在去布达拉宫的路上，几乎是成群结队地磕长头匍匐前行。但那些人都是在寺庙里，或在去寺庙的路上，在这荒郊野岭的公路上他们要去哪儿？而且去的朝向却是拉萨市的反方向。这的确引起了我的疑惑和好奇，就很想问个明白！

我要求小车停一下，反正是医院自己的车子随时都可以停车。下车活动活动，休息一下，顺便想与两个小喇嘛交谈一番，了解这到底是怎么回事。

我们下车走近那两个小喇嘛，这时才看清，两个喇嘛大概也就二十岁出点头，瘦骨嶙峋，满脸沧桑，黑里透红的额头上都已磕出了血。

“师傅！你们这是要去哪儿啊？”我们问。两个小喇嘛见我们问话，他们很有礼貌地也就停了下来，认真地回答我们说：“我们是去朝圣！”

“朝圣？哟！你们汉语讲得很好。”我们很高兴，那交流起来就方便了。“会一点点，说不好！”他们说。

从交谈中我们知道，他们是从康巴过来的，已走了四个多月了，要去冈仁波齐峰转山朝圣。据说冈仁波齐峰四面陡峭在喇嘛教里是一座神山，位于今天中国与印度、巴基斯坦三国的交界处。他们去绕着神山转圈磕长头，就是歌曲中唱的“转山转水转佛塔”，大概是朝圣的一种仪式吧。

“那还有多远？”“还有一千多公里！”他们说。我接着问：“那还要走多少时间？”“大约还要走八九个月。”听了他们的回答。我不由自主地耸了一下肩，肃然起敬。“还有一千多公里？还要走八九个月？”我提高声调重复了一遍，简直叫人不敢相信啊！

两个小喇嘛在公路上轮流磕长头匍匐前行。

“你们这样磕长头累不累？”有人插话问。

“还好，过一刻我们俩就换一换。”

我望着他们板车上的一点点行李，一卷用牦牛毛编织的毯子裹着一条并不厚的被子，还有一个布包装着衣服，旅行袋里是毛巾、碗和一些杂件，仅此而已。

“那你们吃住咋办呢？”我问。

“走到哪儿就睡在哪儿！下面铺这条毯子，上面盖这条被子。”

“遇上刮风下雨呢？你们咋办？”

他们说：“你们看！板车上铺了一块塑料布，我俩就躲在板车底下睡。”

“那么吃怎么解决呢？”我继续问。

据他们讲，藏传佛教里规定，到神山去朝圣既不能带干粮，也不能带钱，只能一路化缘乞讨前行，这才体现对菩萨的敬畏和虔诚。

“你们为什么一定要到那儿去朝圣呢？不去行不行？朝圣回去后有什么说法吗？”我们中间有人问。

两个喇嘛相互看了看，大概不知道怎么讲才能对我们说清楚。愣了一会儿，他们说：“这么说吧，喇嘛一生中都要去朝圣一次冈仁波齐峰，因为那是藏传佛教里的神山。朝圣过神山后，再回到原来的寺庙，就好像你们学校里一年级升二年级一样，可以升一级。”

“哦！原来是这样。”“要走那么远，那你们不能多走几步再磕长头，这样不就可以快一点吗！”我知道在宗教氛围中是忌讳如此问问题的，不是教人使坏吗？但已经有人这样说出口了，也收不回来了。

“那是不行的，你做什么，怎么做，神都知道的！”他们虔诚地说。因为神在他们心中，他们的一言一行，甚至心里怎么想，神都是知道的。

“路途这么艰苦，生活那么艰难，有一顿没一顿，热一顿冷一顿，如果生病了怎么办呢？”我又问。

“是的，有的人是会生病的，有很多喇嘛到不了冈仁波齐峰，半途就不行了”。

“哪怎么办呢？”我担忧着问。

他们想了一下对我说：“如果在去朝圣的路上不幸病亡，在藏传佛教里，那是人生最幸福的事，因为他们都回到了神的怀抱！”

呵！他们对自己的信仰如此虔诚和执着，不畏艰难险阻，奋不顾身去追寻自己心中的神山，让人有一种神圣感，值得人们尊敬。你说这是愚昧吗？喇嘛们谁都没有经历过“回到了神的怀抱”，但他们却坚信，而且坚定不移，连死都不怕，真叫人不敢相信。

日喀则的扎什伦布寺，是爱国的宗教领袖十世班禅的灵塔所在地，值得我们去瞻仰。

尽管我们信仰马列，是无神论者，但我们也被他们的精神所感动。临分手时，我们把车上带的矿泉水和饼干什么的干粮，全都留给了他们，他们双手合十一再表示感谢。

越野车离开了他们，我从倒车镜中看到，他们依然磕着长头，三步一趴一磕，三步一趴一磕。在这荒山野岭，没人知晓的地方，不畏艰难，不顾生死，风雨与寂寞陪伴着他们继续从容匍匐前行，真叫人心灵震撼。

离开了那两个小喇嘛，我头脑里就一直在想，宗教能把人变得不惧怕死亡，为了追求信仰可以不惜牺牲自己的生命，在生死面前能无所畏惧，这是何等的精神力量啊！今天的遭遇，让我对宗教有了全新的认识。

共产党人中也只有坚定的共产主义者，才会像革命先烈那样对信仰的追求升华到不惜牺牲自己生命的境界，方能在生死考验的关头，为了理想做到视死如归。尽管这两者之间不可类比，但我觉得其演绎出来的道理是一样的——信仰不灭、精神永存！

看来人世间的信仰可以不同，但追求信仰的方式和精神却是可以相通的。

两天后，我们瞻仰了十世班禅的灵塔从日喀则返回时，正遇上下大雨。尽管我们不信教，在无神论者看来，对没有生命的山峰去朝圣“拜物教”，那是一种愚昧。但人类本能的同情心，又让我们牵挂起路途上那两个瘦骨嶙峋的小喇嘛来，不知他们现在怎么样了？

想到他们的艰难不易，风里走雨里去，我们特地在扎什伦布寺外的小商店里，多买了一些有营养的糕点和水果，准备在回程的路上带给那两个匍匐前行的小喇嘛。

下雨时的回程路比去时还要惊险，路面上从山上滚下来的落石明显比去时密度要大。我们在车上又议论起那两个小喇嘛一路上的安全问题。

我们小心翼翼地一路前行，在离拉萨还有200多公里的地方开始，我们减慢了车速，个个瞪大眼睛开始在雨线中寻找那两个小喇嘛的身影。

走着看着，似乎快到前天相遇的地点了，怎么也没见着那两个小喇嘛的踪影，我们甚至怀疑自己是否已经看漏眼了，错过了发现的机会？正在怀疑时，终于在雨线里发现他们俩蜷缩成一点点大的身影，在路边一户藏民家院子门口的雨棚旮旯里躲雨。

“在那儿，在那儿，看到了！”有人大呼起来。

车子慢慢靠过去，我们拿着准备好的糕点和水果，一开门就冒雨冲过去，把东西塞在他们的手上，什么话都没说。说什么呢？什么都无须再说了！他们的坚毅与勇气我们无法相比，他们为信念的执着和献身精神，我们自愧不如，值得好好学习。内心真诚祝愿他们，在追求信仰的朝圣路上，能一路平安！

又踏上归途，看到路边的里程碑是187，凭我们的记忆，这两天他们才走了不到6公里，想想他们还要走1000多公里，去朝拜他们心中的神山，那会是怎样的历程？这可是无惧生死的艰险历程，与上刀山下火海没有多少区别。我不由得从心底里佩服，佩服他们的虔诚与忠诚。

我不由得从心底里发出感叹——这就是信仰带来的勇气和力量！

2015年7月2日 于南京

后记

《随园到五台：高校四十年的心路历程》主要记录了我在南京师范大学与南京医科大学学习工作的四十年里，亲身经历的一些人和事。按照时序，前面的一半多篇幅主要是南师大的一些事，后面的篇幅则是在南医大经历的回忆。因为是亲身经历，所以记录的这些事都是真实的。

回忆和记录两所大学在这四十年里的变化与变迁，虽然在中国几千所高校中仅仅是其中之二，但一斑可窥全豹，从一个侧面真实地反映了中国高等教育这些年里的进步与发展。如把它放到更广阔的背景下来看，作为一滴水，也可以折射出中国社会在这四十年里所取得的沧桑巨变。

把这些事记录下来，应该说是有价值的。让后人知道，中国的高等教育是怎样随着国家的变革和变迁，通过艰难跋涉，积极进取，从艰难办学中走出来，实现了从“高校百里挑一”到“高等教育大众化”，跨上了中国改革开放，民族崛起的快车道。

在回忆和记录中，我在主观上力求做到客观公正，笔触平和，不虚美，不隐恶，语言平实，实事求是。并且，在记事中注意不要伤及他人，尽可能地多叙事，少述人。叙事时还要力戒无意间标榜自己，是对就是对，是错就是错，只有这样回顾历史才是有价值的。

但在客观上，叙事难免会涉人，特别是人们对很多事情的看法本来就是有差异的。因此，全书也就很难做到“不涉人”和没有一点因认识上的差异性所带来的“瑕疵”。如果有，这是我需要抱歉的！这也是我一直内心不安，脱稿后心神不定的原因。

全书回忆和记录的时间跨度，是从二十世纪的 1973 年我到南京师范学院（现南京师范大学）上学，到二十一世纪的 2013 年我从南京医科大学退休，在高校前后正好整整四十年。全书的撰写提纲当初准备分为三个部分，“心路历程”“心语感悟”和“晚秋夕拾”。

第一部分记录“文革”后期，粉碎“四人帮”，经拨乱反正，到改革开放，我在高等学校所遇见过、经历过的那些人和事。更多的篇幅则再现了在改革开放的背景下，中国高等教育从“捉襟见肘”到“更新换代”变革变化的辉煌历程。

第二部分是回顾总结自己工作中，对高校一些人与事的感悟、看法和思考。虽然不一定都对，但记录下来，抛砖引玉，供同志们思考和研讨，我相信对今后做好高校的各项工作，会有一定的参考价值。

第三部分是附录，是我在工作中保留下来的，在学校发展的一些重要历史节点，有自己个性的一些文章、发言、讲话和自己亲自起草的个别有代表性的文件。还有少量我退休后，在有些会议上的发言和纪念文章。

原来规划了三部分，没想到的是第一部分初稿撰写结束，全稿已超过了三十万字，如果再加上后面两个部分，肯定还会有四五十万字，那付印后全书会有七八百页，朋友们阅读起来就会很不方便。我考虑再三，与其这样，还不如将第一部分的回忆文章“心路历程”单独成书吧，先供同志们“品头论足”。后面两个部分待撰写整理后再奉给大家。

至于后面两部分什么时候能脱稿成书，我努力尽早吧！人生七十古来稀，我自觉精力已不如以前，全书补全的日子也只能根据以后我的精力和时间而定了！

在写作过程中，我得到了同事和朋友们的热忱鼓励和帮助，特别是吕炳寿、冯霁虹、冷明祥等同志，从收集资料、提供照片到审读，让我感到了周围老年朋友依然如故的温暖。出版社徐蕾总编和尹引编辑都为此书出版，付出了很多精力，在此一并表示衷心的感谢！

陈国钧

2022 年 6 月